KB173361

# 북한문학의 이해 3

**엮은이 김종회**

경남 고성 출생. 경희대 국문과 및 동 대학원 졸업, 문학박사. 『문학사상』으로 문단에 데뷔, 문학평론가. 평론집 『위기의 시대와 문학』, 『문학과 전환기의 시대정신』 등과 저서 『한국 소설의 낙원의식 연구』, 『문학과 사회』 등 출간. 한국문학평론가협회상, 김환태평론문학상 등 수상. 현재 경희대 국문과 교수로 재직중.

**필자 소개(원고 게재순)**

| | |
|---|---|
| 김종회: 문학평론가, 경희대 교수 | 김병진: 경희대 강사 |
| 홍용희: 문학평론가, 경희사이버대 교수 | 오태호: 문학평론가 |
| 이봉일: 문학평론가, 경희사이버대 교수 | 백지연: 문학평론가 |
| 정병헌: 숙명여대 교수 | 노희준: 소설가 |
| 박주택: 시인, 경희대 교수 | 이성천: 문학평론가 |
| 고인환: 문학평론가 | 이선이: 시인, 경희대 강의교수 |
| 권순대: 경희대 강사 | 강정구: 문학평론가 |
| 김용희: 아동문학평론가 | 김수이: 문학평론가, 경희대 강의교수 |
| 노귀남: 문학평론가, 세종연구소 연구위원 | 고봉준: 문학평론가 |

청동거울 문화점검 **33**

# 북한문학의 이해 3

2004년 9월 7일 1판 1쇄 인쇄 / 2004년 9월 15일 1판 1쇄 발행

엮은이 김종회 / 펴낸이 임은주 / 펴낸곳 도서출판 청동거울 / 출판등록 1998년 5월 14일 제13-532호
주소 (137-070) 서울 서초구 서초동 1359-4 동영빌딩 / 전화 02)584-9886~7
팩스 02)584-9882 / 전자우편 cheong21@freechal.com

주간 조태림 / 편집디자인 하은애 / 영업관리 김형열

필름 출력 (주)딕스 / 표지 인쇄 금성문화사
본문 인쇄 이산문화사 / 제책 광우제책

값 13,000원

잘못된 책은 바꾸어 드립니다.
지은이와의 협의에 의해 인지를 붙이지 않습니다.
무단 전재 및 무단 복제를 금합니다.
ⓒ 2004 김종회 외

Copyright ⓒ 2004 Kim, Jong Hoi & others.
All right reserved.
First published in Korea in 2004 by CHEONGDONGKEOWOOL Publishing Co.
Printed in Korea.

ISBN 89-5749-022-1

청동거울 문화점검 33

# 북한문학의 이해 3

## 『주체문학론』 이후의 작품과 방향성

김종회 편

청동거울

　한반도 분단사상 처음으로 2000년 6월에 개최된 남북정상회담 이후 남북간의 다양한 인적·물적 교류가 진행되고 있지만, 아직도 우리 앞에 놓여 있는 분단의 상처와 흔적은 엄연한 현실로 존재한다. 또한 분단 현실에서 파생된 다양한 정치·경제·사회·문화적 난관들이, 세계 정세의 역동적 변화 속에서도 여전히 한반도 문제 해결의 현실적 걸림돌로 실재하고 있다. 하지만 민족 통합이라는 절체절명의 과제는 우리에게 20세기 한반도에서 벌어진 전쟁과 분단의 역사를 딛고, 21세기 한민족의 새로운 도약과 비상을 준비할 것을 절실하게 요구하고 있다.

　탈냉전 세계화 시대에 전지구적 질서는 이미 다양한 개인의 정체성이 민주적으로 혼재하는 정보화 사회로의 재편을 경험하고 있다. 하지만 한반도는 여전히 냉전의 그늘에 묶여, 앞날을 예측하기 어려운 과제들이 임립(林立)해 있는 실정이다. 특히 남북의 폐쇄적 혹은 단발적 상호 교류는 한반도 문제의 점진적 해결을 더디게 진행시키고 있다. 이제 변화하는 한반도의 상황 가운데 보다 적극적인 교류와 협력, 대화와 공존의 열린 자세가 절실한 때이다.

　체제의 통합은 다양한 이질성을 극복했을 때에야 비로소 가능하다. 하지만 이질성의 극복은 가만히 앉아서 정치적 해결을 기다려 얻을 수 있는 것이 아니다. 정신적 연대감과 문화적 동일성의 회복은 쌍방간의 합리적 의사소통 속에서 소출될 수 있다. 즉 남북 문화의 지속적인 교류와 다양한 접촉만이 서로에 대한 불신과 이질감을 극복할 수 있는 계기로 작용할 것이다. 따라서 민족 동질성 회복을 위해 문화적 첨병 역할을 할 수 있는 북한문학 연구는 그만큼 소중하다.

이 책에서의 북한문학 연구는 언어적·문화적 동질성을 회복하기 위한 남한 연구자들의 지적 도정을 모은 것이다. 특히 이 책은 『북한문학의 이해』(1999)와 『북한문학의 이해 2』(2002)의 연구 성과를 바탕으로 『주체문학론』과 그 이후의 북한 문예물을 집중적으로 검토하여, 구체적이고 실제적인 작품 분석을 병행하면서 다양한 주제별로 북한문학에 대한 애정어린 현재적 비판을 담고 있다는 점에서 의의가 있다고 본다.

제1부 '총론'은 2000년대 북한문학의 현재적 위상과 민족 통합을 위한 문학적 탐색, 한민족문학에서의 북한문학의 성격과 위상 등을 점검함으로써 거시적 관점에서 북한문학의 실상을 고찰하고 있다.

제2부 『주체문학론』의 장르별 분석과 비판'은 현재 북한문학의 문예지침서라고 할 수 있는 김정일의 『주체문학론(1992)』에 대해 현대소설, 현대시, 희곡, 아동문학 등으로 세목을 나누어 그 접근방법에 대한 비판적 고찰을 전개하고 있다.

제3부 『주체문학론』 이후 북한 단편소설의 주제론적 특성'은 1990년대 이후 최근까지 『조선문학』과 『청년문학』에 나타난 단편소설들을 체제 위기, 조국통일, 청춘 남녀의 사랑, 과학 환상, 이농과 도시화 등의 주제로 분류하여 구체적인 작품 분석을 실질적으로 시도하고 있다.

제4부 『주체문학론』 이후 북한 시의 주제론적 특성'은 『주체문학론』

이후의 시들에 대하여, 조국통일, 자연 풍경, 노동, 모성성 및 여성성, 신천학살 사건 등을 주제로 묶어 구체적인 시들에 대한 구체적인 작품 분석을 수행하고 있다.

이렇게 보았을 때, 이 책의 서술적 특성은 『주체문학론』 발간 이후 현재까지에 이르는 북한문학의 양상에 대하여 미시적 작품 분석과 거시적 방향성에 이르기까지 세부적이면서도 총괄적인 분석 및 비판을 진행하고 있다는 점이다. 기존의 북한문학 연구 논의들이 거시적이고 개괄적인 분석과 이해에 초점이 맞추어져 있었다면, 이제 구체적인 작품에 대한 세밀한 각론과 미학적 평가까지도 진행되어야 한다.

이 책이 남한의 독자들에게 북한 '인민'들의 실체적 삶의 모습을 엿볼 수 있는 작은 디딤돌이 되기를 바라마지 않는다. 또한 이 책이 21세기 새로운 통일시대를 준비하는 인식론적 체계, 문학적 밑거름으로 거듭나는 것이 필자들의 간곡한 바람이다. 부족하고 미흡한 점은 두말할 나위 없이 필자들의 몫이며, 독자들의 애정어린 비판을 겸허히 숙고하여, 보다 나은 연구를 향한 채찍질로 삼고자 한다. 어려운 일임에도 3권까지 출판을 담당한 '청동거울'과 북한문학에 대한 열정으로 글을 집필해준 동학의 동료, 후배 여러분께 진심으로 감사의 뜻을 전한다.

엮은이 김종회

제1부

## 총론

# 통일문화의 실천적 개념과 남북한 문화이질화의 극복 방안

김종회

## 1. 왜 '통일문화'인가?

### 1) 남북관계 개선과 '아포리아' 해결의 어려움

한반도의 남과 북 두 체제는 반세기를 넘긴 오랜 대립적 역사 과정의 관성과 서로 다른 목표로 인하여, 그 관계 개선이 극도로 어려운 형편에 있다. 이 양자는 그간 상대를 '주적(主敵)'으로 인식하고 이를 체제 유지의 기반으로 활용한 역사를 갖고 있으며, 지금도 여전히 서로 다른 전체적 목표와 그에 연계되어 있는 사회 체제를 넘어서기 어려운 현실에 처해 있다.

뿐만 아니라 한반도의 지정학적 위치가 국제 정세 및 국제적 이해 관계와 밀접한 관련성을 갖는 만큼, 남북 양자가 주체적으로 하나의 방향을 합의하고 결정하는 것 자체가 불가능한 상황이다. 이러한 측면은 정치·군사적 문제와 같은 배타성과 고착성을 갖는 분야는 물론, 경제·사회적 문제와 같은 근시성과 한계성을 갖는 분야에 있어서도 마찬가지로 그러할 수밖에 없다.

그래서 남북간의 문화적 상관성과 교류 문제, 곧 '문화통합' 문제가 하나의 대안이자 거의 유일한 출구로 논의될 수 있다. 민족적 삶의 원형을 이루는 전통적 정서에 수많은 공통점이 있고, 정치·경제 문제처럼 직접적인 갈등 유발의 가능성이 미소하며, 보다 장기적인 시각으로는 문화를 통해, 아니 문화적 교류의 발전과 성숙만이 진정한 남북 통합의 가능성이라고 할 수 있는 만큼, 이제는 남북간의 문화통합이라는 과제를 본격적으로 연구하고 실천할 시기에 이른 것이다.

통일문화의 개념에 대해서는 그간 부분적인 언급 또는 연구가 있어 왔다. 남북간의 이질된 생활양식과 그 내부의 총괄적 부분들을 민족적 단원으로 통합해 니기는 능력과 의지 및 관습의 복합적 총칭[1]이라는 다소 포괄적인 해석이 있는가 하면, 남북간의 문화 규범 및 그 실천 정책의 창출[2]로 보는 견해도 있다. 그리고 이를 동질성과 이질성의 상관관계로 설명[3]하기도 한다.

그러나 현재까지 남북간에는 각기의 문화개념에 있어 분명한 차이가 존재하며, 그러한 까닭으로 문화 교류를 본격화하기 보다는 피상적 접근으로 일관해 온 것이 현실이었다. 먼저 문화 개념에 있어 남북간의 원론적 의미의 차이를 살펴 보면 다음과 같다.[4]

① 남한의 문화개념: 인류가 모든 시대를 통하여, 학습에 의해서 이루어 놓은 정신적 물질적인 일체의 성과. 의식주를 비롯하여 기술, 학문, 예술,

---

1) 김창순, 「통일문화의 창조운동을 논한다」, 『북한』, 북한연구소, 1984년 3월호.
2) 윤덕희, 「통일문화의 개념 정립과 형성 방안 연구」, 『통일문화연구』(상), 민족통일연구원, 1994년 12월호, p.14.
3) 임채욱, 「통일문화의 조건」, 『북한 문화예술계의 현황과 운영 체계』, 한국문화정책개발원, 2001, pp.206~208.
4) 이우영, 「남북한 사회의 문학예술: 개념과 사회적 영향의 차이」, 남과 북: 문화통합(http://www.multicorea.org).

도덕, 종교 따위 물심 양면에 걸치는 생활 형성의 양식과 내용을 포함함.

② 북한의 문화개념: 력사발전의 행정에서 인류가 창조한 물질적 및 정신적 부의 총체. 문화는 사회발전의 매 단계에서 이룩된 과학과 기술, 문학과 예술, 도덕과 풍습 등의 발전수준을 반영한다. 문화는 사회생활의 어떤 령역을 반영하는가에 따라 물질문화와 정신문화로 구분된다. 대개 나라의 문화는 자기의 고유한 민족적 특성을 가지고 있으며 계급 사회에서 문화는 계급적 성격을 띤다.

이처럼 서로 다른 개념적 성격을 갖는 '문화'를 넘어 '문화통합'의 새로운 가치질서와 관계성을 창출하는 일이 용이하지 않았던 것이다. 더욱이 이를 실제적 현실에 적용하는 남북한의 문예정책에 있어서도 현격한 차이를 나타내고 있었으며[5], 남한에서는 예술가 개인의 자유를, 그리고 북한에서는 사회 공익을 더 중시하는 결과를 보이게 되었다.

이와 같은 상황 아래 남북한 문화 교류는 일정한 한계를 보일 수밖에 없었고 그것이 남북한 국민 각기의 일상생활 속에서 심각한 편차를 드러내며 이질성의 격차를 확대해 갔다. 예컨대 탈북 동포들을 통해 텔레비전을 매개로 한 남한사회에 대한 인식 태도를 살펴보면, 그 큰 편차를 잘 알 수 있다.[6] 현재까지의 남북간에 가능한 문화통합의 수준은, 체육 경기에 함께 한반도기를 들고 입장하거나 아리랑을 합창하며 동질성을 확인하는 수준에서 답보하고 있다.

---

5) 오양렬, 「남·북한 문예정책의 비교 연구」, 성균관대학교 행정학과 박사학위논문, 1988.
6) 김귀옥, 「남북한 텔레비전 프로그램 교류와 통합방안 모색」, 2000 KBS 통일방송 국제심포지엄 발표논문, 2000, p.27.

## 2) 문화적 측면에서 접근해야할 당위성 또는 유익성

먼저 대립과 불신의 축적이 반영된 실체적 형식으로서의 '문화'를 인식할 필요가 있다. 어렵게 이른 정치·경제적 합의도 사소한 사고 방식이나 언어 사용의 차이로 인하여 파탄이 나는 경우를 그간 여러 차례 목도할 수 있었다. 그러한 상황의 오랜 지속이 상호 이질적인 체제와 삶의 형식을 규정하는 문화패턴으로 고착화되어 온 것이다.

이처럼 현실적 문제의 앙금이 문화로 축적되었다면, 이제는 그렇게 축적된 문화에서 하나의 실마리가 풀리면 모든 매듭이 함께 풀릴 가능성이 있다는 점을 주목해야 한다. 문화는 한 사회의 지식 또는 예술 작업의 총체이며, 나아가 한 민족의 전체 생활 방식과 민족정신의 일반적 성격을 포괄하는 개념이기 때문이다. 그러한 만큼 문화는 한 국가에서, 또는 국가와 국가의 관계에서 각계 각층을 통합하는 중요한 역할을 할 수 있다.

우리는 장·단기 계획으로 민족통합을 앞당기고 그 미래에 대한 준비를 절박한 심정으로 추진해야 한다. 정치나 군사의 통합, 국토의 통합이 진정한 민족통합이 아니며 그것이 결코 문화통합보다 우선할 수 없다. 문화통합만이 민족통합의 필요충분조건이 될 수 있다. 그리하여 단기계획은 민족통합을 앞당기는 것으로, 장기계획은 미래의 완전한 민족통합을 준비하는 것으로 추진되어야 한다. 이는 비록 눈 앞의 화급지사로 보이지 않는다 할지라도, 남북간의 여러 부문에서 관계변화의 양상이 확대되는 지금, 즉각 계획되고 실행되어야 할 급선무이다.

## 2. 남북한 문화교류의 현황과 한계

### 1) 남북한 문화교류의 기본적 전제

남북한 문화의 지속적인 교류와 협력을 위해 동질적 문화공동체 형성의 기반을 구축하고 남북한 주민들이 서로 간의 차이를 인식하며 그 차이를 이해·존중하는 데서 출발해야 한다고 논의되어 왔다. 즉 남북한의 이질적인 문화의 폭을 좁히고 동질성 회복과 공감대 형성을 통해 향후 예상되는 통일 과정과 통일 후 문화적 갈등을 최소화하는 데 주력해야 한다는 것이다.

지난 1985년 〈이산가족 고향방문 및 예술공연단〉 교환방문으로 시발된 남북한 사회문화 분야 교류협력은 1990년대 들어 〈남북교류협력에 관한 법률〉(1990)이 제정되고, 〈남북문화교류의 5원칙〉(1990)이 마련됨에 따라 문학예술, 종교, 학술, 이산가족 등 제 분야에 걸쳐서 접촉 및 교류가 시도되었다. 더욱이 1993년에는 남북한 간의 최초의 제도적 장치인 〈기본합의서〉 및 〈부속합의서〉가 채택·발효됨에 따라 교류의 활성화가 기대되었다. 그러나 국내외적 정세 변화 등으로 기대만큼 성과를 거두지 못했다.

1998년 2월 김대중 정부가 출범하면서 대북 포용정책의 지속적 추진을 통해 남북한 문화교류는 새로운 전기를 마련하게 되었으며, 특히 2000년 6·15 남북공동선언 이후 양적·질적으로 전례 없는 성과를 나타내었다. 학술, 예술, 종교, 체육, 언론 등 여러 분야에서 교류가 진행되고 있지만 여기서는 우선 예술과 학술 영역을 중심으로 남북 문화교류 현황과 한계를 살펴본다.

## 2) 남북한 문화교류 현황

남북한 문화교류의 현황을 예술분야와 학술분야로 나누어 논의한 대표적 언급을 살펴보면 다음과 같다.

### (1) 예술분야

예술교류를 목적으로 남북한을 왕래한 경우는 1990년 평양과 서울에서 각각 개최된 통일음악회와 중앙일보의 문화유적답사 협의를 위한 방북(1997. 9), 리틀엔젤스의 평양공연(1998. 5), 〈2000년 평화친선음악회〉(1999. 12)와 〈민족통일음악회〉(1999. 12), 평양학생소년예술단(2000. 5), 평양교예단(2000. 5), 평양교예단(2000. 5), 조선국립교향악단(2000. 8) 공연 등이 있으며, 남북합동 춘향전공연(2001. 2)과 남한 가수의 북한 공연 등이 있었다. 이 밖에도 서울에서의 북한미술품 전시, 남북 합동 사진 전시, 북한 영화 수입 및 상영 등이 있었으며 남한 영화인들의 방북(2000. 11)이 성사되기도 했다.

그 외 제3국에서의 교류는 뉴욕의 〈남북영화제〉(1990. 10), 일본에서 열린 〈환동해 국제예술제〉(1991. 5), 북경의 〈남북코리아 서화전 및 세미나〉(1991. 5), 사할린의 〈통일예술제〉(1991. 8, 1992. 8), 동경의 평화미술전(1997. 10) 등을 들 수 있다.

이와 같은 예술교류는 민족의 공동체적 성격을 확인할 수 있는 매우 효과적인 교류 방법이다. 앞으로는 전통예술 및 문화 유적 등에 대한 연구 교류와 함께 남북한 주민들이 공동으로 참여할 수 있는 공연 등을 국내 혹은 제3국에서 개최하는 노력이 이루어지는 것이 효과적일 터이다.

## (2) 학술분야

남북한 학술교류는 1989년 런던의 〈유럽한국학대회〉에서 남북한 학자가 처음으로 공식 접촉한 이래 비교적 활발한 교류를 유지하고 있다. 이는 대체로 중국 등 제3국에서 행해지고 있는 것이 특징이며, 점차 직접적으로 이루어지는 추세로 전환되고 있다.

그 구체적 예로는 성균관대학교와 개성의 고려 성균관과의 남북 대학 간 최초의 자매결연(1998), 남북한 학자 및 조선족 학자들이 참가한 〈연변대학 창립 50주년 기념학술회의〉(1999. 7) 및 2001년에 성사된 평양 '정보과학기술대학' 설립·운영 합의 등이 있다.

한편 학술회의는 점차 정례화되는 추세에 있는데, 정례화된 학술회의로는 매년 중국 북경에서 열리는 〈남북 해외학자 통일회의〉(1999년 5차), 북한 동북아 미국 등에서 매년 개최되는 〈동북아 경제포럼〉(1997년 7차), 2년마다 미국 버클리에서 개최되고 있는 〈코리아 평화통일 심포지엄〉(1998년 6차) 등을 비롯하여 〈고구려 국제학술대회〉(1997년 3회), 〈세계청년학생평화세미나〉(1997년 4차), 〈남북 청년학생 통일세미나〉(1999년 5차), 〈우리말 컴퓨터처리 국제학술대회〉(연길, 1999년 4차) 등이 있다. 1999년 8월에 개최된 통일연구원과 연변대학, 북한사회과학원의 학술회의는 학술분야에서 준정부적 차원의 접촉이 이루어졌다는 점에서 의미를 담고 있다.

제3국에서 열리는 학술회의에서는 중국의 북경대, 요녕대, 길림대, 연변대 등에 소속된 연구소와 오사카 경제법과대, 국제고려학회 등이 남북한 학술교류의 중개인 역할을 하고 있다. 앞으로 제3국에서 개최되는 정례화된 국제학술회의에 참석하여 의견을 교환하고, 컴퓨터, 언어학 학술토론회 등 사상적 갈등이 적은 분야는 물론 이념성이 표출될 수 있는 사회과학 분야에서도 북한이 관심을 갖고 있는 평화체제, 민족주의 등을 주제로 공동 세미나를 개최함으로써 인식의 차이를 이해

하는 노력을 기울여 나가야 할 것이다.[7]

### 3) 남북한 문화교류의 한계와 문제점

남북한 문화교류는 내용의 다양화와 양적 증대 및 남북한 간 직접 교
류, 남북 쌍방통행의 교류·협력 증대 등의 성과를 거두었지만 그에 따
른 적지 않은 문제점을 드러내었다. 남북 문화교류에 있어서의 문제점
으로는 다음과 같은 것들을 들 수 있다.[8]

① 2000년에 성사된 세 차례의 북한 공연예술단의 서울 방문과 최근의 공
연을 제외하고는 여전히 교류·협력의 대부분이 남측의 예술 단체들의 방북
을 통해 이루어지고 있다는 점에서 보다 균형있는 남북한 문화교류가 이루
어져야 한다.

② 남북한 문화교류 사업은 북측과의 합의 이후에도 취소되는 경우가 발
생하고 있는데 정부는 이 같은 문제의 해결을 위한 법적·제도적 근거를 북
한과의 협의를 통해 마련해야 한다.

③ 문화 교류·협력에 있어 북한측의 과도한 혹은 실비용 이상의 대가 지
불 요구 등의 사례가 빈번하다는 점을 들 수 있다.

④ 남북의 문화교류가 아직도 단순한 상호교류 제의 및 접촉 또는 일회용
행사로 끝나는 경우가 많은데, 이를 지양하고 가능한 한 장기적인 안목에서

---

7) 김병로, 「남북 사회문화 교류협력 심화를 위한 실천과제」, 평화와 통일을 위한 남북나눔운동
(http://sharing.net).
8) 「남북한의 교류와 협력」, 『통일문답』, 통일교육원, 2001(http://uniedu.go.kr).

정기적·지속적 교류가 이루어지도록 노력해야 한다.

⑤ 대북 문화교류 및 협력사업에 있어 민간 단체 및 기업들의 과다한 경쟁 및 과잉사례가 발생하고 있는데 이를 방지하기 위한 정부의 노력이 필요하다.

⑥ 문화교류가 아직까지 정치적·경제적 논리에 의해 많이 좌우되고 있는데 정부는 '정치와 문화간 분리원칙'의 유지를 통해 북한과의 문화교류 및 협력사업이 지속적이고 안정적으로 추진될 수 있도록 해야 한다.

⑦ 남북한 문화 교류에 있어 북한과의 교류 채널을 다원화 시켜야 한다. 이를 위해서는 정부와 민간 단체가 대북 교류에 있어 보다 긴밀하고 유기적인 협조체제를 구축할 필요가 있다.

## 3. 남북한 문화이질화 현상의 비교와 문제점

### 1) 문화와 문화제도적 측면

남북한 분단의 상황이 50여 년에 걸쳐 지속된 만큼, 회복하기 어려운 이질화가 진행된 것은 사실이다. 각기의 체제가 그 정부 내에서 운용하는 문예정책 당국의 규모와 성격도 매우 다르다.[9] 그러나 근자에 이르러 대내외적 환경의 변화와 더불어 그 오랜 세월을 대변하는 제도적 관성과 두 체제의 문화정책이 변모하는 모습을 보이는 것은 매우

---

9) 최선영, 「북한 문화예술계 현황」, 『북한 문화예술계의 현황과 운영 체계』, 한국문화정책개발원, 2001, pp.113~119.

고무적인 현상이 아닐 수 없다.

남한의 경우 1980년대 이후에 불어닥친 민주화 운동의 한 영역으로, 대북 접촉의 시각과 방식을 과거와 현저히 달리하는 집단적 움직임이 빈발했다.[10] 북한의 경우 국제적 해빙 무드와 동구사회권의 몰락과 관련하여, 1967년 주체사상과 주체문학의 확립 이후 조금의 동요도 없던 문예정책의 방향이 시대적 흐름인 '현실 주제'를 부분적으로 수용하는 방향으로 선회했다.[11]

이러한 변화는 양자가 상호 접촉하는 분야에서 절충점을 찾을 수 있는데, 앞서 언급한 바 있는 한반도 기나 아리랑 합창과 같은 단순 소박한 형태로 나타났다. 이러한 변화 또는 합의는, 아직까지는 그야말로 부분적이고 작은 영역에 속하는 것이로되 장차 폭넓게 열려가야 할 남북 문화통합의 가도(街道)에 분명한 청신호를 내거는 일에 해당한다. 그리고 남과 북은 이러한 일들의 접촉 면적을 계속해서 넓혀가야 한다.

이와 같은 변화를 바탕으로 문화정책의 변화가 이루어지고 그것이 지속되면서 문화제도로 정착되어야 하며, 마침내 그 제도가 의·식 생활이나 명절 풍습 등에 이르기까지 생활문화의 이질성 극복 및 동질성 회복으로 나타나야 한다. 지금 이 대목에서는 남북간의 정치적 통합이나 국토의 통합과 같은 실증적 절차를 생략하고 서술한 것인데, 이는 그 절차 자체를 우회하거나 뛰어넘는다는 뜻이 아니다.

문화통합의 수준이 그 단계에까지 이르렀다면, 이미 경과적 절차는 모두 완료된 것이거나 비록 과정으로서 진행 중이라 할지라도 다시 어긋난 길을 갈 가능성은 희박해진다. 하나의 바탕이나 울타리가 동일하게 확정된 마당에, 그 내용에 있어서 부분적 소요는 있을 수 있으되 전체적 흐름을 역전시키기는 어렵다는 의미이다.

---

10) 김종회, 「1990년대의 사회사적 환경과 문학」, 『문학의 숲과 나무』, 민음사, 2002, p.64.
11) 김종회, 「해방 후 북한문학의 변화 양상과 남북한 문화통합의 전망」, 앞의 책, p.98.

사정이 그러할 때 남북한 문화통합의 당위적 성격은, 귀납적으로는 그것이 양 체제의 통합이 완성되어간다는 사실의 징표인 동시에, 연역적으로는 여러 난관을 넘어 그 통합을 촉진하는 실제적 에너지가 된다는 사실의 예단으로 나타난다.

이러한 이유로 인하여 남북한 문화를 서로 비교 연구하고 문화이질화 현상의 구체적 실례를 적시(摘示)하여 구명하는 것은 매우 중요한 과제가 된다. 이 글에서는 그 여러 항목 가운데 언어적 측면에 국한하여 살펴보고자 한다.

## 2) 언어적 측면

### (1) 남북한 언어 이질화의 심각성

상호간의 대화를 통한 의사 소통 시 그 의미전달에 차이를 발생시키는 요소가 있을 때 언어 이질화를 일으켰다고 할 수 있다. 즉 언어의 이질화는 문법 체계와 음운 체계의 변화, 어휘의 발음구조 변화 등으로 인하여 의미의 차이를 발생시키는 현상을 말한다. 그러할 때 현재 남북한 언어는 확연한 이질화가 진행된 경우이다. 같은 대상이라도 다른 표현을 하는 어휘가 상당히 존재하는 것으로도 이는 충분히 설명될 수 있다.

언어가 달라지면 사고 방식과 생활 패턴 전체가 달라지는 것이며, 동일한 민족의 언어가 이질화되는 것은 매우 심각한 문제이다. 남북한 언어의 차이가 발생한 시기를 국토의 분단을 그 시작으로 보고, 이후 발생한 언어 현상과 언어적 사건을 토대로 남북한 언어의 이질화 상황을 확인할 수 있다. 이질화에 대한 문제 제기와 그 통합을 위한 노력은 자연히 통일시대를 대비한 남북한 언어가 나아가야 할 방향과 관련된다.

## (2) 남북한 언어 이질화의 역사

한국어는 오래 전부터 중부방언을 중심으로 통일된 언어를 유지했다. 현대 한국어는 19세기 말에서 20세기 초에 그 바탕이 마련되었으며, 한글을 전용하되 한역이나 국한문 혼용은 필요에 따라 쓰게 되었다.

1920년대부터 문예론이나 정론체문도 구어체에 가깝게 되었고, 중부방언이 중심이 되어 풍부한 어휘구성이 이루어졌으며 문법과 어휘들도 점차 규범화되어 갔다. 이러한 규범의 확립은 1933년 〈한글맞춤법통일안〉, 1936년 〈조선어표준말모음〉에 의하여 확립되었다. 이로 인하여 한국어는 통일되고 풍부하게 되고 규범화된 언어로 발전하였다.

〈한글맞춤법통일안〉은 '1. 맞춤법 2. 띄어쓰기 3. 외래어표기법 4. 문장부호 5. 표준어' 등을 규정하여 한국어 표기법 전반에 대해 규정함으로써 한국어 표기법의 통일과 보급에 획기적인 기여를 하였다. 이때부터 형태주의를 근본으로 한 현행 맞춤법의 토대를 이룩하였다. 1937년, 1940년에 개정하였으나 큰 변동은 없었다. 이때까지는 남북한의 언어에 차이가 없었다.

해방과 더불어 남북이 분단되면서 한국어는 점차 이질화되기 시작했다. 남한은 서울말을 중심으로 〈조선어표준말모음〉을 기준으로 하여 표준어를 발전시키다가 1988년 〈한글맞춤법통일안〉을 수정하였다. 북한은 1954년 〈조선어철자법〉에서 "표준어는 조선인민 사이에 사용되는 공통성이 가장 많은 현대어 가운데서 이를 정한다"고 규정하였다. 이러한 과정을 거치면서 남북한 언어에 차이가 생기게 되었다.

1964년, 1966년에 김일성은 "평양말을 기준으로 하여 언어의 민족적 특성을 보존하고 발전시켜 나가도록 하여야 하겠다"라고 교시하였다. 1988년 간행된 〈조선말규범〉의 문화어 발음법 총칙에는 "조선말발음법은 혁명의 수도 평양을 중심으로 하고 평양말을 토대로 하여 이룩된 문화어의 발음에 기준한다"고 규정하였다. 이로 인하여 북한 전역에 걸친 문화어 운동이 전개되면서 남북한의 이질화를 가속시켰다.

### (3) 남북한 언어 규정의 차이

남한은 1970년 초부터 1980년대에 걸쳐 그 동안의 어문규정에 약간의 손질을 더하여 수정하는 한편, 〈국어의 로마자 표기법〉(1984), 〈외래어 표기법〉(1986)도 새로 마련하였다. 또한 1988년에 공포한 〈표준어 사정 원칙〉에 "표준말은 교양있는 사람들이 두루 쓰는 현대 서울말로 한다"로 규정하고, 복수 표준어를 허용하는 범위를 넓혔다.

그런데 북한은 1954년 〈조선어 철자법〉을 공포하여 사용하다가, 1966년 7월에 〈조선말규범집〉을 공포하였다. 이 〈조선말규범집〉은 김일성의 교시에 따라 1966년 6월에 제정한 것으로 〈조선어철자법〉에 대한 개정이었다. 그리고 다시 북한은 '조선민주주의인민공화국 국어사정위원회'가 1988년에 〈조선말규범집〉을 펴냈다.

### (4) 남북한 언어 규정 이질화의 극복 방안

우리말은 남북의 분단 이전에는 같은 표준어와 정서법을 사용했다. 언어의 통일된 규범을 시행함으로써 한 민족으로서의 동질성이 유지되었다. 그러나 북한이 〈조선어철자법〉을 공포하고, 〈조선말규범집〉을 시행함으로써 남북 언어의 분열이 비롯되었다.

현재의 남북한 언어는 맞춤법, 발음법, 띄어쓰기 등에 차이가 있으나 근본적으로 큰 차이는 없는 편이다. 오히려 어문 규정에 의한 남북한 언어 차이보다는 김일성의 교시에 따른 '문화어 운동'이 남북한 언어 차이의 골을 깊게 한 경향이 있다.

앞으로 남북간의 통일을 대비해 그 언어 차이를 일반 언중들에게 인식시키고, 학문적으로도 '규범화된 표준어나 정서법을 하나로 통합'하여 차이를 좁혀 나가는 것이 중요하다.

남북한 언어의 통합은 어느 한 쪽만이 노력해서 되는 일이 아니고, 남북한이 이에 뜻을 같이 해야 한다. 남북한은 공히 언어의 차이를 좁히는 데 적극적인 의욕을 가져야 한다. 남한의 경우에는 북한 언어의 실상을 언중들에게 알리고 이를 우리의 언어와 통합해 나가는 노력과 국가적 정책의 지속적인 뒷받침이 있어야 한다.


## 4. 남북한 문화통합의 구체적 실천방안

### 1) 독일통일의 사례와 교훈

#### (1) 통일 후에 남은 독일의 사회·문화적 문제

우리와 마찬가지로 제2차 세계대전의 결과에 의해 오랫동안 분단 국가로 있던 독일은 정치·경제체제에서는 완전한 통합을 이루었다. 하지만 독일은 통일 후 지금까지 동·서독 주민들 간에 상당히 많은 문화적·심리적 갈등을 겪고 있고, 이것이 심각한 사회문제로까지 대두되고 있는 형편이다. 남북한 분단을 극복하고 새로운 통일국가를 건설해야하는 우리 민족에게 독일의 통일 및 통일 후의 진행과정은 주목해 보아야 할 대상이다. 여기서 독일의 문화통합 과정을 살펴보려는 것은 바로 그 때문이다.

#### (2) 독일의 통합과정과 문화적 측면의 노력

독일의 통일이 가능하기까지에는 우선 경제적으로 앞선 서독 정부와 국민들의 노력이 컸다. 서독 국민들은 1961년 베를린 장벽이 설치되자 독일의 통일문제가 자신들만의 문제가 아닌 국제 정치적 문제이며, 민족 내부의 차원에서 쉽게 해결될 수 없다는 것을 분명히 인식했다. 따라서 서독은 동서 냉전구조가 종식될 때, 비로소 독일통일이 가능하다는 인식 하에 보다 장기적인 안목과 인내심을 가지고 국내외적 차원에서 통일여건을 점진적으로 조성해 나가는 방향으로 노력했다. 이는 소위 '작은 걸음'과 '접근을 통한 변화'라는 정책을 통해 한편으로 동독의 변화를 유도하고, 다른 한편으로 국제적 정치질서가 바뀔 때까지 민족적 동질성을 유지하여 이후 통일과정에서 발생할 문제점들을 최소화하고자 한 것이다.[12]

통일 전 동·서독 양국은 1972년 양국 정부가 기본 조약을 체결한 이후 문화교류가 더욱 활성화되기는 했지만 이미 기본조약 체결 전부터 양국간의 문화, 예술 및 학술, 교육, 체육분야 등의 교류는 진행되고 있었다. 이 당시 동·서독 양국 교류의 특징으로는 민간단체가 중심이 되어 정부의 적극적인 지원 아래 교류를 지속적으로 확대해 나갔다는 점을 들 수 있다.

기본조약 체결 후에는 민간 위주의 교류에서 정부 주도의 교류로 확대되어, 동독과 서독의 영화제작소가 공동 작업을 하기도 하고 양국의 텔레비전 프로그램의 교환 등도 이루어졌다. 이러한 양국간의 문화교류는 1986년 양국 사이의 문화협정이 체결됨으로써 본격화되어, 문화교류가 제도화되었고 이후 독일통일의 밑거름이 되었다. 문화협정에 이어 양국은 1987년 문화교환 프로젝트에 합의한 후 더욱 더 실제적으로 대규모적인 문화예술 교류를 이루어나갔다.

1990년 양국간에 체결된 '독일의 통일 수립에 관한 동·서독간의 조약(통일조약)' 제35조에서는 문화협력의 차원을 넘어 문화적 통합을 위한 주요한 사업영역과 기본원칙이 천명되었다.

---

12) 「분단국의 경험과 우리의 과제」, 『통일문답』, 통일교육원, 2001(http://uniedu.go.kr).

## (3) 독일의 문화통합 과정에서 나타난 특징적 사실

독일의 문화통합 과정에서 나타난 특징적 사실들, 곧 우리가 남북한 문화통합을 추진하는 데 있어서 특별히 유의하고 참고해야할 항목들은 다음과 같이 논의되고 있다.[13]

① 정부간 공식적인 협정체결 이전에 민간분야 교류가 이루어졌으며 이를 정부가 적극 지원함으로써 통일문화 형성의 기틀을 마련하였다.

② 서독 정부는 일시적 선전효과가 아닌 장기적인 계획 아래 대동독 제안이나 교류 원칙을 발표하였는데, 모든 가능한 통로를 동원하여 지속적으로 가동하였다.

③ 상대측 체제의 약점으로 부각되거나 명분에 손상을 입힐 수 있는 민감한 분야의 교류는 뒤로 미루고, 쌍방이 공감대를 형성할 수 있고 상대방이 호응함으로써 이득을 얻을 수 있는 분야를 우선적으로 교류하였다.

④ 일종의 데이터뱅크식 교류협력 종합프로그램을 정부가 면밀하게 주도하여 정책의 일관성을 기하고 추진전략에서 실효를 거두었다.

⑤ 장기적 안목으로 청소년 교류에 주력하였다.

⑥ 특수 아이디어 사업에 지속적으로 주력하였다.

⑦ 문화교류협력을 위한 전문가를 꾸준히 양성하여 통일과정과 통일기간

---

13) 한국문화정책개발원, 「민족 동질성 회복을 위한 통일 이후 독일 문화통합과정 연구」, 한국문화정책개발원(http://ns.kcpi.or.kr).

에 나타난 의외성의 문제에 기민하게 대처하였다.

⑧ 서독은 통일 후 동독 주민들이 자유민주주의 시민생활에 적응할 수 있는 세부 방안을 사전에 충분히 마련하였다.

### (4) 문화적 차원의 노력이 절실한 이유

동·서독의 통일은 오랜 기간동안 치밀한 준비 가운데 진행되었음을 위의 항목들을 통해 알 수 있다. 그럼에도 불구하고 통합 이후의 여러 문제가 남아 양쪽 주민들 사이에 상호 적대적 감정까지 노출시키는 양상을 볼 수 있었다. 이는 문화적 통합이 단시일 내에 이루어지기 어려우며, 또한 강압적으로는 불가능한 일임을 말해준다. 이 같은 점을 염두에 둔다면 통일이 결국은 정치나 경제체제의 통합과 같은 외형적인 문제가 아니라 궁극적으로는 사람과 사람 사이의 통일을 의미하는 것이며, 이러한 과정에서 문화의 역할이 얼마나 중요한 것인가를 새삼 깨닫게 해준다고 하겠다.

### 2) 분야별 구체적 실천방안

### (1) 올바른 통일문화 창출

독일 통일의 사례를 통해 알 수 있듯이 서로 다른 체제의 통합과정에서 문화가 차지하는 비중은 실로 큰 것이다. 또한 이러한 문화통합의 계획은 단기적인 안목으로는 큰 성과를 거둘 수 없다. 따라서 올바른 통일문화 창출을 위해서는 보다 장기적인 안목에서 남북한 이질성 극복 및 동질성 회복을 위한 점진적인 방안이 필요하다. 이러한 인식아래 통일문화 형성에 있어 각 분야별로 시행할 수 있는 세부적 방안을 찾아보는 것이 중요하다. 이에 대해 예술분야의 방안과 학술분야의

방안으로 나누어 제시한 포괄적인 논리를 살펴보면 다음과 같다.[14]

## (2) 예술분야의 방안

남북한 문화교류에 있어서 가장 중심이 되고 활발한 교류가 이루어졌던 분야는 예술분야였다. 대중성을 바탕으로 남북한 주민들의 공동정서에 호소하는 형식을 취했던 예술분야의 교류는 지금까지 남북한 주민의 이질감 해소와 동질성 회복에 큰 역할을 해 왔다. 그러나 지금까지의 예술분야 교류가 주로 남과 북 각자의 특색있는 예술형식을 중심으로 이루어진 것이라면, 앞으로의 교류는 준비과정에서부터 공연까지 남북이 함께 고민하고 협력하여 그야말로 실질적인 통일문화의 장을 만들어 나가도록 노력해야 할 것이다. 또한 이를 위해서는 주로 음악분야 위주의 교류에서 벗어나 좀더 다양한 분야의 예술교류가 이루어지도록 해야 한다. 다음의 몇 가지가 바로 그러한 예가 될 수 있다.

① 음악 및 무용 등 남북 전통예술단 합동 공연 및 연주회 개최
② 남북한 공동의 전통악기 연구 및 개량
③ 남북 미술, 사진 등의 공동 전시회 개최
④ 남북 합동 공동 영화 제작 및 남북 영화 교환 상영
⑤ 비무장지대 등에 남북한 공동 영화촬영소 설치 등

## (3) 학술 분야의 방안

예술분야의 교류와는 달리 학술분야의 교류에 있어서는 아직도 해결해야 할 과제가 많고 이를 위한 시간이 필요한 것이 사실이다. 따라서 학술분야의 교류는 서로 다른 체제와 사상 등의 민감하고 추상적인

---

14) 최대석, 「남북한 사회문화 교류협력 활성화를 위한 정책 제안」, 평화와 통일을 위한 남북나눔운동 (http://sharing.net).

부분보다는 보다 구체적이고 실질적인 부분들에 대한 교류가 우선되어야 할 것이다.

① 민족 공동 유산에 대한 남북한 공동 발굴 작업 및 학술 세미나 개최
② 남북한 보유의 민족 문화재 상호 교환 전시 및 합동 전시회 마련
③ 민족 박물관 설립
④ 남북한 표준어 사전 또는 통일 국어사전 공동 편찬
⑤ 첨단과학 및 기초과학 분야의 학술 교류
⑥ 컴퓨터 한글 기계화 공동작업 등

## 5. 통일문화의 새로운 선언과 방향성

### 1)통일문화의 새로운 목표와 활동 계획

남북 문제에 있어 시대적 환경 변화와 사회적 인식 변화가 동시다발적으로 일어나고 있는 오늘날, 통일문화 또는 문화통합의 문제와 관련해서는 과거와 같은 수동적 자세가 아니라 적극적인 계획과 통합의 추진을 위한 노력이 요구된다. 여기에서는 그러한 사회·문화 운동의 목표를 가지고 출범한 사단법인 '통일문화연구원'의 사례를 통해, 그 목표와 활동계획을 참조해 봄으로써 통일문화 운동이나 문화통합 운동의 방향성을 검토해 보기로 한다.

### (1) 목표

조국의 평화적 통일과 우리 민족문화의 세계화를 위하여, 민족문화의 동질성 회복 및 보존·계승·발전을 위한 연구를 수행하며, 남북한

간의 문화적 교류 및 협력사업을 추진하는 데 목적을 둔다.

## (2) 활동계획

① 연구·조사활동 : 북한의 문화연구, 교육 및 교과과정 분석, 북한 경제와 남북 교류연구 등에 관한 심포지움을 수시로 개최하여 남북한 비교연구와 상호 이질화된 문화통합 방안을 구체적으로 모색하는 한편, 통일문화 사이버문학관을 설치·운영하며, 임원들을 중심으로 순차적인 북한 현지실사연구를 수행한다.

② 남북한 문화 및 언어이질화 현상 비교연구 : 경희대 아태지역연구원 및 국어국문학과 공동으로 남북한 문화 및 언어이질화현상에 관한 비교연구를 추진하는 한편, 장기적으로는 그 조사연구의 영역을 해외 동포사회, 곧 재중국 조선족사회, 재러시아 고려인사회, 재일본 조선인사회, 재미주·구주 한인사회로 확대해 나갈 계획이다. 이를 위해 양 기관의 공동출자를 통한 연구기금을 조성하고 지원가능 기관의 프로젝트 지원을 요청해 나갈 예정이다. 특히 남북한 문화이질화와 관련하여 경희대 무용학과와 공동으로 춤사위 변화현상을 집중적으로 연구할 계획도 있다.

③ 통일문화대상 시상 : 2003년 말부터 연1회, 우리 사회에서 남북한 통일문화의 진작과 그 활성화에 기여한 공로를 평가하여, 현저한 업적을 남긴 개인 또는 기구를 선정, '통일문화대상'을 시상할 예정이다. 이 상의 제정 및 시상을 통하여 통일문화에 대한 우리 국민의 인식을 새롭게 하고 이를 적극적으로 실천해 나갈 풍토와 분위기를 조성하고자 한다.

④ '상해임시정부' 리모델링 : 내년부터 상해임시정부 건물을 독립기념관

내에 리모델링하는 사업을 범국민적 민간운동으로 추진함으로써, 남북한 이질화의 근원과 역사적 전개과정을 환기하는 한편, 이를 극복할 국민적 문화통합 의식의 형성을 적극적으로 유도하고자 한다.[15]

통일문화연구원의 이와 같은 활동 계획은, 향후 남북한 문화통합의 길에 범국민적 참여와 실천이 어떻게 이루어져야 할 것인가에 대한 하나의 시금석(試金石)이 된다. 이 문제가 그야말로 민족공동체 전체를 아우르는 것인 만큼, 정부 차원의 노력 외에도 이러한 민간 기구나 단체들의 적극적인 활동이 확산되어 나가야 하고, 정부에서도 이를 유도하고 후원하는 능동적 국면 전환을 시도해야 할 것이다.

### 2) 통일문화 운동의 새로운 방향성

지금까지 이 글에서 살펴본 것은 통일문화 운동의 구체적 실천 방안과 방향성에 관한 것이었다. 이러한 성격의 일, 곧 길이 없는 곳에 길을 내면서 가는 일은, 결코 말로만 하는 구두선(口頭禪)에 그쳐서는 진척이 없다.

먼저 남북한 문화이질화에 대한 정확한 이해와 상황 분석이 필요하다. 그 현황에 대한 체계적인 진단과 분석, 문화통합 항목별로 접근 및 성사 가능한 추진 방안의 모색, 남북 공동연구의 가능성 타진과 협력체계 수립, 민족 고유의 전통과 양식 또는 언어와 습관 등에서 공동체적 공통성 추출 등 여러 방향과 여러 단계의 실천적 노력이 수반되어야 한다. 이러한 항목들의 현상적 실제, 변화의 실태 등에 대한 객관적 연구가 이루어져야 한다.

---

15) 통일문화연구원, 『통일문화의 새로운 선언』, 2002.

그리고 그와 같은 연구 성과를 바탕으로 하여 실천 가능한 통일문화 운동의 아이템 개발과 적극적 추진이 필요하다. 정치·군사 문제를 그 밑바탕에서 떠받치고 있는 정치문화·군사문화, 경제·사회 문제를 그 밑바탕에서 떠받치고 있는 경제의식·사회의식이, 남북간에 서로 어떻게 이질화되었고 그 이질성을 극복하고 민족적 통합의 길로 나아갈 방안이 무엇인가를 연구하는 것이 먼저이다.

그리고 그 다음에는 이를 하나의 국민운동 수준으로 승격시키고 동시에 이를 추진해 나갈 방안과 방향성을 확보해야 한다. 그만한 각오와 의욕이 없이는 어려운 문제이기 때문이다. 그 운동 또한 과거 새마을운동의 전례에서 교훈을 얻은 바와 같이 정권적 차원이 아니라 민족적 차원에서 분명한 대의(大義) 아래 추진되어야 마땅하다. 여기에는 정부와 민간 기구가 서로 연합하여, 공동 노력의 결실을 지향해 니기야 할 것이다.

# 통일시대를 향한 북한문학의 이해
— 민족통합을 위한 문학적 탐색을 중심으로

홍용희

## 1. 머리말

1980년대 후반, 공산주의 종주국인 소련의 와해와 더불어 국제정세
는 이념을 내세운 반목과 갈등의 냉전체제를 종식하고 상호 의존적인
경쟁과 협력의 경제공동체로 급속하게 재편되었다. 그리하여 오늘날
은 이른바 전지구적 시장화의 시대가 뚜렷하게 가시화되고 있다. 그러
나 아직 한반도에서는 2차 세계대전 이후 미국과 소련을 중심 축으로
한 이념적 대결 구도가 여전히 잔존하고 있다. 전쟁과 함께 민족 분단
을 정착시킨 이른바 '1950년 질서'가 오늘날까지 기본틀을 유지하고
있는 것이다. 그리하여 한반도에서는 지금까지도 전쟁과 그로 인한 생
명권의 위협으로부터 자유롭지 못한 형편이다.

그러나, 물론 한반도의 정세가 종전의 냉전 구도로부터 전혀 변화가
없는 것은 결코 아니다. 외양적으로는 아직 분단체제의 기본 틀에서
벗어나지 못하고 있으나 그 이면에서는 남·북한 모두 국제 정세의 변

화에 대응하는 내적 변화와 새로운 관계성의 모색이 분주하게 일어나고 있다. 다시 말해, 오늘날 남·북한은 분단시대를 넘어 통일시대를 열어 가는 도정에 있다고 할 수 있다. 이를테면, 근자에 또 다시 출몰하고 있는 한반도의 전쟁 위기의 저변 사정 역시 냉전 시대의 경우와는 근본적으로 다른 성격을 지닌다. 이것은 탈냉전시대의 도래에 따라 기존의 분단체제가 새로운 질서로 재편되는 상황에서의 과도기적 현상이라고 할 것이다. 전쟁 위기 속에서도 한 켠에서는 금강산 관광 도로 건설, 경의선 공사, 이산가족의 상봉, 남북한 교역의 확대 등등의 민족적 화해와 협력의 과정이 지속적으로 진행되고 있음은 이를 반증한다. 1998년, 남한의 여야 정권교체와 북한의 김정일 정권의 본격적인 등장과 함께 각각 햇볕 정책과 경제 부흥론을 핵심으로 하는 강성대국론이 서로 만나면서 남북정상회담을 비롯한 획기적인 민족적 화해와 협력의 교류가 활성화되고 있는 것이다. 전세계에 걸쳐 유일한 '냉전의 섬'으로 남아있는 한반도에도 분명 분단체제의 극복으로 나아가는 지각변동이 전개되고 있다.

그러나 이러한 통일시대를 열어 가는 방식이 '위로부터 일방적으로 주어지는' 정치적 차원에서만 수행될 때 현실 삶 속에서 민족 구성원간의 혼란과 갈등은 또 다른 차원의 심각한 문제를 야기시킬 것이다. 반세기가 넘는 분단의 역사는 남·북한의 지배체제는 물론 일상적인 삶의 도처에 이르기까지 이질성의 간극을 심화시켰기 때문이다.

따라서 우리는 북한의 실상에 대한 심도 깊은 이해를 바탕으로 민족적 동질성을 찾고 회복해나가는 동시에 미래 지향적인 민족적 연대의식을 창출해나가는 노력을 경주해야 할 것이다. 우리의 북한문학 연구는 궁극적으로 이와 같은 통일시대를 향한 민족통합의 일환으로서 중요한 의미를 지닌다. 다시 말해, 우리에게 북한문학은 학문 그 자체의 객관적인 연구 대상의 차원을 넘어서서, 그 동안 분단체제 속에서 조장되어온 북한에 대한 왜곡된 편견, 망령, 무지를 벗고, 실상 그 자체에 대한 올바른 이해를 통해, 민족통합의 출구를 찾아가는 도정의 중요한 대상으로서의 특수성을 지닌다.

이 글은 이러한 문제의식을 바탕으로 지금까지 다각적으로 탐구되어 온 북한문학 중에서 특히 민족통합을 위한 문학적 탐색에 초점을 두고 기존의 연구 동향과 과제를 검토하면서 아울러 통일철학의 정립에 관한 모색을 제기하고자 한다.

## 2. 통일시대를 향한 북한문학 연구의 동향과 과제

### 1) 통일시대를 향한 북한문학 연구의 동향

남한에서의 북한문학에 대한 본격적인 연구는 월북 문인과 북한의 일부 문학 작품에 대한 해금 조치가 단행된 1987년 10.19 조치 이후부터이다. 그 이전의 북한문학에 대한 논의는 현행법에 의해 금기시되었던 탓에 주로 월남한 문인들의 수기 형식이나 국가 기관이 주도하는 단편적인 보고서 차원에서 이루어졌다. 따라서 이 당시의 북한문학 논의는 엄정한 학적 체계는 물론이거니와 자료적 가치도 제대로 지니지 못한 채 반공 논리에 입각한 편향된 시각에서 벗어나지 못한 양상을 보이고 있다.[1] 그러나 1980년대 후반 해금조치 이후부터 북한문학연구는 비교적 활발하게 꾸준히 전개되면서 상당한 수준의 축적된 성과를 이루어내고 있다. 북한문학 연구의 동향은 대체로 개괄적인 총론의 수준에서 점차 문예이론의 미학적 특성, 시기별, 주제별, 시인 및 작가

---

[1] 여기에 해당하는 주요 문헌으로는 박남수, 『적치 6년의 북한 문학』(국민사상지도원, 1952); 이철주, 『북의 예술인』(계몽사, 1966); 이기봉, 『북의 문학과 예술인』(사사연, 1986) 등이 있다.

론, 문학사 등으로 구체화되고 각론화되는 양상을 보여준다. 또한 북한문학의 연구 방법론에 있어서도 상대주의적인 내재적 원리와 역사주의적인 시각에서부터 민족문학론과 사회주의 리얼리즘의 방법론 등에 걸쳐 다채롭게 시도되고 있다. 여기에서는 지금까지 다양하게 전개된 북한문학 연구의 성과물에 대해 시기적인 흐름에 대한 개관과 함께 민족통합을 위한 문학적 모색과 연관된 주요 논의를 중심으로 살펴보기로 한다.

1980년대 말 월북 작가 해금과 북한 바로 알기 운동이 시작되면서 북한문학에 대한 학계의 관심은 그 동안의 공백을 일시에 메우기라도 하듯 매우 활발하게 전개되었다. 이 시기에 『문예중앙』의 「북한문학 바로 읽기의 입문」[2], 『문학사상』의 「북한문학, 어떻게 볼 것인가」[3] 등의 심포지움을 비롯하여 권영민 편저, 『월북문인연구』(문학사상사, 1989), 『북한의 문학』(을유문화사, 1989), 윤재근·박상천,[4] 성기조[5], 김대행[6] 등의 연구가 집중적으로 산출되었다. 이들 성과물들은 대체로 북한문학의 문예이론과 전개 양상에 대한 포괄적인 정리와 소개의 차원에서 크게 벗어나지는 못하고 있다. 그러나 이러한 총론적인 개관은 그 동안 거의 알려지지 않았던 북한사회에서의 작가와 문학의 위상 및 성격을 규명하고 민족문학의 단위 개념으로 포괄할 수 있는 방법적 가능성에 대한 문제제기를 유도하고 있다는 점에서 중요한 의미를 지닌다.

---

2) 『문예중앙』, 1989. 봄호에 있었던 이 좌담회는 최일남, 한홍구, 정도상, 김철 등이 참석했다. 이들 논객들 중의 일부는 북한의 수령론과 『피바다』 등에 대해 지나친 과대평가를 내리는 또 다른 측면의 편향성을 노출시킨다.
3) 『문학사상』, 1989. 6에 있었던 이 심포지움에서는 김열규·권영민·김윤식·임헌영 발제 논문 및 이재선·김재홍·조남현 작품론이 게재되고 있다. 이들 논문들은 북한 원간 자료에 입각한 비평적인 논의라는 점에서 본격 연구로서의 가치를 지닌다.
4) 윤재근·박상천, 『북한의 현대문학 1,2』, 고려원, 1990.
5) 성기조, 『주체사상을 위한 혁명적 무기의 역할─시부문』, 신원문화사, 1989.
　　──, 『북한 비평 문학 40년』, 신원문화사, 1990.
6) 김대행, 『북한의 시가문학』, 문학과 비평사, 1990.

특히, 권영민 편, 『북한의 문학』에 수록된 김윤식의 논문은 북한 문예이론의 미학적 특성을 사회주의적 사실주의 문학과의 비교를 통해 객관적으로 점검하고 아울러 "민족적 형식"의 구현을 통한 "통일문학에의 전망"을 제기하고 있어 관심을 환기시킨다.[7] 여기에서 "민족적 형식"이란 북한 문예이론에서 언급하는 "조선적 특성"[8]을 가리키는 것인 바, 내용에 있어서는 사회주의적이고, 형식에 있어서는 민족적이어야 한다는 마르크스-레닌주의 예술 이론에 맞닿아 있다. 그가 이러한 "민족적 형식"을 통일문학의 양식으로 제기하는 자리에서 북한의 혁명 가극 「한 자위단원의 운명」을 거명하고 있는 것은 북한의 인민성에 입각한 고유한 문예양식의 민족적인 보편성으로 확대될 수 있는 잠재적인 가능성을 주목한 것으로 보인다. 그의 이러한 입장은 통일문학이란 어느 일방의 문예 양식에 의한 통합이 아니라 상호 변증법적인 관계성 속에서 형성되는 것이라는 균형 잡힌 시각을 보여주고 있는 점에서 의미를 지닌다. 역시 같은 책에 수록된 김재홍의 「북한 시의 한 고찰」에서는 1980년대 전면에 등장한 남한의 민중시, 노동시와 북한의 사회주의적 사실주의에 바탕을 둔 계급주의 시와의 정서적 유사성을 구체적인 작품의 검토를 통해 검증하고 이를 바탕으로 민족통합을 위한 문학적 동질성 찾기의 한 가능성을 제기하고 있다. 이와 같이 남·북한의 문학 작품을 한 자리에 놓고 그 이질성과 동질성의 실상을 직접 검토하면서 민족 공동체 의식의 회복과 통일문학의 가능성을 논의하는 것은 다음과 같은 점에서 중요한 의미를 지닌다. 첫째는 통일문학에 대한 논의를 당위론적인 관념의 차원에서 실질적이고 체험적인 영역으로 구체화하고 있다는 점이다. 민족 통일은 우리의 일상적인 삶과 직접 연관되는 냉엄한 현실이라는 점에서 그 논의 역시 구체적인 현실성

---

7) 김윤식, 「주체사상에 기초한 사회주의적 문예이론」, 권영민 편, 『북한문학의 이해』, 을유문화사, 1999.
8) 『김일성저작선집』 제 4권, p.152.

을 지속적으로 견지해야 할 것이다. 둘째는 통일문학의 주체는 북한문학뿐만이 아니라 남한 문학도 포괄된다는 점에서 서로 유사한 소재와 주제 의식을 추구하고 있는 작품을 한자리에서 검토하면서 동질성과 이질성을 서로 비교하는 것은 앞으로 통일문학이 지향해야할 실질적인 미학적 가치를 찾는 데 매우 유효한 방법론이 될 것이다.

한편, 1994년에 발간된 김재용의 『북한문학의 역사적 이해』[9]는 북한문학 연구의 뚜렷한 학적체계와 방법론을 제시하고 이를 바탕으로 원간 자료에 입각하여 주체사상의 정립을 전후로 한 북한문학의 전개 양상의 입체적인 변화, 해방 이전부터 지속된 민족문학사적 지속과 변화, 주제의식 및 미학적 특성 등을 전반에 걸쳐 논의하는 진전된 성과를 보여준다. 여기에서 그가 제시한 북한문학 연구의 방법론은 '첫째, 한국 근대 민족문학의 도정에서 검토해야 하다. 둘째, 북한의 문학을 고찰할 때 탈냉전의 시각을 가질 필요가 있다. 셋째, 리얼리즘의 본래적인 의미에 입각하여 검토할 필요가 있다. 넷째, 북한의 전반적인 문예정책 내에서의 개인의 자율성을 고려해야 한다. 다섯째, 소련문학으로부터의 영향이 반드시 검토되어야 한다. 여섯째, 역사주의적 시각을 가져야 한다. 일곱째, 원전 텍스트의 확인을 반드시 거쳐야 한다' 등을 제시하고 있다. 그의 이러한 지적은 북한문학의 학문적인 접근 태도에 대한 균형 잡힌 시각을 종합적이고 체계적으로 정리하고 있다는 점에서 의미를 지닌다. 특히, 여기에서 넷째 항목은 북한문학이 당의 공식적인 문예정책에 종속되는 것이면서도 그 내부에는 비공식적인 입장 간의 긴장관계가 있음을 환기시킨다. 이러한 비공식적인 입장들은 문학적 자율성과 개별적 삶의 원리와 연관된다는 점에서 앞으로 논의될 통일문학의 잠재적 계기로서 의미를 지닌다고 할 것이다. 북한문학 연

---

9) 김재용, 『북한문학의 역사적 이해』, 문학과지성사, 1994.

구에 대한 이와 같은 진전된 문제의식과 연구 성과가 나올 수 있었던 데에는 전사회적으로 확산된 탈냉전 시대에 대응하는 반공이데올로기의 규정력의 약화와 함께 만족스러운 수준은 아닐지라도 점차 증대된 북한 자료의 개방과 연관될 것이다.

북한문학에 대한 연구가 다각도로 전개되면서 거두어진 일정한 성과는 남·북한의 통합문학사의 기술에 대한 모색으로 연결된다. 통합문학사의 시도는 북한문학 연구의 최종 목적은 분단 시대의 반쪽 문학사를 지양하고 남한과 북한의 문학을 통합한 남북한문학사를 기술하는 데 있다는 인식을 바탕으로 한다. 권영민,『한국현대문학사』[10], 최동호 편,『남북한 현대문학사』[11]는 그 대표적인 성과물이다. 권영민의 문학사는 서설에서 "분단시대의 문학은 분단의 극복과 민족 전체의 삶에 대한 총체적인 인식을 문제삼는 경우 더욱 의미 있는 문학적 현상"이된다고 전제하고 있으나 실제 서술 방식에서는 남한과 북한문학의 시대 구분과 공통된 미학적 기준의 설정에 대한 모색의 과정이 없이 서로 독립적으로 병렬시켜 논의하는 데 그치고 있다. 남한과 북한문학의 서로 다른 이질성만을 확인시키는 이러한 서술 방식은 "민족 전체의 삶에 대한 총체적인 인식"을 위한 방법에는 부합되지 못한다.

최동호 편의 문학사는 남북한의 현대문학사 서술의 방법론으로 '포괄의 논리', '사실의 논리', '근대성 극복의 논리', '민족문학의 논리'를 제안하고, 스스로 이를 바탕으로 "서로 별개의 문학처럼 이단시되었던 남북한의 현대 문학을 단순한 분석이나 나열의 형태가 아니라 하나의 시대 구분 속에 묶어 보려고 시도"하고 있다. 이러한 시도는 남한과 북한의 사회역사적 변화과정과 그에 따른 문학적 내용과 형식 미학의 특성을 입체적이고 종합적으로 조망하고 있다는 점에서 통일문학사의

---

10) 권영민,『한국현대문학사』, 민음사, 1993.
11) 최동호 편,『남북한 현대문학사』, 나남출판, 1995.

현실적 가능성에 대한 모색을 충실히 보여 주고 있다. 그러나 서술 방법론에서도 제기하고 있는 '포괄의 논리', '사실의 논리'는 문학사 기술에서 가장 중요한 문학사적 의미망의 미학적 기준을 제대로 설정하지 못하고 있음을 스스로 시인하는 결과를 낳고 있다. 물론 이것은 아직 북한문학에 대해 가치 평가를 통한 선택의 논리를 앞세울 만큼 사실적인 자료 확보가 이루어지지 못한 현실적 상황에서 비롯된다. 따라서 최동호 편의『남북한 현대 문학사』는 미래의 통합문학사를 향해 가는 형성형으로서의 의미를 지닌다.

통일시대에 대응하는 남북한의 통합문학의 방법론에 대한 탐색은 김재용의『분단구조와 북한문학』[12]과 김성수의『통일의 문학, 비평의 논리』[13]에서 본격적으로 제기된다. 김재용은 이 책의 서론에서 분단구조에서의 '남북 중심주의'에 대한 비판 속에서 '통합으로서의 분단극복'의 사고틀을 제시하고 있다. 이것은 북한문학 연구의 방법론으로서 민족문학론의 입장을 강조한 것이며 동시에 앞으로 지향해야할 바람직한 통일방안에 대한 방법론을 제기하고 있는 것으로 보인다. 그러나 지금까지 나타난 남·북한의 자기 중심적 통일주의를 같은 반열에서 등가화시켜 논의하는 것은 시대적 변화상황과 통일체제에 관한 미래 지향적인 대안을 고려하지 않고 있다는 점에서 무리가 따른다. 그에 따르면, 한반도에서 해방 이후부터 1970년대까지는 북한의 자기 중심적 통합주의가 전면에 드러났다면, 1990년대는 남한의 자기 중심적 통합주의가 동일하게 재현되고 있다고 파악하고, 이러한 자기 중심적 통합주의는 상대측에 대한 적대의식과 내부적 통합을 강화시키는, 그래서 분단을 더욱 고착화시키는 역기능을 수행한다고 지적하고 있다. 남한의 흡수통일론이나 북한의 민주기지론을 극복하자는 이러한 논리는

---

12) 김재용,『분단구조와 북한문학』, 소명출판, 2000.
13) 김성수,『통일의 문학, 비평의 논리』, 책세상, 2001.

분명 중요하고 타당한 설득력을 지닌다. 그러나 여기에서 1970년대까지의 북한의 국가사회주의식 한반도 통일과 1990년대 이후 남한의 자본주의 체제에 입각한 통일 논의 및 북한의 개방화의 유도가 질적 내용과 가치의 개념에서 등가의 위치에 놓일 수는 없을 것이다. 다시 말해서 오늘날 세계질서가 탈냉전과 "전지구적 시장화"로 요약되는 경제 공동체로 재편된 상황에서 북한의 개혁과 개방을 유도하는 논리가 1970년대 이전 북한식 사회주의체제의 통일전략과 동일한 위상과 의미를 지닐 수는 없다는 것이다. 물론 섣부른 흡수 통일은 경계해야 하겠지만 과거의 남북 중심주의를 오늘의 문제를 해결하는 거울로 고스란히 옮겨 놓는 것은 시대적 변화의 역동성에 대한 고려가 결여되었다는 점에서 치명적인 한계를 지닌다.

또한, 김성수는『통일의 문학, 비평의 논리』에서 김재용의 남북중심주의에 대한 비판 논리의 연장선에서 '통일문학사를 위한 남북한문학'의 통합논리에 대해 '상호상승식 통합론'을 제기하고 있어 관심을 환기시킨다. 그가 '상호상승식 통합론'을 제기한 배경에는 남한 중심의 북한문학사 통합이 분단 구조를 고착화시키는 남한중심주의의 흡수통일론을 그대로 반영한 것이라는 비판적 인식에서 비롯된다. 그렇다면, 그가 하나의 대안으로 제시하고 있는 상호상승식 통합이란 무엇일까? 여기에 대해 그는 "이를테면, 예전의 청소년 축구 대표팀처럼 수비가 강한 남한측은 수비 선수를, 공격이 강한 북한측은 공격선수를 위주로 선발한 후 둘을 화학적으로 결합시켜 플러스 알파의 최고 기량이 나올 수 있게 전술 전략을 짜는" 방식에 비견한다. 이를 문학사의 기술 방법론으로 옮겨 놓으면, "어느 시기에는 북한측 성과를 강조하고, 어느 국면에서는 남한측 성과를 부각시키면서" 화학적 통합 서술을 지향하는 것이다. 그러나 이러한 방법론은 기왕의 문학사에 대한 진지한 성찰 속에서 나온 하나의 비판적 대안이란 점에서 나름의 의미를 지니지만,

통합문학사의 기술이 축구 단일팀의 구성처럼 단순한 산술적 통합으로 가능할 수 없다는 점에서 설득력을 얻지는 못한다. 다시 말해, 이와 같은 서술 방법론은 문학 작품이란 축구 선수 기량의 경우처럼 쉽게 서열화 할 수 없는 속성을 지닌다는 점, 분단의 역사에 응전하면서 민족적 정체성을 추구한 다양한 문학적 양식을 포괄하기 어렵다는 점, 그리고 결과적으로 남한 문학에 비해 미학적 완성도가 현저히 떨어질 수밖에 없는 북한문학에 대한 자리매김을 할 수 있는 여지가 없다는 점 등을 들 수 있다.

이상의 북한문학의 동향에 대한 개략적인 검토를 통해 볼 때, 통일문학 및 통합 문학을 향한 북한문학 연구가 지속되어 왔음을 알 수 있다. 그러나 앞에서 보듯 남북한문학의 민족적 통합의 논리를 정립하는 일은 결코 단순하지 않다. 그 가장 대표적인 이유는 어디에 있을까? 여기에 대한 문제제기와 응답의 과정이 통일시대를 향한 문학적 탐색의 과제에 해당한다.

## 2) 통일시대를 향한 북한문학 연구의 과제

민족통합을 위한 문학적 탐색과 방법론의 정립이 결코 쉽지 않은 가장 큰 이유는 반세기가 넘도록 서로 대립되는 체제 속에서 심화되어 온 이질성의 간극에서 비롯된다. 주지하듯, 해방 공간과 한국전쟁을 거치면서 남북한은 제각기 자본주의 체제의 예속화와 북한식 사회주의 체제로 재편되었으며 문학의 성격과 지향성 역시 이에 대응하는 서로 다른 이질성의 극단으로 치닫는다. 따라서 오늘날 민족통합을 위한 문학적 논리를 모색하기 위해서는 먼저, 이와 같이 양극화로 치달은 이질성 속에서 민족적 동질성의 계기를 찾고 적극적으로 의미부여하는 유화적인 자세가 요구된다. 또한 이와 동시에 앞으로 전개될 통일

시대에 입각하여 남북한의 미래지향적인 민족적 연대의식과 공동체 의식을 창출시켜나가는 창조적 모험이 요구된다. 남북한의 민족적 연대의식을 과거의 풍속이나 혈연, 지연의 차원에서만 강조하는 것은 민족적 에너지를 차원 높게 승화시킬 수 있는 통일시대에 부합된다고 볼수 없기 때문이다.

지금까지 제기된 남북한의 민족적 통합을 위한 문학적 논리가 좀 더 실질적이고 생산적인 대안을 제시하지 못한 채 혼란을 겪었던 것은 지나치게 현재적 상황에 사유의 거점을 두고 기왕의 문학적 성과물을 포괄하고자 했기 때문이다. 이제, 우리의 통일시대를 향한 북한문학 연구는 앞으로 다가올 통일시대의 올바른 지향점을 설정하고 여기에 입각하여 남북한의 문학적 가치와 동질성의 계기를 적극적으로 발견하고 평가하면서 동시에 세계사적 발전에 대응하는 건설적인 민족적 가치와 통합의 논리를 창출해나가는 것으로 요약된다. 물론 이와 같은 민족통합을 위한 문학적 모색을 위해서는 북한문학 자체의 내재적인 지속과 변화의 원리에 대한 꾸준한 연구가 바탕을 이루어야 할 것이다.

그렇다면, 먼저 통일시대의 올바른 지향점은 무엇일까? 이것은 문학적 논의의 범주를 넘어서는 영역이지만, 적어도 현존 국가 사회주의가 자본주의의 대안으로서의 유효성을 상실한 시점에서 자유민주주의와 시장경제체제의 양상으로 나가야 할 것임은 분명한 사실이다. 공산주의 통일을 한 베트남이 오히려 자본주의 세계시장으로 편입하고 있는 상황도 이를 뒷받침한다. 물론 통일 기반 조성에서부터 시작되는 단계별 통일과정에서는 1국가 2정부 2경제체제의 순서를 거쳐, 북한을 내부식민지화할 수 있는 민족분열적인 함정을 경계해야 하겠지만, 궁극적으로는 김대중 정부가 제시한 '복지지향적 자본주의체제'로의 귀착이 설득력을 지닌다.

따라서 우리는 이러한 통일국가의 지향점에 대한 대전제 속에서 오늘날의 변화된 한반도의 국내외적 정세를 적극 활용하여 민족통합을 성숙시키고 사회통합을 진전시켜 나가야 할 것이다. 민족통합을 성숙시키고 사회통합을 진전시키는 가장 유효한 방법론은 남북한의 문화공동체를 형성해 나가는 것이다. 앞으로 다가올 통일 국가가 민족 구성원의 구체적인 문화적 삶의 층위에서 통합을 이루어내지 못한다면, 38선의 철조망을 다시 우리의 일상 생활 속으로 산재시키는 더욱 심각한 민족 분열의 상황을 초래할 수도 있을 것이다.

  통일시대를 향한 남북한 문화공동체 형성의 일환으로서 북한문학에 대한 접근 방법으로는 먼저, 민족적 연대의식과 동질성의 요소를 적극적으로 찾고 활성화시키는 방안을 제기할 수 있을 것이다. 근자에 남한 문예지에 빈번하게 소개되는 민족적 친화성을 깊이 느낄 수 있는 북한문학에 대한 소개나 연구 활동은 이러한 문면에서 중요한 의미를 지닌다. 통일문학은 남북한 삶의 심층세계에 공통적으로 관류하는 민족적 정체성 찾기에서부터 시작될 것이기 때문이다.[14] 또한 앞에서도 언급한 바처럼 북한 사회에서 현존하는 당의 공식적인 문예정책에 종속되면서도 그 이면에 내재하는 비공식적인 일탈적이고 개별적인 감성의 언어에 대한 탐색이 요구된다. 이점은 어느 특정한 개별 작가의 경우에도 그의 문학 세계 전반에서 실존적인 내성의 언어나 개별적인 주관성의 원리가 두드러진 작품을 적극 발굴하고 평가할 필요가 있다. 남한의 독자들까지 공감할 수 있는 문학적 보편성을 획득한 작품은 통일시대를 향한 민족문학의 중요한 자산이 될 수 있을 것이다. 아울러 이와 같이 지배 이데올로기의 추종이 아니라 살아 있는 구체적인 삶의

  ---

  14) 시 계간지 1998년 창간호 『시안』(詩眼社, 1998)에서의 북한 시 소개와 홍용희, 「북한의 서정시와 민족적 친화성」; 김재용, 「북한사회와 서정시의 운명」 등의 논문은 남북한의 공통적인 민족적 원형질을 찾고자 하는 시도에서 이루어졌다.

정서를 구현한 작품이 통일 이후에도 살아남을 수 있을 것이다. 적어도 앞으로 북한의 김일성―김정일을 정점으로 하는 유일관료 체제에 입각한 통일이 되지는 않을 것임을 상정한다면, 통일 이후 북한의 도식화된 공적인 제도 담론으로서의 문학은 쉽게 휘발되어 버릴 것임에 틀림없기 때문이다.

다음으로는 다양한 미학적 방법으로 남북한의 문학을 한 자리에서 동일한 방법론으로 검토하는 일이다. 이를테면 문체론, 여성성, 근대성, 문학사적 인식론, 전통성 등의 방법론을 적용하여 남북한문학을 논의하면 남북한의 이질성과 동질성의 참모습을 선명하게 확인할 수 있을 것이다.

세 번째로는 북한 사회 자체내에서 문학적 변화의 잠재적 가능성을 감지하고 기대해 보는 것이다. 이러한 점은 1992년 김정일이 간행한 『주체문예이론』과 여기에 입각한 구체적인 실현에 해당하는 『조선문학사』에 나타난 새로운 변화의 양상에서 찾아 볼 수 있다. 이들 책의 서술 배경이 되기도 하는 1990년대 이래 북한이 강조한 '자주성의 시대'는 사회의 내부적 통합을 위한 허구적인 지배이데올로기로서의 문제점을 내재하고 있지만 그러나 역설적으로 민족 문화 유산에 대한 적극적인 발굴과 평가의 능동적인 계기로 작용하기도 한다. 이러한 상황은 자주시대와 민족주의(조선민족 제일주의)를 강조하면 할수록 우수한 유산과 전통을 적극적으로 발굴하고 조명해야 하기 때문인 것으로 보인다. 김정일의 『주체문학론』의 논지는 1990년대들어 15권에 걸쳐 간행된 『조선문학사』에서 구체적으로 실현된다. 특히 1920년대 후반기에서 1940년대까지의 문학사를 다룬 『조선문학사 9』(1995)에서 뚜렷하게 나타나는데, 1967년 주체문예이론이 정립된 이후 거세되었던 카프문학은 물론 진보적인 민족주의 문학에 대한 다채롭고 섬세한 논의가 개진되고 있다. 한용운, 양주동, 박로아, 김달진, 심훈, 정지용, 백석, 김태오, 리용악, 윤동주 등의 시인들의 작품세계를 대폭 수용하여 긍정적으로 논의 평가하고 있다. 이점은 북한문학사에서 작품의 질적 고양을 불러일으키는 중요한 계기로서 작용할 수 있다고 판단된다. 북한의 문학 독자들이 예술적 완성도가 높은 작품을 직접 읽고 감상하게 됨으로써 지금까지의 '사상적 무기로서' 창작된 생경하고 도식적인 작품에 대한 비판적 안목을 가질 수 있게 될 것으로 보이기 때문이다. 물론 아직 문예 창작의 현장에서 이러한 시적 가능성의 구체적인 성과가 나타나고 있지는 않다. 그 주된 이유는 반세기가 넘는 타성적인 세월의 관성을 극복하기에는 좀더 많은 시간이 필요하다는 점과 김정일 시대가 아직 현실적으로 다양한 문학적 유형을 포괄할 수 있는 안정기에 접어들지 못했다는 점에서 찾을 수 있을 것이다. 그러나 북한의 『주체문학론』에서 제기한 과거의 민족문화예술에 대한 공정한 평가는 궁극적으로 현재와 미래의 문예 창작의 질적 고양을 가져오는 중요한 추동력으로 작용할 수 있을 것이다. 이와 더불어 앞으로 더욱 활발하게 전개될 남·북의 경제적 교류와 북한의 개방정책에 따른 북한 사회의 점진적인 변화가 북한문학의 내적 변화의 계기로 작용할 것이다.

마지막으로, 건설적이고 미래지향적인 민족 공동체 의식의 창출에 관한 모색이 요구된다. 한반도의 분단체제 극복은 단순히 한반도의 문제에 국한되는 것이 아니라 앞으로 전개될 동북아 중심사회의 주축으로 기여할 수 있는 초석으로서 의미를 지닌다. 따라서 민족통합의 논리가 한반도에서의 분단 극복과 민족 통일의 범주에 국한될 것이 아니라 동북아의 평화 정착과 21세기의 세계사적 대안 문명의 창조에 기여하는 소명 의식 속에서 탐색되어야 할 것이다. 남북한의 통일을 소재로 한 문학작품들을 살펴보면[15], 대부분이 혈연을 매개로 한 이산의 아픔과 상봉을 갈망하는 내용이 중심 화소를 이룬다. 물론 혈연의 문제가 이데올로기에 입각한 분단의 장벽을 허무는 가장 핵심적인 틈새 역할을 할 것이다. 그러나 우리는 이제 혈연의 차원을 넘어서서 생활 방식과 사고 유형에까지 서로 공유할 수 있는 진취적인 통일 문화를 강구해야 할 것이다.

## 3. 통일철학의 정립을 향하여

이상에서 북한문학을 대상으로 민족통합을 위한 문학적 탐색에 관한 연구사적 검토와 과제를 개략적으로 정리해 보았다. 지금까지 전개되어 온 북한문학 연구는 대체로 민족문학의 하나의 단위개념으로서 상정하고 논의되어 왔음을 알 수 있다. 이것은 오늘날 북한문학의 연구가 궁극적으로는 통일문학 내지 통합문학의 기술을 위한 과정으로서 의미를 지니는 것임을 전제하는 것이기도 하다.

통일시대를 향한 문학적 모색에서 가장 중요한 것은 통일 국가의 지향성이다. 우리가 지향하는 바람직한 통일 국가의 상이 정립될 때, 여기에 입각하여 양극화된 남북한의 문화적 이질성을 극복하고 민족적 동질성과 연대의식을 창의적이고 미래지향적으로 확장해나가는 길을 탐색해나가야 할 것이다. 우리가 맞이할 통일국가의 형태는 자본주의 시장경제체제일 것은 분명하다. 그러나 이때의 자본주의 시장경제체제가 지금과 같은 남한의 천민자본주의의 양상을 띠어서는 결코 바람직하지 않을 것이다. 이점은 근자에 남한에서 발표되는 탈북자 문학을 통해볼 때에도 극명하게 확인된다. 경제적 실리를 얻기 위해서는 같은

---

15) 1990년 이후 발표된 남북한의 주요 통일문학으로는 북한의 경우 리종렬의 「산제비」(1990), 남대현의 「상봉」(1992), 김명익 「림진강」(1990), 주유훈의 「어머니 오시다」(1996) 등의 작품을 꼽을 수 있고, 남한의 경우 최윤의 「아버지 감시」(1990), 이호철, 『보고드리옵나다』(1993), 이문열의 「아우와의 만남」(1995), 이순원, 『혜산가는길』(1995), 이원규, 『강물은 바람을 안고 운다』(1995) 등의 작품을 꼽을 수 있다.
김재홍·홍용희 편, 『그날이 오늘이라면 — 통일시대의남북한 문학』, 청동거울, 1999 참조.

민족으로서의 동포애나 인류까지도 저버리는 모습이나 민첩한 상술 논리로 통일과 함께 북한 전역을 무분별하게 개발하고자 하는[16] 모든 위계질서를 상품가치체계로 전락시킨 천민자본주의의 의식에서 벗어나는 것이 요구된다. 따라서 우리는 자본주의 체제를 바탕으로 하면서도 인간의 주체성과 덕성을 잃지 않는 새로운 공동체로서의 통일을 이루어내야 할 것이다. 이 지점에서 우리는 조심스럽게 새로운 공동체의 형성 방법으로 남한의 자본주의와 북한의 아직 훼손되지 않은 사회주의의 인간적 덕성이 서로 상호 영향을 주면서 함께 변화하는 양상을 그려 볼 수 있다. 그리고 이를 바탕으로 하면서 여기에서 더 나아가 앞으로 도래할 동북아 시대의 문화 중심지로서의 역할을 수행할 창조적이고 모험적인 통일철학을 정립시켜 나가는 것이 요구된다. 이러한 통일 철학의 정립과 함께 통일시대를 향한 북한문학의 연구도 더욱 생산적인 성과를 이룰 수 있을 것이다.

---

16) 탈북자들의 남한 사회에서 느끼는 갈등과 고통의 양상을 중심 화소로 다룬 탈북자 문학으로는 박덕규, 『노루사냥』, 정을병, 『남과 북』, 김지수, 『무거운 생』 등이 있다. 이들 작품은 남북한의 삶의 이질성의 현황을 가장 체험적으로 보여준다는 점에서 의미를 지닌다.

# 2000년대 북한문학의 전개 양상

이봉일

## 1. 강성대국문학

1994년 김일성 사후, 3년간의 유훈통치기간을 거친 북한은 김정일 체제를 공식적으로 출범시켰다. 이때 북한은 '강성대국'이라는 이데올로기를 내걸었다. '강성대국건설'은 1998년 후반부터 〈로동신문〉의 표제어로 떠오른다.[1] 강성대국은 '국력이 강한 나라, 그 어떤 침략자도 감히 범접할 수 없는 무적의 나라'[2]를 말한다. 이러한 강성대국론은 북한의 현실적 상황을 그대로 반영하고 있다.

김정일 정권이 들어서기 이전부터 계속된 식량난의 위기와 미국과의 극단적 대립은 북한사회의 내부적 결속과 외부적 대결이라는 구심력과 원심력의 정치적 균형을 강하게 추동시켜 왔다. 따라서 강성대국론

---

1) 「강성대국」, 『로동신문』, 1998. 8. 22.: 「위대한 당의 령도 따라 사회주의강성대국을 건설해나가자」, 『로동신문』, 1988. 9. 9.
2) 「위대한 김일성 동지의 유훈을 지켜 강성대국을 건설해나가자」, 『로동신문』, 1999. 4. 15.

은 낙후된 북한의 사회적 현실과 경제난을 극복하고자 하는 북한당국의 의지를 보여준다고 할 수 있다.

경제재건에 대한 북한당국의 초조감은 "경제건설은 강성대국 건설의 가장 중요한 과업"이며 "우리의 정치사상적 군사적 위력에 경제적 힘이 안받침될 때, 우리나라는 명실공히 강성대국의 지위에 올라설 수 있다"는 북한의 1999년 신년공동사설 논조에서 잘 나타난다. 1998년 이후, 북한의 신문사설과 문예지의 권두언을 보면 강성대국이 되기 위해 '군사강국·정치강국·사상강국·경제강국'이 되어야 한다고 적고 있다. 그러나 이 가운데 '군사·정치·사상'의 측면은 그동안 이미 강국을 이루었다고 선전해왔다. 따라서 강성대국의 실제 내용은 '경제강국'에 초점이 맞추어져 있다고 해도 틀린 말은 아니다.

1990년대 중반부터 시작된 '붉은기사상'(1994)과 '고난의 행군'(1996), 그리고 강성대국건설(1998)과 선군정치시대(1998)를 거쳐 태양민족문학(2000)으로 이어지는 북한의 정치사상적 문예정책의 모토는 사실 북한의 심각한 경제난을 반증한다고 볼 수 있다. 그리고 이러한 정치사상적 운동은 문예적 측면에서 보면 『조선문학』 2000년 3월호 머리글에서 밝힌 '강성대국문학을 지향하자!'는 논리로 집약된다.

이러한 논리는 북한의 문학이 당의 사상적 이데올로기를 인민에게 전달하는 정치의 전위부대라는 사실을 떠올리면 쉽게 납득이 간다. 이렇듯 사회주의 조국을 수호하고 공산주의 이상촌을 건설하기 위해 인민들의 참여를 제고시키는 다양한 이데올로기는 '강성대국건설'이라는 김정일의 교시로 수렴된다.

결국 강성대국문학은 북한사회가 강성대국을 건설하는 데 사상적 버팀목 역할을 하는 '21세기의 태양'인 김정일이 밝혀주는 문학이다. 강성대국문학에는 '사상중시·총대중시·과학기술중시'라는 세 가지 중심개념이 있다. 이러한 개념들은 한 작품 속에 유기적으로 형상화되어 있지만, 주제의 강조점은 개별 작품들 속에 서로 다르게 나타난다.

이점을 고려하여 필자는 2000년대 북한문학의 흐름을 보다 잘 이해하기 위해 위에서 말한 세 가지 개념을 각각의 범주로 묶어 살펴보고자 한다.

## 2. 북한체제의 우월성: '사상중시' 문학

'사상중시'의 문학은 인민들을 주체사상으로 무장시켜 북한사회의 이념적 위기를 극복하기 위한 것이다. 이것은 북한체제의 한계를 반영한다. 90년대 들어 급증하고 있는 인민들의 탈북사태로 인해 북한당국은 사회내부의 동요를 미연에 차단해야 하는 상황에 빠졌다. 그 목적으로 동구 공산주의의 붕괴원인을 자본주의 물질문명에 물든 인민들의 사상적 해이에 있다고 진단하고, 북한식 사회주의의 우월성을 인민들에게 강조하고 있다.

『조선문학』 2000년 2월호에 발표된 양창조의 「두 번째 기자회견」은 주체사상의 우월성을 선전하는 작품이다. 일본학계에서 '친쏘정통학자'로 알려져 있는 사마다 쇼지 교수는 소련의 사회주의가 붕괴한 실상을 알기 위해 모스크바를 방문한다. 소련에 입국한 그는 맑스-레닌주의 연구소를 찾아 가지만, 아무렇게나 방치되고 버려지고 있는 정통파 유물론자들의 주옥같은 고서들을 보고 큰 충격에 빠진다.

이후, 시마다 쇼지 교수는 오래전부터 친분이 있었던 연방과학원의 쉐드리 루쟌스키 원사를 만나서 사회주의 붕괴에 대한 이야기를 나눈다. 그러나 그와의 대화에서 여러 가지 의문점의 해답을 얻을 수 있을 것이라는 기대와는 달리, 루쟌스키 원사도 자기나라에서 발생한 사태의 동기나 원인에 대해 아직도 확고한 주견을 가지고 있지 못했다. 대신 그는 시마다 쇼지 교수에게 김정일영도자의 로작 〈사회주의 건설의 력사적 교훈과 우리 당의 총노선〉이란 책을 건네면서 '당신이 알고저 하는 문제의 대답을 얻을 수 있을' 것이라고 말하며 자기 집으로 가자고 권유한다.

루쟌스키의 집으로 간 시마다 쇼지 교수는 우연히 원사의 아들 글라꼬브가 치열한 정치공방전의 유혈참극이 벌어졌던 지난해 10월 사변 시 자본주의의 복귀에 반기를 들고 나섰다가 '사이비민주주의자'의 총탄에 맞아 쓰러졌다는 이야기를 듣고 다시 한번 큰 충격을 받는다.

일본으로 돌아온 시마다 쇼지 교수는 그 충격으로 한동안 무기력하게 생활하다가 루쟌스키 원사가 건네준 책을 읽기 시작한다. 책을 읽은 후, 그는 동유럽의 붕괴원인은 사회주의의 자주적 주체형성을 소홀히 한 채 물질중심의 선행이론에 매달렸기 때문이라고 단정짓고, "혁명과 건설의 주인으로서의 인민대중의 의식과 능력을 높이는 것을 기본으로 하지 않는 한 사회주의 발전이란 있을 수 없고 제국주의 공격에 맞서 이길 수 없다"는 결론을 내린다.

다음해 4월, 시마다 쇼지 교수는 북한의 사회주의 노선을 따르던 옛 제자 혼다 깅이찌와 함께 평양을 방문하여 "사람이 모든 것의 주인이며 모든 것을 결정한다"는 주체철학의 원리를 피부로 느끼고 귀국한다. 시마다 쇼지 교수는 귀국기자회견에서 "미국은 사회주의가 마지막 운명에 처해 있다'라고 환호성을 울리지만 조선의 사람 중심의 주체사상을 구현한 결과를 볼 때 사회주의의 승리의 길이 훤히 보였다"고 확신에 찬 모습을 보여준다.

이러한 자본주의의 물질문명에 대한 인민들의 욕망을 차단하고 북한 체제의 우월성을 선전하는 또 다른 작품으로,『조선문학』2001년 8월 호에 발표된 윤경수의 「푸른 하늘」이 있다. 74살의 재미교포 오상주는 9살 된 손자 명동과 함께 평양을 방문한다. 조국방문의 목적은 손자에

게 고국의 정취와 민족의 넋을 심어주기 위함이다. 그러나 작품의 서
사는 미국의 폭력문화와 그것에 물든 남한사회를 비판하면서 북한의
전통문화—사실 전통문화라고 할 수도 없다—의 우수성을 보여준다.
고국에서의 마지막 날, 명동은 지하철도를 참관하러 가자는 할아버지
의 권유를 거부한 채 호텔에 남아서 녹화기를 보겠다고 고집을 부린
다. 오상주는 손자의 행동에 의아해 하면서 지하철도를 관람하러 떠난
다.

관람을 마치고 돌아왔을 때, 명동은 호텔에서 사라지고 없었다. 손자
를 찾으면서 오상주는 그동안의 여정을 회상한다. 우리말을 배우고 싶
어서 애쓰는 명동의 관심, 민족성 짙은 녹화기 〈소년장수〉를 보고 좋아
하던 명동의 행동, 그중에서도 안내자인 김영섭의 아들 종호와 사귀면
서 팽이치기하던 모습을 떠올린다.

김영섭의 도움으로 대동강 유보도에서 종호와 함께 연띄우기 놀이를
하고 있는 명동을 발견한다. 그때 오상주는 조국방문기간 동안 명동이
종호와 함께 민속놀이를 하면서 〈조선의 아이〉로 변해가는 모습을 보
며 조국방문을 잘했다고 생각한다.

이러한 오상주의 판단은 〈인디안놀이〉·〈깽놀이〉 같은 미국청소년들
의 폭력적인 문화와 〈팽이치기〉·〈연띄우기〉 같은 자연친화적 조선의
민속놀이를 비교하면서, 그리고 2년전 고향인 경상남도 거창을 방문했
을 때 알게 된 사기사건—오씨 가문의 종손이라는 오규호에게 돈을
뜯긴 경험—과 대비를 통해 더욱 선명하게 부각된다.

작가는 미국에 살고 있는 오상주로 하여금 '북조선의 사회구조와 사
람들의 생활양식이 미국이나 남조선과는 근본적으로' 다르다고 말하게
함으로써 재외동포들까지 북한문화의 우월성을 인정하고 있다는 것을
보여준다. 그러나 실상 그것은 북한사회의 내부위기를 역으로 드러낸
것에 불과하다.

오상주는 스스로 손자의 가슴속에 조선민족의 후손이라는 자각을 심어주었다고 확신하면서, 자신의 평양행에 별로 관심을 보이지 않았던 아들 내외에게 꼭 조국을 방문하게 해야겠다고 다짐하지만, 반대로 천리마의 등에 붙어 천리를 가는 파리의 행로에 대해서는 아무런 고려도 하고 있지 못하고 있다. 이렇게 본다면 「푸른 하늘」은 북한사회의 폐쇄성과 개방가능성도 함께 보여준다고 할 수 있다.

위의 두 작품에서처럼 북한체제의 우월성을 북한 내부의 시각이 아닌 제3의 목소리로 강조하는 이유는 북한인민들의 가슴속에 북한체제가 세계 사회주의의 마지막 보루라는 자긍심을 심어주기 위함이다. 그러나 이러한 제3의 목소리는 주체사상의 음각된 이데올로기에 불과하다. 이것은 강귀미의 「소나무 상감자기」(『조선문학』, 1999. 12)에서 보여주는 조선민족제일주의와 맥락을 같이한다.

조선민족제일주의는 김정일이 86년 처음 제기한 이래 1989년에 체계화된 이후, 동명왕릉(1993)과 단군왕릉(1994)의 복원 등 민족문화유산을 발굴하고 계승하는 작업의 정신적 준거이다. 그리고 이 사상은 남북과 해외동포가 한데 어울려 하나의 사랑으로 일어설 때 우리의 조국은 하나가 될 수 있다는 리춘식의 시 「우리는 이 땅의 주인입니다」(『조선문학』 2000. 7)에서도 나타난다.


## 3. 제국주의 비판과 선군혁명정신: '총대중시' 문학

'총대중시' 문학은 선군(先軍)정치에 대한 문예적 표현이다. '총대중시' 문학의 핵심은 내부적으로는 '오직 한분 경애하는 최고사령관동지만'의 주체사상으로 똘똘 뭉쳐 북한의 총체적 위기를 극복하고, 외부적으로는 미제국주의의 침략에 대한 공세적 방어에 초점이 맞추어져 있다.

'총대중시' 문학의 등장은 핵문제로 인한 북미간의 오랜 적대적 관계에 있다. 그리고 이러한 관계는 6·25 전쟁 때 미군의 신천대학살을 상기시키면서 미국을 승냥이보다 더 흉물스런 괴물로 그리고 있는 박경심의 「침묵의 웨침(『조선문학』, 2000. 6)」과 빌 클린턴 대통령과 모니카 루윈스키와의 염문을 풍자하면서 제3세계에 대한 미국의 일방적 지배를 비판한 김송남의 「클린턴 〈능력〉」(『조선문학』, 2000. 3)이라는 시에서 잘 드러난다.

『조선문학』 2001년 2월호에 발표된 림화원 「다섯 번째 사진」은 소련의 붕괴원인에 대해 4대에 걸친 한 가문의 비극적인 몰락과정을 통해 보여준다. 이 작품은 액자소설로 구성되어 있다. 경공업 과학원의 연구원인 진옥은 평양에서 개최된 친선예술축전 폐막공연장에서 8년 전 모스크바 거리에서 만났던 인상적인 로씨야 청년, 쎄료자를 만난다. 두 사람은 공연관람을 끝낸 인파들에 떠밀려 인사만 하고 헤어진다. 진옥은 그날밤 잠을 이루지 못하고 8년 전 받았던 충격적인 사건의 이야기를 회상한다.

8년 전, 진옥은 모스크바 싸도야와 거리의 소공원에서 〈사회주의가 낳은 바보들의 가정사〉라는 플랭카드 아래 〈No.1〉에서부터 〈N0.4〉까지 번호가 붙은 사진을 팔고 있는 어여쁜 로씨야 처녀를 보게 된다. 그 사진의 주인공들은 볼쉐위크 출신으로 와짐 → 찌모페이 → 이완 → 쎄료쟈로 이어지는 씬쪼브 가문의 사람들이다. 〈No.1〉의 아들이 〈No.2〉이고, 〈No.2〉의 아들이 〈No.3〉이고, 〈No.4〉는 〈N0.3〉의 아들과 딸이 자기 아버지와 함께 찍은 사진이다. 그후, 진옥은 경공업 기지를 견학하기 위해 차를 타고 가던 중 교통사고로 다친 한 청년을 병원에 입원시키는데, 아까 거리에서 사진을 팔려던 처녀의 오빠라는 사실을 알게 된다. 모스크바 종합대학의 졸업생으로 이름은 '쎄료자'라고 자신을 소개한 후, 그는 누이동생 '까쨔'가 그렇게 되기까지의 과정을 진옥에게 들려준다.

까쨔는 학급친구인 '갈랴'가 화려한 옷차림으로 주위의 시선을 독차지하는 것에 질투하면서 아버지를 원망한다. 그 이유는 자신의 아버지는 구역당 제1비서인데, 갈랴의 아버지 '마뜨렌꼬'는 자신의 아버지보다 직급이 낮은 구역당 조직부장인데도 더 잘 살기 때문이다. 까쨔는 비사회주의적인 부정협잡으로 물질적 부를 치부하는 자들을 증오한다. 그러나 까쨔의 증오는 무사상적인 것이었다. 그것은 꺄쨔 자신도 부정축제의 길로 내몰릴 수 있는 위험을 내포하고 있기 때문이다. 그러던 중 까쨔는 '멕컨리'라는 미국인과 사랑에 빠져, 그를 통해 자신의 꿈을 펼치고 싶어한다. 그 와중에 까쨔의 아버지는 마뜨렌꼬의 교활한 책략에 의해 출당철칙을 당해 그 충격으로 사망한다. 그리고 맥컨리는 까쨔에게 아무 말도 없이 뉴욕으로 돌아가 버린다.

8년이 지난 지금 진옥은 두 사람이 어떻게 되었는지 아무것도 모른다. 다음날 진옥은 쎄료쟈를 배웅하기 위해 비행장으로 나간다. 거기서 진옥은 쎄료쟈에게서 까쨔가 맥컨리를 따라 미국으로 갔다는 소식을 듣게 된다. 귀국한 후 쎄료쟈는 까쨔가 자신에게 보냈던 편지를 진옥에게 보낸다. 편지의 내용은 맥컨리가 씬쪼브 가문과는 계급적 원수지간이었던 쁘로브까의 증손자라는 놀라운 사실과, 맥컨리는 자신의 숙적인 씬쪼브 가문의 후손이라는 것을 알고 까쨔에게 접근했다고 적고 있다. 까쨔는 자신의 조상들과 오빠를 '바보'라고 모욕했지만 진짜 바보는 자신이었다는 말로 편지를 끝맺는다.

그리고 덧붙여 보낸 쎄료쟈의 편지에는 자신의 나라가 망하게 된 원인은 사회주의의 사상적 진지가 무너져 서방식 '자유화'의 부정부패에 물들었기 때문이라고 적고 있다. 결국 쎄료쟈가 진옥에게 편지와 함께 보낸, 한쪽 다리를 잃은 채 뮨헨의 유곽에서 창녀의 삶을 사는 까쨔의 사진은 소설의 주제를 극적으로 부각시키는 씬쪼브 가문의 '다섯 번째 사진'이다. 며칠 후 진옥은 〈로동신문〉에서 로씨야신문 〈쥘라니예〉에 실렸던 "〈평양선언〉의 위대한 탄생지는 우리에게 과거를 일깨워 주고 있다. 미래를 밝혀주고 있다."는 제목의 쎄료자가 쓴 평양방문인상기를 읽게 된다.

「다섯 번째 사진」은 로씨야의 몰락을 흐루쑈브 → 고르바쵸프 → 옐찐으로 이어지는 수정주의에 그 원인이 있음을 비판하면서, 내부적 결속을 통해 미제국주의에 대항하기 위해 '총대사상'을 부각시킨 작품이다. 여기서 '총대사상'을 가장 잘 보여주는 대목은 진옥이 비행장에서 쎄료쟈에게 자신의 가족에 대해 이야기할 때이다. 군관인 남편 사이에 쌍둥이 아들이 있는데 아버지의 뒤를 이어 둘 다 군대에 나갔다는 사실과, 고등중학교에 다니고 있는 딸 순희가 바이올린에 대한 자신의 재능을 살려 졸업 후 음악대학에 가기보다 군대에 나가겠다고 말한다는 진옥의 진술에서 '선군(先軍)혁명문학'의 특성을 읽을 수 있다.

이러한 선군혁명문학은 조국과 동지에 대한 고귀한 희생을 전제로 하는데, 『조선문학』 2001년 4월에서 6월까지 발표된 한웅빈의 「스물한발의 〈포성〉」이 그것을 잘 보여준다. 이 작품은 '군인건설자' 박철 신대원이 6월 13일부터 7월 5일까지 드문드문 쓴 일기로, 이야기의 서사는 ① 군대와 사민은 어떻게 다른가, ② 군대의 철학, ③ 스물한발의 〈포성〉 3부로 구성되어 있다.

1부에서는 전호진 소대장은 안변청년발전소 100리 물길굴공사장에 동원된 신대원 박철에게 "군대와 사민은 어떻게 다른가"라는 질문을 제기한다. 박철은 그 의미를 곰곰이 생각한다. 내리갱으로 만들어진 막장에는 항상 석수가 흐르고, 모래가 없어 바위를 깨뜨려 모래를 만들어 써야 하고, 발파작업 때 발생하는 가스로 인해 쓰러지는 위험을 겪어야 하는 척박한 상황에서 군대와 사민의 차이를 묻는 소대장의 의도는 무엇인가? 박철이 내린 결론은 "모든 것이 부족하고 없는 것이 더 많은 이 시기 〈고난의 행군〉의 나날에는……" 우리에게 불가능이란 없다는 신념에 대한 확신이다.

2부 "군대의 철학"에서는 군대와 사민의 차이를 1부보다 좀더 구체적으로 예시한다. 상관에게 보고없이 대렬을 이탈하면 탈영이라는 것, 군대는 하나의 유기체와 같다는 것, 조선인민군 군인들의 영웅주의는 집단적 영웅주의라는 것, 그래서 〈나〉를 잊어버리고 〈우리〉가 되어야 한다는 것, 요령으로 군사복무를 하는 건 자본주의나라 군대라는 것, 군인이란 일단 필요하면 목숨을 서슴없이 바칠 수 있어야 한다는 것. 이러한 예들은 '군인은 그 자신이 곧 총대'라는 〈총대철학〉의 사상을 보여준다.

3부 "스물한방의 〈포성〉"에서는 죽음으로써 부하대원들을 구한 전호진 소대장의 희생적 행동을 통해서 소대전체가 강인하고 정렬적인 군인으로 재탄생한다는 〈총대철학〉의 실체를 드러내고 있다. 100리 물길 굴의 관통은 막장착암에 달려 있다. 소대원들이 막장착암을 마치고 화약에 뢰관을 꽂아 발파준비를 끝냈을 때, 조차장에 서 있어야 할 광차가 경사로를 따라 막장 안으로 질주해온다. 몇 대인지 모르는 버력 실은 광차들이 막장에 부딪치면 아무도 살아날 수 없다. 이때 소대장은 "모두 벽에 붙으라!—" 소리치고, 아름드리 동발을 쳐들고 달려오는 광차를 향해 10m 남짓 막장 앞으로 나가, 레루 복판에 동발 한끝을 박고 다른 쪽은 어깨에 멘다. 다음 순간 광차들이 동발목에 날아와 부딪치고, 소대장은 쏟아진 버력에 파묻히고 만다. 그 와중에도 소대장은 발파를 명령하고, 대원들의 노력으로 막장에서는 벗어나지만 스물한 발의 폭발음과 함께 죽고 만다.

## 4. 생산력 향상과 실험정신: '과학기술중시' 문학

'과학기술중시' 문학은 오늘날 북한사회의 식량난이 얼마나 심각한지를 잘 보여준다. 그것은 농촌을 '사회주의 건설의 〈1211고지〉, 최전선'이라고 말하는 대목에서 쉽게 파악할 수 있다. 이처럼 북한은 농업생산량을 높이기 위해 전투적 개념까지 끌어들이고 있다.

『조선문학』 2000년 5월호에 발표된 리성식의 「아지랑이 피는 들」은 김정희 선생님과 송암리 관리위원장 송광남·송암마을 분조장 리보금·군농촌경영위원회 농산과장 최윤철·송태리 기사장 박홍범 등 네 명의 옛 제자 사이에서 과학농법의 기술적 문제 때문에 발생하는 갈등을 극복하고 농업생산량 제고에 성공한 '송암리' 마을의 이야기다.

송암리 관리위원장 송광남은 곽산·정주 같은 바다가군들에서 지난해에 논 두벌농사를 하여 많은 식량을 생산했다는 이야기에 자극받아, 송암리 농장에서도 올해 서른 정보가량의 논에 시험삼아 키큰모를 내고 앞그루작물을 심으려 한다. 그 말을 들은 송태리 기사장 박홍범은 송암리는 벌방농장보다 년평균기온과 해비침율이 낮은 중간지대라 두벌농사를 하기가 힘든 곳이라고 말한다. 이에 송광남은 올감자로 파종하면 앞그루 뒤그루작물의 생육기일을 보장할 수 있다고 맞받아친다.

송광남의 명령에 실무를 담당할 1·2 작업반장은 성공을 확신할 수 없어 대답을 머뭇거리자, 그의 시선은 중학교 때 은사였던 김정희 작업반장 앞에 멈추었다. 그러나 김정희는 중간지대 두벌농사의 과학기술적 담보, 앞그루 감자재배에 필요한 정보당 열 톤의 진거름 장만, 두 차례의 논갈이, 종자확보 등의 어려움을 생각하고 감히 나서지 못한다. 이때 송광남은 지난해 농사를 잘못지은 데다 자연피해까지 겹쳐 식량사정이 말이 아닌 마당에 가능성만 따져서야 되겠냐며 소리친다.

김정희는 송광남의 의견을 받아들여 키큰모 재배를 송암마을 분조장

리보금에게 맡긴다. 보금 또한 선생님의 요구에 며칠 후에야 맡겠다는 의사를 표시한다. 리보금은 두 해 전에 〈흰돌〉을 원료로 하여 자급비료를 생산하는 연구에 실패한 후 죽은 남편 서용준을 생각하고 어떻게든지 성공할 각오를 다진다. 그동안 보금은 남편이 실패했던 〈흰돌〉 가공연구를 계속해오고 있었다. 정희는 벼뿌리 성장을 촉진하고 줄기를 튼튼하게 한다는 〈흰돌〉에 마음이 끌려 송광남을 찾아가 보금에게 〈흰돌〉 연구를 계속하게 부탁한다. 이때부터 정희와 보금은 〈흰돌〉 연구를 함께 하게 된다. 정희는 〈흰돌〉을 태울 때 발생하는 유해가스를 맡으며, 용준이 이것 때문에 죽었을지 모른다는 생각을 하게 된다.

어제 정희가 〈흰돌〉을 실어왔다는 소식을 들은 보금은 그녀가 늦도록 출근하지 않자 염려되어 집으로 달려온다. 〈흰돌〉을 때울 때 발생하는 유해가스로 인해 정희는 현기증을 앓고 있었다. 이때 보금은 남편의 실험일지를 정희 앞에 내놓는다. 거기에는 "〈흰돌〉……80도 이상의 열에서 유해가스 발생, 위험!……"이라고 적혀 있었다. 용준은 죽음의 위험을 무릅쓰고 〈흰돌〉 연구에 매달렸던 것이다. 정희는 용준의 경험에 기초하여 〈밀폐된 방에서 저열가공법〉으로 비료를 자급할 수 있는 길을 열게 된다.

어느 날 군농촌경영위원회 농산과장 최윤철이 송암마을에 나타나 서용준의 과오를 되풀이할까봐 정희에게 〈흰돌〉로 만든 비료의 사용을 만류한다. 그 무렵 송광남은 군에 불려가 상태가 좋지 않은 키큰모 모판 때문에 욕을 먹고, "삼십정보의 논을 묵이는 경우 용서받지 못한다"는 비판을 당하고 돌아왔다. 그 이유로 송광남은 키큰모 앞그루작물 감자 대신 강냉이를 심으려 하자 정희는 어이없어 한다. 그러나 정희는 포기하지 않고 〈흰돌〉로 만든 자급비료의 실용성을 확증하기 위해 농업과학분원 연구소를 찾아간다. 연구소에서는 새 키큰모 병원인을 밝혀낸 사실을 알려준다. 이렇게 하여 정희는 세상을 떠난 한 기술일

꾼의 왜곡당한 양심과 한 젊은 관리위원장의 잃어버린 신념을 되찾아줄 수 있었다.

이처럼 김정희의 실험적 과학정신과 서용준의 희생정신은, 『조선문학』 2001년 11월 라광철의 「토양」에서도 나타난다. 이 작품은 구세대(태영의 아버지)의 숭고한 희생과 신세대(태영)의 창조적 의지가 만나 고무안붙임의 자주화에 성공하는 이야기다.

정태영은 광산의 생산과정화에서 난문제의 하나로 되고 있는 마광기의 고무안붙임을 대담하게 기술혁신하려고 한다. 그러나 수명이 세 달밖에 남지 않은 고무안붙임을 자체생산하기 위한 실험에서 계속 실패하고 실망한다. 태영은 이런 고민을 심장병을 앓고 있는 아버지에게 모두 털어놓는다. 다음날 아침, 태영은 강민 당비서에게 고무안붙임의 자체 생산에 대한 강한 신념을 내비친다. 이에 당비서는 자력갱생만이 살길이라며 고급기능공들까지 동원시켜 태영에게 연구할 수 있는 환경을 마련해준다.

그날 태영의 아버지는 기술혁신조를 돕기 위해 현장을 방문한다. 이미 전에 영구자석에 의한 고무안붙임 연구를 한 경험이 있는 아버지는 5기압까지밖에 올라가지 않는 증기로의 압력을 7기압까지 올려야지만 재생고무의 강도를 높일 수 있다는 사실을 알고 있다. 그런데 증기로의 압력을 7기압까지 올릴 경우 폭발할 위험이 따른다. 태영은 며칠 뒤 기대를 걸었던 실험에 또 실패한다. 그 원인은 이전처럼 틀에 붙인 고무 접착이 떨어져 나간 데 있는 것이 아니라, 재생고무의 강도에 있었다.

이를 안 아버지는 태영에게 일요일 날 휴식을 권유하고 재생고무의 강도를 높이기 위해 7기압에서 실험하다가 화상을 당한다. 아버지의 권유로 기술혁신조 동무들과 함께 나들이를 하고 있던 태영은 아버지를 돌봐주는 처녀의사 옥주에게서 그 사고소식을 접한다. 그는 병원에서 아버지가 희생을 각오하고 증기압의 압력을 7기압까지 올려 실험을 했다는 사실을 알게 된다. 태영의 아버지는 아들에게 7기압에서 만든 고무를 주며 꼭 성공하라는 말을 남기고 도병원으로 호송된다. 아버지의 숭고한 희생정신에 고무된 기술혁신조는 불굴의 투쟁으로 끝내 우리식 고무안붙임을 만드는데 성공한다.

위의 두 작품에서처럼 과학을 중시하고 기성세대의 희생으로 세대간의 화합과 협력을 이끌어내는 작품으로『조선문학』2001년 3월에 발표된 변월녀의「푸르른 대지」가 있다. 송경심은 남편으로부터 박음선 관리위원장이 시당위원회에 자기의 해임문제를 제기했다는 소문을 듣는다. 박음선 관리위원장은 자기는 이제 늙어서 과학농법을 지도할 능력이 부족하기 때문에 대학을 졸업한 젊고 유망한 적임자에게 관리위원장 자리를 넘겨주도록 요구했다는 것이다.

그러나 송경심은 박음선 관리위원장을 그만두게 해서는 안 된다고 생각한다. 그녀가 비록 늙긴 했지만 이미 오래 전에 영웅칭호를 받았을 뿐만 아니라 젊은 일꾼들에게 과학농법의 중요성을 깨우쳐 주고 있기 때문이다. 송경심과 그녀와의 인연은 각별하다. 12년 전 고등중학교 졸업반이었던 송경심은 진학문제를 상의하기 위해 시병원 과장으로 근무하던 아버지를 찾아가던 중, 대평마을 언덕에서 관개수로의 흐르는 물에 영웅메달을 담그고 있는 박음선 관리위원장을 만난다. 그때 송경심이 그 이유를 묻자, 그녀는 자기가 영웅이 아니라 낟알을 많이 내준 대평벌이 영웅메달을 받아야 한다고 말한다. 그녀의 말에 감동받아 농업대학에 진학하고 졸업 후, 대평벌로 돌아온 송경심은 대평벌을 이끌 사람은 그녀뿐이라고 굳게 믿는다.

그러한 믿음은 작품 속에 세 가지 사례로 제시되어 있다. 첫째는 땅에 미쳤다는 소리를 들으면서까지 대평벌의 농업생상량을 높이기 위해 온힘을 쏟고 있는 점, 둘째는 그녀의 건강을 염려한 남편이 관리일꾼들과 봉사로력들의 진거름운반 경쟁도표에서 거름실적눈금을 올려

준 것에 대해 원래대로 자신의 수치를 깎아내리리라고 한 일, 셋째는 작업반장들을 모아놓고 매 필지를 열등분하여 구체적인 토양분석을 실시하라는 명령에 2년 전에 갱신한 이유를 들어 송경심이 이의를 제기했을 때, 매년 변하는 토양의 지력을 알아내어 거기에 맞게 대책을 세워야 한다는 것이다.

그녀의 평생에 걸친 과학농사를 위한 열정과 노력은 송경심에게 과학농사의 중요성을 깨닫게 해주었다. 그러한 이유로 송경심은 그녀를 만나 왜 그런 문제를 제기했는지 진위여부를 묻고 싶었다. 남편에게서 리당비서동지가 리당에 들어오라는 말을 들었을 때, 송경심은 마음속으로 박음선 관리위원장을 해임시켜서는 안 된다고 다짐하면서 대평천 뚝 위에 올라서서 사위를 둘러보았다. 송경심은 저 멀리 3작업반 논두렁에서 무엇인가 바쁘게 지시하는 그녀를 보면서 영원히 대평벌의 주인으로 남아야 한다고 생각한다. 그리고 자기의 해임문제를 제기해놓고도 변함없이 대평벌에 사랑과 정력을 쏟아 붓고 있는 그녀의 모습을 당 조직에 반영하자는 생각을 가지고 리당을 위해 힘찬 걸음을 내짚는다.


## 5. 2000년대 북한문학을 위하여

지금까지 2000년대 북한문학을 살펴보았다. 많은 작품들을 분석대상으로 삼지 않았기 때문에 단정적으로 말하기는 어렵지만, 필자가 보기에 현재 북한문학은 이데올로기의 물신성[3]에 빠져들고 있는 것 같다. 이데올로기의 물신성은 한 사회체제가 처해 있는 총체적 위기를 합리적으로 해결하지 않고, 정치적인 수단을 통해 단시간에 극복하려는 과정에서 발생한다.

현재 북한이 당면한 대·내외적 정치상황에 대한 시대적 대응물들은 서론에서도 이미 밝혔듯이 1990년대 중반부터 시작된 '붉은기사상'(1994)과 '고난의 행군'(1996), 그리고 강성대국건설(1998)과 선군정치시대(1998)를 거쳐 태양민족문학(2000)으로 이어지는 이데올로기들로 나타났다. 그리고 이런 다양한 대응물들은 주체사상이라는 이념태로 묶여 있다.

1967년 이후, 지금까지 북한사회를 지배하고 있는 주체사상은 북한 인민들을 통합하는 구심체 역할을 해왔다. 이점에서 보면, 앞서 말한 북한문학에 나타나는 이데올로기의 물신성은 90년대 들어 시작된 북한사회의 총체적 위기 때문에 발생한 것이 아니다. 그것은 수십 년 동안 북한사회를 지배한 주체사상이 그 한계점에 도달한 결과라고 볼 수 있다.

단도직입적으로 말하면, 수령이라는 오직 하나의 목소리만을 갖고 있는 주체사상의 단성주의로는 더 이상 북한문학의 발전을 기대하기가 어렵다. 그 예로 김명익의 「생의 메아리」(『조선문학』, 2001. 8)을 들 수 있다. 이 작품은 특이하게 성태관이라는 기업인을 긍정적으로 묘사하고 있다. 그의 배후에는 항상 어버이 수령의 그림자가 따라다닌다. 결국 그가 기업인으로 성장하는 데는 자본의 축적방식의 비결보다 수

---

3) 상품생산사회에서는 생산수단의 사유로 인해 생산이 무정부적으로 수행되기 때문에 상품생산자들끼리의 사회관계는 상품의 교환을 통해서 나타날 수밖에 없다. 따라서 사람과 사람과의 관계가 사물과 사물과의 관계로서 나타나 인간과 사회관계는 은폐된다. 그리고 생산물의 상품으로서의 성질, 예컨대 가치는 이것이 사회관계의 표현임에도 불구하고 은폐되어 사회적인 자연적 성질로서 나타난다. 마르크스는 이것을 상품의 물신성이라 부르고, 상품생산사회에서는 상품, 특히 화폐가 인간을 지배하고 있음을 밝히고 이것을 물신숭배라고 불렀다. 이 물신숭배는 전면적인 상품생산 사회로서의 자본주의 사회에 있어서 가장 두드러진다. 마르크스는 물신성의 비밀을 명확히 구명하고 이것에 홀려 있는 부르주아 경제학을 비판하였다. 루카치는 이 개념을 확대하여, 어떠한 역사적 현상이 그것의 사회적이며 역사적인 기반으로부터 분리되어 추상적 개념이 자립적인 존재로서 나타나는 경우도 물신화로 파악하고, 제국주의 시대의 부르주아 이데올로기의 물신성을 폭로하고 있다(임석진 감수, 『철학사전』, 이삭, 1983, '물신성' 항목 참조). 그러나 필자는 이데올로기의 물신성이 꼭 부르주아 사회에서만 출현하는 것이 아니라, 사회적 위기를 이데올로기의 조작적 효과로 극복하려는 북한과 같은 사회주의 국가에서도 나타난다고 본다.

령의 보호가 우선한다.

그러나 창작방법의 세계관적 한계에도 불구하고, 이러한 징후는 필연적으로 개방될 수밖에 없는 북한사회의 역사적 운명에 대한 암시로 볼 수 있다. 이제 북한문학은 서서히 개방에 대비해 자본의 축적과정에 숨어 있는 인민들의 욕망을 사실적으로 묘사할 수 있어야 한다. 그리고 북한이 세계자본주의 체제를 수용할 수밖에 없는 시대적 대세의 파도에 올라타기 위해서는 정치적 이데올로기의 탄력성을 높여야 한다. 이를 위해 북한의 문학인들은 정치에 복무하는 작품보다 인민들의 다양한 삶의 욕망을 표현해야 한다. 그렇게 될 때, 북한사회는 정치경제의 위기를 극복할 수 있을 것이다.

# 북한의 공연예술과 판소리 문화

정병헌

## 1. 머리말

1945년 8월 16일, 평양방송은 여러 민요와 함께 판소리를 방송하였다. 해방의 감격은 우리의 전통 회복으로 그 빛을 더욱 발할 수 있었기에, 평양방송은 판소리와 민요를 선택하였던 것이다. 이만큼 판소리는 남도음악이라는 지역성에서 벗어나 전국화된 국민음악으로 자리잡고 있었다. 그런데 김일성은 1964년 11월 7일 문학예술부문 일꾼들 앞에서 행한 연설에서 판소리 음악이 단절되어야 하는 이유를 구체적으로 설명하였는데, 그가 내세운 이유는 양반의 노래 곡조라는 점, 듣기 싫은 탁성을 낸다는 점 등이었다. 이러한 구체적 제시와 함께 그는 연설문 전반에 걸쳐 판소리 성음에 대한 불쾌감을 여실히 드러내고 있다. 이러한 그의 태도는 이미 1957년부터 간헐적으로 제시되었는데, 1964년의 이 연설을 기점으로 판소리는 북한에서 완전히 사라지게 되었다.

해방 공간의 북한이 간직하고 있던 판소리 문화의 실상과, 김일성의 지시를 통하여 변화를 겪을 수밖에 없었던 과정, 그리고 판소리가 사라진 이후의 잔존 형태를 정리하고자 하는 것이 본 연구의 목적이다. 이를 통하여 한 예술의 전승과 변화, 그리고 소멸의 궤적을 추구함은 물론 통일의 시대를 대비하는 기반을 마련할 수도 있을 것으로 본다. 동일한 예술적 기반이 이념과 환경에 의해 어떠한 과정을 겪어 변화되며, 그 공통점과 차이점에 대한 인식은 서로의 다양성을 확인하는 중요한 계기가 될 수 있기 때문이다.

## 2. 북한지역의 판소리 문화적 기반

판소리 문화가 전국으로 확산된 것은 송흥록의 활동으로 시작되는 판소리 전성시대 이전부터 있었던 현상으로 보인다. 대원군의 적극적인 호응이 판소리의 발전에 영향을 끼치기는 하였지만, 그 이전부터 판소리에 대한 애호는 일반 서민층으로부터 상류층에 이르기까지 확산되고 있었다. 다음의 기록은 판소리의 전성시대 이전에 이미 왕실이나 남도지역을 벗어난 곳에서 판소리가 공연되었고, 판소리 향유가 양반 사대부들의 교양물로 정착되었음을 보여주는 예들이다.

① 모흥갑은 경기도 진위군 출생으로 순헌철 3대를 역과한 인이다. 송흥록, 염계달과 병세하여 일세를 振撼한 거장이다. 평양 연광정에서 판소리를 할 때에 덜미소리를 질러내어 십리 밖까지 들리게 하였다는 유명한 이야기가 있으며, 이는 판소리로도 남아 있다.

② 최낭청은 철종 때에 어전에서 판소리를 하는데, "春草는 年年綠인데 王孫이 歸不歸하랴"라고 불러서 철종 임금의 가상히 여기심을 받았으며, 이

것이 한 때 세상 사람들의 입에 널리 오르내렸다고 한다.

③ 염계달은 헌종대왕의 부르심을 받고 누차 어전에서 소리를 하였고, 소리가 가경에 들어가면 경우에 따라 듣는 사람으로 하여금 능히 울게 하기도 하고 웃게도 하였다. 대왕의 총애를 입어서 동지의 직계를 제수받았다.

④ 홍선대원군의 세도 당년에 박유전의 장기인 '새타령'이 언제나 소리 좌석의 특색을 더하였고, 박유전의 소리에 탄복한 대원군은 "네가 제일강산이다"고까지 찬사하였던 것이다. 대원군의 총애는 더욱 깊어 무과 급제로 선달을 시켰고, 그 절등한 기예를 탄상하여 그의 고향 강산리에서 음을 따서 강산이란 호를 내리고 오수경, 금토수까지 내렸다고 한다.

⑤ 송수철은 철종대왕께서 총애하셔서 선달의 직위를 제수하시고 지팡이까지 하사하셨다고 한다.

⑥ 박만순은 대원군 앞에서 쉴새없이 노래를 부르다 지쳐 잠이 들자 대원군이 무릎을 베개해 주었다는 이야기, 대원군이 무엇보다 아꼈던 애마를 상으로 받았다는 이야기를 남겼다.

⑦ 박기홍은 대원군과 고종의 두터운 총애를 입고 참봉의 직계를 제수받았다.

⑧ 송만갑은 이재각이 전라감사일 때에 참봉직을 받았고, 원각사 시절에 어전에서 누차 소리를 하여서 상감께서 칭찬하시고 감찰직을 제수하였다.

⑨ 이동백은 고종의 총애를 받아 통정대부의 직계를 제수받고 어전에 나

가서 누차 소리를 하였다.

⑩ 김채만이 상경하였을 때 철종의 사위요 정치가인 박영효는 그의 소리에 반하여 자기의 사랑에 묵게 하였다.

⑪ 송흥록과 맹렬이는 동거하던 중 만년에 閒雲野鶴으로 시골에 묻혀서 여생을 보낼까 하여 함경남도 길주지방의 어느 경치 좋은 곳을 찾아가서 한동안 살았다.

또한 판소리는 20세기 초반 중국와 일본의 극문화에 영향을 받아 창극으로의 전환을 이루는데, 이는 판소리가 주체적으로 시대의 변화를 받아들인 것으로 평가된다. 판소리는 본래 춘향이야기나 심청이야기와 같은 이야기 형태가 음악문화와의 융합을 통하여 나타났다. 그렇게 결합된 이후 이야기나 음악은 서로의 영역을 고집하지 않고, 판소리라는 하나의 예술 속에서 화학적인 결합을 이루었다. 이야기는 자신의 고유 속성인 서사를 고집하지 않았고, 음악은 또 그 나름대로의 시간 예술적 속성을 과감하게 포기하였던 것이다. 그렇게 하여 판소리는 이야기나 음악을 뛰어넘은 새로운 장르로 정착할 수 있었던 것이다.

그렇게 정착한 판소리는 다시 창극이라는 새로운 장르를 탄생시켰다. 판소리가 생산적이라는 사실은 다양한 예술 형태를 배태시킬 수 있었다는 점에서도 확인된다. 판소리계소설, 산조, 마당극 등은 모두 판소리의 장르적 기반 위에서 나타난 것이라고 할 수 있다. 그런데 이처럼 다산성(多産性)을 지니게 된 것은 파생 장르에 대한 간섭을 배제하고 있다는 점에서 그 이유를 찾을 수 있을 것 같다. 스스로가 이야기와 음악을 받아들여 새로운 장르로 발돋움한 것처럼 자신을 기반으로 하여 나타난 예술에 대하여 무한대의 자유를 부여하고 있는 것이 판소리인 것이다. 그래서 창극 속에서 판소리는 그 스스로의 장르적 성격을 접고, 창극이 가질 수 있는 극적 정체성을 용인할 수 있게 한다. 창극의 다양한 실험은 여기에서 비롯하는 것으로 보인다.

창극의 다양한 모습이 선보인 것은 1930년대의 일인데, 이 시기는 창극의 전형화가 이루어진 시기로, 국학과 민속학 등 전통문화 전반에 대한 관심이 높아지면서 판소리 연창자들 사이에도 '전통'을 강조하는 분위기가 팽배하였다. 1930년대 들어 라디오 방송이 이중 방송화되고, 신문사들이 명창대회를 개최하고 연주회를 활발하게 홍보한 것도 이러한 분위기를 더욱 부채질하였다.

1933년 결성된 조선성악연구회는 개인 차원에서 전개된 판소리 운동을 조직적으로 전개시켜 나갔는데 특히 판소리를 바탕으로 하는 창극의 새로운 변화에 각별한 노력을 기울였다. 조선성악연구회의 창극 공연에는 박진 등 연극계의 실무자들이 무대 장치에서 연극술에 이르기까지 상당 부분 관여하였다. 이는 대중극의 소재를 확대하려는 연극계의 의도와 연극계의 연극술을 수용함으로써 대중에게 다가가려는 조선성악연구회의 의도가 부합되었기 때문으로 볼 수 있다. 조선성악연구회는 이와 같이 각색 및 연출자의 주도 하에 정교한 무대효과를 고려하면서 한 편의 완성된 작품을 공연하였고 창과 대사의 표현 방법을 여러 방식으로 실험하면서 창극 연행의 전형화를 꾀하였다. 조선성악연구회는 1936년 2월 희창극 『배비장전』을 제1회 시연 작품으로 무대에 올렸는데, 여기에서 '창극'이라는 양식명이 처음 사용되었다. 1930년대 후반기에는 전승 오가 이외에도 새로운 대본을 바탕으로 한 창작 창극과 각색 창극이 등장하고, 연출자의 도입을 통한 본격적인 무대 공연이 이루어지는 등 가능한 창극의 모습이 다양하게 선보여졌다.

이 시대의 중심적인 인물로 정정렬을 거론할 수 있는데, 다양한 볼거리를 선보이거나 화려한 무대 장식 등, 현재 우리가 상상할 수 있는 창극의 모습은 그에 의하여 낱낱이 실험되었다. 창극이 활발하게 공연되면서 대명창의 수준에는 미치지 못하여 기악 연주자로 활동하던 다수의 연창자들이 새로운 신진 명창으로 인정받는 현상도 이 시기에 나타났다. 이러한 현상은 판소리 부흥운동의 성공적인 전개를 바탕으로 이루어진 판소리 연창자의 수요 증가라는 점에서 판소리사적으로 중요한 사실이다.

1930년대 후반기 이후 서울권에서 신창극을 주도하여 창극 배우로 활동하게 된 인물 속에서 우리는 북한의 판소리 문화와 관련되는 중요한 인물들을 만나게 된다. 조상선, 정남희, 안기옥, 박동실 등의 연창자 뿐만 아니라, 신파극과 창극을 연출하였던 김아부 등은 명창만의 판소리사에서 창극이 포함되는 판소리 전승을 힘입어 두각을 드러낸 인물들이다. 조상선은 정정렬의 수제자 중 한 사람으로 꼽히지만 1930년대 전반기까지는 판소리 연창자보다는 가야금 연주자와 고수로 주로 활동하였다. 그러나 1930년대 후반기 신창극문화를 이끌면서 조상선은 1930년대 말 조선성악연구회의 사실상 최고 실력자로 인정받을 수 있었다. 이 조상선은 해방 이후 박동실과 함께 북한의 판소리 문화를 이끌어가는 주역이 되는데, 그는 창극이 있음으로써 자신의 존재의의를 확연하게 드러냈다고 할 수 있다. 이들이 겪은 창극 활동 경험이 남한과 북한의 극예술을 건설하는 기반이 되었다는 점에서, 이 시대 창극의 실험은 중요한 의미를 갖는다.


## 3. 북한의 창극과 변화의 흐름

남도소리를 독창으로 부르는 판소리는 북한에서는 별로 연행되지 않은 것으로 보인다. 대신 북한에서는 일제 때부터 유행하였던 창극이 공연되었다. 즉 북한에서는 판소리가 아닌 창극을 공연하던 20세기 초 관례를 해방 후에도 그대로 따랐던 것이다. 따라서 분단 후 북한의 판소리사는 사실상 창극사라 할 수 있는데, 이것이 최종적으로는 혁명가극, 민족가극으로 수렴된다는 점에서 남한의 창극과 차별화되는 역사라고 할 수 있다.

1948년 민족음악운동을 전개했던 김순남, 정종길, 안기옥 등이 월북을 하면서 북한의 음악은 새로운 활력을 얻게 되며, 해주와 평양을 중심으로 음악의 부흥기를 맞이하게 되었다. 이 시기 북한의 음악조직을 살펴보면 해방 직후 조직되었던 '중앙교향악단'이 1947년에 '국립교향악단'과 '국립합창단'으로 개편되었고, 같은 해 '조선고전악연구소'가 창설되면서 민족 고전과 창극 유산을 정리하기 시작했다. 그러나 다음 해 연구소가 해체되고 다른 음악단체들과 함께 국립예술극장으로 개편되면서, 창극의 변화가 감지되기 시작했다. 이는 북한의 정체성 확립과 지역적 차이에서 나타나는 당연한 현상이라고 할 수 있다.

1940년대 후반부터 1950년대 중반까지는 창극, 즉 판소리를 바탕으로 한 고전극만 공연되었던 것이 아니라, 판소리나 전통음악을 바탕으로 하지 않은 장막가극 『금강산의 팔선녀』『온달장군』『꽃신』 등의 작품도 공연되었다. 그러나 이것이 1950년대 중반까지는 창극의 변화에 결정적인 영향을 미치지 못하였다.

1950년대 들어 북한의 창극 변화에 있어 주도적인 위치를 차지하는 인물로는 앞에서 언급한 조상선(전북 남원 출생의 판소리 명창으로 어려서부터 정정렬을 사사하였고, 해방 후 월북하였다. 1955년 공훈배우, 1959년 인민배우 칭호를 받았다)과 박동실을 들 수 있다. 박동실은 1950년 전쟁이 일어나자 이미 앞에 가 있던 안기옥의 예를 따라 월북의 길을 선택하였다. 박동실의 월북은 여러 정황을 볼 때, 자발적인 것으로 추정된다. 박석기와 같이 전남 담양의 지실 정각에서 어울렸던 동료들도 그와 함께 북으로 넘어갔다. 그는 서울의 여관방에 앉아서 북으로 갈 사람들을 포섭하는 음습한 운동가의 모습을 남한에 남은 사람들에게 각인시키고 미지의 길로 떠났던 것이다.

그가 북에서 한 일은 다음과 같이 요약할 수 있다.

1950년　월북 국립예술극장 협률단에 입단, 사회주의 음악예술인의 칭호 받음.

판소리 양식에 토대하여 단가 형식의 곡조와 가사의 대본 및 가사까지 지은 작품: 『김장군을 따르자』, 『녀성영웅 조옥희』, 『해군영웅 김군옥』, 『역사가』 등 9편.

판소리를 함축한 장가 형식의 작품: 『조국해방실천사』, 『새로운 조국』, 『조국의 기발』, 『사회주의 좋을시고』, 『승리의 10월』, 『백발의 결의』 등 10편.

단가 형식의 작품: 『해방의 노래』, 『단결의 노래』, 『금강상 휴양의 노래』, 『조중 친선』 등 수십 여편을 창작하여 무대에 올림.

— 전통적인 고전음악형식들에 사회주의적 내용을 담은 것으로 하여 시대정신을 반 영한 작품들로 호평을 받음.

1956년　이때부터 평양음악무용대학에서 교원, 민족음악연구사로 사업함 — 민족고전음악을 현대적 미감에 맞게 계승 발전시키기 위해 노력함.

이 시기에 창극현대화사상을 높이 받들어 평양음악무용대학의 창조집단과 함께 창극 『춘향전』을 현대화함: 탁성의 제거, 남녀 성부의 구분, 가사에서 한문투를 없애는 노력을 함.

전통적인 성악 유산을 수집 정리하고 연구 분석하는 음악과학 연구사업을 통하여 여러 편의 연구 논문을 발표함.

1957년   9월 김일성은 환갑상과 함께 공훈배우 칭호를 수여함.

1961년   7월 27일 인민배우 칭호 수여.

　　　　답사에서 다음과 같이 말함 "오래 짓눌렸던 우리 나라의 유구한
　　　　민족음악은 해방된 조국에서 우리 당의 밝은 빛을 받고 우후죽
　　　　순처럼 자라 활짝 피었습니다. 아마도 옛사람들이, 아니 지척에
　　　　있는 남녘땅 동포들이 우리의 창극, 우리의 대민족관현악을 본
　　　　다면 깜짝 놀랄 것입니다."

　　　　우수한 민족성악가들을 많이 양성함.

　　　　박영선, 박영순 등 전쟁고아들을 맡아 민족음악의 대를 이어갈
　　　　음악가로, 교육 일꾼으로 키움.

1968년   12월 4일 71세를 일기로 사망.


　북으로 넘어간 초기에 그는 열성적으로 『춘향전』, 『이순신장군』 등
의 전통적인 창극을 제작하였지만, 북한의 전반적인 변화는 그로 하여
금 새로운 창극의 정립으로 나아가게 하였다. 그리고 그것은 단순히
여성 혁명가의 모습을 형상화한 창극의 제작으로 끝나는 것이 아니었
다. 새로운 발성법과 창법, 전통음악의 현대화 등 김일성의 지시에 의
하여, 월북한 연창자들의 설 땅은 좁아질 수밖에 없었던 것이다. 창극
계의 수용을 요구하는 김일성의 지시는 대체로 다음과 같이 요약된다.


　　① 쐑소리를 배제하고 맑은 소리를 내는 발성법 문제

　　② 남녀의 음역상의 차이를 인정하고 이를 차별하여 소리내용을 바꾸자
는 음역문제

　　③ 혁명적 주제를 담아야 하는 레퍼터리 문제


　이후 북한에서 기울인 모든 노력은 김일성의 이 지시를 어떻게 효과

적으로 반영할 것인가 하는 문제로 귀일되었다. 이 노력의 중심에 월북 연창자들이 서 있었던 것은 여러 면에서 우리에게 생각할 바를 제공하고 있다. 정남희, 박동실, 조상선은 『리순신장군 출진』을 창작하였고, 이후 더 많은 작품들을 선보였다. 『춘향전』은 박동실, 조상선, 안기옥이 곡을 맡고, 조운, 박태원이 각색했다. 여기에는 전형적인 창극에 독창 장면들과 앙상블, 대규모 합창, 대규모 민족관현악이 도입되었다. 『심청전』은 정남희, 박동실이 음악을 담당하고, 대본은 일제 때부터 창극에 관여했던 김아부가 각색했다. 여기에도 역시 독창, 합창, 민족관현악단의 서곡, 관현악, 간주, 무용을 결합하였다. 『홍보전』은 조상선, 류대복이 곡을 맡고 김아부가 각색했다. 여기에서 방창 수법을 도입하고, 관현악의 역할을 강화하여 관현악이 반주 기능뿐만 아니라 독자적 기능을 수행하게 하였다.

그러나 이러한 정력적인 활동에도 불구하고 그들이 태생적으로 가지고 있는 남도음악의 문제를 해결하지 않는 한 김일성의 지시는 충족될 수 없었다. 이런 점에서 1949년에 공연된 『장화홍련전』과 1950년에 공연된 『량반과 중』은 중요한 의미를 갖는다. 『장화홍련전』은 김영팔 작, 안기옥 김진명 작곡, 우철선 연출이며, 김진명, 지만수, 강갑순 등이 출연했다. 또한 『량반과 중』은 주영섭 작, 김진명 곡, 우철선 연출이며, 지만수, 김진명, 로해숙 등이 출연하였다. 여기에서 우리의 관심을 끄는 것은 『장화홍련전』에 서도소리 전문가인 김진명이 남도소리 전문가인 안기옥과 함께 작곡에 참여하였지만, 『량반과 중』은 김진명 혼자서 참여했다는 점을 들 수 있다. 이로 볼 때 남도음악 일색의 창극은 더 이상 창극의 모범이 되지 못하고 있음을 알 수 있다. 더구나 동 시대에 공연된 『선화공주』는 양악을 주로 작곡한 것으로 알려진 신영철이 음악을 맡고, 조령출이 각색함으로써 남도음악이 배제될 수 있는 가능성을 보여주었다.

이러한 상황에서 1950년대 중반 이후 새롭게 만들어진 2편의 창극은 남북한의 창극사가 분리되는 지표가 되었다. 두 편의 창극 작품은 『황해의 노래』와 『강 건너 마을에서 새 노래 들려온다』이다. 『황해의 노래』는 혁명적 주제를 남도 판소리 어법으로 표현한 작품이고, 『강 건너 마을에서 새 노래 들려온다』는 신고송이 작사하고, 김진명, 윤영환이 작곡한 것으로, 서도민요를 바탕으로 사회주의 현실을 반영한 첫 작품이며, 바로 이 이유에서 민족가극의 첫 작품이 되었다. 『강 건너 마을에서 새 노래 들려온다』는 기존의 창극에서 발생하는 여러 가지 음악적 문제를 발전적으로 해결한 것으로 간주되는데, 이는 결국 남도음악의 포기를 의미했던 것이다. 이후 북한에서는 남도 판소리를 바탕으로 한 창극이 사라지게 된다.

1962년 3월 11일 평양시내 음악예술인들의 종합공연을 관람한 이후 김일성은 민족성악 분야에서 쐑소리가 철저히 근절되었다고 하는데, 리차윤의 다음 글에서 1960년대 초 판소리식 발성에 대한 음악계의 평가를 알 수 있다.

1960년대 초까지도 복고주의자들은 우리 인민의 현대적 미감에 맞지도 않으며 자연스럽지 못하고 인위적이며 듣기 싫은 쐑소리를 우리의 민족적 선율에 맞는 발성법이라고 집요하게 주장하면서 창극 『춘향전』에서 춘향의 노래까지 쐑소리를 부르게 하였다. 그러면서 이 자들은 쐑소리를 내는 남도 창을 기본으로 하여 민족성악을 발전시키려고 책동하였다.

— 리차윤, 『조선음악사 4』, 예술교육출판사, 1988, p.107.

1960년대 초까지 창극의 주요 소재와 창법의 기초가 되던 남도소리는 봉건시대 통치자들을 위한 음악이었다는 정치사상적 이유와 현대적 미감에 맞지 않는다는 이유 등에서 '계승할 가치가 없는 음악유산'

으로 간주되었고, 결국 과거 창극의 문제를 개혁하는 수준이 아니라 계승의 가치를 인정하지 않는 단계에까지 이르게 되었다. 1963년에 출판된 『가극창극선곡집』에는 개량된 『춘향전』『심청전』 등과 함께 『강 건너 마을에서 새 노래 들려온다』를 창극편에 실어 놓았다. 즉 『강 건너 마을에서 새 노래 들려온다』는 1970년대 주체사상을 구체화한 민족가극 『춘향전』과 같은 가극의 창작에 모태가 되는 것으로 인식하고 있는 것이다.

## 4. 혁명가극과 민족가극의 판소리 닮기 벗어나기

김일성은 고전물, 역사물에만 매달려 있는 것은 낡은 사상이며, '민족가극이라고 하면 의례히 판소리로 된 창극으로 되어야 한다고 주장'하는 예술가들이 있는데, 이는 '자기 시대를 다 산 낡은 시대의 예술형식으로서 그것을 현대적 미감에 맞게 발전시키는 것은 그 존재와 발전의 흥망을 결정하는 중요한 문제가 아닐 수 없다'는 이유를 들어 새로운 형식의 가극작품을 만들어야 한다고 했다. 북한에서는 전통, 그 중에서도 인민적인 내용과 형식을 가지고 있는 전통도 현재의 인민들이 쉽게 받아들일 수 없다면, 그것은 현재의 미감에 맞게 고쳐서 활용해야 한다고 했는데, 이러한 연유로 판소리의 재구성이 이루어진 것이다.

먼저, 『춘향전』의 '존비귀천'을 따지며 전횡을 부리는 양반계층에 대한 반항정신 등 봉건사회의 부패한 현실에 대한 비판은 춘향전의 기본사상이라고 했다. 그리고 『토끼전』 또한 봉건사회의 불합리와 지배계급의 포악성을 폭로하고, 그들의 억압과 착취 밑에서 허덕이는 민중들의 생활 처지와 그들의 슬기를 반영하고 있다고 해석하고 있다.

그러나 이들 작품에도 문제가 있다고 하면서, 춘향을 유교사상에 의하여 열녀형으로 형상화한 점, 암행어사라는 관료를 공정한 심판관처럼 형상화한 것 등은 봉건적 신분제도에 대한 철저하지 못한 입장 표현이라고 했다. 『토끼전』에서도 유교적 이념에서 출발하여 용왕과 신하들에 대한 비판을 철저히 하지 못하고, 토끼를 놓친 자라의 앞에 도인이 나타나 용왕에 대한 자라의 충성심을 지키게 함으로써 작품의 기본사상을 약화시켰다고 했다.

그래서 『춘향전』은 탐관오리로서의 변사또 모습과 계급투쟁자로서의 춘향 모습을 극대화함으로써 양반계층에 대한 저항의식을 드러내고, 『토끼전』에서는 토끼에게 당한 자라가 도인의 도움으로 약을 구해 용왕을 낫게 했다는 후반부의 이야기를 없애고, 육지로 돌아온 토끼가 '용왕은 악한 일을 많이 해서 병들었어'를 외치며 '딴생각 하지 않고 아름다운 동산에서 잘 살겠다고 다짐' 하는 것으로 종반부를 마무리하고 있다. 현재 살고 있는 육지는 지상낙원인 사회주의 국가이고, 그래서 행복하다는 점을 드러낸 것이다.

이처럼 북한에서는 판소리 텍스트 자체에 대한 재해석을 시도하고 있다. 양반계층에 대한 저항의식을 드러내는 장면을 극대화시키고, 봉건 지배계급에게 충성을 다하는 장면을 삭제하는 등의 작업은 사회주의 이념에 적합한 주제로 내용을 다듬는 방향에서 이루어졌다고 할 수 있다.

판소리의 문학적·이념적 문제가 이처럼 주제를 재구성하는 것으로 극복되는 또 다른 한편에서는 '판소리로 된 창극의 틀을 마스고 민요와 가요를 바탕으로 하는 창극음악 극작술을 개척'하는가 하면, '쐑소리를 없애고 남녀성부를 구분하는 문제를 완전히 해결하는 창극의 현대화' 방향에서 음악적 문제점을 해결하는 것으로 진행이 되었다. 뿐만 아니라, 민요나 가요를 바탕으로 노래가 구성이 되었다고 하더라도 출연자들의 대화가 창으로 구성되면 무슨 말을 하는지 파악이 되지 않아 작품 내용을 '리해하기도 힘들고 부르고 싶어도 따라 부를 수 없는 노래가 되어 인민들이 받아들이지 않는다'고 했다. 서로 대화를 할 때는 노래, 즉 창을 하지 않도록 지침을 만든 것이다.

그 결과 혁명가극이라는 새로운 형식의 극 장르가 만들어졌다. 새로운 내용의 창극 작품을 만들고, 창법을 새롭게 하기 위해 판소리 대신 민요와 가요로 대치하고, 남자와 여자에게 각각 맞는 창법으로 부르고, 극이 진행되는 동안에는 대화창을 없애는 것으로 '통속화되고 민족적 특성이 구현된 가극형식', 다시 말해서 창극의 현대화, 판소리와 '다르게 하기'를 시도한 것이다.

이것은 '예술에서 형식은 언제나 새로운 내용에 맞게 끊임없이 변화'를 추구해야 한다는 당의 방침에 부합하는 변화의 시도라고 할 수 있다. 북한의 가극이 내용이나 형식면에서 전통 창극과 '다르게 하기'를 할 수밖에 없는 당위성도 여기에 있는 것이다.

그러나 혁명가극은 판소리나 창극의 모든 면을 거부하며 나타난 것은 아니다. 혁명가극의 목표에 부합하는 것이라면 판소리가 이룩한 전통을 수용하고 있는 것이다. 이는 주제와 인물 형상화, 방창이나 절가와 같은 혁명가극의 연출방식에서 쉽게 찾아볼 수 있다.

1971년 『피바다』를 시작으로, 『당의 참된 딸』『꽃 파는 처녀』『밀림아 이야기하라』『금강산의 노래』 등의 작품이 연달아 공연되었다. 여기에서 『금강산의 노래』는 지상낙원인 사회주의 국가의 우월성을 드러내는 내용으로 구성되어 있고, 나머지 작품들은 모두 주인공이 역경을 극복하고 사회주의 국가에 적합한 전형적인 인물로 살아가는 모습을 담은 것이다. 이들 작품 외에 『성황당』『한 자위단원의 운명』에 나타난 인물도 이 범주에서 벗어나지 않는다.

이러한 인물의 형상화는 민담을 바탕으로 하는 판소리적 인물에서 본받은 것이다. 사실 구비문학에 해당하는 모든 작품은 민중들의 이념이 작품 구성의 주축이 될 수밖에 없다. 민중들의 참여에 의해 만들어지기 때문이다. 그래서 당대의 사회상을 비판하거나, 인물들의 행동을 통해 어려운 시기를 극복해 가는 과정을 제시하게 된다. 민중 모두의 공동 관심사이기 때문이고, 민중 모두가 궁극적으로 염원하는 환경이기 때문이다.

이와 같은 문제들을 북한에서는 창작문예작품을 통해서도 다루고 있다. 개인의 문제가 아닌 민중 모두에게 당면한 문제, 그래서 해결해야만 하는 문제를 문예작품의 주제로 담고 있으며, 혁명가극이나 혁명연극 등에서도 인민 모두가 함께 해결해야 하는 공동의 문제를 무대화하고 있는 것이다.

실제로 북한의 혁명가극 지침서에 의하면, 서양의 가극 『피가로의 결혼』의 피가로는 백작에게 조소와 착취를 당하면서도 자기의 존엄과 가치를 위해 투쟁하는 자주적인 인간으로 그려지지 않고, 개인적이거나 인간적으로 불만을 가진 인물로 묘사되었다고 했다. 공동의 문제가 아닌, 피가로 개인의 문제로 귀착했다는 문제의식을 제기하면서, 『춘향전』 등과 같이 '봉건사회 지배계급의 포악성을 폭로하고 지배계급의 억압과 착취 밑에서도 견디어내는 그들의 슬기를 반영', 지배계급에 대항하는 사상을 밝혀야 한다고 했다.

긍정적 인물과 부정적 인물의 극명한 대립으로 구성하고 있는 점 또한 판소리에서 받아들인 것이다. 판소리는 춘향과 사또, 흥부와 놀부, 심청과 뺑덕어미 등 긍정적 인물과 부정적 인물의 대립을 통해 긍정적 인물의 윤리적, 정치적, 이념적, 계급적 문제의식의 우월성을 강조한다. 뿐만 아니라 부정적 인물이 부정적인 언행으로 묘사되면 될수록 긍정적 인물의 업적이나 가치는 더욱 더 부각된다. 부정적 인물의 부정적 행위는 곧, 긍정적 인물이 감당해 낸 역경의 강도가 되기 때문이다. 이런 이유에서 부정적 인물의 만행은 적나라하게 표현하는 경우가 많으며, 생김새 또한 우스꽝스럽게 묘사하는 장면이 잦은데, 북한의 가극이나 연극 등의 등장인물들도 거의 대개가 이처럼 긍정적 인물과 부정적 인물로 구성되어 있다. 『피바다』에서는 어머니와 일본순사, 『꽃파는 처녀』에서는 꽃분이 자매와 지주가 대립되어 있으며, 『당의 참된 딸』은 강연옥과 미군, 『밀림아 이야기하라』는 최병훈과 마을사람 등의 대립으로 구성되어 있다. 그리고 작품 전체가 부정적 인물들의 계략과 모략을 매번 극복하고, 결국에는 사회주의 국가에서 요구하는 전형적인 인물로 성장해 가고 있는 내용으로 전개된다.

북한에서는 희극적이거나, 가벼운 것을 배격한다. 주인공들은 '강의한 의지력과 혁명에 한 몸 다 바쳐 끝까지 싸워나갈 비장한 결의가 정서적으로 깔려' 있어야 하기 때문에 긍정적 인물들은 모두 진지하고 비장한 분위기를 나타낼 수밖에 없는 것이다. 주인공만 그런 것이 아니라, 출연진들의 분위기도 모두 진지하다. 그러나 부정적 인물들은 다소 가벼운 분위기를 연출한다. 체격도 크지 않고, 그래서 행동도 듬직하지 않고, 간사한 느낌마저 드는 목소리로 매번 나쁜 계략을 꾸미는 모습으로 그려진다. 그래서 언행만 보아도 쉽게 부정적 인물임을 간파할 수 있게 한다.

판소리의 향유에 있어 부정적 인물의 만행 때문에 긍정적 인물이 고통을 받고 있는 것을 확인하게 되면, 마지막에 부정적 인물이 죄 값을 치르는 것에 대해서 누구도 이의를 제기하지 않게 된다. 그들에 대한 처벌이 마땅한 절차라고 여기게 되고, 이런 장면을 통해 교훈까지 얻게 된다. 이런 점이 북한의 문예활동의 목적과 잘 맞아서 긍정적 인물과 부정적 인물의 대립이 선택된 것으로 보인다.

작품의 부정적 인물은 당연히 벌을 받아야 하고, 그들의 어떤 모략에도 견디어 낸 주인공은 추앙받아 마땅하며, 매번 모략을 견디어 내는 주인공의 모습은 관객들에게 감동마저 전하게 될 것이다. 그리고 관객들은 그 감동스러움을 전해준 주인공의 삶을 본받아 사회주의 국가가 원하는 전형적인 인물로 변하게 해야 한다는 당국의 목적을 이루기 좋은 방법이 되었던 것이다.

북한이 추구하고자 한 문학예술혁명은 『피바다식』 민족음악으로 구현되었는데, 1971년의 혁명가극 『피바다』는 절가, 방창의 도입, 양악기와 민족 악기의 배합 편성 등 새로운 형식의 시범적 무대가 되었다. 여기에서 특히 우리의 관심을 끄는 것은 절가와 방창의 문제이다. 이는 이미 박동실 등의 월북 연창자들에 의해 시도된 것이어서 창극이 가지고 있는 극술과 상당한 정도 맞닿아 있다.

'절가'란 노래 가사가 여러 개의 절로 되어 있고, 각 절마다 같은 가락으로 되풀이되는 노래이다. 북한에서는 절가를 형상력과 표현력이 풍부한 인민음악의 기본형식으로 간주하고 있다. 또한 '방창'은 가극을 비롯한 무대예술에서 주인공의 정신세계나 극적 상황, 극 진행을 무대 밖에서 설명하고 보충하는 절가 형식의 노래이다. 김정일은 "방창은 우리 가극에만 있는 독특한 음악 형식이며, 『피바다』식 가극의 특성을 규정짓는 기본 징표의 하나"라고 강조하고 있지만, 이는 창극에서 오래 전부터 정황의 묘사나 이야기를 연결하는 도창(導唱)과 유사한 기능을 가지고 있다. 도창의 관례를 본받아 이루어진 방창이 『피바다』에 이르러 주인공의 성격을 부각시키는 수단으로써, 또 주인공의 대변자의 역할로 무대 생활에 능동적으로 작용하는 수단으로 사용되었던 것이다.

북한은 『피바다식 혁명가극』의 출현을 '수백 년을 두고 흘러 온' 종래 가극의 력사에 종지부를 찍고 진정으로 인민적이며 혁명적'이라고 자찬하고 있다. 이로 볼 때 북한은 전래된 '판소리 음조로 된 창극'에 구별되는 '서도민요적 바탕의 가극'을 좁은 의미에서 과거의 '민족가극'이라고 한정짓고 있으며, 이러한 민족가극의 발달이 『피바다』식 혁명가극의 창조로 일대 전환기를 맞이하게 되었다고 보는 것이다. 그러다가 '민족가극'이라는 용어가 새롭게 부상하기 시작한 것은 1988년에 평양예술단에 의해 『춘향전』이 재창조되면서부터이다. 여기에서 공연된 『춘향전』은 서도민요적 바탕을 지니고 있으며, 절가와 방창을 효과적으로 사용한 혁명가극의 전통을 여실히 보여준 작품이다. 따라서 이 『춘향전』의 공연을 계기로 남도음악에 바탕을 둔 기존의 창극은 민족가극이라는 새로운 이름으로 완벽하게 탈바꿈하였던 것이다. 북한이 민족가극 『춘향전』에 대하여 남다른 자긍심을 드러낸 까닭도 바로 자신들이 기도했던 음악을 철저하게 완성했다는 자부심에서 기인하는 것으로 생각할 수 있다.


## 5. 결론

창극은 판소리가 가지고 있는 한계에서 벗어나고자 하는 시대적, 문화적, 경제적 요구에서 생산되었다고 할 수 있다. 그 시대에 어울리는 새로운 감각을 추구해야 한다는 시대적 요구, 새로운 공연장소가 생김에 따라 새로운 형태의 장르의 생산이 있어야만 했던 문화적 요구, 이윤추구를 위해서는 소비자들의 식상함을 견제해야 했던 경제적 요구 등 이런저런 요구에 맞추어서 새롭게 만들어진 것이 창극인 것이다.

이처럼 시대와 환경이 변하면서 기존의 장르는 그 시대와 그 환경에 적합한 형태로 변화하기 마련이고 창극의 변화는 이러한 과정에서 나타난 것이라고 할 수 있다. 즉 창극은 기존 장르의 틀에서 크게 벗어나지 않은 구성에서 새로운 환경을 덧입히기를 한 것이라고 할 수 있으며, 이렇게 형성된 장르는 예전의 판소리와는 다른 모습으로 정착할 수밖에 없었다.

그런가 하면 북한에서처럼 당의 이념에 맞지 않다는 이유에서, 혹은 현대적 미감에 맞지 않다는 이유에서 새롭게 각색되거나, 새로운 장르로 만들어지거나, 새로운 형식으로 시도되기도 한다. 출발 환경이나 변화의 의도는 같지 않지만, 북한 또한 예전의 판소리와 다른 방향으로 변화의 초점을 맞추었던 것이다.

창극은 시대와 환경의 변화 때문에 예전의 것에서 필연적으로 벗어날 수밖에 없었다. 그것이야말로 살아 있는 것의 징표라고 할 수 있다. 그래서 서로 다른 모습으로 향하였지만, 기존 장르가 가지고 있는 고유한 특성은 그대로 지키고 있다. 판소리의 정체성을 놓치지 않음으로써 판소리라는 공통적 기반을 유지하고 있는 것이다.

창극이 판소리의 정체성을 지키기 위해 그 음악적 기반을 중시하는 쪽으로 변화하였다면, 북한의 혁명가극은 새로운 장르인 가극(오페라)을 받아들이면서, 이와 유사한 방법으로 진행하는 자생 장르의 전통성을 수용한 것이라고 할 수 있다. 주체사상에 입각하여 서양의 가극과 차별화하기 위해서 말이다. 그래서 노래와 대사로 이루어졌다는 극이라는 공통점은 살리되, 개인의 문제가 아닌 공동의 문제를 이야기의 주제로 이끌어냈다. 또한 긍정적 인물과 부정적 인물을 대치시킴으로써 주제를 선명하게 드러내려는 등 기존 장르의 특징을 살림으로써 전통성을 유지하고 있는 것이다. 이 또한 출발점은 다르지만, 전통 장르적 기반을 존속시킴으로써 소비자 혹은 인민들이 낯설지 않게 새로운 장르를 받아들이고, 그래서 작품 속에 몰입할 수 있도록 하였다.

판소리는 자신을 기반으로 하여 파생된 장르에 대하여 무한한 포용성을 지니고 있는 예술 형태이다. 따라서 판소리는 남한의 창극이나 마당극은 물론 북한의 혁명가극이나 민족가극까지도 자신의 영역 속에 끌어들인다. 배제가 아니라 포용을 선택하는 판소리의 모습을 통하여 우리는 남북한의 예술적 화합이라는 미래를 점칠 수 있다. 이것이 야말로 통일시대의 중요한 현안(懸案)이라는 점에서 남북한 극예술의 판소리적 기반을 살펴보는 것은 대단히 의미 있는 일이 될 것이다.

제2부

# 『주체문학론』의 장르별 분석과 비판

# 『주체문학론』 이후에 나타난 현대시의 변화 양상

박주택

## 1.

세계사적 변동과 북한을 둘러싼 정치의 민감한 변화에도 불구하고 북한의 시문학은 '주체사상'에 입각한 문예이론이 여전히 작동하고 있는 것처럼 보인다. 오히려 '신자유주의'로 대표되는 미국의 패권주의와 남북의 첨예한 문제인 통일에 대해 투쟁과 자각의 고삐를 더욱 더 바투 잡고 있는 것으로 보인다. 이는 문학예술 활동이 대중의 정치적 교화 기능에 복무, 인민이 투쟁의 선도에 앞장서야 한다는 북한문학의 기본 틀에 말미암은 바가 크다. 최근 사랑을 통해 계급이나 노동 의식을 고취하려는 의도나 고향과 어머니를 통해 통일에 대한 의지를 다지고는 있으나, 이 역시 김일성 사망 이전의 문학과 비교해 볼 때 뚜렷하게 달라진 점을 발견할 수가 없는 것이 사실이다. 창작 방법론에 있어서도 작가들이 당과 운명을 같이 하여 참된 주체형의 혁명적 문예전사로서의 숭고한 사명을 깊이 자각하고, 사상 예술성이 높은 다양한 주제, 다양한 종류의 성과작을 많이 창작해야 한다는 김정일의 문예창작 방법에 대한 '제시에도 불구하고 인간의 복잡한 내면에 대한 서정이라 든가 일상에 대한 깊은 성찰이 이루어지지 않는 것으로 보아 주제의 다양성이나 표현 양식으로서의 다양성은 그다지 눈에 띄지 않는다고 볼 수 있다.

류만은 「시인은 누구나 시를 쓰고 있다. 그러나―(3)」(『조선문학』, 2003. 1)[1]라는 글에서 시의 다양성을 '서정의 다양성'과 '형식의 다양 성'으로 분류하고 시문학의 풍만한 개화 발전은 시인의 창작적 개성과 뗄 수 없이 연관되어 있다며, 시인은 항상 새로운 대상을 잡고 거기서 체험되고 환기된 느낌을 가지고 시를 써야 한다고 주장하고 있다. 그 러나 그는 아무리 서정시가 인간의 서정을 담아 내는 것이라 할지라도 시는 '주체사상'적 내용을 담아 그것을 다시 구체적 형상이나 미세한 정서적 색깔로 표현해내야 한다고 역설한다. 이는 개성이라는 것이 서 정의 다양성 속에서 더 잘 살아난다는 뜻을 포함하여, 개성이란 시대 혹은 시대 정신과는 별개로 생각할 수 없다는 의미로 읽혀진다. 바꿔 말해, 시인의 개성과 서정의 다양성이란 시대와 시대 정신 속에서 이 루어져야 한다는 의미를 담고 있는 대목이라 할 수 있다. 그가 다양성 의 새 경지를 보여준 작품으로 들고 있는 것은 오영재의 「한 비전향 장 기수에게」(『조선문학』, 2001. 5)라는 8편의 연시(連詩)로, 류만은 이들 시 가 그 이전에 창작되었던 비전향 장기수들을 노래한 시들 「불사조들이 조국에 돌아 왔다」(정성환), 「받으시라 이 꽃다발을」(정혜경), 「태양의 빛발엔 어둠이 없다」(박근원) 등에 비해 혁명가의 량심, 변심 없는 마음 의 진정과 순결함, 무서운 옥고와 고독을 이겨낸 힘, 인간의 아름다움 과 참된 삶과 관련한 문제를 깊은 사색의 나래를 펼쳐 노래하고 있다

---

1) 『조선문학』, 2003. 1, p.55.

고 높이 평가하면서, 이들 시가 단순하고 명백한 사색이 철학성 있게 도출되어 시의 지성도가 매우 높다고 논급한다. 김정곤의 「전야의 사랑가」(『조선문학』, 2001. 1)에 대해서 고상하고 아름다운 사랑의 감정은 청년들의 사상 정신 세계를 더욱 윤택하게 하여, 서정의 다양성에 보탬을 준다며 역설하고는 제대군인과 처녀와의 사랑을 노래한 이 시가 선군 시대의 혁명적 군인 정신이 맥박치는 시대 감정으로 승화되어 있다고 갈파한다. 또한 김석주의 「고향과 추억」(『조선문학』, 2002. 7)에 대해서도 시적 사상이 직선적으로 생경하게 드러나거나 정서적 느낌보다 표상적 주정 토로가 절제 없이 씌어진 일부 시에 비해, 이 시는 자신의 의도를 극력 형상 뒤에 감추고 독자로 하여금 형상적 느낌 속에 시를 감수하려고 애를 썼다고 평가하고 있다.

그러나, 류만의 이 같은 평가는 시라는 것이 격동하는 시대의 역사적 흐름을 힘있게 선도함으로써 혁명의 사명을 다하여 시대 정신과 사상적 무기로서의 역할 수행을 강조하고 있다는 점, 그리고 시의 감정 정서가 그 시대의 감정 정서와 융합되고 토로되어야만 진실하고 교양적 가치를 지닌다라는 것을 강조하고 있다는 점을 염두에 둘 때 일반적으로 우리가 생각하는 정서의 다양성과는 분명 거리가 있다. 이 점은 특히 류만이 김석주의 시 「고향과 추억」을 서정의 다양성에 한층 접근하고 있는 시라고 높이 추켜세우면서도 이 시가 '주체 시문학'에서 벗어난 채 개인적 감정 토로에 그치고 있다고 신랄하게 비판하고 있는 것에서도 발견된다. 북한의 문학 예술이 마땅히 시대와 함께 전진해야 하고 자주성을 위한 인민 대중의 투쟁을 선도하여 생활의 참된 교과서로, 인민 대중을 혁명과 건설에로 힘있게 불러일으키는 사상적 무기로서의 역할을 원만히 수행하여야 한다[2]는 주체 사실주의 문학이론에 비

---

2) 방형찬, 「선군혁명문학은 주체사실주의 문학발전의 높은 단계이다」, 『조선문학』, 2003. 3, p.15.

추어 볼 때 서정의 다양성에 관한 문제는 주제나 소재의 다양성에 있기보다는 표현이나 수사의 다양성에 머무를 공산이 크다. 비록 '입체'의 문제[3]를 전거(典據)하고는 있지만 이는 어디까지나 시의 사상적 심오를 적시하는 '사상의 입체'라는 것이라고 고려해 볼 때 서정시 본래의 기능이라 할 수 있는 '내면의 입체'를 가리킨다고 단정짓기에는 아무래도 무리가 따른다.

류만이 김석주의 「고향과 추억」에 대해 언급하면서 "시인의 의도가 직선적으로 도출되어 시적 사상이 생경하게 드러나고, 정서적 느낌보다 표상적 주정 토로가 절제 없이 씌어진 시"[4]라는 표현에서도 짐작할 수 있었듯이 다양성을 주제나 소재의 다양성보다는 표현이나 수사의 다양성으로 몰고 가고 있는 듯한 인상이 크다. 그러나 문예 미학을 강조하는 이 같은 발언이 북한 시문학 내부에서 문학 자체의 반성과 분발을 촉구하고 있다는 점, 사상을 표현하되 시가 지니고 있는 본래의 정서적 기능을 되도록 손상시키지 말아야 한다는 점을 강조하고 있다는 것에 주목하지 않을 수 없다. 이는 리학철이 한정실의 가사 「나는야 선군 시대 총대 처녀」라는 작품을 평하면서 이 작품이 주체의 총대관에 기초하여 총대 중시의 사상 감정을 작품의 창작 목적과 사상 미학적 의도에 맞게 잘 창작하여 약동적인 정서가 흐른다[5]라고 말하고 있는 대목에서도 '주체 철학의 심오성' 못지 않게 시적 본령으로서의 '서정과 아름다움'이 시에 잘 혼융되어야 한다는 점과 동궤하는 부분이라 하겠다.

---

3) 1)의 책, p.57.
4) 앞의 책, p.61.
5) 리학철, 「무게있는 내용을 밝은 정서로 인상 좋게 노래한 시적 형상」, 『청년문학』, 200. 2. p.45.

## 2.

'주체문학'은 항일 혁명 문학을 시원으로 하여 김일성을 영생 무궁토록 칭송하는 수령 영생 문학으로 발전한다. 수령 영생 문학은 주체 사실주의 문학 발전 과정에서 특출한 지위를 차지하는 귀중한 문학적 성과이며 수령 형상 창조의 가장 높은 경지에 올라선 것으로, 주체 사실주의의 높은 단계인 선군 혁명 문학의 사상적 기초를 밝혀 주는 문학[6]이라 할 수 있다. 심장의 고동은 멈추었으나 오늘도 인민들과 함께한다는 수령 영생 문학은 또한 주체 철학의 계승에 대한 의지를 다지는 동시 미제국주의자들의 반공화국 압살 책동, 천만부당한 '악의 축'론, 그리고 미제가 내흔드는 '핵 의혹설' 등에 대한 분노와 증오를 가열화 시키며, 선군 정치의 기치를 높이 들어 인민 대중의 위업과 사회주의 위업을 끝까지 완성해 나가자[7]라고 외치고 있다. 50년대 조국 결사 수호 정신과 사생 결단의 각오를 가지고 사회주의를 압살하려는 미제와 끝까지 싸우겠다[8]는 결의를 다지고 있는 '주체문학'과 '수령 영생 문학'은 그 위용에 있어 과거와 같이 여전히 맹위를 떨치고 있는 것으로 보인다.

축복의 꽃송이런가/소담한 함박눈 내리고 내리는/영광으로 빛날 주체 92(2003)년/새해에는 더 큰 승리를 새기라고/ 내 마음속에도 흰 눈이 내리는가//무적의 서리발총검이 지켜서/맘 놓고 행복이 꽃 펴나는 조국의 뜨락 우에/펑펑 내리는 축복의 흰 눈/그 어떤 사연, 그 무슨 행복이/저 눈송이에 어려 있는것입니까//내리는 눈을 보며 생각합니다/왜 간밤에 온 나라 집집

---

6) 2)와 동일, p.15.
7) 『청년문학』, 2003. 3, p.3.
8) 7)과 동일, p.4.

의 창가마다/고운 웃음 피우며 불빛 환했는가를/은은한 제야의 종소리 들으며/숫눈우의 발자국들은 어디로 향했는가를//(―――)//그이만 계시면/그이만 건강하시면/수령님나라는 김정일시대에/기쁨도 행복도 우리 앞날처럼 끝 없으리니//강성대국건설로 불타는 심장마다/위훈의 큰 날개 달아 주시며/인민군초소와 과학원, 공장과 농촌으로……/장군님 이어 가신 전선길은 그 얼마?!//제국주의자들의 압살과 흉계를 짓부셔/ 친선과 평화의 만년초석 다지시며/장군님 이어 가신 길 님 정녕 천리입니까? 만리입니까?/낮에도 밤에도 가고 가신 그 길은//반세기가 넘도록 오도가도 못한/북남의 끊어 졌던 철길도/그이의 거룩한 손길 따라/김일성민족의 피줄처럼 이어 지게 되었나니//

— 김남호, 「새해의 흰눈 우에」 부분, 『청년문학』, 2003. 1.

선군 사상을 고취시키며 미제국주의자들에 대한 타도를 외치고 있는 이 시는 '눈'을 모티브로 하여 수령 영생과 김정일 시대의 축복을 비장하게 그리고 있다. 작가가 인간에게 참답게 복무하기 위해서는 시대와 함께 전진해야 하며 인민들을 교양하고 동원하는 역할을 수행하는 선도자 혹은 기수가 되어야 한다는 주체문학의 논리에 비추어 볼 때 이 시 역시 다른 여느 시와 마찬가지로 시대와 현실이 요구하는 문제를 첨예하게 그리고 있다고 할 수 있다. 그러나, '축복의 꽃송이' '그 어떤 사연, 그 무슨 행복이 저 눈 속에 어려 있는 것입니까' '집집의 창가마다' '고운 웃음 피우며 불빛 환했는가를' '은은한 제야의 종소리' '숫눈우의 발자국들은 다 어디로 향했는가를' 등과 같은 표현에서 알 수 있는 바와 같이 서정적 기반 위에 대중 교화와 교양의 임무를 수행하려는 시적 의도가 엿보인다고 볼 수 있다. 통일에 대한 염원과 사회주의 위업을 완성하자는 신념을 시의 바탕에 깔고 있으면서도 '눈'이라는 자연적 소재를 통해 밝은 서정을 노래하고 있는 이 시는 '주체사상의 정서적 지향'에 한층 다가서 있는 느낌을 준다. 다시 말해 '눈'의 서정을 형상적으로 전환시켜 시대가 요구하는 미제국주의자들에 대한 타도, 통일에 대한 열망, 수령 영생에 대한 확고한 믿음 등을 미학적으로 가공한 공민적 자각이 담겨져 있다고 하겠다. 이에 반해 다음의 시들은 비록 단시(短詩)에 불과하지만 시적 서정과 사상이 잘 결합되어 북한 시문학이 말하고 있는 '서정의 다양성'이 밀도가 있으면서도 탄력 있게 그려져 있음을 알 수 있다.

①피 어린 격전의 고지에
　홀로 쓰러졌을 때
　누구도 나를 일으켜 세우지 못했다

　허나 마지막 힘을 모아 움켜진 총대가
　나를 일으켜 세웠다
　아, 그것은 조국이었다

— 권오준, 「조국」 전문, 『조선 문학』, 2003. 2.

②꽃은 피네
　꽃은 피네

　꽃은 지네
　꽃은 지네
　이 땅우에 알찬 열매 맺어주려

　피며 지며 꽃이 묻네
　나에게 묻네

너는 어떻게 이 땅을 받드느냐고

　　　　　　　— 천일수, 「꽃이 묻네」 전문, 『조선문학』, 2003. 2.


　①과 ②는 각각 '총대'와 '꽃'을 소재로 하여 서정적 주인공(화자)의 정서를 표현하고 있다. 그러나 이들 시에서는 북한 시문학의 전범(典範)이라 할 수 있는 표현의 직접적 표출이 과감하게 제거된 채 시적 감수성이 문면에 나서는 형상을 띠고 있는 특징을 보이고 있다. 이는 최근 북한 시문학이 내세우고 있는 이른바 서정과 표현의 '다양성'이라는 문제와 긴밀하게 연결되어 있다는 느낌을 준다. "시인은 한편의 시를 써도 자기 얼굴과 자기 목소리가 뚜렷한 서정세계를 펼쳐 놓아야 한다'는 북한의 문예이론을 상기할 때 이들 시에서는 창작자인 시인의 개성과 상상력, 비유와 주제 의식의 전달과 같은 미학적 태도가 잘 전개되고 있다는 인상이다. 특히, 시적 메시지를 시의 기본적 장치 뒤에서 암시적으로 전달하고 있는 방식은 최근 변화하고 있는 북한 시의 양상을 알 수 있게 해준다. 혁명적인 문학을 통하여 혁명 투쟁과 건설 사업을 다그치고 있는 북한 시문학에 있어 이 같은 변화는 분명, 생활의 구체적 체험이나 강성 대국 건설의 투쟁 의지가 약화되었다는 비판을 받을 만한 소지가 있는 것이 사실이다. 서정에의 경사(傾斜)는 선군 기치에 따라 인민들의 투쟁을 고무 추동 해야 할 시의 임무를 잊고 자칫 감상에 빠뜨려 투쟁 의지를 상실시킬 수도 있기 때문이다.

　인민 대중의 자주 위업 수행에 이바지하는 것은 북한 시문학의 근본적 사명이다. 따라서 북한의 시문학은 반미자주화, 사회의 민주화, 조국 통일에 대한 투쟁 등 현실에 당면한 문제들에 대해 민감하게 반응하고 있으며 현실에서 부딪치는 문제들을 작품 안에 수용하려고 애써 왔다고 할 수 있다. 그러나 앞서 언급했듯이 북한의 시문학은 주체 사실주의 문학의 이론적 틀 안에 문학의 제측면을 용해하고 있기 때문에 시적 본질이 훼손되거나 축소되는 위험을 내포하고 있다. 역사적 흐름을 선도하고 사회주의 혁명 앞에 사명을 다하는 길은 혁명에 대한 투철한 자각, 인민에 대한 헌신적 복무 정신이 없이는 이를 이룰 수 없는 까닭이다. 이런 가운데 위 인용 시들은 류만이 제기하고 있는 시의 다양성 즉 개성의 확산이라는 측면에서 상당한 성과를 거두고 있는 것으로 평가되며, 동시에 북한의 시문학이 제기하고 있는 주체 사실주의 문학의 사상 예술성에도 다가서고 있다는 느낌을 주기에 충분하다. 다양성이라는 측면에서는 다음과 같은 시도 예외는 아니다.

① 문패를 다네/정히 쓴 내 이름 석자/뜨거움에 소중히 받쳐 들고/내 오늘 문패를 달자니//보여 와라 이 문패너머/물고기 욱실대는 양어장/물결 출렁이는 발전소언제를 지나/언덕우에 풀 뜯는 하얀 염소떼//허리띠를 졸라 매며 터전을 닦을 땐/아득히만 그려 보던 이 선경/이렇듯 꿈같이 황홀하게/내 사는 우리 집 우리 마을에 펼쳐 졌으니//생각나라/우리 마을 찾아 오신 장군님/새집들이 하나같이 멋 있고 똑같으니/주인들도 문패를 달아야 제 집을 찾을 거라고/호탕하게 웃으시며 하시던 말씀//문패를 다네/어제날 머슴군이었던 나의 할아버지에게/수령님 손수 문패를 써주시더니/오늘은 또 우리 장군님/내 집에 달게 해주신 사랑의 문패//

— 지희경, 「문패를 다네」 부분, 『청년문학』, 2003. 3.

② 인생은 기다림이라 하더라/바라는 것이 없다면/기다리는 것이 없다면/삶이 허무하리라/굽이굽이 머나먼 한생이 힘겨우리라//금방 찾아 올 듯/손에 닿을듯/가슴 울렁이며/더 좋은 더 아름다운 래일을/기다림속에 나는 사노라/목마르게 기다리는 그것은/예고도 없이 집집의 문을

두드리기도 하며/때로 늦어지기도 하고/안개속에 쌓인듯 희미한 때도 있거니//믿음이 없으면 기다릴수 없으리/험난한 길 웃으며 갈 수도 없으리/우리의 래일은 어떻게 왔던가/고난의 시련속에서/눈보라길의 진거름썰매행렬에 실려왔고/마대전, 등짐으로 쌓아 올린/발전소언제우에 받들려 오지 않았던가//저 멀리 그려 보던 강성대국의 래일을/벌써 흐뭇이 안아 보는 오늘이여/끊임없는 장군님의 선군길 자욱자욱우에/련이은 준공식과 새집들이 경사—/기다릴 사이도 없이/또 새것을 기다리는 숨가쁨이여//(———)//오오 래일! 래일은/ 멀리에서 오지 않나니/흥건히 땀배인/우리의 손에 받들려 오고 있다

— 송명근, 「래일」 부분, 『조선문학』, 2003. 3 .

구체적 사물인 '문패'를 통해 주제 의식의 확산을 가져오는 ①의 시는 명료한 이미지를 시적 기반으로 하고 있는 특징을 보인다. 문패를 달고 나니 문패 너머 물고기가 욱실대고 언덕우에는 풀 뜯는 하얀 염소떼가 한가하게 노닐고 있으며 그리하여 '이렇듯 꿈같이 황홀하게/내 사는 우리 집 우리 마을에' 선경(仙境)이 펼쳐졌다. 그리고 이 모두는 수령님과 장군님의 덕택이다라는 것이 이 시가 주는 핵심의 요지이지만 이 시는 주제를 전달하는 방식과 함께 미의식을 시 속에 잘 버무려 놓고 있다는 점에서 그렇게 만만하지가 않다. '문패'를 달며 '장군님 은덕으로 새집의 주인이 된 생각' '무릉도원에서 살게 된 생각' 그리고 '내 조국에 강성대국문패를 달 기쁨을 그려보'는 서정적 주인공의 행위와 희원(希願)이 생동감 있는 표현을 통해 시 전면에 확산되어 있기 때문이다. 생생한 이미지와 구체적 풍경을 통해 그려진 낙원 의식 그리고 '집'과 '주인'이라는 주체사상에 기반한 자주 의식, 나아가 '강성대국의 문패'라는 조국에 대한 숭엄한 자존 의식 등이 서로 긴밀하게 얽혀 있으면서 풍요로운 서정과 소재의 특이성이라는 시적 성취

를 이루고 있는 이 시는 '사상정서의 지향'이라는 북한의 문예 미학과 맞아떨어지는 시라고 볼 수 있겠다. 나아가, 생활 체험을 바탕으로 폭넓은 공감을 자아내고 있는 것도 이 시가 지니고 있는 미덕이라면 미덕일 수 있겠다.

②의 시는 북한 시에서는 좀처럼 만나기 어려운 추상적 어휘를 사용하고 있다는 점에서 눈길을 끈다. 제목에서부터 범상치 않은 이 시는 '인생' '기다림' '허무' '믿음' '래일'과 같은 추상적 어휘들을 반복하며 오늘 시련과 고통이 계속되더라도 참고 기다리면 반드시 강성대국의 래일이 오고야 만다는 강렬한 주제 의식을 담고 있는데 인생론적 통찰을 통해 현실과 시대의 문제를 연결시키고 있다는 점에서 우리의 눈길을 끈다. 감상이나 낭만에 빠져 있다는 비판의 소지에도 불구하고 이 시는 인생의 기다림은 곧 강성대국을 바라는 기다림이며 이 기다림 속에 사는 것이 곧 조국의 경사를 맞이하는 것이라는 통찰을 차분하면서도 설득력 있게 그려냄으로써 비판의 소지를 잘 비껴나가고 있다. 더욱이 삶은 '예고도 없이 집집의 문을 두드리기도 하고/때로 늘어지기도 하고/안개속에 쌓인듯 희미한 때도 있'다는 비유적 표현은 이 시의 아름다움을 한껏 고양시키고 있으며 '오오 래일! 래일은/ 멀리서 오지 않나니/흥건히 땀배인/우리의 손에 받들려 오고 있'나니에서와 같은 부분에 이르러서는 이 시가 단순히 기다림만을 강조한 것이 아니라 그 기다림 끝에 오는 것들이 '땀'에 의한 것이라는 것을 강조하고 있어 단순한 구호적 차원에 머물러 있지 않음을 잘 보여준다.

①과 ②의 시는 각각 '강성대국에 대한 희원(希願)'이라는 공통적 주제를 담고 있으면서도 시가 지니고 있어야 할 서정과 시적 장치들을 동원시켜 미적 완성을 성취하고 있는 특징을 보이고 있다. 서정을 바탕에 깔고 주체 위업이라는 사상을 담고 있는 이들 시에서는 소재의 다양함뿐만 아니라 주제에 접근하는 데 있어서 표현 방식이 순치(馴致)

되고 정화되어 있어 북한 시 앞날에 어떤 방향을 암시해 줄 것으로 기대된다. 다만, 화자의 복잡한 내면이 단순화된 채 일반화되어 나타나는 점은 '인간학'을 내세우는 북한 시문학이 앞으로 개척해 나가야할 과제로 남는다고 하겠다.

## 3.

주체사상에 입각한 주체 사실주의 문학은 북한 시문학의 기본 노선이다. 사회주의 위업 수행의 무기라고 일컬어지는 사회주의 또한 북한 시문학이 나아가야 할 방향이며 시는 이를 위해 복무할 의무를 지닌다. 그간 북한의 시는 이 같은 경향을 충실하게 수행한 것이 사실이다. 인민의 앙양된 혁명적 열의와 일심 단결된 위력을 조직 동원하여, 혁명과 건설을 다그쳐 나가는 데 있어 문학 예술이 이를 수행해야 한다고 강조하고 있는 김정일의 문학 교시, 그리고 최고 사령관인 김정일 동지의 사상과 령도를 높이 받들어 우리 식 사회주의 위업 수행에 적극 이바지하는 작품을 창작하자는 북한 시인들의 다짐은 시가 시대와 역사에 대한 숭고한 임무를 지니고 있음을 말해준다. 불타는 애국의 열정과 창작적 정열로 웅대한 전략적 구상과 애국의 뜻을 작품 형상에 전면적으로 구현해 나가야 한다[9]는 주체 사실주의는 그러나 시가 지니고 있는 서정성을 바탕으로 인민들을 교양시켜야 한다는 시 창작 방법론에 의거, 새롭게 변화하려는 시도를 엿보이고 있다.

류만이 제기하고 있는 '서정의 다양성'은 이를 뒷받침하는 것으로 그는 '서정의 다양성'을 위해 표현의 변화를 요구한다. 즉 시인의 의도

---

9) 2)와 동일, p.4.

가 시적 문맥에 직접 드러나 시적 묘미를 감소시키기보다는 시가 지니고 있는 본래의 서정 위에 시대와 시대 정신이 요구하는 것을 잘 형상화시키는 것이 절실하다고 역설한다. 이는 시가 지니고 있는 미적 요소나 내면에 한층 접근하는 것으로 앞으로의 북한 시의 변화에 관심을 끌기에 충분하다. 비록 과거의 시에 비해 그다지 큰 변화를 보이고 있지 않은 점은 북한 시가 가지고 있는 특수성에 말미암은 바가 크지만 그러나, 점점 최근 시가 깊이와 넓이를 더 하고 있다는 점은 분명 간과해서는 안될 것이다. 미세하지만 표면에서 내면으로, 생경에서 미의식으로의 점진적 이동은 시가 성취해야 할 목표이자 북한 시가 내세우고 있는 '주체사상의 정서적 지향'과 잘 맞아떨어지기 때문이다.

# 『주체문학론』에 나타난 소설 창작방법론 비판

고인환

## 1.

남한에서 전개된 북한문학 연구는 북한의 문예정책에 기초하여 작품을 이해하는 태도, 즉 북한의 자체 평가를 그대로 수용하는 방식이 주류를 형성해 왔다. 이는 북한 체제의 사회주의적 특성을 작품 분석의 절대적 기준으로 적용하는 방식에 머물러 있었다. 그러나 연구가 심화되면서, 작품 분석을 통해 주체소설과 북한 문예 정책의 허와 실을 비판하는 관점이 제시되었다. 이는 남한의 문학을 염두에 두고 주체소설을 이해하려는 태도에서 비롯된 것이다.

1980년대 후반 동구 사회주의권의 붕괴는 한반도에 미묘한 파장을 일으켰다. 남한의 문학에서는 자본주의의 전지구적 승리에 따른 개인의 욕망이 화려하게 개화했다. 북한의 경우는 사정이 좀 복잡하다. 자본주의 시장경제의 점차적 침투에 따른 개인의 세속적 욕망이 미세하게 반영되는 '사회주의 현실 주제'의 작품들이 제출되었으며, 이와 대비적으로 체제에 대한 위기감의 발현으로 '주체'를 강조한 '우리식 사회주의 건설'의 작품들이 재평가되고 활발하게 제작되었다. 우리의 관심은 전자에 있다. 문학이 존재와 세계의 팽팽한 긴장을 통해 독자에게 감동을 준다는 사실을 인정한다면, 주체소설은 우리에게 감동을 주기 어렵다. 존재의 내면과 욕망이 의식적으로 거세된 작품들이 주체소설의 주류를 형성해 왔기 때문이다. 따라서 1980년대 이후 개인의 욕망이 북한의 소설 속에 등장했다는 사실은 의미심장하다. 이는 주체소설의 미세한 균열을 드러내는 징후로도 볼 수 있다.

북한문학을 바라보는 우리의 시각은 이러한 특수성을 고려하여야 한다. 이에 북한문학에 접근하는 데 있어서 주체문예이론 자체를 비판·거부하기보다는 주체문예이론 내부의 미세한 균열의 징후를 감지하는 작업이 유효하다고 생각한다. 1980년대 현실 주제의 북한 소설은 일상생활의 '숨은 영웅'을 형상화한다든지, 애정 문제를 본격적으로 다루거나 북한 사회의 관료주의적 속성을 비판하였다. 이는 주체문예이론의 경직성을 내부적으로 반성하는 징표로 해석되기도 하였다.[1]

그러나 1980년대 후반의 국제정세와 뒤이은 내부적인 시련은 1990년대 북한문학에 새로운 영향을 끼쳤다. 동구 사회주의권의 붕괴, 그리고 가뭄과 기근은 북한 체제를 근본적인 위기 상황으로 몰고 갔다. 국제적인 고립과 내부적 문제를 해결하기 위해 북한의 문학은 다시 보수적인 경향으로 후퇴하였다. 이에 1990년대 북한문학은 1980년대 문학의 유연성을 확장·발전시키지 못하고 과거의 주체문예이론을 강화하는 방향으로 나아간다. 그러나 이미 사회주의적 현실 문제를 나름대로 깊이 있게 형상화한 체험을 간직한 북한의 작가들이 주체문예이론

---

1) 김재용은 1980년대 현실 주제의 북한 소설은 '북한 당대 현실내에서 제기되는 절실한 문제들을 폭넓게 다룬다는 점에서 그 이전의 소설과 다른 것은 물론이고 북한 사람들의 진지한 관심과 사랑의 대상이 되고 있다'고 지적한다(김재용, 「1980년대 북한 소설 문학의 특징과 문제점」, 『북한문학의 역사적 이해』, 문학과지성사, 1994, p.271 참조).

의 당위적 명제 앞에 굴복하여 순순히 과거의 작품 경향으로 회귀하지는 않는 듯하다.

김정일의 『주체문학론』은 1980년대 문학의 유연성과 1990년대 문학의 경직성 사이의 이러한 딜레마를 반영한다. 이 글은 『주체문학론』에 나타난 '소설 창작방법론'의 미세한 균열을 포착하려는 의도에서 쓰여진다. 당위와 개성, 이념과 욕망, 내용과 형식 그리고 사상과 표현 등으로 다양하게 변주되는 이러한 균열의 징후는 『주체문학론』에서도 '소설 창작방법론'에 가장 첨예하게 드러난다. 이는 오늘의 북한 소설을 이해하는 밑거름이 되리라 기대한다.

## 2.

소설(서사)은 '현실 속에서 현실 너머를 꿈꾸는' 모순된 운명을 산다. 이는 '타락한 시대, 타락한 방법으로 진실을 추구하는 장르'라는 루카치의 명제와 동일한 궤적을 지닌다. 근대 사회와 소설이 맺고 있는 역설적 관계, 즉 창부/수녀, 재미/교훈, 상품성/예술성 등으로 표출되는 양면성 또한 이와 무관하지 않다. 주체소설은 교양이라는 이름으로 전자를 후자에 종속시킴으로써 반쪽의 서사에 만족한다. 주체소설이 '근대 이전의 서사' 혹은 '근대 이후의 서사'라 불리는 이유도, 소설을 '부르주아의 서사시'라 인식하는 많은 사람들에게 주체소설이 낯설게 느껴지는 연유도 여기에 있다. 그렇다면 근대를 '타자화'함으로써 유지·지탱되는 주체소설을 어떻게 볼 것인가.

『주체문학론』 제6장 '문학형태와 창작실천'의 제2절 '소설문학을 시대의 요구에 맞게 발전시켜야 한다'가 소설 창작 방법론에 해당하는 글이다.

이 글에서 김정일이 가장 정성 들여 주장하고 있는 내용은 '작품에 펼쳐진 생활과 현실 생활 사이의 간격 극복', '낡은 것에 도전하는 새 형의 문학', '도식적인 틀에서 벗어나는 것' 등으로 표출되는 형상수법과 창작실천의 다양성이다. 이는 물론 소설이라는 장르의 대중적 감화력을 전제로 한 진술이다.

소설은 문학의 대표적인 형태이다. 한 나라 문학의 높이와 발전수준은 주로 소설문학의 사상예술적높이에 따라 평가된다.

소설은 인민들속에서 가장 사랑을 받는 문학형태이다. 소설은 새것에 민감하고 정서가 풍부한 청년들속에서는 물론, 어린이나 늙은이들 속에서도 널리 읽히우고있다. 사람은 소설을 읽으면서 생활의 진리를 체득하고 혁명의 원리를 깨닫게 되며 아름답고 고상한 정서도 키우게 된다. 소설은 혁명적세계관을 세우는데서 큰 작용을 한다.

소설문학의 사회적 가치는 인민대중의 평가에 의하여 결정된다.

— 김정일, 『주체문학론』, 조선로동당출판사, 1992, p.236(이하 면수만 표기).

소설은 어린이, 청년, 늙은이 등을 망라하여 '인민들속에서 가장 사랑을 받는 문학형태'이다. 대중들은 소설 속에서 생활의 진리를 체득하고 혁명의 원리를 깨닫게 되며 아름답고 고상한 정서도 키운다. 김정일은 소설 속에 형상화된 생활은 '시대와 사회의 본질이 반영된 전형적인 생활이며 작가의 발견이 깃든 새롭고 특색있는 생활'이라고 주장한다. 그런데 이러한 생활의 형상화가 부족하기 때문에 소설이 독자들에게 외면당한다는 것이다. 그러나 『주체문학론』이 제시하는 '생활'은 너무나 추상적이고 또한 획일화되어 있다. '시대와 사회의 본질이 반영된 전형적인 생활'과 '작가의 발견이 깃든 새롭고 특색있는 생활', 즉 객관성과 주관성을 어떻게 매개할 것인가에 대해 침묵하고 있기 때

문이다. 이 침묵은 '혁명적세계관을 세우는데서 큰 작용'을 하는 주체
문예이론 자체의 도식성을 괄호 속에 묶어버린다.

도식은 문학과 독자사이를 갈라놓은 장벽이다. 작가는 온갖 도식에서 벗
어나 저마다 새로운 것을 들고나와야 한다.

— p.244.

문학과 독자 사이의 장벽이 주체문예이론 자체의 도식성으로까지 나
아가지 못하고 소설 창작 기법과 관련된 도식성에 한정된다는 점이 문
제이다. 이어 그는 '다주인공을 설정하는 수법', '주인공을 감추어놓고
형상하는 수법', '부정적 인물을 중심에 놓고 형상하는 수법', '인물의
심리를 기본으로 펼쳐나가면서 생활을 묘사하는 수법', '랑만주의 수
법' 그리고 '벽소설 같은 짧은 형식, 서한체, 일기체, 추리소설, 탐정소
설, 실화소설, 환상소설, 의인화의 수법으로 엮어진 소설, 운문소설,
지능소설' 등 다양한 기법과 형식을 소개하고 있다. 그러나 기법과 형
식의 도식 배제가 곧바로 주체소설이 지닌 이념의 도식성을 극복하는
계기가 될 수는 없다. 이를 단적으로 보여주는 예가 다음의 글이다.

인물들의 호상관계를 교양을 주고 교양을 받는 관계로만 형상하는데 반
드시 그래야만 되는것이 아니다. **문학이 사람을 교양하기 위한것이지만
그 교양적목적이 반드시 작품에 나오는 인물의 관계를 교양을 하고
교양을 받는 관계로 형상하여야만 실현되는 것은 아니다.** 사람들은 주
인공의 숭고한 모범에 감화되어 교양을 받을수도 있고 부정에 대한 날카로
운 비판에 자극되어 교양을 받을수도 있다. 사람들에 대한 교양은 여러 측
면에서 다양한 방법으로 되어야 효과를 낼수 있다.

— pp.242~243(강조는 필자).

'문학이 사람을 교양하기 위한것'이라는 관점은 『주체문학론』을 규정하는 일관된 흐름이다. 이러한 관점을 전제로 다양성이 추구되어야 한다는 것이다. 이에 따라 인물을 형상화하는데 있어서의 다양성은 '작품에 나오는 인물의 관계를 교양을 하고 교양을 받는 관계로 형상하'느냐, 그렇지 않느냐 하는 부분적인 다양성으로 축소된다.

최근의 북한 소설에 나타난 사건과 인물의 이원적 설정은 이러한 다양성을 단적으로 보여주는 예이다. 작품 속에 드러난 사건과 인물은 두 개의 이야기가 교차·병행하는 이중적 서사 구조에 얽혀 있다. 이는 '주체소설이 지닌 이념의 도식성'과 '기법/형식의 도식 배제'와 유사한 궤적을 그리고 있다.

김일성, 김정일, 김정숙 등과 병행하는 서사는 최근의 작품에서도 여전히 지배적인 힘을 발휘한다. 이들은 당 정책을 수행해 가는 과정에서 국제 정세에 대한 진단이나 이념과 신념에 바탕한 '고난의 행군'에 대한 격려 등을 통해 작품의 서사를 장악하고 있다. 이러한 거대 서사는 '숨은 영웅'들의 일상적 이야기나 사회주의적 현실 속을 살아가는 인민들의 욕망과 갈등을 드러내는 일상적 서사에 안팎으로 개입한다.

서사의 이중 구조는 주관적 열망(당 정책/주체이념)과 실제 생활의 괴리를 표출한다. 하지만 이전의 작품들과는 달리 북한 사회의 실상이 구체적으로 제시되고 있다는 점은 주목할 만하다. 이는 북한 인민들의 소소한 일상적 이야기가 전경화된 거대 서사를 서서히 잠식하고 작품의 전면에 부각되기 시작한다는 점에서 드러난다.

겨울이 아무리 사나워도 저 흰 눈 덮인 산발들과 강변의 두터운 살얼음장 밑에서도 생명 가진 유기체들은 여전히 생의 욕망을 잃지 않고 봄맞이준비를 하고 있을 것이다. 우리는 기다릴것이 아니라 강성대국건설의 새 봄을 앞당겨 불러 와야 한다. 우리의 힘으로, 우리의 식대로……

— 윤경찬, 「동력」, 『청년문학』, 2003. 1, p.10.

난 오늘 정말 기쁩니다. 자기 힘을 믿지 못하고 주저앉았던 한 기술자가 래일을 확신하는 신념의 강자가 되어 일어 선 것이 나에게는 무엇보다 기쁩니다. 인간이 결심하고 달라붙으면 못해 낼 일이 없습니다. 난 이번에 전수민 기사를 통해서 우리의 강성대국건설구상이 결코 우리의 욕망이 아니라 가까운 기간에 현실로 될것이라는것을 다시 확신하게 되었습니다. 전기가 공업의 동력이라면 사회주의를 진전시키고 완성시키는 동력은 이 제도의 래일을 확신하는 인간들의 신념입니다. 신념이 강하면 반드시 승리자가 됩니다.

— 앞의 책, p.16.

전경화된 서사는 인물의 주관적 열망에 의해 추동된다. '강성대국건설의 새 봄'은 자연의 순환 논리에 의해 뒷받침되고 있으며, '사회주의를 진전시키고 완성시키는 동력'은 '제도의 래일을 확신하는 인간들의 신념'에 의해 에너지를 공급받는다. 그러나 이러한 당위적 명제에 바탕한 거대 서사의 그물망이 아무리 촘촘하다고 해도 일상적 삶의 다양한 모순은 표출되기 마련이다. 전경화된 주관적 열망 이면에 비낀 북한 사회의 현실은 고통스럽고 암담하다.

어찌하여 60년대에 자기 손으로 전기기관차를 만들어 낸 우리 인민이 오늘에 와서 거기에 등잔불을 켜놓지 않으면 안되게 되였는가? 왜 우리 인민은 텔레비죤과 랭동기를 비롯한 전기일용제품들을 갖추어 놓고서도 등잔불을 켜놓고 저녁식사를 하지 않으면 안되게 되었는가?
날로 악랄해 지는 적들의 경제봉쇄와 고립압살 책동의 후과다.

— 김대성, 「정든 고장」, 『청년문학』, 2002. 12, p.12.

이미 60년대에 '전기기관차'를 만들어낸, '텔레비죤'과 '랭동기'를 비롯한 '전기일용제품들'을 갖추어 놓은 북한의 인민들이 '등잔불'을 켜놓고 저녁식사를 하는 현실에 대한 안타까움이 '적들의 경제봉쇄와 고립압살 책동'에 대한 분노로 이어지는 장면은 주관적 열망에 바탕한 당 정책(주체소설)의 한계를 스스로 시인하는 모습과 다르지 않다.

이렇듯, 거대 서사와 거기에 비낀 일상적 삶의 역설적 공존을 감내해야 하는 것이 사회주의 이념을 고수하는 북한 사회의 현실적 운명이다. 이념이 현실을 장악하고 있으나, 바로 그 이념이 디테일한 일상적 삶의 소멸을 초래하는 비극, 즉 이념은 스스로를 긍정하면 할수록 동시에 자신의 텃밭인 현실을 부정해야 하는 모순적 운명에 처하게 되는 것이다.

이러한 주체소설의 모순적 운명은 소설의 특성을 잘 살려서 창작해야 한다는 주장에서 정점에 이른다.

소설창작에서 중요한 것은 소설의 특성을 잘 살리는 것이다.

소설은 문학에 쓰이는 형상수단을 종합적으로 다 리용할수 있는 우월성을 가지고 있다. 문학의 기본형상수단인 언어를 가지고 그려내지 못할 인간생활이란 있을수 없다. 〔…중략…〕 오직 소설문학만이 묘사와 대사, 주정토로와 설명 같은 형상수단을 전면적으로 리용하여 언어로 표현할수 있는것은 다 그려낼수 있다.

— pp.238~239.

서사 양식이 쌓아온 다양한 언술 방식을 자신의 형식 속에 흡수하며 발전해온 소설은 말 그대로 잡종문학이다. 이러한 잡종성은 '문학에 쓰이는 형상수단을 종합적으로 다 리용할수 있는 우월성'을 지닌다. 김정일은 소설의 잡종성을 '언어를 가지고 그려내지 못할 인간생활이란 있을수 없다'는 언어의 자의식과 연결시킨다. 여기에 주체문예이론의 비약이 있다. 자아와 세계의 괴리를 굳이 언급하지 않더라도, 언어와 대상, 인식과 표현 사이에는 메울 수 없는 심연이 가로놓여 있다. 이러한 심연을 응시하며 그 불가능에 도전하는 것이 서사(문학)의 운명이 아닐까. 주체문예이론의 소설창작론은 이 서사(문학)의 모순적 운명을 애써 부정한다. 창작방법의 다양성이 주체문예이론의 유연성으로 확대되지 못하는 이유도 여기에 있다.

김정일은 『주체문학론』에서 소설의 도식성을 거부하고 다양한 창작 실천을 강조하고 나아가 소설의 형태까지 다양하게 개척하여 소설 문학에 새로운 혁신을 일으키자고 주장한다. 하지만, 실상 주체소설에 필요한 것은 근대 사회의 양면성, 즉 서사의 모순된 운명을 수용하는 자세가 아닐까. 이제 주체소설은 '항일혁명전통으로의 복귀'라는 자신의 내밀한 욕망이 하나의 상상이자 허구라는 사실을 인식해야 한다. 항일혁명전통(과거/거대 서사/주체문예이론의 도식성)과 사회주의적 현실 (현재/일상의 서사/기법과 형식의 다양성)의 결절점(結節點)을 통해 주체소설은 새로운 미래를 개척해야 할 지점에 와 있다. 우리는 이러한 북한의 소설이 거대 담론(주체이념)의 테두리에 종속되지 않고 현실의 구체적 삶에 대한 일상적 기획으로 확장되기를, 나아가 서구적 의미의 근대성에 대한 강력한 회의와 거부를 통해 주체적인 탈식민적 전망으로 거듭나기를 기대한다.


3.


이상으로 『주체문학론』 속의 소설 창작방법론을 '주체문예이론' 자체의 모순에 초점을 맞추어 일별해 보았다. 『주체문학론』은 1960년대 후반에서 1970년대에 걸쳐 확립되어 1980년대 다소 유연하게 전개된 주체문예이론의 1990년대 판 중간결산이라 할 수 있다. 특히, 1980년대 북한문학은 전일화된 유일사상체계에 대한 반성으로 전개되었다는 점에서 주목을 요한다. 이에 『주체문학론』의 소설 창작방법론은 북한문학 내부의 '변화하고 있는 것'과 '변하지 않는 것' 사이의 미세한 긴장을 보여준다. 이는 욕망과 당위, 일상과 혁명, 기교와 이념, 형식과 내용 등으로 다양하게 변주되고 있다.

이제 북한문학은 어디로 갈 것인가? 쉽게 예상하기는 어렵지만 이러한 균열은 더욱 심화될 것으로 보인다. '현실'과 '절대정신' 사이의 줄타기로 요약할 수 있는 『주체문학론』 내부의 소설 창작방법론은 '주체문예이론'의 자의식, 더 나아가 북한 체제의 자의식을 유추할 수 있는 각주의 역할을 한다.

자의식은 스스로에 대한 객관적 거리를 바탕으로 형성된다. '주체문예이론'의 자의식은 스스로를 타자화하는 아픔, 즉 타자(개방)를 통한 스스로의 위상 정립과 맞물려 있는 절대절명의 과제 속에서 형성될 것으로 보인다. 이러한 자의식의 징후는 소설 창작 방법론을 통해 암시적으로 드러난다.

세계가 하나의 전산망으로 연결되는 '잡종(hybrid)'의 시대이다. 나라와 나라 사이의 경계는 흐려지고 문화는 국경을 넘나든다. 동일한 정체성을 갈망하는 주체적 열망은 타자를 받아들여야 하는 객관 현실과 몸을 섞고 있으며, 과거와 현재, 전통문화와 외래문화 심지어 지배문화와 저항문화까지도 동시에 새겨지고 지워진다. 바야흐로 '우리/타자'라는 이분법적 척도로 이질적인 문화를 재단하는 태도에서 벗어나, 다양한 문화들이 공존하는 열린 네트워크에 대한 성찰로 발상을 전환해야 할 때이다. 팽팽하게 맞서는 극단적 입장 사이에서 길항작용(拮抗作用)하는 제3의 길을 모색하는 것, 이것이야말로 잡종의 시대가 요구하는 자세가 아닐까?

지금껏 우리는 북한의 현실을 바라보는 데 이중적 잣대를 적용해 왔다. 북한은 늘 지리상으로는 가깝지만 이념상으로는 먼, 감성적(심정적)으로는 친근하지만 이성적(현실적)으로는 낯선 괴물이었다. 우리들의 의식과 무의식에 깊이 각인되어 있는 이러한 양면성을 교차시키는 작업, 즉 북한에 대한 인식의 간극이 혼종되는 지점에서 문화의 이질감을 극복할 수 있는 단초가 마련될 수 있을 것이다. 동일성(남한)의 시각으로 타자(북한)를 흡수하려 할 때, 우리는 타자의 희생을 제물로 중심의 권좌에 오를 수도 있을 것이다. 이러한 구심력으로서의 권좌는 자본의 논리로 타자를 지배하는 근대 담론의 본질을 함축한다. 그러나 중심에 대한 욕망(동일성)을 잠시 유보하고 타자(타자성)를 향해 한 걸음 다가설 때, 두 세계가 중첩되고 교차되는 보다 큰 영역에서 열린 중심의 자리를 차지할 수 있을 것이다. 진정한 잡종의 담론은 '타자가 왜 우리와 다를까' 라는 문제의식에서 출발해서, 나와 타자를 함께 바라볼 수 있는 관점에서 차이를 맥락화하고, 이를 통해 좁혀나갈 수 있는 차이에 주목함으로써, 다름을 유지하되 대화를 가능케 하는 공통 분모를 만들어 나가는 과정이다.

# 『주체문학론』에 나타난 극문학 접근방법 비판

권순대

## 1. 머리말

이 글은 김정일의 『주체문학론』에 나타난 극문학의 접근방법을 비판적으로 읽는 것을 그 목적으로 한다. 김정일은 종합무대예술에 대한 관심과 경험을 당과 국가의 지도에 적극적으로 활용하였는데, 『주체문학론』은 그의 이러한 '영도예술'의 문학적 결과물이라고 할 수 있다. 다시 말해, 『주체문학론』은 김정일의 '국가의 디자이너, 연출가로서의 역할'[1]이 문학예술 영역에서 유감없이 발휘되고 있는 저작이다. 그러므로 『주체문학론』은 1967년 이후 주체문예이론에 입각한 '통치의 연극화'[2]가 문학예술 영역에서 어떻게 수행되었는지를 살펴볼 수 있는 중심적인 저작이라고 할 수 있다.

이 글은 『주체문학론』 전체를 논의 대상으로 하는 것이 아니라, 『주

---

1) 와다 하루끼, 『북조선』, 돌베개, 2002, p.140.
2) 와다 하루끼, 위의 책, p.140.

체문학론』에 나타난 극문학의 서술 체계를 대상으로 하고 있기 때문에 논점을 한정할 필요가 있다. 즉, 극문학의 일반적인 특성을 고찰 대상으로 하는 것이 아니라,『주체문학론』에서 다루고 있는 작품과 그 서술 방식만을 논의하고자 한다. 『주체문학론』에서 극문학은 두 층위에서 서술되고 있다. 그 하나는 주체문예이론을 서술하는 층위이며, 다른 하나는 문학형태를 서술하는 층위이다. 전자는『주체문학론』전체를 관류하고 있는 것으로 주체문예이론을 설명하기 위해 극문학을 예시하고 있는 부분이며, 후자는 문학예술의 갈래 구분 문제와 연관된 것으로 극문학의 장르적 특성을 서술하고 있는 부분이다. 전자가 개별적인 극문학 작품을 예시하면서 주체문예이론이 지향하는 내용과 이념을 그 중심 내용으로 취하고 있다면, 후자는 북한문학사에서 일반적으로 구분하던 갈래와는 다른 방식으로 서술되고 있는 극문학의 장르적 특성이 그 내용을 이루고 있다.

『주체문학론』에서 이 두 층위는 상호 충돌하거나 대립하는 것이 아니라 하나의 관점에 의해 통합되는 것으로 보인다. 그 관점은 실용적 공리주의에 입각한 주체의 문예관이라고 할 수 있다. 그런데 문제는 주체의 문예관에 입각한 서술 체계가 극문학 장르의 분류 체계에 미세한 균열을 야기하고 있다는 데 있다. 따라서 이 글은 주체의 문예관을 핵심으로 하는『주체문학론』의 서술 체계에 있어 그 선택과 배제의 원리는 무엇인지, 그리고 그러한 서술 체계를 가능하게 한 동인은 무엇인지를 살펴보고자 한다. 그것은 '유일지도체제'(이종석) 혹은 '유격대국가'(와다 하루끼)의 위상을 디자인하려는 연출 의도와 '인용학'을 통한 김정일의 위상을 강화하려는『주체문학론』의 성격을 추정해봄으로써 주체의 문예관에 의해 디자인하고자 했던 '건축물'의 의미를 살피는 일이기도 하다.

이 글의 논의 전개는 다음과 같다. 제2장에서는 실용적 문예관이 북한문학예술의 갈래 구분에 미친 영향을 살펴보고자 한다. 주체의 문예론을 부각시키는 과정에서 문학형태의 분류 기준에 발생한 균열의 지점을 확인하고, 그러한 균열을 재봉합하기 위한 절차가 『주체문학론』 서술 체계의 핵심을 이루고 있다고 생각하기 때문이다. 제3장에서는 『주체문학론』에 인용된 개별 작품을 중심으로 극문학 장르의 특성을 살펴보고자 한다. 그것은 추상적 이념 수준의 논의가 어떻게 구체적인 작품에 적용되고 있는지를 확인하는 것을 의미한다. 즉, 소위 민족적 형식의 구현이라고 말하는 극적 형식의 혁명이 개별 작품의 수준에서 어떻게 나타나고 있는지를 살펴보는 것을 말한다.

## 2. 『주체문학론』에 나타난 실용적 문예관과 극문학의 갈래 구분

『주체문학론』은 기본적으로 실용적 공리주의에 입각하여 서술되어 있다. 1967년 이후 북한의 문학예술은 주체의 문예론에 기초하고 있으며, 『주체문학론』은 주체의 문예론에 입각하여 지속적으로 수행된 문학예술혁명을 종합하는 성격의 저작이라고 할 수 있다. 이 장에서는 그 과정에서 발생한 장르 구분 문제를 주로 다루고자 한다. 그것은 실용적 공리주의에 입각한 주체의 문예론이 장르에 미친 영향, 특히 극문학에 미친 영향을 살펴보려는 것을 말한다. 장르가 역사적 시기에 따라 유동적인 것이라고 할 때, 『주체문학론』에 서술되어 있는 장르 구분이 이전 시기의 북한문학예술의 일반적인 구분과 다르게 나타났다면 그러한 현상이 발생하게 된 동인은 무엇인지를 해명하는 일은 『주체문학론』에 나타난 극문학 서술 체계를 이해하는 데 핵심적인 일이라고 할 수 있다. 또한 특정한 역사적 시기의 장르 분류 체계가 갖는 선택과 배제의 절차를 이해함으로써 그 시기를 관통하는 지배적인 담론의 특성을 이해할 수 있는 효과도 기대할 수 있다.

이 장에서 주로 다룰 부분은 『주체문학론』의 제6장이다. 제6장은 '문학형태와 창작실천'에 관한 장으로, 모두 5개의 절로 구성되어 있다. 5개의 절은 각각 시문학, 소설문학, 아동문학, 문학의 모든 형태, 그리고 평론으로 구성되어 있다. 여기서 특이한 점은 제4절에서 '문학의 모든 형태'를 다루고 있다는 사실이다. 제4절은 일반적으로 보자면 '극문학'이 놓여야 한다.[3] '극문학'이 놓여할 자리에 대신 '문학의 모든 형태'가 놓여 있는 까닭은 무엇일까? 『주체문학론』 서술에서 이처럼 문학형태의 분류에 있어 균열이 발생하게 된 동인은 무엇일까? 이러한 균열은 북한문학예술의 분류 체계가 바뀐 것을 의미하는 것인가 아니면 일시적인 현상에 불과한 것인가?

'문학의 모든 형태'가 제4절에 놓이게 된 까닭은 『주체문학론』에서 지속적으로 강조되는 것이 문학예술혁명이라는 점과 밀접한 연관을 갖는다. 문학예술혁명은 1967년 이후 주체의 문예론에 관철되고 있는 핵심이라고 할 수 있다. 내용의 측면에서 그것은 항일혁명예술을 의미하며, 형식의 측면에서 그것은 민족적 형식의 구현을 의미한다. 항일혁명예술은 유일사상체제의 구체화이며 민족적 형식은 그것을 담는 그릇이다. 문학예술혁명은 영화 부문으로부터 시작된 예술혁명을 모델로 하여 가극혁명이 이루어졌으며, 그 뒤를 이어 연극혁명이 이루어졌다. 『주체문학론』에서 보다 상위 개념인 극문학을 예로 언급하지 않고 혁명가극과 혁명연극을 예로 드는 이유가 여기에 있다. 그것은 문학예술혁명으로 탄생한 혁명가극과 혁명연극이 정전으로 자리매김되

---

3) 제4절은 '모든 형태의 문학'으로 되어 있는데, 그 '모든 형태의 문학'에서 언급되고 있는 세부 형태로는 '극문학'('정극', '혁명적비극', '경희극', '재담', '촌극'), '영화문학', '풍자문학', '실화문학', '환상문학', '수필', '텔레비죤문학'('텔레비죤소설', '텔레비죤영화', '텔레비죤극')으로 되어 있다. 이는 문학형태의 분류 기준이 다층적이며, 실용적 공리주의에 입각하고 있음을 보여 준다.

는 것을 의미한다.

따라서, 『주체문학론』에서 상위 개념에 해당하는 '극문학'은 후경화되고 하위 개념에 해당하는 '혁명가극', '혁명연극'이 전경화된다. 이러한 현상은 제6장을 제외한 다른 장에서 극문학 일반이 아닌 혁명가극과 혁명연극의 개별 작품을 예로 들어 설명하는 서술 방식과 무관하지 않다. 또한 『주체문학론』에서 가장 강조되고 있는 시대의 문예관인 주체문예이론에 대한 강조와도 무관하지 않다. 주체문예이론을 강조함으로써 유산과 전통을 논의의 중심에 놓게 되었으며, 그에 따라 항일혁명문학예술이 강조되고 있는 것이다. 그것은 유일사상체계를 강조해야 하기 때문이며, 문학예술혁명이 실용적 공리주의의 문예관에 기반하고 있기 때문이다.

문학의 기성형태와 종류 가운데는 력사적으로 내려오면서 전해지는것도 있고 일시 나타났다 사라지는것도 있다. 력사적으로 형성된 형식이라 하여도 시대와 생활이 발전하며 인민의 리상과 요구가 높아지는데 따라 리용되는것도 있고 리용되지 않는것도 있다. 모든 시대, 모든 문학에 그대로 맞는 형태와 종류란 있을수 없다. 력사적으로 내려오면서 그 우월성이 확증된 형태와 종류도 시대의 요구에 맞게 새롭게 발전시켜야 한다. 영화혁명과 가극혁명, 연극혁명 과정에 극문학을 혁신한 것은 시대의 요구로부터 출발한 것이다.

— 『주체문학론』, p.265.

여기서 말하는 시대의 요구가 어떤 함의를 지니는지를 짐작하는 것은 어렵지 않다. 기존의 장르 개념에 해당하는 극문학이 혁신의 대상이 된 것, 그러한 혁신의 과정은 혁명가극과 혁명연극으로 귀결되었다는 것을 확인할 수 있다. 『주체문학론』에서 혁명가극과 혁명연극이 강조되는 것은 "혁명적문학예술전통은 민족문화유산의 핵이며 중추"(『주체문학론』, p.61)이기 때문이다. 불후의 고전적 명작이 영화로 옮겨진 이후 가극 및 연극의 영역에서도 문학예술혁명을 수행함으로써 혁명적 문학예술전통을 계승하였다고 주장된다.

연극부문 일군들은 아직도 일제때에 노예적굴종사상을 가지고 해먹던 낡은 방법과 서방연극에 대한 사대주의적인 사고방식을 가지고 연극을 창작하고있습니다. 그러다보니 우리 인민들이 연극에 매력을 느끼지 못하고있습니다. 우리 인민들이 영화나 가극은 좋아하지만 연극은 그리 좋아하지 않습니다. 지금 지방연극단들도 군중으로부터 인기를 끌지 못하고있습니다.
우리 나라에 오는 다른 나라 사람들도 혁명가극은 저마다 보려고 하지만 연극을 보자는 사람은 없습니다. 혹시 연극을 본다고 하면 조선사람들이 연극을 어떻게 하는가 해서 볼뿐입니다. 우리 연극이 결코 자기네 연극과 체계가 전혀 다른 독창적인것이기 때문에 보는 것이 아닙니다. 사실 다른 나라들에서는 연극을 서로 교류하지만 우리의 연극은 다른 나라에 나가지 못하고있습니다. 우리의 연극은 다른 나라에 나가도 인기를 끌수 없습니다.
— 「주체시대에 맞는 새로운 혁명연극을 창작할데 대하여」, 1972. 11. 7,
김정일 선집2, 조선로동당출판사, 1993, p.474.

가극혁명에 이은 연극혁명의 시대적 요구는 단지 형식적인 면에서만 그치는 것은 아니었다. 이전의 연극과는 근본적으로 다른 차원에서 내용과 형식의 혁명이 수행되었다. 그 내용은 유일혁명전통을 계승하는 것이며, 그러한 내용을 담기 위해 민족적 형식을 요구하게 되었다. 그러한 요구를 충족시키기 위한 문학형태가 바로 혁명가극과 혁명연극이다. 『주체문학론』에서 혁명연극과 혁명가극의 정전이라고 할 수 있는 「피바다」와 「성황당」의 인용 빈도가 가장 높은 점도 이와 무관하지 않다. 「피바다」는 8회, 「성황당」은 6회에 걸쳐 인용되고 있는데, 그 중에서도 제2장인 '유산과 전통'의 장에서 각각 5회씩 언급되고 있는 것은 유일사상체계를 확립하기 위한 『주체문학론』의 기획 의도를 읽을 수 있는 지점이기도 하다

　항일혁명문학을 강조하게 됨으로써 나타난 현상은 서사적 경향의 강화와 극 자체보다는 극적인 것에 대한 강조다. "혁명전통은 사회정치적집단의 력사적뿌리이며 그 운명을 담보하는 초석"(『주체문학론』, p.128)으로 정전화된다. 그것은 혁명문학예술에서 사건은 이미 고정된 것으로 나타나게 되는 것을 의미한다. 사건은 이미 하나의 원형을 이루고 있는 것이기 때문에, 굳이 사건을 강조하거나 새로운 사건으로 대체할 필요성이 없게 된다. 물론 경우에 따라 이야기줄거리가 복잡한 것을 요구할 때는 세부적인 사건이 필요하지만, 이러한 경우에도 주인공의 성장, 발전 과정이 중심에 놓이게 되는 경향은 바뀌지 않는다(이는 종자에 대한 강조와 밀접한 관련을 지닌다). 따라서 항일혁명예술에서 사건보다 성격이 강조되는 것은 자연스러운 것이며, 성격에 대한 강조는 이야기줄거리 전체가 서사적인 것으로 흐르게 됨을 의미한다. 따라서 서사적인 것을 무대예술에서는 극적인 것으로 만들어야 하는데, 이때 사용된 극적 장치들, 즉 립체식무대, 다장면구성, 흐름식무대, 절가와 방창이 사용된 것이라고 할 수 있다.

　또한 현실 생활에 대한 강조는 '극' 자체보다는 '극적인 것'에 대한 강조로 이어지고 있는데, 이는 장르 구분 문제와 직접적으로 연결된다. '극'에서 '극적인 것'으로의 이행은 명사형에서 형용사형으로의 이행을 의미한다. 그것은 엄격한 장르의 기준이 보다 느슨해지는 것을 의미한다.

　생활은 발전하는것과 쇠퇴하는것, 진보적인것과 보수적인것, 적극적인것

과 소극적인것, 총체적으로 긍정적인것과 부정적인것의 투쟁으로 일관되여 있다. 생활에서 벌어지는 새것과 낡은것의 투쟁을 예술적으로 반영하는것이 갈등이다. 긍정인물과 부정인물의 대립과 투쟁으로 갈등을 설정하고 이야기를 엮어나가는것은 극적인것을 형상하는데서 기본으로 된다. 그러나 단순히 긍정과 부정사이의 대립과 투쟁만이 극적인것으로 되는것이 아니다. 물론 극적인것은 일정한 모순을 전제로 하지만 그것이 인물들사이의 직접적인 대립과 충돌에 의해서만 생겨나는것은 아니다. 긍정과 부정사이의 직접적인 대립과 충돌이 있어야만 극성을 보장할수 있다는것은 낡은 리론이다.

〔…중략…〕

한마디로 말하여 정상적인 생활의 흐름이 깨여지고 예상이 뒤집혀짐으로써 사람에게 긴장감과 흥분을 불러일으키는 일정한 곡절을 가진 이야기도 극적인 이야기로 될수 있으며 이러한 특징을 갖추고있는 사건도 극적인것으로 될수 있다.

— 『주체문학론』, pp.259~262.


생활에 대한 강조는 갈래를 명사형에서 형용사형으로의 이행을 가져왔는데, 형용사형은 '형태'라는 그릇에 담기가 어렵다. '극' 자체보다는 '극적인 것'에 대한 강조 때문에 고정된 형태에서 보다 느슨한 형태가 만들어지게 된 것으로 보인다. 즉, '극문학'만이 아니라 '극적인 것'을 담을 수 있는 '문학의 모든 형태'로 그 그릇이 유동적인 것이 되었다. 또한 긍정과 부정의 직접적인 대립과 충돌에서만 극성을 찾을 경우에 발생할 수 있는 문제도 어느 정도 해결해 주는 측면이 있다. 정전화된 혁명가극 혹은 혁명연극과는 다른 형태와 종류에 속하는 작품이 생산되고 있는데, 그러한 작품은 그 내용과 형식에 있어 『주체문학론』의 논리와는 상당한 차이를 보이고 있다. 이러한 작품은 고정된 명사형보다는 형용사형으로 담을 때 긍정적인 평가를 할 수 있으며, '경희극'은 그 대표적인 예라고 할 수 있다. "극적사변으로 충만된 우리 현실의 요구에 비추어볼 때 시문학, 소설문학, 아동문학과 함께 극문학을 다양하게 발전시키는 것이 절실히 필요하다"는 언급은 이러한 생활현실을 반영하고자 하는 것으로 이해할 수 있다.

지금까지 갈래 구분의 측면에서, 『주체문학론』의 서술 체계에 나타난 미세한 균열의 지점을 살펴보았다. 『주체문학론』 서술 체계에 있어 혁명가극과 혁명연극이 강조된 것은 실용적 공리주의에 기인함을 확인할 수 있었다. 실용적 공리주의에 의한 주체의 문예론은 항일혁명예술의 민족적 형식의 구현이라고 할 수 있는 문학예술혁명을 낳게 되었다. 혁명가극과 혁명연극은 그러한 문학예술혁명의 구체적인 발현 형태라고 할 수 있다. 결국 혁명가극과 혁명연극은 주체의 시대가 만들어 낸 문학형태라고 할 수 있으며, '유격대국가'의 위상을 유감없이 보여주는 문학예술의 한 형태라고 할 수 있다.

## 3. 『주체문학론』에 나타난 극문학의 특성

이 장에서는 『주체문학론』에서 예로 들고 있는 극문학 작품을 살펴보고자 한다. 『주체문학론』에서 언급하고 있는 극작품의 인용 빈도를 살펴보면 다음과 같다. 「피바다」는 8회, 「성황당」은 6회, 「꽃파는 처녀」, 「한 자위단원의 운명」, 「혈분만 국회」는 2회, 「3인 1당」, 「당의 참된 딸」은 1회이다. 그것을 다시 장으로 나누어 살펴보면 다음과 같다. 제1장 '시대와 문예관'에서는 「피바다」 1회이며, 제2장 '유산과 전통'에서는 「피바다」 5회, 「성황당」 5회, 「꽃파는 처녀」 1회, 「한 자위단원의 운명」 1회이며, 제3장 '세계관과 창작방법'에서는 「피바다」 1회,

「성황당」 1회, 「혈분만 국회」 2회이며, 제5장 '생활과 형상'에서는 「피바다」 1회, 「꽃파는 처녀」 1회, 「한 자위단원의 운명」 1회, 「3인 1당」 1회이며, 제6장 '문학형태와 창작실천'에서는 「당의 참된 딸」 1회이다.

『주체문학론』에서 극문학 작품은 각 장에서 요구하는 이념을 보다 구체적으로 설명하기 위해 인용되고 있다. 전체적으로는 「피바다」와 「성황당」의 비중이 높음을 확인할 수 있다. 각각 혁명가극과 혁명연극의 정전이라고 할 수 있는 두 작품 외에도 소위 5대 혁명가극과 5대 혁명연극의 작품이 언급되고 있으며, 다른 작품은 거의 찾아볼 수 없다.[4] 이는 『주체문학론』에서 혁명가극과 혁명연극이 차지하고 있는 비중을 짐작케 한다. 『주체문학론』 서술 순서에 따라 극문학 작품의 특성을 살펴보고자 한다.

### 1) 유산과 전통 — 항일혁명문학예술

『주체문학론』에서 극문학 작품의 인용빈도가 가장 많은 장은 '유산과 전통'의 장이다. 「피바다」가 5회, 「성황당」이 5회, 「꽃파는 처녀」가 1회, 「한 자위단원의 운명」이 1회 인용되고 있다. 이는 '유산과 전통'에 관한 서술에 있어 극문학 작품이 차지하는 비중이 매우 높다는 것을 말한다. 혁명가극과 혁명연극의 정전이라고 할 수 있는 「피바다」와 「성황당」이 집중적으로 인용되고 있는 점은 이를 증거한다. 혁명가극 「피바다」와 혁명연극 「성황당」을 통해 말하고자 하는 것은 문학예술혁명이며, 유산과 전통을 계승하는 문학예술혁명은 항일혁명문학예술을 의미한다. 「피바다」와 「성황당」으로 대표되는 항일혁명문학예술이 자

---

4) 예외로 언급되는 극작품으로는, 카프의 문학사적 위상을 설명하기 위해 예로 든 송영의 「일체 면회를 거절하라」와 역사의 주체가 개인이 아니라 인민대중이라는 것을 설명하기 위해 예로 든 연극 「이순신 장군」이 있다.

주시대 문학예술의 본보기라는 자긍심은 다음과 같은 진술에서 잘 드러나고 있다.

  우리는 문학예술혁명을 수행하는 과정에 불후의 고전적명작을 영화로 옮기는 사업을 힘있게 벌려 혁명적영화예술의 빛나는 전통을 이룩하였다. 우리는 문학예술혁명을 수행하는 과정에 불후의 고전적명작을 소설과 가극, 연극으로 옮기는 사업을 줄기차게 밀고나감으로써 혁명소설의 본보기를 창조하고 《피바다》식가극과 《성황당》식연극의 새 기원을 열어놓았다. 불후의 고전적명작을 옮긴 혁명소설, 혁명영화의 출현과 《피바다》식가극, 《성황당》식연극의 탄생은 항일혁명문학예술전통의 빛나는 계승이였으며 문학예술혁명의 고귀한 결실이였다.
                                                — 『주체문학론』, p.64.

  영화혁명 이후 문학예술혁명은 가극혁명과 연극혁명이라는 결실을 보게 된다. 「피바다」식가극과 「성황당」식연극이 문학예술혁명의 고귀한 결실이라는 자긍심의 발로는 단지 불후의 고전적명작의 유산과 전통을 계승하고 있기 때문만은 아닌 것 같다. 그것은 송가문학과 백두산전설에서부터 시작된 수령형상문학과 유일사상체계의 핵을 이루는 유일혁명전통을 계승하는 내용의 측면뿐만 아니라 그러한 내용을 민족적 형식으로 구현할 수 있었기 때문에 가능한 것으로 보인다. 실제로 혁명가극과 혁명연극이 갖는 극예술의 형식은 그 이전의 극예술의 형식과 엄청난 차이를 보이고 있다. 립체식무대, 다장면구성, 흐름식무대, 절가와 방창은 이전의 극예술에서 찾아보기 어려운 특징들이다. 이러한 특징들은 단지 형식 실험으로 이루어진 것이 아니라는 점이 중요하다. 항일혁명문학예술을 구현하기 위해서는 불가결한 형식 혁명으로 보이기 때문이다. 다시 말해, 불후의 고전적명작이라는 원형을

주체의 시대가 요구하는 방식으로 재구성하기 위한 형식 혁명이라는
점이다.

### 2) 세계관과 창작방법 ― 주체사실주의

'세계관과 창작방법'을 서술하고 있는 제3장은 「피바다」가 1회, 「성
황당」이 1회, 「혈분만 국회」가 2회 인용되고 있다. 이 장에서 주목되는
작품은 「혈분만 국회」이다. 다른 장에서는 인용되지 않던 이 작품이
'세계관과 창작방법'을 서술하고 있는 제3장에서 2회 인용되고 있는
것은 세계관과 창작방법을 서술하는 데 있어 이 작품의 비중을 짐작하
게 한다. 항일혁명문학예술과 혁명적문학예술이 의거하고 있는 창작
방법은 사회주의적사실주의 창작방법과는 구별되는 창작방법이다. 시
대적 요구와 세계관적기초에서 근본적으로 다르다고 주장되는 주체사
실주의 핵은 '사람'이다. 「혈분만 국회」는 주체사실주의가 '사람'의 문
제를 어떻게 형상화하고 있는지를 잘 보여주고 있는 작품으로 설명된
다.

불후의 고전적명작 《혈분만국회》는 나라와 민족의 자주성에 대한 문제를
잘 반영한 본보기작품이다. 불후의 고전적명작 《혈분만국회》가 취급하고있
는 반일렬사 리준의 애국적장거는 실재한 하나의 력사적사실이다. 이 하나
의 력사적사실을 가지고 어떤 창작방법에 의거하여 형상하는가 하는데 따
라 작품의 사상적내용이 달라지게 된다. 만일 력사적사실을 <u>비판적사실주
의의 견지에서 형상한다면</u> 작품에서 일제의 조선강점과 그와 결탁한 국제
반동세력의 책동을 폭로비판하고 그에 대한 주인공의 치솟는 민족적울분과
항거의 정신을 표현하는데 그치였을것이며 <u>사회주의적사실주의의 견지에
서 형상한다면</u> 그보다 한걸음 더 나아가 리준의 사상적제약성과 투쟁방법

의 소극성의 원인을 계급적처지와 세계관에서 찾으면서 민족의 자유와 독립은 로동계급이 령도하는 인민대중의 조직적인 투쟁에 의해서만 쟁취할수 있다는 사상을 표현하였을것이다. 불후의 고전적명작《혈분만국회》는 주체사실주의에 의거하여 창작하였기때문에 외세의존은 망국의 길이라는 사상적내용을 작품의 중심에 제기하고 리준의 애국적장거를 자주성의 견지에서 보다 깊이있고 훌륭하게 형상할수 있게 되었다.

— 『주체문학론』, pp.110~111.

사회주의적사실주의와 주체사실주의의 차이는 비판적사실주의와 사회주의적사실주의의 차이만큼 명확한 것이 아니라는 사실을 쉽게 확인할 수 있다. 『주체문학론』에서도 주체사실주의가 사회주의적사실주의에 기초하고 있음을 밝히고 있다. 차이가 있다면, 주체사실주의가 자주성에 대한 강조를 표면화하고 있다는 점이다. 주체사실주의의 관점에 의하면 역사적 인물인 리준이 갖는 역사적 사실이 중요한 것이 아니라 그러한 역사적 인물을 주체의 시대에 적합한 인물로 재해석하는 것이 중요하다. 자주성을 전면에 내세워야 하기 때문이다. 그것이 가능한 이유는 사회주의적사실주의가 유물변증법적 세계관에 기초하는 반면 주체사실주의는 사람중심의 세계관, 주체의 세계관에 기초하고 있기 때문이다.

그런데 여기서 문제가 되는 것이 바로 '사람'이다. 주체사실주의는 '사람중심의 철학적 세계관'에 기초하고 있다고 말해진다. 사람중심의 철학적 세계관은 "사람을 위주로 하여 세계에 대한 견해를 세우고 사람을 중심으로 하여 세계에 대하는 관점과 입장을 새롭게 밝힌 주체의 세계관"(『주체문학론』, p.95)을 의미한다. 이때 '사람'은 비록 명사형이지만 그 쓰임은 형용사나 부사로 사용되고 있음에 주목할 필요가 있다. 주체사실주의에서 말하는 '사람'은 자주성, 창조성, 의식성을 가진 사회적 존재이며, 전형화와 진실성의 원칙에 의해 형상화된다. 문제는 그 '사람'이 사회정치적생명체를 지향하고 있다는 데 있다. "인간의 제일생명은 정치적생명이며 사람의 사상이 모든것을 결정"(『주체문학론』, p.108)한다고 말할 때의 '사람'은 비록 주체의 위치에 놓여 있지만 그 '사람'이 사회정치적생명체를 만나게 되면 객체의 자리에 놓이게 된다. 사람중심의 세계관에 기초하고 있는 주체사실주의가 말하는 '사람'은 결국 수령, 당, 대중이 3위일체를 이루는 사회정치적생명체와 만나기 때문이다. 이러한 문제를 하루끼는[5] 사회정치적생명체론이라는 국가 디자인은 절충주의와 무원칙적인 편의주의가 뒤섞인 예로 유격대국가와는 본질적으로 어울리지 않는다고 지적하고 있다.

### 3) 생활과 형상 ― 종자와 성격

'생활과 형상'을 서술하고 있는 제5장은 「피바다」가 1회, 「꽃파는 처녀」가 1회, 「한 자위단원의 운명」이 1회, 「3인 1당」이 1회 인용되고 있다. '생활과 형상'을 서술하고 있는 제5장은 주로 '종자'와 '성격'에 관한 문제를 다루고 있다. 종자는 생활의 사상적 알맹이지만 사상과는 구별된다. 종자가 감성과 정서와 관계되기 때문이다. 종자와 관련된 논의는 「한 자위단원의 운명」에 의해 주로 설명되고 있다.

불후의 고전적명작《한 자위단원의 운명》의 주제는 나라 잃은 민족의 운명문제, 압제자에게 순종하느냐 아니면 항거하느냐 하는 수난당하는 민족의 사활적인 문제이다. 이 문제는《자위단》에 들어도 죽고 안들어도 죽는다는 사상적알맹이를 안고있는 1930년대의 우리 나라 현실, 구체적으로는 일

---

5) 와다 하루끼, 『북조선』, 돌베개, 2002, p.149.

제의 주구단체인《자위단》과 관련된 생활에서 제기된 근본문제이다. 일제침략자들이 칼부림하는 세상에서 가난한 조선사람들이 살곳은 그 어디에도 없었다. 살아서 설곳이 없고 죽어서 묻힐곳이 없었다.《자위단》에 끌려간 사람들은 일제침략자들의 총알받이가 되어 개죽음을 당하여야 하였고《자위단》에 들어가지 않은 사람들은 고역과 굶주림에 시달리다 죽어야만 하였다. 바로 이러한 암담한 비극적현실로부터 조선민족의 생사존망문제가 제기된 것이다.

— 『주체문학론』, p.182.

종자에 대한 논의는 성격에 대한 논의와 밀접하게 연결되는데, 그것은 극예술의 중심인물이 성장하고 발전해 가는 과정을 중심으로 형상화되어야 한다는 원칙 때문이다. 서사적 요소가 많은 작품일수록 사건이 아니라 성격을 중심으로 구성해야 한다는 원칙도 결국은 종자를 어떻게 살릴 것인가라는 문제와 연결되어 있다. 종자와 성격에 대한 강조는 항일혁명문학예술의 형상화 과정에서 관객에게 어떻게 하면 공감을 효과적으로 불러일으킬 것인가라는 고민의 결과라고 할 수 있다. 감동의 효과를 극대화하기 위해서는 사상보다는 정서적으로 공감하는 것이 중요하다는 인식이 종자와 성격을 강조하게 된 이유라고 할 수 있다. 이러한 수용미학적 측면에서의 자의식은 『주체문학론』이 말하는 문학예술혁명이 항일혁명문학예술이기 때문이다. 항일혁명문학예술의 경우 그 내용은 이미 익숙한 것이며, 반복되는 사건은 관객에게 식상함을 불러일으키기 쉽다. 때문에 종자와 성격을 강조함으로써 정서적으로 공감할 수 있는 형상화가 필요했던 것이다.

## 4. 맺음말

최근 북한문학을 집약할 수 있는 말은 '선군혁명문학'이라고 할 수 있다. 주체문예론이 강조되던 시기에 '혁명가극'과 '혁명연극'이 있었다면, '선군혁명문학'이 강조되는 최근에는 '경희극'이 있다. 시대가 바뀐 까닭에 그 시대를 반영하는 지배적인 장르도 바뀌었다. 하루끼의 지적처럼 '유격대국가'에서 '정규군국가'에로의 이행이 있었다면, 극예술의 영역에서는 '혁명가극'과 '혁명연극'에서 '경희극'으로의 이행이 있었다. 이러한 이행의 과정은 여러 면에서 극예술 영역의 변화를 보여주고 있지만, 그것은 주체문예론이 주장되기 이전과 이후의 변화를 생각해 본다면 오히려 미미한 변화라고 할 수 있다. 그만큼 주체문예론의 등장은 극예술 영역에 막대한 영향을 미쳤다.

『무대예술론』(1992. 5), 『미술론』(1992. 6), 『음악예술론』(1992. 6)에 이어 발표된 『주체문학론』(1992. 7)은 『영화예술론』(1973) 이후 지속적으로 추진된 문예혁명의 성과를 마무리하는 저작이라고 할 수 있다. 문학예술혁명에 의해 가극혁명과 연극혁명이 이루어지면서, 5대혁명가극과 5대혁명연극을 만들게 되었다. 특히 혁명가극의 정전이라고 할 수 있는 「피바다」와 혁명연극의 정전이라고 할 수 있는 「성황당」은 각각 「피바다」식가극과 「성황당」식연극이라는 명칭을 얻게 된다. 이는 북한문학예술에서의 그 위상을 짐작할 수 있게 하는 부분이다. 또한 혁명가극과 혁명연극에 대한 이해는 『주체문학론』의 서술 체계를 이해하는 데도 필수불가결하다고 하겠다. 혁명가극과 혁명연극이 1967년 이후 지속적으로 수행된 주체의 문예론에 의한 문학예술혁명을 그 내용과 형식에 있어 집약하고 있는 문학형태라고 할 수 있기 때문이다.

이 글은 지금까지 『주체문학론』에 나타난 극문학 접근방법을 비판적으로 읽고자 하였다. 『주체문학론』에 나타난 극문학의 서술 체계가 갈래 구분 문제에 의해 균열되는 징후를 살펴보았다. 주체의 문예론이 갖는 실용적 공리주의에 의해 그러한 현상이 발생하였다고 할 수 있을 것이다. 이러한 실용적 공리주의는 주체의 시대를 지나 '선군정치'의 시대인 최근에 이르러서는 '선군혁명문학'이라는 이름으로 그 모습을 바꾸어 북한문학예술의 중심적인 담론을 형성하고 있다.

# 『주체문학론』에 나타난 아동문학 접근방법 비판


김용희


## 1. 서론

1990년대 들어, 우리는 두 가지 커다란 경험을 동시에 겪었다. 하나는 이념의 와해로 인한 세계적 질서의 재편 현상이었고, 다른 하나는 우루과이라운드 협정과 WTO(세계무역기구)체제의 국경 없는 세계경제에 대비해야 했던 우리의 현실이었다. 이 두 가지 대내외적 상황은 우리 작가들의 인식적 지반을 크게 변화시켰다. 곧 전자는 동구사회주의권의 몰락으로 이념 대결이 와해되면서 체제선택에 대한 편향적 목소리를 잦아들게 했고, 후자는 시장경제의 개방속도가 가속화되면서 거센 개방화와 세계화의 물결에 휩쓸리게 했던 점이다. 그야말로 90년대는 80년대적 사회의 대립항이 무너지고, 고도의 자본주의 사회와 대중문화를 몰고 왔다. 그 결과 우리의 아동문학에서도 장르이탈, 전문성 해체, 상업성 등으로 창작 방향에 새로운 징후를 보이며 뚜렷한 변환기를 보여주었다.

그렇다면, 90년대 동구사회주의권의 몰락과 개방 경제가 북한 사회에 끼친 영향은 어떠했을까? 아마도 우리 이상으로 엄청난 충격에 휩싸이게 했을 것이 분명하다. 역시 조홍국은 "1990년대는 당과 혁명, 인민의 투쟁에서 영원히 잊을 수 없는 참으로 간고하고도 준엄한 력사적시기였다. 동유럽사회주의가 련이어 무너지고 자본주의가 복귀된 엄중한 사태와 그것을 기회로 하여 감행되는 제국주의들과 반동들의 광란적인 반사회주의, 반공화국책동은 우리 혁명 앞에 커다란 난관을 조성하였다."[1]라고 그때의 충격을 전하고 있다. 이렇듯 90년대는 북한을 사회 역사적 전환기에 직면하게 했고, 이에 따른 '북한식' 사회주의를 한층 강화해야 하는 사회적 기제가 절실해진 시기라 할 수 있다. 바로 1992년에 출간된 김정일의 『주체문학론』(조선로동당출판사)은 그런 북한 사회의 내부적 결속을 다지는 일종의 상징적 기제였다.

『주체문학론』에서 주목할 만한 것은 '아동문학'일 듯하다. 북한에서는 이 『주체문학론』을 두고, "주체문학의 빛나는 성과와 풍부한 경험, 불멸의 업적에 토대하여 자주 위업 수행에 참답게 이바지하는 문학, 새 시대가 요구하는 인민대중중심의 문학을 건설하고 발전시키는 관점과 원리와 방법들을 새롭게 천명하고 전일적으로 체계화하였으며 전면적으로 집대성한 인류문예학상 류례없는 불멸의 문학이론총서"[2]라고 극찬하였지만, '아동문학'을 보면 북한 내부적 속사정을 짐작할 수 있다. 곧 "우리의 아동문학에서는 혁명문학의 본성에도 배치되고 우리 나라 어린이들의 정신상태와 요구에도 맞지 않는 반동적인 창작경향이 들어오지 못하게 하여야 한다"[3]거나, "백지와 같이 정결한 우리

---

1) 조홍국, 「1990년대 아동단편소설에 형성된 위대한 령도자 김정일동지의 숭고한 풍모」, 『조선어문』, 2002. 3, p.6.
2) 리수립, 「자주시대문학의 앞길을 휘황히 밝혀주는 불멸의 대저작 《주체문학론》」, 『조선문학』, 1992. 10. p.22.
3) 김정일, 『주체문학론』, 조선로동당출판사, pp.250~251.

어린이의 마음에 자그마한 티도 앉지 않게 원쑤들의 반동적 영향과 낡은 사상이 스며들지 못하도록 하여야 한다"[4]는 강경한 주장들이 90년대 절체절명의 상황을 압축적으로 보여준다.

　김정일의 『주체문학론』은 모두 7장 32개 절로 이루어져 있는데, 제6장 「문학형태와 창작실천」에 시, 소설과 함께 아동문학이 중요하게 다루어져 있다. 이 주체아동문학론은 김일성이 1972년 1월 24일 아동문학 창작에 대한 강령적 교시를 내린 이래, 80년대까지 주체사상화하는 혁명적 아동문학에 관한 지침들을 통합 정리해 놓은 것이어서 전혀 새로울 바가 없다. 하지만 그 주체아동문학론은 90년대 급변하는 국제정세에 대한 민감한 대응이라는 점에서 눈길을 끈다. 특히 자라나는 새세대인 어린이들은 혁명위업의 계승자들이며, 사회주의의 전도와 주체혁명위업의 운명이 그들을 어떻게 키우는가에 전적으로 달려있다고 단언해온 북한이어서 아동문학에 대해 관심은 그만큼 각별하다. 주체아동문학이 어린이들에게 공산주의적 인간육성사업을 위한 중대한 당정책을 가장 손쉽고도 충실히 구현해낼 수 있는 매체인 까닭이다.

　따라서 이 글은 『주체문학론』의 「문학형태와 창작실천」에서 강조하고 있는 아동문학의 본질적 문제를 검토하고, 그 주체아동문학론이 조선작가동맹 중앙위원회 기관지인 『아동문학』지에 실제로 어떻게 반영되었는지를 살펴보고자 한다. 북한에서 발간되고 있는 유일한 월간문예지인 『아동문학』지가 지향하는 경향성은 주체아동문학론에 의해 결정되기 때문이다.

---

4) 김정일, 앞의 책, p.253.

## 2. 주체아동문학론의 성격과 기능

북한에서는 주체아동문학을 새 세대들이 혁명적 수령관을 확고히 세워 김일성과 김정일에게 끝없이 충성을 다하며 자신의 힘을 믿고 자기 운명을 자주적으로 개척함으로써 주체의 혁명위업을 대이어 완성하는 투쟁의 계승자로 자라나도록 하는 데 이바지하는 문학이라고 정의하고 있다. 이런 주체아동문학은 김정일을 전면에 내세우면서부터 창작 실천의 면모를 갖추기 시작한다. 곧 1954년 4월 김정일이 인민학교 시절에 직접 썼다는 동시 「우리 교실」이 『아동문학』지(1954. 6)에 실리면서 주체아동문학은 그 형상적 모습을 드러내게 된 것이다.

아름다운 교실/언제나 재미나는 교실/앞에는 원수님 초상화/환하게 모셔져 있지요//오늘 아침도 기쁜 마음으로/우리 교실에 들어서니/언제든지 반가운 듯이/우리 보고 공부 잘하라고……//추운 겨울은 지나가고/봄바람에 실버들 푸르렀네/우렁찬 건설의 노래와 함께/원수님을 우리는 받드네//노래하자! 원수님을/우리는 승리하였네/행복한 민주의 터전은 건설되네/노래하자! 우리의 원수님을……//우리의 교실은 알뜰한 교실/언제든지 책상에 앉으면/너그럽게 웃으시며 말씀하시네/새 나라 착한 아이들 되라고……/우리는 언제나 받드네 원수님을……//원수님의 가르침을 따라/새 나라 일군이 되자!/항상 준비하자!//

— 김정일, 「우리 교실」 전문

「우리 교실」은 북한에서 지금까지 불후의 명작이라 불리며, 혁명적 아동문학 창작실천의 표본이 된 작품이다. 이 동시가 주체아동문학이 나아갈 방향성을 시사해주는 것은 바로 수령의 형상창조를 시적 주제로 삼았던 점이다. 주체아동문학 형성 미학의 조건은 수령의 형상을 문학작품으로 어떻게 창조해내는가에 달린 문제였다.

그 후 김정일은 직접 아동문학의 혁명 과업을 실현시켜나간다. 김일성의 청소년 시절과 공산주의적 풍모를 형상화한 장편소설 『만경대』 등은 그 대표적인 산물이다. 이 외에도 김정일은 『아동문학』지에 김일성이 들려주었다는 이야기를 동화로 옮기는 사업을 발기하고 이끌어간다. 『나비와 수탉』 『놀고 먹던 꿀꿀이』 『두 장군 이야기』 『황금덩이와 강낭떡』 『날개달린 룡마』 『이마 벗어진 앵무새』 『미련한 곰』 등은 혁명적 아동문학의 본보기 동화들이다. 김정일은 더 나아가 자신이 들려준 이야기를 옮긴 동화, 『까치와 여우』 『징검다리가 된 돌부처』 『호랑이를 이긴 고슴도치』 『원숭이 형제』 『며느리와 좀다래나무』 『봉선화』 『달나라 만리경』 등을 『아동문학』지에 발표하며 주체아동문학의 전형적 모형을 제시해주기도 했다.

무엇보다 김정일은 김일성의 교시를 계승하여 어린이들과 청소년들을 혁명적으로 키우는 데 이바지하는 아동문학에 깊은 관심을 갖고, 그들의 나이와 심리적 특성에 맞게 창작해야 한다는 점을 강조한다.[5] 『주체문학론』의 아동문학 창작실천에도 '아동문학은 어린이의 심리적 특성에 맞게 창작하여야 한다'는 것을 표제로 삼고 있다. 이것은 성인문학과 구별하기 위한 아동문학의 문예학적 특성을 지적한 말이 아니다. 바로 북한식 아동문학 창작실천의 실현 과제인 것이다.

사실 아동문학은 대상 독자가 어린이라는 특수성으로 인하여 보는 시각과 관점에 따라 문학적 기능이 달라진다. 주체아동문학은 어린이의 타고난 천성을 존중하는 문학이 아니라 어린이의 후천적인 성격 형성을 중시하는 문학이다. 그러므로 주체아동문학에서는 어린이의 천

---

5) "아이들을 가르치는 것도 어디까지나 그들의 나이와 심리적 특성에 맞게 하여야 합니다."(『김일성 저작집』 20권, p.537)라고 한 김일성의 교시를 김정일은 그대로 계승하고 있다. 이 교시는 아동문학의 이론적 토대가 되는 강령적 지침 중 하나이다.

성을 존중하는 순수아동문학을 "자라나는 새 세대들을 사회와 담을 쌓고 시대와 혁명 앞에 무기력한 인간으로, 반동적인 숙명론의 포로로 만드는 길"[6]이라 하여 반동적 부르조아 문학이라 부른다. 악을 경계하고 선을 지향하도록 고무하는 권선징악적인 문제를 통해 어린이를 착하고 부지런하고 훌륭한 인간으로 키우는 것을 목적으로 하는 진보적인 아동문학도 경계의 대상이다. 어린이에게 도덕적 품성을 갖추도록 하는 것은 사회적 존재로서의 인간이 갖추어야 할 긍정적 자질의 한 측면에 불과한 것이지 어린이 후대들을 힘있는 사회적 존재로 키우기 위한 교양내용의 전부가 될 수 없다[7]는 이유에서이다.

주체아동문학에서는 사회를 계급관계의 견지에서 분석파악하고 선과 악을 피착취계급과 착취계급의 관계로 이해하는 계급주의적 아동문학도 비판한다. 주체아동문학에서 중시하는 당성, 혁명성은 고려되지 않고, 단지 경제적 처지로 유산자는 무조건 나쁘고, 무산자는 무턱대고 좋다고 하여 사람에 대한 정확한 분석평가를 내릴 수 없게 할 뿐 아니라 어린이들이 수령에 대한 견해와 관점을 어떻게 가져야 하는가라는 문제를 밝혀주지 못하는 결점을 지니고 있기 때문이다.

북한에서는 주체아동문학만이 이러한 한계를 완전히 극복하고, 주체시대의 요구를 철저히 실현할 수 있는 가장 높은 단계의 아동문학이라는 것이다. 주체아동문학이야말로 "후대로 하여금 혁명적 수령관을 튼튼히 세우는 것을 핵으로 한 주체의 혁명관을 바로 세워 위대한 수령님과 친애하는 김정일 동지에 대한 충성심을 신념화, 량심화, 도덕화, 생활화하고 오직 우리 당이 가르쳐준 대로만 사고하고 행동하는 주체형의 새 인간의 풍격을 갖추도록 하는 데 이바지"[8]할 수 있다는 것이

---

6) 김정일, 앞의 책, p.250.
7) 장영·리연호 공저, 『동심과 아동문학창작』, 문학예술종합출판사, 1995, p.6.
8) 장영·리연호 공저, 앞의 책, p.10.

다. 따라서 주체아동문학론은 이러한 북한식 아동문학의 이론적 토대가 되었고, 북한 아동문학의 존재 근거를 낳았다. 결국 '아동문학은 어린이의 심리적 특성에 맞게 창작하여야 한다'는 것은 아동문학의 기능면을 중시한 것으로 어린이들의 후천적인 성격 형성의 중요성을 강조한 말이다.

## 3. 주체아동문학 창작실천의 본질적 문제

『주체문학론』에 제시된 주체아동문학 창작실천의 주된 내용은 아동시점의 문제와 동심의 구현문제로 집약된다. 이 두 가지는 아동문학의 형태적 특성과 문학적 구현의 문제에 속한다. 먼저 아동시점의 문제란 어린이들의 눈높이에 맞게 그들의 생활이 반영되어야 한다는 것을 의미한다. 곧 어린이의 외형적 삶의 모습을 실감나게 그려내는 일이다.

"아동문학은 어린이를 상대로 하여 그의 시점에서 형상을 창조하는 문학이다. 아동문학 은 묘사대상보다 묘사시점에서 고유한 특성이 나타난다. 인간의 생활을 어린이의 시점에 서 보고 평가하고 그린다는 데 아동문학의 기본특징이 있다. 아동문학에서는 주로 어린이 를 내세우고 어린이의 생활을 묘사하지만 가끔 어른의 생활도 어린이의 시점에서 그리게 된다. 아동문학에서는 모든 생활이 어린이의 시야에 비껴든 것이여야 하고 그의 시점에 서 체험된 것이여야 한다."[9]

북한에서도 아동문학 창작실천의 문제에 대해 몇 가지 측면에서 제

---

9) 김정일, 앞의 책, 1992. p.249.

기되어 왔다. 학교교육과의 관련 속에서 어떤 내용을 담아야 하는가의 문제로부터 아동문학이 어린이의 인식수준에 맞게 형상을 창조해야 한다는 전제 하에 구성이 단순해야 한다든가, 이야기가 풍부해야 한다는 것 등 구성과 내용에 관한 문제들이었다. 하지만 주체아동문학에서 창작실천의 본질적 문제는 어린이의 묘사시점을 바로 세우는 데 있다.

어린이의 묘사시점이란 어린이가 주체가 되어 그의 눈으로 인간의 생활을 탐구하고, 보고, 그리고, 형상화한다는 뜻이다. 어린이의 시점을 바로 세울 때 이야기는 자연히 단순해지고 명확하며 활동적인 성격이 등장하게 되고, 아이들의 심리에 맞는 뚜렷한 묘사가 설정[10]된다고 한다. 주체아동문학에서 묘사시점의 문제를 중요시 여기는 것은 아동문학이 주로 어린이의 생활 체험을 담는 문학이기는 하지만 어른을 주인공으로 내세울 수도 있는 까닭이다. 이때의 어른도 어린이의 시점으로 평가하고 그려내야 한다.

창작실천에서 외형상 어른의 시점으로 아이들의 생활을 묘사하거나 반대로 어른의 생활을 어린이의 시점으로 그릴 경우, 작가가 대상과의 교감과정을 반드시 동심적으로 그려내야 한다. 동심적으로 파악하면 어른의 시점으로 생활을 그린 것도 어린이의 심리와 정서로 생활 국면들을 펼쳐놓을 수 있어서 어린이가 공감할 수 있다. 어린이의 시점으로 어른을 그릴 때 어른의 형상이 문학적으로 뚜렷하지 못하면 미담에 그칠 우려가 있다. 어린이의 시점으로 어른의 생활을 보여줄 때 작가의 기량은 어린 주인공과 어른을 생활적으로 밀착시켜 놓고 주인공의 시점에 비낀 어른의 생활을 예리하게 포착하여 그것을 형상으로 실현하는데서 나타나게 된다[11]고 한다. 여기서 형상화되는 어른이란 주로

---

10) 정룡진, 「아동문학의 형태적 특성에 대한 옳은 리해와 그 구현에서 나서는 문제」, 『조선문학』, 1994. 1, p.35.
11) 정룡진, 앞의 글, p.37.

김일성·김정일 부자이다. 주체아동문학에서 묘사시점의 문제가 강조되었던 것은 이처럼 수령 형상 창조의 문제와 깊이 관련되어 있음을 의미한다.

주체아동문학 창작실천에서 중요하게 제기되는 또 하나의 문제는 동심의 구현이다. 이것은 말 그대로 어린이의 동심세계, 곧 어린이의 진실한 내면 세계를 그려내야 한다는 뜻이다.

> 아동문학작품은 어린이를 대상으로 하여 씌여지는것만큼 그 예술적 가치는 동심세계를 잘 그리는데 있다. 어린이의 동심에 맞지 않는 아동문학작품은 문학으로서의 가치가 없다. 아동문학은 혁명적인 내용을 어린이의 년령 심리적특성과 수준에 맞게 보여주어야 한다.[12]

아동문학에서 동심세계를 잘 그려내야 하는 일은 아동문학 독자가 전적으로 어린이들이고, 그들이 지니고 있는 천진성에 연유한다. 따라서 동심의 구현문제에는 표현 효과와 언어 형상, 동심적 어휘 활용 문제와 같은 형상 방법이 밀접하게 연관된다. 특히 동시에서는 어린이들의 생활을 반영한 생활적 어휘, 입말체 어휘의 활용을 강조하고 있다. 입말체 어휘는 어린이들의 눈앞에 구체적인 사물현상이 선명하게 떠오르도록 생활을 개성적이고 구체적으로 묘사하는 데 효과적인 표현 수단이다.

동화나 아동소설 창작의 경우에도 필수적으로 요구되는 것이 아이들의 정서, 동심 세계의 탐구와 언어형상의 창조이다. 어린이들은 생기발랄하고 활동적이며 변화무쌍한 것을 좋아한다. 그들은 남의 모범에 쉽게 감동하고 모험심도 강하며, 환상도 풍부하여 엉뚱한 것을 곧잘

---

12) 김정일, 앞의 책, p.249.

한다. 동심은 어린이의 천진스러운 행동을 통해 구체적으로 발현된다. 특히 아동소설에는 어린이의 이러한 행동적 특성을 잘 살려 간결하고 생동감 있게 그릴 것을 강조하고 있다.

주체아동문학의 미학적 원칙은 어린이의 연령 심리적 특성과 그들의 수준에 맞게 단순하면서도 깊은 혁명적 내용을 보여주는 형상의 창조에 있다. 아무리 사상적으로 좋은 내용이라도 그것이 어린이들의 정서에 맞지 않고 그들에게 공감을 주지 못한다면 아동문학으로서의 가치를 잃게 마련이다. 주체아동문학은 어린이들의 공산주의 건설의 후비대로, 주체혁명위업의 믿음직한 계승자로 키우는 수단이 되기 때문에 거기에는 언제나 교양목적에 맞게 혁명적 내용이 담겨 있어야 한다. 하지만 어린이들은 지적 미성숙으로 스스로 사회의 복잡한 여러 현상을 분석 판단할 능력이 부족하여 그들의 수준에 맞게 단순화할 수밖에 없다. 이때 단순화한다는 것은 이야기를 간단하게 꾸리는 것이 아니라 선한 것과 악한 것, 옳은 것과 그릇된 것, 고운 것과 미운 것에 대한 심오한 인간문제를 어린이들이 알기 쉽게 단순화, 명백화하여 형상의 통속성을 보장[13]한다는 것이다.

이러한 주체아동문학론과 우리 아동문학론과의 이질성은 동심, 그 자체의 해석 차이에서부터 비롯된다. 주체아동문학론에서의 동심은 불변하는 것이 아니라 시대나 사회 변천에 따라 변하는 문학적 주제처럼 사회 역사적 환경과 시대적 성격에 따라 달라진다. 문학적 주제가 시대 및 사회변천에 따라 변하는 것은 작가가 살고 있는 시대나 사회적 배경이 문학적 주제에 영향을 미치고, 그 시대나 사회상이 문학에 반영되기 때문이다. 주체아동문학론에서는 동심도 과거어린이의 동심과 현대어린이의 동심이 같을 수 없고 현대에 이르러서도 사회주의사

---

13) 장영, 리연호 공저, 앞의 책, pp.18~19.

회 어린이의 동심과 자본주의사회 어린이의 동심이 같을 수 없다고 한다. 그러므로 동심에 대한 연구는 일률적으로 진행할 것이 아니라 그 어린이가 어느 시대, 어느 사회적 환경에서 자라고 있는가 하는 것부터 먼저 파악한데 기초하여 사회력사적 환경과의 호상관계 속에서 고찰하여야 그 특성을 정확하게 파악할 수 있다[14]고 주장한다. 이것은 주체아동문학이 어린이의 타고난 품성을 문학적 바탕으로 삼으면서도 어린이의 후천적인 성격 형성에 가치를 두고 있는 것에 연유된다. 주체아동문학론은 이렇듯 사회 역사적 환경과 시대적 성격에 따라 변화하는 동심에 기초되며, 이에 합당한 북한 어린이들의 특성을 잘 알고 동심을 구현하는 북한식 아동문학 창작실천의 토대가 되었던 것이다.

## 4. 『아동문학』지의 문학작품에 반영된 주체아동문학론

그렇다면, '자주시대문학의 앞길을 휘황히 밝혀주는 불멸의 대저작'이라고 하는 『주체문학론』이 출간된 이후 90년대 북한의 아동문학 창작 현실은 어떻게 변했을까? 실제로 주체아동문학론의 지침 내용이 조선작가동맹 중앙위원회 기관지인 『아동문학』지에 즉각적으로 반영되어 있어 우리의 눈길을 끈다. 그 동안 모든 편집 체제나 내용에 아무 변화 없이 일관되게 발행하던 『아동문학』지가 『주체문학론』이 나온 그 이듬해인 1993년 3호(루계 455호)부터 큰 변화를 보여준다.

1993년 6호에 주체아동문학과 관련성이 없는 방정환의 「만년 샤쯔」가 게재되고, 1995년 8호에는 '조선해방50돐기념' 특집과 함께 1923년 『어린이』지(11월호)에 발표되었던 고한승의 「백일홍이야기」가 재수

---

14) 장영, 리연호 공저, 앞의 책, p.21.

록되는 이변을 보인다. 그뿐 아니라 예술산문이라고 하는 수기나 실화, 수필의 지면도 다양해진다. 이것은 새것을 좋아하는 어린이의 지향과 요구에 맞게 내용과 형식이 다채로워야 한다[15]는 주체아동문학론의 반영일 수 있다. 하지만 그보다 『아동문학』지에서 특별히 주목되는 것은 독자의 '년령심리적 특성을 살려 쓰는' 어린이 연령별 발달 단계에 따른 창작실천면이다.

아동문학작품창작에서는 유년기와 소년기의 일반적인 년령심리적 특성을 잘 살리는 것이 매우 중요하다.

유년기와 소년기에는 흔히 사고가 단순하고 솔직하며 생기발랄하고 행동이 빠르며 잠시 도 가만히 있지 못하는 활동적인 성미를 가지게 된다. 그들은 모든 것을 사진기처럼 그 대로 받아들이고 모방하기를 좋아한다. 유년기와 소년기에는 사고와 행동이 민첩한 대 신 지속성과 인내성이 부족하고 감성과 정서에 민감한 대신 추상적인 사고가 약하며 섬 세하고 엉뚱한 대신 시야가 좁은 특성을 가진다. 어린이라 하여도 유년기가 다르고 소 년기가 다르다. 학령 전 어린이와 학생소년들의 특성에 따라 작품의 수준과 질이 달라져 야 한다.[16]

어린이의 발달 단계란 어린이가 점차 나이가 들면서 미성숙한 상태에서 성숙한 상태로 진보하는, 성숙의 변화 과정을 말한다. 아동문학은 성인문학과 달리 어린이의 발달 단계에 따른 단계적 적용을 고려하지 않을 수 없는 문학이다. 어린이는 연령에 따라 활동성이나 행동, 사고나 지적 수준 등에 현격한 차이를 보이는 까닭이다. 주체아동문학론

---

15) 김정일, 앞의 책, p.256.
16) 김정일, 앞의 책, p.254.

에서도 이러한 어린이의 연령별 발달 단계의 중요성을 새롭게 인식하고 유아기와 소년기의 특성에 따라 작품과 질이 달라져야 할 것을 강조하고 있다.

북한에서 소년기는 어린이들이 공산주의 건설의 후비대로 믿음직하게 준비되어 가는 중요한 시기이며, 자주적인 사상의식과 창조적인 능력을 키워 사회적 인간으로의 품격과 자질을 갖추는 단계의 시기[17]이다. 『아동문학』지가 『주체문학론』 출간 이전까지는 줄곧 소년기의 학생 독자층을 대상으로 편집 발행되어 왔다. 그러나 1993년 3호부터 『아동문학』지는 편집체계에 큰 변화를 보인다. 곧 『아동문학』지에 〈유년기문학〉 난이 신설되어 독자층을 학령 전 어린이에게까지 확대시켰다는 점에서이다.

소년기를 대상으로 하는 문예작품은 〈유년기문학〉 난이 차지하는 비중만큼 줄어들었을 뿐 그 작품의 갈래나 내용 면에서 달라진 것은 별로 없다. 따라서 『아동문학』지의 주요 내용은 기존에 있던 소설·산문, 동요·동시, 동화·우화 외에 〈유년기문학〉 난에 실린 유년동요, 유년동화, 유년소설이라는 새로운 갈래와 작품이 더 늘어났다. 특기할 만한 것은 유년기 어린이의 수준을 고려하여 유년동시는 별도로 두지 않고 유년동요로 동시문학을 대체하고 있다는 점이다.

4살부터 6살에 이르는 유년기 어린이들은 학교교육을 받을 수 있는 육체적 정신적 준비를 갖추는 시기이다. 5~6세가 되면, 점차 사회 정치적 현상들에 대해 인식하기 시작하여 어린이들은 벌써 김일성과 김정일의 혁명력사와 령도의 현명성, 크나큰 사랑과 배려를 알게 되고 그에 충성과 효성으로 보답하려는 마음, 고마움과 흠모감을 지니게 된다[18]고 주장한다. 이에 따라 작가들은 아동들의 연령적 특성에 맞게 아

---

17) 장영, 리연호 공저, 앞의 책, p.27.
18) 장영, 리연호 공저, 앞의 책, p.24.

동문학의 갈래를 다양화하면서 사상정서교양, 혁명교양, 계급교양을 위한 주체아동문학 작품들을 창작해야 한다.

　유년동요는 유년기의 동심을 생동감 있게 표현한 동시문학에 속한다. 특히 유년동요는 감정이 예민하고 모든 것을 감성적인 형태로 받아들이는 유년기 특성과 미감에 맞게 감각적이고 운율감을 고려하여 창작해야 한다. 유년동요에는 동요적 속성에 천진성, 명랑성, 생기발랄성 등 동심에 맞는 아기자기한 형상의 묘미와 어린이의 기특한 마음이 잘 담겨 있어야 한다.

　　백두산 밀영에/둥근달 뜬 밤/지도자선생님/생각하셨죠//
　　나는야 저 달을/실에 꿰여다/사령부 귀틀집에/달아놓을래//
　　기름 한번 안쳐도/꺼지지 않고/밤새도록 밝고 환한/등잔불 되게//
　　　　　　　　　　　　　　　　— 림금단, 「둥근달아」 전문, 『아동문학』, 1993. 3.


　　방울방울 수도가/눈물 흘려요/물새는 걸 막지 못해/울고 있어요//
　　내가 얼른 꼭지를/막아줬더니/아유 좋아 제격/눈물 멈췄죠.//
　　아기울 땐 엄마가/제일이지만/수도한텐 내가내가/엄마인걸요.//
　　　　　　　　　　　　　　　　— 리정남, 「엄마인걸요」 전문, 『아동문학』, 1996. 5.


　　림금단의 「둥근달아」는 『아동문학』지에 〈유년기 문학〉이 신설되고, 첫 번째로 발표된 유년동요이다. 이 동요는 기름 한 번 안쳐도 밤새도록 꺼지지 않고 환히 밤을 밝히는 둥근달을 사령부 귀틀집에 달아놓고 싶다는 어린이의 기특한 마음을 잘 드러내었다. 그 기특한 마음이란 세계에서 가장 우월한 인민대중 중심의 사회주의제도의 품속인 북한에서 행복하게 자라나고 있다는 어린이의 주체적 감정인 것이다. 리정남의 「엄마인걸요」에도 기특한 마음이 잘 그려져 있다. 시적 화자가 수

돛물이 방울방울 새는 것을 수도가 눈물 흘리는 것으로 가슴 아파하고, 얼른 달려가 우는 아이를 달래주는 엄마처럼 수도꼭지를 막아 주었다는 표현에서 읽을 수 있다. "수도한텐 내가내가/엄마인걸요"라는 구절은 시적 화자의 자부심이 담겨 있고, 유년기 어린이의 정서에도 잘 부합된다. 이런 유년동요의 문학적 가치는 유년기 어린이들에게 내 조국을 더욱 부강하게 꾸리는 데 자신들도 할 일 있다는 것을 은연중 깨닫게 하는 데 있다. 그것이 김일성과 김정일에 대한 충효심과 북한 사회가 제일이라는 생각, 아버지, 어머니, 형님, 누나처럼 내 나라, 내 조국을 더욱 더 부강하게 꾸리는데 한몫 하려는 기특한 마음[19]인 것이다. 대체로 유년동요는 이러한 교양덕목을 뚜렷이 하는 내용들을 노래하고 있다.

유년동요의 아기자기한 형상의 묘미는 그들이 쓰는 말투 형식의 언어 형상과 행동을 알맞게 표현하는 형상방법에 달려 있다. 모든 사물 현상과 말을 주고받을 수 있는 물활론적 사고가 가장 발달된 이 시기 어린이의 특성 때문이다.

> 우리우리 유치원에/동화동산 펼쳐졌죠/지도자선생님/보내주신 그림책//
> 꽃나비는 나풀나풀/꿀벌은 윙―윙/깡충이 꼬마곰도/재롱부리죠//
> 웃음동산 춤동산/피어나는 유치원/지도자선생님의/한품속에 안겼죠//
> ― 김영민, 「재미나는 그림책」 전문, 『아동문학』, 1993. 3.

유년동요는 주로 행동성과 율동감이 강한 인상적이고도 특징적인 언어를 사용한다. 이 때 빼놓을 수 없는 것은 본딴말이라는 의성어와 의태어이다. 본딴말은 사물현상의 소리나 모양을 본따 나타낸 어휘들이

---

19) 박영철, 「유년동요에서 아기자기한 형상의 묘미」, 『문화어학습』, 1997년 제4호, p.29.

다. 사물현상들의 모양새, 움직임, 색깔까지도 생동감 있게 드러내는 본딴말은 사유 능력이 부족한 유년기의 어린이들에게 이해력과 상상력을 넓혀주는데 효과적이다. "꽃나비는 나풀나풀", "꿀벌은 윙— 윙" 등의 표현은 음악성과 율동감까지 제공해준다. 따라서 북한의 유년동요에 널리 쓰인 시어는 꽃, 나비, 새 등이다. 꽃동산, 고운 꽃, 고운 새, 꽃나비, 꽃글자, 효성의 꽃, 충성의 꽃 등은 어린이들의 동심에 맞는 활동적인 어휘이며, 김일성과 김정일을 잘 따르는 어린이들의 충성과 효성의 감정을 그들 정서에 맞게 생기발랄하고 명랑하게 표현해주는 의미어들이다.

유년동요의 언어표현에 이 같은 명랑하고 밝은 이미지만 쓰이는 것은 아니다. 적개심을 부추기거나 야유하는 표현도 보인다.

〉 날아가던 메뚜기/이마에 맞고서/원쑤놈은 아이쿠/눈을 감고 자빠졌대//

정말 그 꼴 우습구나/인민군대 총알에/맞았다고 아이쿠/싸움터에 자빠졌대//

그래도 제일 쎄다/우쭐대는 원쑤놈/어디 다시 와봐라/진짜 총알 먹일테다!

—라경호, 「원쑤놈은 겁쟁이」 전문, 『아동문학』, 1993. 7.

증오의 마음이 담겨 있는 이 「원쑤놈은 겁쟁이」도 유년동요로 발표된 작품이다. 이 유년동요는 원쑤들에 대한 원한과 증오를 안고 복수심에 불타는 시적 화자의 분노의 감정을 풍자적으로 전달하고 있다. 그 분노의 감정은 된소리, 거센소리를 적극 활용함으로써 보다 강렬한 감정을 부추긴다. 또 전투적이고, 분노에 잠긴 시적 화자의 모습을 통해 사상정서를 적극적으로 전달해주게 된다. 밝고 발랄하고 귀여운 맛을 주는 언어형상 문제를 남달리 강조해온 북한의 유년동요에서 이 같은 천박한 비어 사용은 어린이들을 "혁명적 본성에 배치되는 반동적 영향과 낡은 사상이 스며들지 못하게 하려는" 의도화된 문학적 행위의 일례일 터이다.

주체아동문학에서 동화문학의 첫째 조건은 동화의 내용이 가치 있는 것, 즉 교양적이어야 한다는 점이다. 동화문학은 어린이를 사상교양 하는 대표적인 매체임에서이다. 심오한 내용을 어린이에게 자연스럽 게 이해시키는 방법으로 의인화와 환상 및 과장의 수법을 통해 흥미진 진하고 아기자기하게 전달해주는 형상의 묘미를 꼽고 있다. 간결미와 함축미는 동화문장에서 빼놓을 수 없는 중요한 언어형상 수단이 된다.

새별을 이고 나가서는 땡볕에서 김매다가 달을 이고야 돌아왔습니다.

이 동화문장은 주체아동문학에서 내용을 함축적으로 표현한 모범적 인 언어형상의 하나이다. 이 문장에는 「빚값」이라는 제목이 의미하는 바와 같이, 하루아침에 양부모를 모두 잃고 빚에 쪼들려 어느 지주의 머슴으로 끌려가 노동에 시달리는 주인공의 생활이 압축적으로 표현 되어 있다. '새별', '땡볕', '달'이라는 어휘는 하루종일 노동에 시달리 는 시간성을 함축적이고도 간결하게 전달해주고, "새별을 이고 나가서 는" "달을 이고 돌아 왔다"는 인상적인 표현은 흥미를 자극하며 어린 독자를 동화 속으로 끌어들이는 흡인력을 지닌다. 곧 이것은 주체아동 문학에서 근본으로 삼고 있는 계급적 원칙을 철저히 지켜 지주와 자본 가 계급을 끝없이 미워하고, 착취제도를 뒤집어엎기 위한 투쟁적 사상 을 간결하게 그려내는데 성공한 동화문장이다. 이와 같이 유년동화에 는 복잡한 것 속에서 주가 되는 것, 본질적인 것을 이끌어내는 일이 좋 은 작품의 조건이 된다.

유년기 어린이들은 생기발랄하고 사고가 단순하며 남을 따라하기 좋아하고, 환상도 풍부하여 엉뚱한 것을 곧잘 생각해 낸다. 유년동화와 유년소설도 그런 연령 심리적 특성에 맞추어 흥미 있는 내용과 변화무쌍한 행동을 아기자기하게 엮어내야 한다는 것이다. 특히 유년동화는 줄거리가 간결하고 선명해야 할 뿐 아니라 흥미 있고 함축적이며 호기심을 불러 일으켜야 한다.

어느 따스한 봄날이였어요.

옥이와 금이가 유치원 앞뜨락에 꽃씨를 심고있었어요.

옥이는 흙이불을 꽁꽁 덮어주며 말했어요.

《꽃씨야, 꽃씨야, 내가 심은 진분홍꽃씨야. 얼른 커서 우리 꽃동산을 곱게 해주렴.》

금이도 흙이불을 다독여주며 말했어요.

《꽃씨야, 꽃씨야, 내가 심은 연분홍꽃씨야. 얼른 커서 우리 꽃동산을 곱게 해주렴.》

주인들이 하는 말을 듣고 두 꽃씨앗은 저마다 이런 생각을 하였답니다.

《난 금이 꽃씨보다 더 곱게 필테야.》

《난 옥이 꽃씨보다 더 먼저 필테야.》

그 다음날이였어요.

통통통…… 발자국소리가 들려왔어요.

진분홍씨앗이 흙이불을 살짝 들치고 내다보았지요.

그랬더니 옥이가 솔솔이를 들고 통통 뛰여오고 있었어요.

《옥이로구나! 헤헤! 난 마침 목이 마르댔는데》

아이참, 그런데 옥이는 금이가 심은 연분홍한테로 달려가는 것이 아니겠어요?

진분홍은 안타까와 소리쳤어요.

—리복순, 「쌍둥이꽃」 부분, 『아동문학』, 1993. 3.

「쌍동이꽃」은 따스한 봄날 옥이와 금이가 유치원 뜰에 꽃씨를 심었는데 그 꽃씨들은 서로 주인의 뜻대로 곱게 피어나겠다고 다짐을 한다. 하지만 이 유년동화는 주인들이 이상하게도 자기가 심은 꽃씨에 먼저 물을 주지 않고, 다른 사람이 심은 꽃씨에 물을 준다는 서두의 의아성으로부터 호기심을 불러일으킨다. 또한 유년기동화의 특성을 잘 살려 의인화와 반복, 대조에 의한 표현기법과 '꽁꽁', '통통통', '솔솔이' 등 의성어와 의태어도 잘 구사하여 표현 효과를 한층 높여준다. 유년동화 창작에는 이처럼 대상의 참신성, 동심을 그대로 살린 언어 형상, 잘 짜인 운율조직 등 독특한 표현수법을 잘 활용해야 한다. 유년동화에도 동심적 특성에 맞도록 될 수 있는 대로 흥을 돋구는 음악적 율동감을 주는 언어표현을 살려 쓰도록 하고 있다.

그날 저녁이였어요.
해가 지자 둥근 달이 둥실 솟아올랐어요.
알락이는 엄마박새와 함께 달구경을 하면서도 낮에 있었던 일이 자꾸만 생각나서 종알거렸어요.


잠꾸러기 잠꾸러기
낮잠 자는 잠꾸러기
건달새 건달새
놀구먹는 건달새


《건달새라니? 너 누구한테 또 까불어댄게 아니냐?》
엄마 박새가 걱정스럽게 물었어요.

— 리성철, 「까불대던 알락이」 부분, 『아동문학』, 1993. 3.

리성칠의 「까불대던 알락이」는 간결한 내용에 흥을 돋우는 동요를 삽입하여 음악적인 율동감까지 높여주고 있다. 이 유년동화는 낮에 낮잠 꾸러기라고 놀려댄 부엉이아저씨가 그날 밤 구렁이의 공격을 받는 알락이네를 구해주었는데, 알락이가 엄마 박새에게 부엉이아저씨가 밤을 꼬박 새며 나쁜 쥐나 뱀을 잡는 좋은 새라는 얘기를 듣고, 낮에 철모르고 까불대던 자신의 잘못을 뉘우친다는 것이 내용의 전부이다. 이 이야기는 낮에 어린 박새 알락이가 낮잠을 자고 있는 부엉이아저씨를 잠꾸러기 건달새라고 놀렸던 일이 생각나서 다시 종알거리고 있는 대목이다. 「까불대던 알락이」에는 철없는 알락이의 자기 반성이란 교육적 효과를 주면서도, 유년기 어린이의 정서에 맞도록 삽입동요를 활용하였다. 하지만 유년동화에도 아기자기하고 고운 말만 쓰는 것은 아니다.

"알락아, 부엉이아저씨는 밤마다 두 눈에 불을 켜고 큰 일을 하신단다. 몹쓸놈의 쥐새끼들을 잡아없애구 사나운 뱀들까지 잡아족치느라구 꼬박 밤을 새우군 하지."

에서처럼 유년동화에서도 적대적인 것에는 "몹쓸놈", "잡아족치느라구" 등의 비어를 써서 적대감정을 최대한 끌어내는 북한식 이중적 언어표현의 속성을 그대로 보여준다. 이 밖에도 주체아동문학론에서는 유년동화에 환상, 의인화 수법을 시대적 미감에 맞게 구현할 것을 강조하고 있다.

　주로 현실적인 문제를 다루는 유년소설에서는 유년동화보다 직접적으로 김일성과 김정일의 풍모를 감동 깊게 형상화하고 그들을 따르는 어린이들의 티 없이 맑고 깨끗한 충실성을 그리고 있는 것이 보편적이다. 유년소설에서도 연령에 맞게 김일성과 김정일의 풍모를 표현해내는 언어형상 창조가 창작실천의 관건이다. 그만큼 주체아동문학론에서는 동심을 연령심리에 맞게 단계별로 잘 살려 쓸 것과 작품의 진실성, 형상의 기발성, 독창성의 문제가 중요하게 제기되었다. 한마디로 주체아동문학은 어린이를 주체혁명위업의 미더운 계승자로 키우는데 이바지하는 문학임을 내세워 어린이들에게 어려서부터 김일성과 김정일을 잘 따르는 충성심과 효성을 일깨워주며 수령제일주의 정신을 심어주고자 했다. 바로 『주체문학론』 출간 이후 북한 아동문학은 〈유년기문학〉을 통해 유년기 어린이에게까지 이러한 사상교양을 강화시켜 나갔던 것이다.


## 5. 결론

분명 90년대의 북한은 사회 역사적 시련기라 할 만하다. 동구사회주의의 몰락과 개방화의 물결, 거기에다 연이어 일어난 수령의 죽음과 극심한 경제난 등의 난관들이 북한 사회에 던져준 충격은 가히 짐작되는 일이다. 이러한 준엄한 역사적 시기에 나온 김정일의 『주체문학론』은 사회 내부적 충격을 수습하고, 인민 대중을 보다 강력하게 결집하는 상징적 기제로 그만한 효용성을 지닐 듯하다. 특히 시련기에 주체아동문학론은 "낡은 사회의 표상과 혁명투쟁의 시련에 대한 체험"이 없는 어린 세대들에게 변화하는 시대의 요구에 맞는 북한식 사상교양을 구현하는데 효과적일 것이다. 주체아동문학론은 문학이론이기 보다 90년대 이후 북한 아동문학이 나아갈 창작실천 방향성을 설정한 강령적 지침에 해당되기 때문이다.

주체아동문학론에 제기된 "아동문학은 어린이의 심리적 특성에 맞게 창작하여야 한다"는 창작실천 지침도 북한 어린이들의 특성을 잘 알고 그에 맞게 형상화해야 한다는 당 정책의 실현 과제인 것이다. 동심은 불변하는 것이 아니라 사회 역사적 환경과 시대적 성격에 따라 달라지는 특수한 기능을 함으로써 북한 어린이들의 특성에 맞는 '우리식 아동문학'이 가능해질 수 있었다. 『아동문학』지는 주체아동문학론의 지도적 지침에 준수하여 〈유년기문학〉난이 신설되고, 학령 전 어린이에게까지 김일성과 김정일의 풍모를 감동 깊게 받아들이도록 하는 수령제일주의 정신을 심도 있게 심어주고자 했다.

이처럼 주체아동문학론은 어린이들을 '원쑤들의 반동적 영향'으로부터 보호하고, 김일성·김정일 부자를 잘 따르도록 각인시켜주는 중요한 기능과 역할을 해왔다. 주체아동문학론에서 특히 강조하던 언어 형상의 창조도 여기에 연유된다. 북한 아동문학작품은 일률적인 종자의 선택이나 일정한 문학적 주제에 의해 내용적으로 다양성의 한계에 부딪칠 수밖에 없었다. 가령, 기념일을 노래한 동시가 지난해의 것이나 새해의 것이 뚜렷한 구별 없이 유사한 내용으로 노래되고 있다는 점이 그 일례이다. 따라서 90년대 주체아동문학은 어린이들의 연령별 발단 단계에 맞추어 아동문학의 갈래와 표현 방식을 다양화할 필요성이 절실했던 것이다. 주체아동문학론이 아동시점의 폭을 넓히는 문제와 다양한 동심의 구현 문제를 강조하고, 아동문학 작가들에게 개성적인 창작 기량을 갖추도록 요구한 것도 이와 밀접히 관련된다.

한마디로 90년대는 남한이나 북한 사회 모두 변환기에 직면한 시대였다. 우리 사회는 이념의 약화 대신 고도의 자본주의 사회와 상업적인 대중문화가 몰려오고, 거기에다 사회 전반에 걸쳐 야기된 도덕과 인간성 상실이란 반사회적 문제가 위기의식으로 돌출되면서 천진한 동심의 문제가 새롭게 부각되었다. 이때 동심은 종전의 아동문학가들이 전담하던 문학적 주제에서 벗어나 점차 우리 문학 작가들의 공통의 주제로 부상하기에 이르렀다. 반면 북한은 변환기라는 시대적 위기를,

『주체문학론』이라는 강령적 지침으로 사회 내부적 질서를 강력하게 통제함으로써 극복해내고자 하였다. 이때 사회 통합의 단위를 유년기 어린이에게까지 낮추어 사상교양이 강화되고, 사회 역사적 환경과 시대적 성격에 따라 달라지는 동심을 통해 변화하는 시대의 요구에 맞는 북한식 맞춤 교양을 가능하게 하였다. 다시 말하면, 우리가 변화하는 사회 현상을 수용적 입장에서 대처하고자 했다면, 북한은 방어적 태세로 대응하고자 했던 것이다. 이 같은 90년대 전환기 시대에 대한 문학적 접근 방법의 커다란 차이가 우리 아동문학과 북한의 주체아동문학의 이질적 간극을 더욱 크게 벌려 놓았던 셈이다.

제3부

# 『주체문학론』 이후 북한 단편소설의 주제론적 특성

# 체제 위기와 동행자문학
― 1990년대 전반기의 북한문학

노귀남

## 1. 머리말

북한에 대한 올바른 이해는 남북한이 바람직한 관계를 만들어가고, 나아가 통일한국의 전망을 열어가는 토대가 된다. 최근 북한은 안팎으로 변화와 개혁을 요구받고 실제로 많은 변화가 있다고 보지만, 그 내면의 구체적 상황은 우리가 잘 알지 못한다. 그래서 북한연구는 부분적으로 접하는 자료와 정보의 한계를 어떻게 메우느냐가 중요해진다. 이 측면에서 북한문학은 '문학외적' 연구로써 찾을 수 있는, 작품에 반영된 사회에 대한 분석 결과에 관심을 두고 연구하는 주요 대상이 된다. 말하자면 북한문학을 통해 북한사회를 안다는 것이다.

사회주의권의 붕괴와 탈냉전으로 인해 1980년대 중후반부터 북한사회는 새로운 차원의 변화와 개방이 요구되었다. 점점, 개방문제는 북한의 체제유지와 길항(拮抗)관계로 되었다. 그런 문제에 대한 대응이 문학에 반영되었지만 직접적이고 현실적이라고 말하기 어렵다. 그것은 당의 정책에 따라 가공되어 반영하기 때문이다. 이런 점에서 어떤 시각에서 어떻게 분석하느냐에 따라, 문학작품은 북한사회 실상을 읽는 자료로서 가치가 달라진다.

사회과학 분야에서 분석 대상으로 활용했던 문학작품 읽기의 한계는 문학적 굴절과 이중성을 무시한 채, 주로 소재와 내용을 직접 끌어내어 연구대상으로 삼았다는 데 있다.[1] 또 북한작품을 문학일반론으로 '작품성'을 평가하는 것도 한계가 있다. 작품과 현실의 밀접한 상호관계도 보아야 하기 때문에, 문학적 방법론 이외에 다른 분야의 연구방법도 필요하다. 이런 문제를 감안하여, 이 논문에서는 사회과학 분야의 연구를 병행하되, 문학적 분석을 통해 북한 사회 변화를 찾아보고자 한다. 특히, 국제질서의 변화와 김정일시대로 넘어가는 과도기를 어떻게 대처했는지 문학을 통해 살펴보기 위해, 주된 연구대상은 1990년대 전반기 문학작품을 택했다.

이 논문에서 1990년대 전반기에 주목하는 것은 그 시기가 현재 김정일시대를 이해하는 주요한 관건이 되기 때문이다. 1990년을 전후하여, 북한은 체제 위기에 대응하여 앞 시기에 구축해온 주체사상을 '우리식' 사회주의 사상으로 재해석하여, 북한의 사회주의가 사회주의 세계의 보루라는 인식을 강조했다. 또한 김정일이 국방위원장으로 임명되어 군부의 실질적 지휘자가 되었던 바와 같이, 혁명전통의 계승을 위한 정치적인 권력이양기이기도 했다. 그러한 시대적 상황을 주체적 문예이론에 반영하여 1992년에 『주체문학론』으로 내놓았다.

---

1) 문학 이외의 영역에서 문학작품을 활용한 연구로는, 김귀옥 외, 『북한 여성들은 어떻게 살고 있을까』 (서울: 당대, 2000); 이온죽, 『북한사회의 체제와 생활』(서울: 법문사, 1993); 이온죽, 『북한사회연구 사회학적 접근』(서울: 서울대출판부, 1988); 곽해룡, 「문학작품에 나타난 북한인민의 생활상 연구: 『조선문학』의 소설분석을 중심으로(1979~1990)」(석사학위 논문, 서강대 공공정책대학원, 1991년); 우경식, 「북한 지배층의 담화와 인민의 이데올로기적 지향: 김일성 〈신년사〉, 《근로자》 논설, 《조선문학》 소설의 내용을 중심으로」(박사학위 논문, 한양대 대학원, 1994년); 우문숙, 「북한의 '선군혁명문학'을 통해서 본 선군정치의 체제유지기능에 관한 연구」(석사학위 논문, 경남대 북한대학원, 2003년) 등이 있다.

따라서 이 시기 연구는 현재 김정일시대가 1994년 김일성의 사망으로 시작된 것만이 아니라는 점에서도 의의가 있다. 아래에서, 1990년대를 전후하여 사회정치적, 문학적 이론으로 대응하며 나온 문학작품을 그 배경에 대한 분석과 함께 읽어봄으로써 북한사회가 어떻게 지속되고 변화되었지를 살펴보고자 한다. 또한, 북한이 권력계승을 위해 어떻게 준비했는지, 세계사적 흐름으로 봐서는 이미 체제 위기에 빠진 상황이었는데 이에 어떻게 대응했는지, 이런 문제를 포함해서 현재의 북한사회에 대한 보다 치밀한 이해를 찾아보고자 한다.

그리고 이 시기 문학을 '동행자문학'으로 파악하는 것도 의미를 가진다. 이것은 북한이 작가에게 '당의 주체사상으로 자신을 철저히 무장하며, 오직 주체적문예사상의 요구대로만 창작하는 참된 당의 문예전사'[2]로서의 역할을 강조해 왔기 때문이다. 게다가 1990년 12월에 김정일이 또다시 당과 수령의 '영원한 동행자'로 환기시킨 바는 작가로 하여금 사상적으로 더욱 강고하게 체제 고수를 요구했다고 볼 수 있다. 사상적 동행의 강조는 와해, 해이, 이탈을 경계하는 '위기적' 대응이다. 말하자면, 당의 동행자로서 작가 위상과 정신은 주체적 문예사상에서 말하는 당성의 기본이지만, 이 점을 1990년대 체제 위기와 관련시켜 봄으로써, '동행자문학'에 담긴 시대적 특성을 더 선명하게 이해할 수 있을 것이다.

## 2. '우리 식' 사회주의의 배경

북한에서 1990년대에 강조된 '우리 식' 사회주의는 개방 압력과 체

---

2) "(머리글) 당의 영원한 동행자로서의 작가의 혁명적 본분과 사명을 다하자," 『조선문학』, 1991. 4, p.7.

제 위기에 대한 사상적 대응이었다. 그것은 김정일 문건에서 주요한 맥락을 찾을 수 있다. 「주체사상에 대하여」(1982. 3. 31)는 온 사회를 주체사상화하는 김일성주의화를 이끌었다. 「주체사상교양에서 제기되는 몇 가지 문제에 대하여」(1986. 7. 15)는 사회정치적 생명체론에 의해 집단중심적 인간형을 강조한다. 「조선민족제일주의정신을 높이 발양시키자」(1989. 1. 28)를 통해 조선민족제일주의를 주창하고, 「인민대중 중심의 우리 식 사회주의는 필승불패이다」(1991. 5. 5)에서는 우리 식 사회주의를 사상적 시대정신으로 표방한다. 이런 다양한 언술 속에도 일관된 것은 오로지 당 노선에 집중된 당성의 강화, 당중앙권력의 필승불패에 대한 집중이다. 다시 말하면, 「사회주의에 대한 훼방은 허용될 수 없다」(1993. 3. 1)는 사회주의의 고수에 초점이 있다. 북한은 고유한 자기 체제와 독자적 사회주의 성격을 '우리 식'이라 규정한다.

  '우리 식'이란 용어의 정립에 대해서 곽승지는 김정일의 연설 「당의 전투력을 높여 사회주의건설에서 새로운 전환을 일으키자」(1978. 12. 25)에서 체제와 관련한 의미로 처음 썼다고 밝혔다. 여기서 김정일은 "우리 식대로 살아나가자! 바로 이것이 우리 당이 내세우고 있는 전략적 구호입니다"고 행동지침을 내렸다. 그 배경에는 덩샤오핑의 개혁·개방을 구체화한 1978년 12월 22일 중국공산당 제11기 3중전회의가 있다. 이때 중국은 실사구시에 의거한 개방정책을 추진하기로 결정하고 본격적인 체제개혁을 단행한다. "우리 식"은 내적으로 유일지도체계가 마무리되는 상황에서 중국의 개방정책에 대응하는 조치였다는 것이다.[3] 이에 대해 곽승지는 향후 북한이 독자적인 체제를 유지할 것임을 시사한다고 평가했고, '우리식사회주의'가 완성된 용어로 정식화한 것은 「위대한 주체사상은 우리식 사회주의의 사상적 기초」(『근로자』,

---

3) 곽승지, 「북한의 '우리식사회주의' 성격에 관한 연구」, 박사학위 논문, 동국대 대학원, 1997, pp.55~57.

1990. 12)였다고 지적했다.[4]

『주체문학론』은 그와 같은 정치사상을 문학에 반영하여 이론화한 것으로서, '우리 식' 문학이론의 결정판인 셈이다. 문학예술 분야에서 우리 식의 기원은 혁명문학예술 전통 확립과정과 영화부문 사업지도에서 찾을 수 있다. 김정일은 영화를 만들어내는 체계가 자본주의적이고 교조주의적인 것이 '범벅식'으로 된 것을 당 사상사업의 요구를 반영하여 '우리 식'으로 할 것을 요구했다.[5] 이 배경에는 혁명전통의 헤게모니 장악 문제가 깔려있으므로, 김정일의 주도로 1970년대 중반에 주체사상에 기초해 혁명문학예술에 대한 이론을 확립해 가는 과정에 주목해야 한다. 1959년, 문학의 혁명전통에 대한 학술보고회와 항일무장투쟁기 전적지 답사단 수집자료 전시회를 열었다.[6] 뒤이어, 항일무장투쟁기 문학예술을 문학사적으로 평가하여 책으로 묶어냈다.[7] 이후 북한문학사에서 항일무장투쟁시기를 중심축으로 삼아 혁명전통을 세우게 된다.[8] 혁명전통의 부각은 전체 작가, 예술인들의 당성, 계급성, 인민성을 강화하면서 사실은 당의 유일사상의 구현 곧 김일성 중심 사상체제를 공고화시키는 것을 의미했다. 이런 과정에서 1972년에 '주체적 문예사상'이란 의미를 '우리 시대의 맑스—레닌주의 문예사상'으로 규정했다.[9] 1975년 사회과학원 문학연구소가 낸 『주체사상에 기초한

---

4) 곽승지는 우리식사회주의의 기원을 1967년으로 잡아, 주체사상과 같은 맥락에서 이해한다. 이 점은 주체사상에 대해 사회주의 일반이론과 차별성을 분명히 부여하는 논점을 제시한다고 하겠다. 위의 논문, pp.60~62.
5) 김정일, 「우리 식의 혁명적영화창조체계를 철저히 세울데 대하여: 영화부문 일군들과 한 담화 1971년 4월 28일」, 『김정일선집 2』, 평양: 조선로동당출판사, 1993, pp.238~252.
6) 「우리 문학의 혁명전통에 대한 학술보고회 진행」, 『문학신문』, 1959. 8. 28./전시회 기사는 『로동신문』, 1959. 11. 30. 참조.
7) 조선민주주의인민공화국 과학원 언어문학연구소 문학연구실 편, 『항일무장투쟁 과정에서 창조된 혁명적 문학예술』, 평양: 과학원출판사, 1960.
8) 항일혁명문학예술작품발굴사업 조직 영도에 김정일이 나섬으로써, 반당반혁명분자들이 문학전통을 카프문학작품이나 실학파의 작품에서 찾고 혁명적 문학예술전통은 말살하려 한 책동을 막았다고 주장한다. 방형찬·김선일·조선화, 『주체문학의 혁명전통』, 평양: 문학예술출판사, 2002, pp.87~95 참조.
9) 『혁명의 위대한 수령 김일성동지의 주체적문예사상』, 평양: 사회과학출판사, 1972.

문예이론』을 통해서는 '당의 유일사상체계를 확립'한 사회주의적 문학예술론을 폈다.[10] 1980년대에는 온 사회를 주체사상 일색으로 몰고 감으로써 맑스-레닌주의 문예이론은 마침내 주체문학예술론으로 대체되었다.

　사회주의 문예이론을 북한식의 주체문예이론으로 초점을 돌린 것은 위에서 살펴본 대로, 정치사상면에서 사회주의권의 개방문제에 대응하여 독자적인 체제를 유지하려는 것과 맞물린 문학적 대응이라 하겠다. 이 점에서 '우리 식'이란 모토는 민족주의적, 애국주의적 색채가 강했다. 그러면서 '우리 식'은 개념 규정에서 주체사상이나 주체문학과 같은 특정 의미로 한계를 지어 썼다기보다는 '밖'에 대응하는 통칭으로서 기능이 강했다.


## 3. 사회정치적 생명체론과 주체문학론


　주체문학은 통칭으로서 우리 식 문학이 되지만, 그것의 구체적 의미는 시대적 배경에 의해 파악될 수 있다. 주체문학의 이론적 핵심 요소로 종자론이 있는데, 북한문학에서 종자론은 전형을 창조하는 결정적 요소가 된다. 종자론은 김일성의 주체적 문예사상을 창작실천에서 구현하는 과정에 당이 독창적으로 밝혀냈다는 문예이론의 새로운 개념 중 하나이다.[11] 종자란 '사상적 알맹이'이며, 작품의 기본핵을 말한다. 또 종자는 그 작품의 가치를 규정하는 근본문제로 되며, 창작가는 종자를 똑바로 잡아야 자기의 사상미학적 의도를 정확히 전달할 수 있

---

10) 여기서는 김정일의 「영화예술론(1973. 4. 11)」(『김정일선집 3』, 평양: 조선로동당출판사, 1994)에서 이미 제기한 종자론과 속도전 이론을 포함시켜, 문학예술에 유일사상을 구현하는 당성을 확고하게 자리잡게 함으로써 사회주의적 사실주의에서 맑스-레닌주의보다 주체사상을 강조함.
11) 김하명, 『문학예술작품의 종자에 관한 리론』, 평양: 사회과학출판사, 1977 참조.

고, 작품의 철학성을 보장할 수 있다고 한다.[12]

1990년대로 접어들면서 김정일은 두 가지 중요한 종자를 제시했다. 그것은 조선문학창작사 소속 문인들의 충성의 편지에 대한 김정일의 답신과 '민족과 운명'에 관련된 것이다.

조선문학창작사 전체 동지들!/ 새해를 축하합니다./ 우리 당 건설과 활동에서 영원한 동행자, 충실한 방조자, 훌륭한 조언자가 되기를 바랍니다./ 1990.12.27/김정일[13]

이렇게 한마디로 던진 친필서한은 작가, 예술가를 수령 중심으로 동원하는 모티프가 되었다. '영원한 동행자'라는 종자는 주체문학론에서 '작가는 당과 운명을 같이 하는 혁명가'[14]라는 의미를 부여하여 이론적인 확대재생산을 꾀한다.[15] 이것은 수령관에 대한 또다른 의미가 되는 동지애를 말하면서 이미 제기했던 '사회정치적 생명체'로서 작가의 동행을 뜻한다. 즉, 당과 수령의 믿음과 기대에 보답하는 충성을 재강조한 것이다.

『민족과 운명』시리즈는 「내 나라 제일로 좋아」라는 노래가 모티프가 되었다. 하나의 종자가 100부작 영화로 만들어지고 있는 것이다.[16] '주체문학예술의 성과를 집대성한 정화'로 말하는 이 시리즈를 통해, 김정일은 1990년대를 제2의 문예혁명으로 만들고자 한다.[17]

---

12) 종자론에 대한 초기 논의는 박연경, "창작에서 종자문제와 독창성의 탐구," 『조선문학』(1973. 2), 김하명, "창작에서 종자를 똑바로 잡을데 대한 리론의 독창성," 『조선문학』(1973. 4) 등이 있다.
13) 『조선중앙년감 1991』, 평양: 조선중앙통신사, 1991, p.84.
14) 김정일, 『주체문학론』, 평양: 조선로동당출판사, 1992, p.296.
15) 김정일, "혁명적동지애의 전통적미풍을 높이 발양시키자: 당중앙위원회, 정무원 책임일군들과한 담화 1982년 4월 10일," 『김정일선집 7』(1996)에서 '혁명의 길을 변치 않고 끝까지 가는 영원한 동행자, 진짜동지와 진짜동지애가 필요' 하다고 말한 뒤, 〈동행자〉 주제는 가요, 시, 새해결의, 평론과 논설 등 다양한 양식으로 표명된다.
16) 서정남, 『북한영화탐사』, 서울: 생각의 나무, 2002, pp.216~323 참조.
17) 최척호, 『북한영화사』, 서울: 집문당, 2000, pp.91~101 참조.

다부작예술영화 민족과 운명 은 내가 직접 종자를 잡아주고 나의 구상과 의도밑에 창작되는 작품이기 때문에 주체의 혁명관과 민족관이 더욱 철저히 구현되여야 합니다.

문학예술작품에 혁명적수령관을 철학적으로 깊이있게 구현하는 것이 중요합니다. 혁명적수령관은 우리 인민의 모든 사색과 활동의 출발점이며 우리 인민의 사상과 리념에 관통되여있는 근본핵입니다.[18]

"민족의 운명이자 개인의 운명"이라는 종자를 가지고 기획한 다부작영화는 주체사상의 일색화로써 '민족의 운명' 문제를 예술적으로 해명하려는 전략이 깔려 있었고, 또 당─문학예술행정기관(문화예술부 등)─문예총의 3위1체의 원칙에 입각한 주체적 창작지도체계로써 전일적으로 문예조직을 장악하려는 전략이 있었다.[19] 이렇게 '민족의 운명'을 끌어내는 의도는 복합적이라 하겠다. 1980년대 말 이후 공산권의 붕괴와 개혁·개방의 압력이 동시에 작용한 체제 위기 상황을 강력한 애국주의사상으로 막을 필요가 있었다. 이때 '민족과 운명'이라는 원초적 감성을 동원하는 것이 즉효하리라 기대했을 것이다. 밀려오고 있는 자본주의 물결을 외면할 수 없는 상황에서, 그 영화에 나오는 비사회주의적 요소를 포함한 소재와 양식들은 '민족과 운명'의 의미로 재해석할 필요가 있었다.

애국주의는 국제 정세 변화와 체제 위기의 압력에 대한 일종의 저항이다. 작가들은 '시대의 요구'대로, '현실을 민감하게 반영하도록' 더

---

18) 김정일, "다부작예술영화 민족과 운명 의 창작성과에 토대하여 문학예술건설에서 새로운 전환을 일으키자: 문학예술부문 일군 및 창작가, 예술인들과 한 담화 1992년 5월 23일," 『김정일선집 13』, 평양: 조선로동당출판사, 1998.

19) 위의 1992년 5월 23일 담화에서, 김정일은 다시한번 주체문학예술건설에서 새로운 전환을 일으키기 위해, ①민족의 운명문제에 대한 예술적 해명, ②문학예술의 내용과 형식의 탐구, ③문학예술작품창작에서의 새로운 양상, ④우리 식 창작지도체계와 창조체계의 구현, ⑤창작가, 예술인들의 높은 정치적 자질과 창작적 기량, ⑥당조직들의 전투적인 기능과 역할 등 여섯 가지 실천 문제를 제시했다.

욱더 높은 당성으로 시험받게 된다. 「사회주의는 우리 인민의 생명이
다」[20]에서, 김정일은 수령, 당, 대중이 생사운명을 같이하는 운명공동
체로서 사상의지적·도덕의리적으로 굳게 단결함으로써, 제국주의자들
과 부르죠아복귀주의자들의 부르조아 반동사상조류에 대한 필승불패
를 강조했다. 말하자면 자본주의와의 대결에서 운명공동체이자 사회정
치적 생명체인 당성의 제고가 사회주의 필승의 담보가 되는 것이다.

이 점에서 『주체문학론』에서 밝힌 주체적 문예 사상과 이론에 철저
히 의거하는 1990년대 주체문학의 의미를 되새겨 봐야 한다.

> 작가들이 『주체문학론』을 깊이 연구하면 문예관을 어떻게 세워야 하고 문
> 학예술 유산과 전통을 어떤 립장에서 대하며 어떤 창작방법에 의거하여 현
> 실을 그려야 하는가, 사회정치적생명체와 문학의 호상관계문제를 어떻게
> 풀며 창작에서 어떤 실천적요구를 구현하여야 하는가, 문학사업에 대한 당
> 의 령도를 충성으로 받들어나가기 위하여서는 어떻게 하여야 하는가 하는
> 것을 비롯하여 주체문학건설에서 나서는 모든 문제를 잘 알수 있습니다. 작
> 가동맹중앙위원회와 문학창작기관들에서는 『주체문학론』에 제시된 과업을
> 관철하기위한 대책을 세우고 작가들을 그 실천을 위한 투쟁에로 힘있게 불
> 러일으켜야 합니다.[21]

'주체문학론 연구'를 통해 강조하는 문학의 중심과업은 주체문학건
설에서 새로운 전환을 일으키는 것, 이를테면 제2의 문예혁명을 가져
오는 것이며, 이것은 사회정치적생명체와 문학의 상호관계 속에 그 핵
심을 담고 있다고 할 수 있다. 이 점은 문학의 생명을 '주체성'에서 찾
고, 주체성은 당성, 노동계급성, 인민성을 기본으로 하며, 기본원칙은

---

20) 김정일, 「조선로동당 중앙위원회 책임일군들과 한 담화 1992년 11월 14일」, 『김정일선집 13』, 1998.
21) 위의 글.

당적 영도를 규정하는 수령관과 사회정치적 생명관에 직결되기 때문이다. 『주체문학론』은 "사회정치적생명체와 문학"의 장에서 수령형상 창조에서 더 탐구하고 해결해야 할 문제, 형상하는 방법 등에서 중요한 기본원칙들을 나열하면서, "수령형상작품에는 고유한 생리가 있다"는 강조와 함께, 수령형상을 고유한 생리에 맞출 것을 요구한다. 북한 문학사에서 수령형상문제는 「새로운 혁명문학을 건설할데 대하여」[22]에서 본격적으로 논의되기 시작했고, 그 전에도 김일성 찬양의 송시, 송가를 비롯해 수령형상에 많은 관심을 기울여 왔다.[23]

그런데 수령의 형상 문제는 일찍이 거론되었지만, 그것의 이론적 결정판은 "사회정치적생명체론"과 결합시킨 『주체문학론』으로 보아야 한다.[24] 여기서 수령형상의 "생리"도 이야기한다. 이 점은 수령을 앞 시대와는 또다르게 해석하고 있음을, 이론적 변화의 폭에 주목해야 할 것이다. 좁은 의미에서 수령형상 또는 수령형상문학은 수령 김일성·김정일을 반드시 작품의 중심에 세워 형상하지만,[25] 사회정치적 생명체와 결합하면 모든 작품과 연관시켜 그 의미를 해석할 수 있게 된다. 인민의 생명은 수령이 안겨준 사회정치적 생명을 가짐으로써 가치가 있고, 당은 그 생명을 빛내주는 품이기 때문에, 생활이 모두 수령과 당으로 귀일하게 만든다. 이 점에서 작가는 당조직선, 당일군의 전형, 당원들과 근로자들의 형상 등 모든 면에서 당의 위대성을 느낄 수 있도록 생활에 깊이 파고드는 작품 형상화가 요구된다. 따라서 수령형상은

---

22) 김정일, 「조선작가동맹 중앙위원회 위원장과 한 담화 1966년 2월 7일」, 『김정일선집 1』, 1992.
23) 『조선문학』에 실린 수령형상관련 주요 평론: 강능수의 "우리 문학에서의 수령의 형상"(1959. 4), 윤세평의 "수령을 따라 배우자!—〈혈애의 노래〉에 대하여"(1961. 4), 윤기덕의 "경애하는 수령님의 위대성에 대한 형상과 우리 문학"(1987. 4)과 "당과 수령에 대한 충실성을 인생관화한 참된 당일군형상"(1989. 8) 등. 이론을 집대성한 단행본은 윤기덕의 『수령형상문학』(평양: 문예출판사, 1991) 참조.
24) 김정일, 『주체문학론』, pp.117~160 참조.
25) 이를테면 김일성은 꼭 화폭의 중심에 그림. 조기천 저, 한영수 편, 최호철 그림, 『백두산』, 평양: 문예출판사, 1987, pp.16~17 참조.

문학일반의 문제로서 수령에 대한 충실성, 주체형의 공산주의적인간의 품성과 사회정치적 생명체를 담보하는 기본으로 삼는 점을 주목해야 한다.

이와 같은 사회정치적 생명체론을 바탕으로 하여 주체형의 인간전형이 나온다.[26] 주체형은 '수령, 당, 대중의 3위일체 원칙'[27] 아래, '모두 다 영웅적으로 살며 투쟁하자!'는 구호처럼, 대중적 영웅주의를 지향한다. 대중적 영웅주의는 사회정치적 생명체의 집단주의적 생명관에 기초하고 조직의 지도와 집단의 적극적인 협력에 의해 발휘된다는 사상을 그려내는 것을 의미한다.[28]

대중적 영웅형은 앞 시기와 비교해 전적으로 새로운 인물형은 아니다. 항일의 영웅들, 조국해방전쟁 영웅들, 천리마대고조기 영웅들, 1980년대의 숨은 영웅 등, 북한문학사를 싸잡아 '영웅적인 문학'[29]으로 말하고 있듯이, 작품들은 인민교양을 위한 모범으로서 영웅형을 제시하고, 누구나 영웅적으로 살아갈 것을 요구한다. 말하자면 영웅적 삶의 주체를 대중에 두는 것이다.

위와 같이 북한은 사회정치적생명체론을 문학의 전형에 결합시킴으로써, 집단과 개인의 관계를 재정립하려고 한다. 사회가치가 변화하면 개인도 가치관을 달리하게 된다. 특히 1990년대의 탈냉전의 국제정세는 사회주의체제에 영향을 주고 결국에 개인의 생각에 변화를 일으킬 요인이었다. 이것은 체제의 중심을 이탈하는 힘, 다시 말해 체제를 위협하는 원심력으로 작용할 것인데, 북한은 일찌감치 사회정치적생명체론과 같은 정치사상이론의 무장으로 그런 힘이 작용하는 것을 막으

---

26) 김정일, 『주체문학론』, pp.161~176 참조.
27) 위의 책, p.120, p.169.
28) 위의 책, p.171.
29) 윤상현, 「90년대 인간의 성격」, 『조선문학』(1990. 7), p.48. 물론, '영웅'의 색깔이 시기마다 다름도 있지만, 여기서 초점이 되는 것은 인민대중의 동원 모델로서의 '영웅'이다.

려했다. 이런 정치적 이론 담론에 작가는 문학작품으로 동행하게 되는 바, 동지애와 애국·민족주의를 작품의 중요한 종자로 삼아서 기존의 집단주의 가치체제를 지키려는 의지를 강화시켰다.

## 4. 후계자 형상과 작가 동행의 의미

앞에서 보았듯이, 사회정치적생명체론을 문학에서 중요한 이론적 근거로 삼음으로써, 북한은 수령문학의 의미를 확장하고 새로운 시대전형을 만들어 내었다. 수령문학의 이론적 전형과 비교해 볼 때, 실제 작품 속에서 1990년대 초반에 나온 전형의 의미는 무엇인가?

이 시기 수령형상의 특성은 김정일 형상화에 놓여 있다고 하겠다.[30] 이것은 김일성말기의 후계구도의 공고화를 의미하고, 작품을 통해서 보면, 실질적으로 김정일이 전면에서 지도력을 발휘하는 체제로의 전환을 의미한다. 1991년 12월 24일 노동당 6기 19차 전원회의에서 김정일은 군최고사령관으로 추대되고, 이어서 공과국 원수(1992. 4), 국방위원회 위원장(1993. 4)이 됨으로써 주요 권력을 승계하였다. 1992년 4월 9일 최고인민회의에서 사회주의헌법의 개정은 사회주의권의 해체에 따른 대응과 국방위원회의 위상 강화로써 김정일 권력승계를 제도화했다.[31]

김문창의 「새벽산보」(『조선문학』, 1992. 2)에서 김정일의 모습은 비상한 정력으로 한꺼번에 두세 가지 일을 처리해 나가는 탁월한 지도자로

---

30) 최길상, "(론설) 친애하는 지도자동지의 위대성을 형상하는것은 우리 문학이 누리는 최대의 영예와 특전," 『조선문학』(1992. 2)에서 김정일 형상의 '첫걸음을 뗀데 불과' 하다고 한 것은 후계자로서 본 모습을 형상화하는 점에 비춰봐서 첫걸음이라는 뜻이다. 김정일 형상의 첫 장편으로는 1988년에 현승걸의 『아침해』가 나왔으며, 『불멸의 력사』와 버금가는 『불멸의 향도』 총서란 이름으로는 1992년 권정웅의 『푸른하늘』이 처음으로 발간된다. 이것은 김정일 형상의 위상 변화를 말한다.

보여진다. 작품의 배경 시기는 1976년 8월 판문점 미루나무사건 발생 직후로 하여, 일찌감치 김정일이 정치일선에서 외치(外治)까지 관여하고 있었던 것처럼 쓰고 있다. 여기서 후계자의 형상은, 미제가 〈판문점 사건〉을 도발하여 전쟁이 벌어질 위기 상황에서 정세통보를 읽고 판단해야 하는 국제정치 문제, 만수대예술단이 지어 올린 노래 지도, 동평양지구 새 거리의 유희장 건설 지휘, 도당책임비서들의 협의회 지도 등 크고 작은 일을 모두 계획대로 빈틈없이 추진하며, 판문점사건에 뒤따른 '적대시정책'의 애로와 위기 상황에서도 담대하고 통이 크게 대처하는 인물로 그려진다. 그 가운데 사건 구성의 초점은 김일성 65돐(1977)에 맞추어 종합유희장을 완공하여 인민들에게 선물한다는 데 있다. 후계자의 전형은 수령에 대한 충신으로, 또 인민에 대한 끝없는 사랑으로 끌어올리는 힘에 모아진다. 엄성영의 「재부」(『조선문학』, 1992. 4)에서처럼 수령의 전형이 아이들에게 과일을 먹이겠다는 배려와 같은 인민에 대한 아량과 자애에 놓여있는 데 반해, 김정일 형상은 충신의 전형과 탁월한 지도자 전형을 더한다.

김정일 전형창조는 '로동계급의 수령의 참다운 후계자, 충신과 효자의 귀감을 형상적으로 보여줘야 한다'[32]는 원칙 아래, 수령 김일성과 지도자 김정일의 '현명한 령도를 따라 당의 로선과 정책을 형상으로 받들고 관철해나가는 당의 문학 당의 영원한 동행자의 문학'[33]의 본보기가 되었다. 이로써 주체문학세계에서 이론의 핵심(종자)을 수령 김일

---

31) 김정일은 1974년 2월 당중앙위원회 5기 8차전원회의에서 정치위원이 되고, 이때부터 본격적으로 "당중앙"이라 불렸다. 『조선문학』을 보면, 1970년 중반부터 간간이 가요와 시에서 "당중앙"에 대한 충성을 노래했다. 1980년대에는 〈향도자〉, 〈친애하는 지도자〉로 등장한다. 1980년 6차 당대회 이후 김정일 후계자 공식화, 1986년 5월 "수령의 후계자문제"가 해결되었음을 공식 천명 등을 전후한 시기의 『조선문학』을 보면, 아주 특이하게 김정일의 이미지를 만들어 간다. 즉, 1982년부터 거의 매호마다 한두 편의 김정일 칭송시가 실리는데, 지은이는 낯선 외국인들이다(이런 작품은 2000년대에도 계속 실리고 있다). 1980년대에는 북한작가, 시인의 작품은 오히려 드문드문 나온다. 또 1986년 이후에는 지도자 형상 문제에 대한 평론이 실린다.
32) 최길상, 앞의 글, p.33.
33) 위의 글, p.34.

성 중심으로 잡았던 것을 수령-후계자 중심으로 이동시켰다고 볼 수 있다. 이 점은『조선문학』의 편집에서도 나타나는데, 1980년대까지 김정일의 형상은 수령형상문학으로서 의의를 높이 평가하지 않았다. 1990년대에 들어서서, 윤기덕은 '계승자형상문학'을 본질에서 수령형상문학이라고 하면서 양자에 동급의 의의를 부여하려고 했다.[34] 앞에서 살펴보았듯이, 수령형상문학은 사회정치적생명체론을 근간으로 삼음으로써 새로운 의미를 부여받는다. 그 가운데 주목되는 것은 혁명위업을 대를 이어 완성하기 위해 '후계자의 결정적 역할[35]'론으로써 김정일 형상의 의의를 강조하여 수령형상문학에 포함시킨 점이다. 이런 작업과 함께 1990년 이후,『조선문학』은「위대한 업적」「백두광명성전설」「숭고한 충성」 등의 꼭지를 고정 편집함으로써 김정일 우상화의 수준을 넘어서서 수령형상을 이론적으로도 문학에서 보편적인 문제로 인식하게 했다.

말하자면 북한문학은 수령과 당을 종자로 하는 문학사상을 펼치고 있는 셈이다. 이 점은 북한문학에서 당성, 계급성, 인민성의 원칙에서 가장 강조하는 것이 당성이고, 인민성은 수령과 당에서 내려오는 수혜적 의미로 보게 한다. 하지만 이 점을 김일성 부자의 우상화로 단순 평가하면 그 이면에 깔려있는 인민의 삶과 현실을 무시하게 될 것이다. 당성을 인정받아야 하지만, 북한 작가 역시 작가정신에서 인민들 삶의 현실을 담는 근본적 고민을 놓치지 않을 터이다.

따라서 작가가 당과 수령에 집중되는 세계에 '동행'하여 문학의 보편성을 추구하는 '사회정치적생명체 문학관'으로 현실을 그리는 가운데, 작품의 한계 속에 숨겨져 있는 인민의 삶이 있을 수밖에 없다.

---

34) 윤기덕, 앞의 책, p.430.
35) 김정일,『주체문학론』, p.138.

한웅빈의 「'행운'에 대한 기대」(『조선문학』, 1993. 10)는 필부필남인 등장인물 나와 아내의 일상생활 모습을 통해 북한 생활상을 보기 드물게 풍자적으로 그렸다. '나'는 별로 크지도 않은 공장 사무원으로, 소심하고 우유부단해 아내의 의견이 옳다고 생각지도 않으면서 끌려다닌다. 아내는 편법도 상관하지 않고 오직 안일과 이익을 챙기는 부정적 인물이다. 작품구성은 공장에서 긴급하게 필요한 추가자재 때문에 갑자기 출장을 가는 여정에서 벌어지는 웃지못할 사건들로 엮어놓는다. 이 과정에서 애써 얻으려 한 '행운'들, 차표를 아내의 동무인 역 안내원에게 구하려 한 일, 열차의 옆자리에서 운좋게 시 주택배정처 지도원을 만나 새 살림집 배정을 부탁하려 한 일 등은 모두 실패하고, 출장지에서는 만나려던 사람까지 못 만난다. 마지막으로 처제에게 도시총각을 소개하려 했던 일도 헛된 꿈이 되는 장면을 목격하고, 자신은 비에 젖어 옷이 몸에 철썩 달라붙은 모습으로 처가에 도착한다. 이렇게 주인공을 초라한 몰골로 만들어 잘못된 가치관으로 살아가는 인생을 통쾌하게 풍자하는 대단원은 "행운을 례사로운 것으로 되게 해준 위대한 수령님과 친애하는 지도자 동지…… 우리가 어떤 아버지, 어머니를 모시고 있는지 순간이라도 망각한다면 그는 오늘의 나처럼 풍자적인 존재로 될 수밖에 없는 것"이라며, 당을 찬양하는 노래로 끝난다.

여기서 주인공을 풍자의 대상으로 삼고 있지만, 인민들은 국가 경제와 체제의 위기 상황에서 편법이라도 생존방법을 찾을 수밖에 없다. 구체적 현실 속의 모순을 파헤치지 않은 채, 인민들 가치관의 변화를 '수령과 당의 위대성' 속에 묶어두려는 것 자체가 모순을 무마하는 결정적 모순이 되고, 아이러니가 된다. 아이러니는 지자(知者)와 무(無)지자의 관계로 설정된 이중 구조 아래 무지자를 희극적 또는 비극적 희생자로 만들어 주제를 드러내는 양식이다. 작품에서 〈나〉를 희생자로 삼고, 숨어있는 지자(작가)가 한껏 희극적 풍자를 즐긴다. 하지만 아이러니로 읽을 때, 당의 무결점성은 뒤집어진다. 이때, 〈나〉는 비극적 희생자가 되고, 사실을 알고도 말하지 않는 작가 자신은 자화상 같은 주인공을 보며 쓴웃음으로 자조해야 한다.

한웅빈의 주제도 그러하듯, 북한에서 수령과 당을 따르는 이유는 '이민위천(以民爲天)'과 같은 인민에 대한 사랑이 있기 때문이다. 하지만 그 인민성은 문제적이다. 백남룡의 「옛정」(『조선문학』, 1991. 4)은 수령이 '원두막지기령감' 강진삼과 45년 만에 재회하여 나누는 우정을 소재로 한 작품인데, 이 수령상은 가장 이상적 관료상을 환기시키는 모델이 된다. "난 인민생활문제는 작은거라도 스쳐지나지 못하오. 도토리술에도…… 콩장에도 다 정치가 배여있는게 아니겠소……"라고 수령이 지적한 것에서도 알 수 있듯이, 인민으로부터 문제가 제기되는 것이 아니고 수령에게서 원칙이 나오는 점, 또 그에게서 행동의 본보기가 만들어지는 점 등에서 인민의 비주체성이 한계로 나타난다.

인민의 생명을 사회정치적 생명으로 의미부여한 과도한 수령주의 문제는 집단주의의 모순을 가중시켰다. 하나는 전체를 위하고 전체는 하나를 위한다는 모토처럼 개성주의도 인정하고 있지만, 실제 작품에서는 그 의미를 찾기 어렵다.

정현철의 「삶의 향기」(『조선문학』, 1991. 11)는 배우자 선택에서 아버지 안천주 박사와 아들 영호 사이의 갈등이 사건의 발단이 되며, 그 배경에는 세대간의 가치관 대립이 놓여 있다. 이것은 사회적 가치 충돌이라는 우의로 읽을 수 있는데, 결혼 문제를 매개로 해서 가부장적 가치의 해체 문제와 새로운 개성적 가치를 고민한다. 아들은 개성의 가치를 꽃피우려는 것이 자주적이며 창조적인 인간의 생명적 지향이라 본다. 제 집안 식구라고 모두 공통분모로 만들어서는 안 된다는 생각이다. 이 점을 수긍하고 아버지는 가부장의 절대 권위로써 가족의 개성을 꺾고 획일적 가치에 매달리게 한 일이 잘못되었음을 돌아본다.

이처럼, 가부장의 절대 권위의 해체를 사회적 의의로 받아들이는 것은 기존 사회 질서를 깨는 새로운 시대를 요구하고 있음을 뜻한다.

그러나 가부장 권위의 해체가 곧장 개성의 발현과 사회 변화를 말하는 것은 아니다. 개성화의 길이 공민의 의무이고 도리이면서 이것이 당과 수령에 대한 효성과 충성으로 이어진다면, 권위의 해체조차 권위에 기대는 아이러니를 낳고 만다. 결국 가부장적 권위는 요새처럼 버티고 있게 된다. 가부장적 가치 해체가 이와 같은 이중적 의미를 가지는 데에 주목할 필요가 있다. 북한은 주체형의 새로운 인간전형을 창조하기 위해, 〈개성화와 대중적 영웅주의〉를 요구했다. 이때 대중적 영웅주의는 개인 영웅주의와 대립되는 가치를 갖는다. 대중적 영웅주의는 집단주의적 생명 곧 사회정치적 생명과 혁명적 세계관을 통해 창조되는 전형이다. 영호가 주장하는 여성의 개성은 '사회의 세포를 풍부히 하고 튼튼히 다지는' 것을 말한 것이므로, 대중적 전형을 지향한다. 안 교수가 자신의 가부장적 권위를 반성하며 발견하는 개성의 의의 또한 가정의 몫과 함께 사회의 몫을 향한 의무와 도리라는 뜻이 강하게 들어있었다. 그래서 개성화는 반드시 집단적 대중적 지향성을 가져야 한다는 것이다. 이 점은 결코 집단체제 중시 사고를 포기할 수 없는 북한 사회주의의 한계를 말한다.

요컨대, 개성화를 추구함으로써 새로운 전형을 창조하고 현실의 리얼리티를 살려낼 수 있겠지만, 그것이 작은 집단, 가정 안의 반(反)개성적 요인인 가부장성을 해체하는 일로만 이뤄질 수 없다. 즉, 전체 집단의 가부장성을 해체하지 않고서는 진정한 개성을 추구하기 어렵다는 점을 지적하지 않을 수 없다.[36]

---

36) 진정한 개성 추구는 자율적 '인민성'에서 가능함을 이 작품 속에서 암시했다. "평범한 생활 속에서 0은 보통 없다는 것을 뜻한다. 하지만 진정 0이 아무런 내용도 없은 것인가? 안해가 짓눌린 한숨을 내쉴 때 그 마음을 헤아렸어야 했다"고 한 안교수의 반성 속에 '한숨' 또는 짓눌린 인민의 삶의 문제를 〈말할 수 없는 '0'을 짓누르는 것〉으로 환기한 점을 주목한다.

## 5. 동행자문학 속의 '우리 식'

위의 작품들은 탈냉전과 의식변화 상황에 대응하는 위기 속에서, 김정일한테 권력을 승계하는 정치적 전후 문맥에서 나온 전형들이다. 이 시기 작품들을 소재 유형으로 나누면 이전과 별로 다를 바 없다.[37] 그런 가운데 이 시기 특색은 당의 정책상 '우리 식'을 재강조한 것과, 계속된 경제침체와 체제 위기에 대응하여 사회정치적 생명관에 의한 사상성과 당성을 반영한 작품으로 사회동원의 극대화를 노린 것 등에서 잘 나타난다.

방하일의 「교수의 시간표」(『조선문학』, 1990. 1)에서는 '우리 식'인 〈ス〉 제철법의 성공을 위해 70평생을 노력한 주인공. 리명균의 「조선의 높이」(『조선문학』, 1993. 4)에서 '우리 식' 야금법에 의한 대형로에 미흡한 점이 있어서는 긍지높은 이름을 붙일 수 없다는 것, 우리 식이기 때문에 다른 것과 차이가 있어야 한다는 정신으로 일하는 시당책임비서. 이와 같은 인물전형은 우리 식으로 과학기술과 생산성을 높이는 문제를 반영한다.

은행일군이 등장하는 작품으로 엄휘철의 「열쇠」(『조선문학』, 1990. 1)와 리준호의 「은행지도원」(『조선문학』, 1990. 8) 등이 있는데, 모두 현장의 실정을 똑바로 보고 자금 통제를 함으로써 건설과 생산에서 낭비없이 조국의 재부를 책임지는 모습을 보여준다. 리준호는 '전자계산기와 같은 사람'인 은행 지도원을 생산비투자에서 원가계산을 하여 원가를 줄이는 경제적 인물형으로서 긍정인물로 그렸다. 자원을 절약하는 정신의 수준을 넘어 이익을 따지고 계산하는 인물형은 오로지 사상성 중심으로 긍정인물을 그리던 모습과는 사뭇 다르다.

---

37) 작품의 소재 분류는 최연홍, 『문학을 통해서 본 북한의 현실』, 서울: 남북문제연구소, 1995 참조.

김용한의 「마지막 낚시질」(『조선문학』, 1990. 8)은 돈과 물건에 전혀 욕심이 없는 최갑쇠 영감을 긍정인물로 그린다. 최영감은 '나'의 회상 속의 주인공으로 나이가 들어 경노동(輕勞動) 직장에서도 나온 뒤로 낚시질을 하며 지낸다. 최영감이 어린 내게 낚시질 묘리를 터득시켜 주었는데, 거기에 인생철학이 담겨 있는 줄 나중에 알았다. 낚시질로 얻은 고기는 자기 신발 하나 사지 않고 모두 유치원 꼬마들을 손자들처럼 돌보는 데 썼는데, 이처럼 평생을 사회와 국가에 헌신한 것이다. 그런데 장사군 같은 '야심군' 낚시군들은 잡은 고기를 시장에 팔고 요구한 물건들과 바꿈질을 했다. 여기서는 이익을 챙기고 계산을 따지는 사람을 부정인물로 그렸다. 긍정인물 전형에서 은행지도원처럼 계산을 밝혀야 할 때도 있지만 개인의 이익을 챙기는 계산은 어떤 경우에도 없다.

림길명의 「돌격대원들의 하루」(『조선문학』, 1990. 2), 석남진의 「산정의 랑만」(『조선문학』, 1990. 6), 주유훈의 「북방의 봄」(『조선문학』, 1990. 9), 김철준의 「건설장소묘」(『조선문학』, 1992. 8) 등은 청년돌격대들의 건설현장을 다루는데, 갑작스런 작업지시나 최악의 조건 아래서도 속도전으로 임무를 완수하는 기적을 창조하는 돌격대의 전형을 보여준다.

이런 작품들은 모두 '현실발전의 요구에 맞게' 모든 문제를 현재적 의미로 재해석하여 대응하는 북한식 문학건설이라 하겠다. 이를테면, 1980년에 말한 김정일의 '강령적 지침'을 10년 후 되새길 때는 1990년대의 의미를 부여하여 재규정하는 방식이다.[38] '우리 식' 문학건설에서 '우리 식' 전형은 궁극적으로 '동행자문학'을 의미한다. 정창윤의 「평

---

38) 최상의 「우리 식 문학건설의 강령적지침」, 『조선문학』(1990. 1)은 김정일의 "현실발전의 요구에 맞게 작가들의 정치적식견과 창작적기량을 결정적으로 높이자"고 한 1980년 1월 8일 서한에 대해, '현실발전의 요구에 맞게' 1990년대의 의미를 부여한다. 즉, '우리 문학은 사회정치적생명체인 수령, 당, 대중의 통일단결강화하고, 인민의 영생하는 사회정치적생명을 빛내이는데 이바지하는 주체의 문학이다'고 주장하는데, 이 주장은 원전 내용이 아니고, 당시 시점에서 요구된 정책적 의미를 덧붙인 재해석이다.

양의 밤」(『조선문학』, 1992. 2)은 김정일을 국제정세에도 백전백승의 빈틈없는 영도자로, 또 '조선도 세계 속에 있음'을 내세울 수 있도록, 혁명을 '우리 식 사회주의' 길로 이끄는 세계적 지도자로 내세우는데, 그와의 동행자로서 자기 생을 당을 위해 바친 80의 노 작가를 등장시킨다. 이처럼, 동행자문학은 작가가 바로 수령과 당의 영원한 동행자로서 문학건설에 이바지하는 데서 나오는 문학임을 보여주었다.

## 6. 맺는 말

위에서 살펴본 바와 같이, 1990년대 전반기의 북한문학은 당의 정책상 '우리 식'을 강조하고, 계속된 경제침체와 체제 위기에 대응하여 사회정치적 생명관에 의한 사상성과 당성을 반영한 작품으로써 사회동원의 극대화를 꾀하였다. 이전과는 다르게 특히 사회정치적 생명체론을 문학이론으로 접목하여 『주체문학론』을 내놓고, 거기서 수령형상을 후계자 형상과 문학일반으로 확장시킴으로써, 모든 작품의 의미를 '수령결사옹위' 정신으로 수렴하였고, 이와 같은 문학의 기능을 김일성 사망 이후의 김정일체제 수호로까지 이어 갔다.

따라서 동행자문학은 1990년대 전반기만 아니라, 이후에도 계속해서 창작정신의 기본이 되었다. 장혜명의 장시 「우리는 영원한 동행자」(『조선문학』, 1998. 1), 리수립의 논설 「영원한 동행자의 불타는 심장」(『조선문학』, 2000. 12) 등과 같이 동행자로서 의미는 직접적인 언술로 계속 강조되었던 바대로, 무엇보다 작가를 수령/당과 운명을 같이 하는 위치에 놓음으로써 그들이 사상적 해이를 일으킬 틈을 원천적으로 막았다.[39]

그것은 북한이 사회주의의 주체사상화 과정에서 일찌기 '우리 식'을 당적 요구에 따르는 사상으로 길을 열었고, 대외적으로는 수정주의나 자본주의에 대해서도, '우리 식대로 산다'는 방어적 전략으로 일관했던 점에서도, 사상이론을 지속적으로 시대상황에 따라 재구성해 갔음을 엿보게 한다. 이에 따라, 북한사회변화를 가져올 가능성이 있는 외적요인의 충격을 사전에 최소화시킬 수 있었다.

그러면서도 세계질서 변화 속에서, 현실상황에 따른 전형의 변화가 감지되었다. 「삶의 향기」에서 보여주듯 집단적 가치보다 개인의 문제가 중요시되고, 은행지도원과 같은 자본주의형 합리적 인간형에 의미를 주었다. 하지만 그러한 변화도 '사회정치적 생명관'에 의한 당과 수령 중심의 집단사회 가치관의 한계 속에 있었다.

위와 같은 고찰 속에서, 우리는 북한에서 수령과 당 중심의 체제와 운명을 같이하는 '동행자문학'의 성격을 이해할 수 있었다. 기술과 건설에서 '우리 식' 혁명을, 사상과 도덕에서 사회정치적 집단 이익을 추구하는 바처럼, 어떠한 변화 속에도 작가는 오로지 우리식 사회주의의 작품 종자를 세워 창작해야 한다. 이와 같이 이론적으로 제도적으로 세운 사상적 무장이 체제 위기의 상황에도 북한을 정치적으로 유지시켜주는 보루일 것이다. 이 사상의 중심대가 김일성 사후 김정일시대에는 '선군정치사상'으로 맞추어지고, 문학에서는 '선군혁명문학'으로 변용시켜갔는데, 여기까지 이어지는 작품세계의 변화도 앞으로 깊이 있게 고찰해야할 과제가 된다.

---

39) 이 점은 또한 당의 문예정책이나 문예조직에서 제도적으로 뒷받침되어 있다. 졸고, "조선문학예술총동맹," 세종연구소 북한연구센터 엮음, 『조선로동당의 외곽단체』, 한울아카데미, 2004 참조.

# 1990년대 이후 '조국 통일 주제' 소설의 변모 양상
— 「어머니 오시다」와 「누이의 목소리」를 중심으로

김병진

## 1. 『주체 문학론』에 나타난 민족 문제

북한에서 언급하는 민족통일은 포괄적 개념인 민족논의를 통해 의미가 더욱 선명해질 것이다. 북한의 민족논의는 1980년대를 전후로 해서그 특질을 달리한다. 간략히 말해 1986년 7월 김정일에 의해 처음 제창된 '조선민족제일주의' 이전과 그 이후로 대별될 수 있다. 이 점은민족주의에 대한 담론의 시대적 변모를 통해 간략하게 살펴볼 수 있다.[1] 북한은 80년대 이전까지 공식적으로 민족주의를 '부르주와의 사상'이라고 비판하였다. 북한의 통치이념은 사회주의이며 민족주의는반동적 사상으로 규정되었다. 민족주의는 "'전민족적 이익'을 내세우면서 자기 민족 내의 부르조아지의 이해관계를 합리화하는 사상"[2]이

---

1) 북한 민족 개념의 변천에 관해서는 이종석의 「주체사상과 민족주의」(이종석, 『새로 쓴 현대북한의 이해』, 역사비평사, 2000)와 김동춘의 「북한의 민족주의」(김동춘, 『근대의 그늘』, 당대, 2000)를 참고했다.

라고 개념화했다. 그러면서도 남북한 민족통일의 당위성 때문에 북한은 민족, 민족운동, 민족 문제에 대해서는 높은 가치를 부여했다. 이것은 사회주의에서의 민족담론인 '사회주의적 애국주의'라는 용어를 북한에서 채택한 것에서 잘 나타난다 하겠다. 그러다가 1986년 제기된 '조선민족제일주의'[3]는 민족주의에 대한 일대 변모를 보여준다. 북한의 이러한 변모는 일차적으로 북한 사회의 내재적 민족주의적 지향성이 표면화된 것으로 파악될 수 있으나, 1980년 말부터 붕괴된 기존 사회주의권과 북한을 차별화시키기 위한 전략이라는 측면도 있다.

1992년에 발표된 김정일의 『주체문학론』에서도 '조선민족제일주의정신' 주장을 통한 북한의 자기 차별화 지향은 매우 뚜렷하다.

우리의 문학은 조선민족제일주의정신을 높이 발양시키는데도 적극 기여하여야 한다. 문학이 조선민족제일주의정신을 높이 발양시키는데 이바지하는것은 그 사상교양적기능을 높이는데서 중요한 의의를 가진다. 문학은 조선민족의 위대성을 실감있게 형상하여 우리 인민으로 하여금 조선사람으로 태여난 긍지와 자부심, 자기 민족의 훌륭한 창조물과 자기 민족의 힘과 지혜에 대한 긍지와 믿음, 민족의 장래에 대한 굳은 확신을 가지고 혁명투쟁과 건설사업을 더 잘해나가도록 하여야 한다. 조선민족제일정신으로 교양하는 것은 오늘 제국주의자들이 사회주의제도를 내부로부터 와해시키려고 더욱 악랄하게 책동하며 사회주의를 건설하던 일부 나라들에서 혁명에 신심을 잃고 사회주의를 자본주의로 되돌려세우고있는 조건에서 더욱 절실하게 제기된다. 민족적 긍지와 자부심이 없이는 제 정신을 가지고 자주적으로 살아갈수없고 혁명의 전취물을 지켜낼수 없으며 주체혁명위업의 완성을 위

---

2) 사회과학원 철학연구소, 『철학사전』, 평양, 사회과학연구소, 1985, 도서출판 힘 재출판, 1988, p.231.
3) '조선민족제일주의'를 제창한 김정일은 이 개념을 다음과 같이 서술한다. "조선민족의 위대성에 대한 긍지와 자부심, 조선민족의 위대성을 더욱 빛내어 나가려는 높은 자각과 의지로 발현되는 숭고한 사상감정."

하여 끝까지 싸워나갈수 없다.[4]

현 북한 사회의 시대적 곤경에 대한 암시와 '조선민족제일주의정신'을 주창하는 이유가 위 인용문에는 적절히 서술되어 있다. 그것은 사회 내부에 점진적으로 현상화하는 자본주의 문물, 기존 사회주의 국가의 붕괴라는 내외의 곤란한 상황, 그리고 자본주의 세계체제에 의해 포위된 '고립된 섬'으로 은유되는 북한 사회의 고립감과 위협감인 것이다. 이 점에서 '조선민족제일정신'은 체제 붕괴의 위기 상황이라는 현실의 모순을 일정하게 반영하면서도 그것을 은폐하는 이데올로기라는 성격도 지니고 있다.[5] 조선민족제일주의의 시대적 의미는 결국 '우리 민족은 남들과는 다르다'는 차별화 논리를 통해 현 북한 사회의 위기 국면을 호도하고 은폐하는 데 있는 것이다.

더불어 이와 같은 시대적 역류, 총체적 난국 속에서 기존의 사회적 이념과 가치를 유지하고 계승하기 위해 문학에게 부여되는 임무도 위 인용문에는 서술되어 있다. "정치에 복무"하는 북한문학은 '조선민족제일주의'를 문학작품을 통해 북한 인민들에게 '사상교양적으로' 교육할 임무를 가지고 있다.

이 글은 오늘날 북한의 공식 문예이론이라 할 『주체문학론』의 '사상'이 반영되어 있는 통일소설을 다룬 작품을 점검하겠다. 이를 위해서 북한 내부에서 '조국 통일 주제 문학'이라 명명되는 작품 내용의 시대적 변모를 개관하겠다.

---

4) 김정일, 『주체문학론』, 조선로동당출판사, 1992, p.17.
5) 북한의 '조선민족제일주의'는 외적 표현과는 달리 상당히 배타적인 성격을 가지고 있다. 조선민족제일주의의 한 조건으로 사회주의 북한에 대한 충성을 요청하는 오늘날 북한의 민족주의의 폐쇄성은 아래의 서술을 통해 확인될 수 있다. "민족 자주성의 기틀은 이북에 있다. 이북이 사회주의 수호로 민족 운명을 수호해 나가지 못한다면 전민족적 범위에서 자주권이 완전히 침탈된다. 온 민족이 식민지 노예의 처지에 놓이게 된다." 김인숙, 『민족의 운명과 김정일 령도자』, 평양출판사, 1995, p.189, 김동춘, 앞의 글, p.325에서 재인용.

## 2. 『주체 문학론』 전후를 둘러싼 '조국 통일 주제' 소설의 경향

분단 상황 하에서 분단 극복의 의지, 통일에의 의지를 형상화하는 하는 것은 북한문학의 한 기조(基調)을 이룬다. 이 기조는 90년대를 기점으로 해서 변모된 양상을 보인다.[6] 90년대 이전의 '조국 통일 주제' 소설은 대개 남한의 현실을 주로 다루었다. 그 이유는 조국 통일의 문제가, 이른바 '민주기지'로서 이미 해방된 북한이, 아직 미제의 압제 하에 고통받는 남한을 구원한다는 단순한 문제로 간주되고 따라서 조국 통일의 문제는 남한을 주로 소재로 할 수 밖에 없었다.[7] 따라서 90년대 이전 이러한 소설 주제는 남한의 식민지적 비참함과 그것을 극복하기 위해 투쟁하는 사람들, 이른바 '반미 구국 투사'를 그리는 것이었다.

그런데 90년대 이후 남한이 아닌 북한 사람들이 분단과 이산으로 고통받는 모습을 그린 일군의 작품들, 예를 들면 김명익의 「림진강」 (1990), 림종상의 「쇠찌르레기」(1990) 등이 발표된다. 이 작품들은 공통적으로 기존의 조국 통일 주제 소설에서 나타났던 미제라든지 괴뢰 정권에 대한 비판은 나타나지 않는 반면, 이산으로 인해 겪는 인간적 비애와 고통이 그려져 있다. 이와 같은 새로운 경향의 등장은 1990년대 임수경 방북을 시발로 한 남한 사람의 방북 등, 새로운 차원의 통일 방법의 가능성이 북한 사람들에 검토 수용되고 있는 현실을 반영하고 있다. 요컨대 분단과 통일 문제를 일종의 탈이데올로기적인[8] 차원내에서

---

6) '조국 통일 문학'의 시대적 변모 양상에 대해서는 김재용의 『북한 문학의 역사적 이해』(문학과지성사, 1994)을 참고했다.
7) 1985년에 발간된 『위대한 주체사상 총서』에서는 조국통일의 문제를 다음과 같이 기술하고 있다. "조국 통일의 문제는 외래제국주의자들에게 빼앗긴 영토와 인민을 도로 찾고 전국적인 범위에서 민족적 자주권을 확립하는 문제이며 외세에 의해 인공적으로 갈라진 국토와 민족을 다시 하나로 결합하는 문제이다." 사회과학출판사 편, 『사회주의, 공산주의 건설 이론 주체사상 총서 5』, 사회과학 출판사, 1985, 태백출판사 판, 1989, p.282.

접근하는 새로운 경향의 작품들이 나왔다.

그러나 통일을 해석하고 의미를 전유(專有)하고 있는 북한 사회의 공식 이념은 개인적이며 심정적 차원을 매개로 탈이데올로기화되는 새로운 경향의 작품에 대해서 다음과 같이 경계를 촉구하였다.

① 최근에 발표된 일부 조국 통일 주제의 작품들에서는 우리 조국을 둘로 갈라놓고 우리 인민에게 분열의 고통을 강요하고 있는 근본 원흉인 미제 침략자들에 대한 치솟는 민족적 분노와 증오심을 강하게 불러으키지 못하고 지엽적인 문제들에 형상의 주목을 돌리고 것과 같은 편향이 나타나 있다. 일부 소설들에서는 남조선 현실을 반영하면서도 근 반세기동안 우리 조국 남반부를 강점하고 식민지 통치를 감행하면서 남한조선을 핵 전초 기지로 전변시킨 미제 침략자들의 만행을 폭로 단죄하고 놈들을 몰아내기 위한 데로 사상적인 대를 튼튼히 세우고 형상 조직 못하고 이런저런 생활을 보여주는 데 그치고 마는 경우들이 있다. 특히 미제와 그 앞잡이들의 군사 파쇼 통치를 반대하고 미국놈들을 남조선에서 내쫓기 위하여 항쟁의 거리에서 피 흘리며 싸우고 있는 주인공들을 정면에 내세우지 못하고 분렬로 인한 인정적인 설움이나 고통을 보여주는 주인공들을 그리는 현상이 많이 나타나고 있다. 물론 근 반세기에 걸치는 분렬로 인하여 혈육들이 갈라져 생사 여부조차 모르고 있는 비극적인 현상들이 많은 것은 사실이다. 그렇다고 하여 분렬의 아픔과 고통만을 보여주는 데 그치고 이러한 비극을 강요하고 있는 미제와 분렬주의자들의 책동을 짓부셔버리고 통일을 쟁취하기 위한 투쟁에로 사람들을 이끌어주지 못한다면 그러한 작품은 시대와 혁명 앞에서 지닌 자기의 사명을 다할 수 없다.[9]

---

8) 김재용은 이러한 측면을 '심정적이고 인도적'이라고 규정한다. 김재용, 앞의 책, p.310.
9) 앞의 책, p.313에서 재인용.

② 이와 관련하여 창작에서 특별히 유의해야 할 문제는 조국 통일 주제의 작품들에서 혈육들이 갈라졌다가 해외를 거쳐 기구하게 상봉하는 것과 같은 식으로 통일의 절박함을 강조하는 작품들이 편향적으로 많이 나오고 있는 것이다. 물론 조국 통일을 위한 범민족적인 여러 가지 운동들이 활발해지고 여러 가지 행사들이 진행되고 있는 현실적 조건에서 이러한 생활을 반영하는 작품들이 많이 나오는 것은 있는 현상이다. 문제는 갈라졌던 부모처자 형제자매들이 기구한 운명의 길을 걸쳐 상봉하게 되는 생활에 많이 치중하고 있는 데 있는 것이 아니라 혈육들을 갈라놓은 원흉에 대한 분노와 적개심·증오심을 적을 강하게 짓부시고 조국 통일 위업을 기어이 이룩하기 위한 투쟁에로 사람들을 힘있게 불러일으키지 못하는 데 있는 것이다.[10]

다음은 『주체문학론』에서 통일운동의 새로운 경향을 언급한 부분이다.

③ 지금 조국 통일기운이 그 어느때보다도 높아지고있는 가운데 수많은 해외동포들이 조국을 방문하고 있다. 해외동포들의 조국방문은 그 무엇으로써도 막을수없는 하나의 추세로 되고 있다. 조국을 방문한 해외동포들가운데는 일제의 식민지통치와 미제의 민족분열책동으로 말미암아 수십년동안 서로 헤어져 생사조차 알지 못하였던 아들딸을 만난 부모도 있고 안해를 만난 남편도 있다. 그들의 눈물겨운 상봉에 대한 감동적인 이야기는 참으로 극적인것이다. 생리별을 당한 그들은 일일천추로 상봉의 날을 기다렸으며 그날을 앞당기기 위하여 모든 것을 다하였다. 그들의 몸은 비록 수륙만리 떨어져있어도 심장은 언제나 조국 통일에 대한 하나의 지향으로 고동쳤다. 조국에 있는 혈육들은 나라의 통일을 위하여 헌신적으로 투쟁하였으며 해

---

10) 앞의 책, p.313에서 재인용.

외에 있는 혈육들도 안팎의 분렬주의자들의 위협과 공갈, 회유와 기만을 박차고 조국 통일을 위한 성전에 떨쳐나섰다. 그들의 상봉은 바로 그 성스러운 투쟁의 길에서 마련된 귀중한 열매이다.[11]

위 인용문 ①, ②의 내용은 동일하다. 주된 논지는 1990년 이전까지 지속되어왔던 통일에 대한 전통적인 접근방법이 사라진 현 작품 경향을 비판하는 것이다. 인용문 ①에서는 최근의 조국 통일 주제 문학 작품들이 분단으로 인해 남북한에 분열의 고통을 강요하는 미제 침략자에 대한 증오와 분노라는 주요 내용은 사상되고 지엽적 내용만 그리고 있다는 점이 비판되고 있다. 인용문 ②는 작품의 소재가 해외방문동포라는 점에서 다를 뿐이다.

위 인용문 ③은 ②와 동일한 현상을 주목하고 있다. 해외 동포를 주로 한 수다한 방북인사들과 그들의 극적인 이산가족 상봉이라는 새로운 현상이 바로 그것인데, ③은 이러한 현상을 '막을 수 없는' 시대적 추세로 파악하고 이것에 보다 더 적극적인 의미를 부여한다. "그들의 상봉은 바로 그 성스러운 투쟁의 길에서 마련된 귀중한 열매이다"라는 문장에서 이 점이 가장 두드러지게 나타나고 있다.

위 인용문들을 종합해보면 1990년대 이후 새로운 경향의 조국 통일 주제 소설이 나아갈 방향성이 짐작될 수 있겠다. 해외 동포와 남한 인사 방북 등은 어쩔 수 없는 시대적 필연이다. 새롭게 등장하는 접근방법도 따라서 시대적 추세로 인정하지만 전통적인 통일 접근방법과의 적절한 조율로서 통제되어야 할 것이다.

---

11) 김정일, 앞의 책, p.261.

## 3. 개인적 상봉에서 전체적 통일 의지로

1996년 『조선문학』에 발표된 주유훈의 「어머니 오시다」는 헤어진 아들과의 만남을 일생의 꿈으로 가진 황설규의 어머니와, 북한의 저명한 음악가로서 잃어버린 가족으로 인해 고통과 슬픔을 가진 아들 황설규의 극적인 상봉을 통해, 분단의 아픔과 조국 통일의 필요성을 다룬 작품이다.

해방 전 금강산 수학여행이라는 우연한 계기로 북한에서 살게 된 황설규는 여러 통로를 통해 헤어진 가족을 수소문했으나 그 행방을 알 수 없어 체념과 절망 속에 있다. 그런 그에게 제3국에 거주하는 어머니가 편지를 통해 소식을 전하고 평양으로 와서 그와 극적인 상봉을 한다. 이 만남은 수많은 사연을 가지고 있다. 아들을 생사를 몰라 애태우던 황설규의 어머니는 1956년 여름날 남몰래 듣던 평양 방송에서 "방금 전국기악독주경연에서 1등을 한 황설규의 바이올린독주를 보내드렸습니다"라는 멘트를 듣게 된다. 이 멘트는 아들과의 만남이 필생의 목적인 어머니에게 '희망과 성광'이었으나 했으나, 다른 한편 계속될 고통의 시작이기도 했다. 아들이 북한의 '공산주의 음악가'라는 소문 때문에 그녀의 남편은 수시로 경찰서에 끌려가 문초와 고문에 시달렸고 결국 중병을 얻어 사망했다. 제3국에 살면 '믿음직한 연줄이 되어' 아들을 만날 길이 빠르다 생각해 딸 혜경을 제3국의 한국 사람과 결혼시켰으나, 이것은 사랑하던 연인이 있었던 딸의 희생을 댓가로 한 것이었다. 혜경은 수토병 때문에 목숨을 잃어도 어머니와 오빠의 만남에 장애가 될까 싶어 알리지 않았다. 40여 년 세월 동안 간절하게 꿈꿔왔던 아들과 함께 하는 행복한 삶을 짧게 누린 뒤, 어머니는 다시 이산의 아픔이 반복되는 이별의 길을 선택한다. 제3국에서 '통일성업'을 위해 헌신하기 위해 아들과의 이별을 하겠다는 어머니의 결심에 황설규도

다가오는 통일을 확신한다.

이 작품은 분단으로 인한 이산 가족의 인간적 고통과 슬픔을 그린 작품이라는 점에서 새로운 경향의 조국 통일 주제 소설이라고 볼 수도 있지만 전통적 요소로 파악될 수 있는 측면도 있다. 예컨대 황설규의 아버지가 죽음에 이르는 과정을 그림으로써 남한 사회의 비참한 사정을 제시하거나, 여러 위협으로 어머니의 방북을 방해하는 '괴뢰영사'와 어머니의 갈등을 통해 민족 분열의 책동에만 전념하는 반통일 세력을 환기시키는 모습 등이 그러하다.

그러나 이러한 이데올로기적 요소보다 작품의 전면에 부가되고 있는 것은 극적 상봉의 감격이라는 인간적 기쁨이다. 이데올로기로부터 이 작품이 거리가 있다는 것은 왜 가족이 헤어지게 되었는가라는 설정에서도 확인할 수 있다. 황석규가 남한을 떠나 북한에 거주하게 된 동기를 북한을 동경해서가 아니라 해방 이전 금강산 수학여행이라는 우연으로 인해 어쩔 수 없이 살게 되었다는 설정이 그러하다. 또한 이산 이전의 행복한 가족의 삶과 이후의 고통스러운 삶을 동시에 회상하게 하는 바이올린과 활조이개는 황설규 일가 가족사의 탁월한 상징으로서 이데올로기 저 너머에 자리잡고 있다.

①  "이 사람아, 이게 그…… 한달이면 돌아온다면서 떠날 때 두고 갔던 바이올린통이네."

너무 놀란나머지 한걸음 물러서던 황설규는 급기야 달려들면서 통을 부여안았다. 그는 자꾸 손이 떨리기만 하여 통을 내려놓고도 얼른 열수가 없었다. 희슥하니 모서리가 닳고 퇴색한, 거무스레한 통을 안해가 조심히 열어제끼였다.

구식바이올린이 통안에 조용히 누워있었다. 칠이 벗겨지고 줄이 풀려진 그 바이올린이 오늘까지 형체를 보존할수 있다는 것이 믿어지지 않았다. 설규에게는 그것이 생소한 바이올린으로 보였다. 허나 눈여겨 보느라니 아득한 그 시절이 불시에 가까워지며 바이올린의 울림통과 네 개의 줄과 까만 윤이 흐르는 흑단목줄이개의 손잡이, 토색빛의 반질반질한 턱받치개의 미세한 부분이 하나하나 되살아나며 눈굽에 핑그르 눈물이 돌았다. 바이올린과 얽혀진 그때의 온갖 생활이 뒤범벅이 되어 단꺼번에 머릿속을 휘저어놓는다.

어머니는 용서를 비는듯한 어조로 말했다.

"애아비는 혜경이 그 통을 들춘다고 자물쇠를 채우려다 안되니까 활조이개를 따루 건사했었지. 그걸 어디다 잊었는지…… 그래 그때 맞는 걸 하나 구해서 이렇게…… 맞춰놓았어."

황설규는 소중히 보관해 왔던 활조이개를 어머니에게 내보인다. 분리되었던 바이올린과 활조이개를 결합해 황설규가 주체할 수 없는 떨림 속에 연주하는 곡은 모든 인간의 근원적인 노래라 할 동요이다. 동요 「푸른 하늘 은하수」가 상징하는 의미는 헤어짐 이전의 행복했던 가족의 삶 그 자체이며, 상봉을 통해 그냥 누리고 있는 인간적 슬픔과 기쁨이다. 이처럼 이 작품은 90년대 이후 새로운 조국 통일 주제 소설처럼 이산 가족이 겪는 인간적 슬픔, 고통, 그리고 기쁨을 그리고 있다.

그러나 이 작품은 결말 부분은 새로운 조국 통일 주제 소설에 대한 북한 사회의 공식적 비판, 「오직 우리식대로 창작하자」의 경고가 어떻게 작용하는가를 확인하게 해준다. 상봉의 기쁨이라든가 이산 가족의 인간적 슬픔과 고통 그 자체는 지엽적이라는 것, 미제의 식민지라는 분단의 전체적인 현실을 망각해서는 안된다는 경고를 이 작품은 염두에 두고 있는 듯하다.

② "애들아, 내 오랜 세월…… 머나먼 나라들을 돌아서…… 이렇게 와 놓

고보니…… 너희들을 만났는데두 소원은 가슴속에 그냥 그대루 남아 있는 것 같구나. 남편도 딸도 다 잃고 나혼자 온게 죄스러워서만 아니다. 온 겨레가 만남을 이루지 못했는데 내 소원이란 항차 무엇이겠느냐…… 그내 내 소망이 제 아들 하나 만나는 것으로 끝나야만 하겠느냐…… 나는 일생을 아들을 찾아 헤매였다…… 에미와 아들을 죽어서도, 살아서도 가를수 없듯이 조국두 한피줄로 이어진, 둘로 가를수 없는 하나이란 말이다. 그러니 난 이제 무엇을 해야겠느냐?!……"

③ "애아비야, 내 늘그막에 네곁에서, 저 애들곁 「황설규의 자식들: 인용자」에서 지내면 얼마나 좋겠니. 편안하구 근심이 없구…… 하지만 가야 한다."

"어머니……"

설규는 뭐라고 말했으면 좋을지 몰랐다.

어머니는 말을 이었다.

"거기에 네 조카들이 있어서만 아니다. 여기 소식두 전하구, 북의 동포들의 마음두 전하구…… 나를 막아나섰던 자들한테 똑똑히 말해둘것도 있으니…… 나두 해외에서나마 통일성업에 무엇이든 보탬을 해얄게 아니냐……"

그 다음날 밤에도 어머니는 혼자생각에 잠긴 듯 멍하니 앉았다가 느닷없이 중얼거린다.

"나는 가야 한다. 가야 해……"

단순히 오늘까지 제 아들 하나만을 찾아 떠난 길이 아닌 듯 어머니는 어제날보다 더 굳세게 앞길을 걸어가려는것만 같았다. 그래서인지 설규는 어머니와 헤어지는 쓰라린 마음보다 어머니를 생전에 꼭 통일된 조국땅에 다시 모실수 있다는 확신이 더 강해지는 것이다.

위 인용문은 어머니의 인생 목적이 어떻게 바뀌는지와 더불어 그 바뀜의 의의를 제시하고 있다. 인용문 ②는 아들과의 만남 그 자체를 열망하는 어머니의 과거 소원이 소박하면서도 인간적인 소망이지만 개인적인 한계를 지니고 있다는 것을 어머니 자신의 각성 과정을 통해 제시한다. 이러한 한계를 어머니는 '통일성업'을 자신의 새로운 인생의 목적으로 정향하는 과정에서, 즉 보다 전체적이고 보편적인 차원의 자각을 통해 승화하고 극복한다. 인용문 ③은 보다 큰 인생의 목적을 자각한 어머니가 아들 황설규에게 주는 변증적 울림이 표현되어 있다. 상봉 그 자체의 기쁨에 사로잡힌 아들은 어머니와 다시 이별하는 것을 납득할 수 없었으나, 보다 숭고한 새로운 목적을 위해 일신상의 안락과 행복을 거부하는 어머니를 바라보며 '미래에로 통일에로 사람들을 부르는 투쟁의 신념'이 중요하다는 것을 자각하게 된다.

물론 이 작품도 "혈육들을 갈라놓은 원흉에 대한 분노와 적개심·증오심을 적을 강하게 짓부시고 조국 통일 위업을 기어이 이룩하기 위한 투쟁에로 사람들을 힘있게 불러일으"켜야 한다는 당위적인 창작지침에 완전히 부합하지는 않지만 '통일성업'에 헌신하려는 결의에 찬 어머니를 제시함으로써 사회의 공식적인 요구를 배려한다. 이런 점에서 이 작품은 1990년대 이후 나온 새로운 경향의 조국 통일 주제 소설이 당의 공식적인 이데올로기와 어떻게 적절한 조율에 이르는가를 보여주는 한 범례적인 작품이다.


## 4. 통일을 위한 자기 희생이라는 이데올로기

2000년 『조선문학』에 발표된 김교섭의 「누이의 목소리」는 통일에 대한 염원은, 자기 희생을 매개로 실현될 수 있음을 강조하는 작품이다.

갑작스런 풍랑으로 이틀 동안이나 표류하던 남한 어선이 북한 영해로 흘러들어 북한 어선에 의해 구조된다. 남한 선원인 김우범은 풍랑으로 인해 배가 파손될 때 다리에 심각한 상처가 생겼으며, 상처를 제때 치료하지 못해 매우 위험한 상태로 군병원에 수용된다. 고아였던 그에게 혈육이라곤 전쟁 때 월북한 누이 김외양녀 한 사람이며, 조업 때 군사분계선에서 누이에 대한 그리움과 외로움으로 그녀를 애절하게 찾곤 했다. 의료지원을 요청받은 인근 병원 의사 김죽희는 자신이 치료할 환자 김우범이 남쪽 사람이란 것을 알고 감격한다. 수술 후에도 혼수상태에서 깨어나지 못하는 김우범을 김죽희는 누이 김외양녀가 와 있는 것처럼 꾸민다(그것은 김우범의 생의 의욕을 자극하게 해, 그를 살아나게 하려는 김죽희의 현명한 행동이었다). 김우범은 생명은 건졌으나, 상처의 악화로 그의 다리는 절단될 위기에 처한다. 불구의 처지가 될 상황 때문에 남몰래 절망에 빠져 괴로워하는 김우범의 모습을 몰래 지켜보던 김죽희는 고민 끝에 자신의 다리뼈를 김우범에 제공한다. 이식수술 후 김숙희의 수배를 통해 동생의 방북을 알게 된 김외양녀(김영숙)가 방문을 위해 출발한다는 전보가 도착한다. 김죽희가 자신의 친누이가 아님을 전보를 통해 알게된 김우범은 통곡한다. 김죽희는 분단상황에서 이산가족의 상봉은 "가슴이나 더 아"플 것이라고 김우범의 아픔을 달랜다. 건강을 되찾은 김우범은 김영숙과 김죽희의 배웅을 받으며 귀향한다. 결국 이산의 비극은 통일이 되어야 진정 극복된다는 것을 이 작품은 강조하고 있다.

이 작품 역시 과거의 전통적인 조국 통일 주제 문학과는 다른 새로운 면모를 가지고 있다. 예컨대 월북의 동기가 감작스런 풍랑으로 인한 표류 때문에 어쩔 수 없었다는 식의 설정이 그러하다. 김우범의 과거사 서술에 이른바 미제와 괴뢰정권에 의해 고통받는 남한 인민의 전형적 모습을 부여할 법하지만 그 역시 보이지 않는다. 단지 분단으로 인해 누이와 만나지 못하는 인간적 슬픔이 주로 서술될 뿐이다. 그래서 언 듯 보아서는 분단으로 인한 이산가족의 슬픔을 그려내는 새로운 경향의 조국 통일 주제 문학에 포함될 것 같다. 그러나 다음 몇 가지 측면에서 이 작품은 북한의 공식적 이데올로기를 충실히 수용하고 있는 듯하다.

① "그는 죽어서는 안돼요. 어머니가 없는 사람한테는 누이가 어머니맞잡이예요. 누이도 만나보지 못하고 죽다니. 누이가 살고있는 땅에 와서 죽을 수 없어요."

② 김죽희는 견딜수 없어 자기 방으로 돌아오고말았다. 방안에 들어서는 순간 창문과 창문사이 벽에 걸려있는 사진에 눈길이 갔다. 판문점에 세운 어버이수령님의 친필비사진이었다.

한평생을 나라의 통일에 바쳐오신 어버이수령님께서 끝내 통일을 보시지 못하고 가신 것이 가슴아파 온 나라 인민들과 함께 자기도 그때 땅을 치며 통곡하였다.

그러한 자기가 남녘동포를 불구자로 만들어야한단 말인가.

이 사실을 알게 되며 누구도 의사인 나를 용서하지 않을것이다.

③ "우범이, 나라가 분렬된지 몇해째이나? 반세기가 넘었어. 그런데 아직도 혈육만 찾겠나? 분렬된 땅에서 누이를 찾은들 무슨 소용 있겠나? 가슴이나 더 아팠지. 민족이 단합하여 통일의 길에 떨쳐나서야 해. 조선사람이라면 누구나 그 길에서 자기 뼈를 바치고 살을 바쳐야 한다고 봐. 이렇게 하는 것이 우리 수령님의 통일유훈을 받들어나가는 것이야."

위 인용문은 생면부지의 김우범을 위해 자신의 다리뼈를 제공하는 김죽희의 자기 희생에 내재해 있는 이데올로기가 무엇인지를 알려준다. 인용문 ①에서는 의사로서 마땅한 직업윤리를 뛰어넘어 김우범에게 헌신하는 김죽희의 심리적 동인을 읽을 수 있다. 누이이자 어머니가 살고 있는 모국인 북한 땅에서 김우범이 죽거나 불구가 되는 사태는 '조선민족제일주의정신'의 핵심인 자존심과 긍지에 상처를 주는 사건이기에 어떻게 해서든지 막아야한다. 인용문 ②에서 자기 검열을 통해 김숙희가 자신의 다리뼈를 제공하기를 결심하는 과정이 제시되어 있다. 죽었지만 살아 있는 '수령'의 명령과 법, 이른바 '유훈'에 따라 김숙희는 자신을 희생한다.[12] 인용문 ③에서는 분단된 상황에서 헤어진 가족을 잠시 동안이라도 만나는 것은 가슴만 더 아플 것이라는 점에서 궁극적으로 남북한 통일이 이루어져야 한다는 점을 환기하고 있다. 이것은 앞서 살펴본 「어머니 오시다」의 전언이기도 하다.[13] 그러나 그보다 너 중요한 의미는 숭고한 통일과 수령의 유훈이라는 이름 하에 '자신의 뼈와 살을 바쳐야 한다'라는 당위적 문장에 표현되고 있다. 북한정권이 분단 상황을 끊임없이 강조함으로써 북한 사회의 제반 모순을 은폐 호도한 것은 역사적 사실이다. 앞에서 언급한 '조선민족제일주의정신'의 북한 내부에서의 이데올로기적 효과도 사실 이와 같다. 통일과 수령을 위해 자신을 희생하는 김숙희는 전통적인 조국 통일 주제

---

12) 김숙희의 이러한 자기 희생은 『주체문학론』에서 '우리 문학에서 영원한 형상의 원천'이라고 규정한 '사회정치적 생명체'의 한 구현행위라 할 수 있다. '사회정치적 생명체'의 의미는 다음과 같다. "우리 나라에서는 사회정치적생명체가 형성된 것은 생활과 문학의 관계를 새롭게 규정하게 하였다. 오늘에 와서 우리의 문학은 이때까지의 인류문학이 대상하지 못하여던 전혀 새로운 세계, 온 사회가 수령을 어버이로 모신 하나의 대가정을 이룬 위대한 현실을 형상원천으로 하게 되었다. 우리의 현실에서 수령과 인민의 관계는 령도자와 전사의 관계를 넘어 어버이와 자식의 관계로, 하나의 사고, 하나의 호흡, 하나의 행동으로 이어진 혈연적뉴대로 되고 있으며 수령을 어버이로 모신 모든 사회서원들의 관계는 혁명적 의리와 동지에 기초한 관계로 되고 있다. 수령을 어버이로 모시고 일심단결된 이 위대한 사회적대가정속에서 새로운 인간전형, 주체형의 공산주의적인간이 끊임없이 태어나고 '하나는 전체를 위하여, 전체는 하나를 위하여'라는 구호 밑에 공산주의적 새로운 인간관계가 활짝 꽃피여나고 있다." 앞의 책, pp.118~119 .

13) 이산가족이 가지는 행복한 짧은 상봉 뒤에 필연적인 별리의 슬픔을 강조함으로써 통일운동의 당위성을 강조하는 것은 1990년대 이후 새로운 조국 통일 소설의 전형적 구도인 것 같다. 예컨대 '누이의 목소리'의 선구적 작품이라 할 남대현의 「상봉」(『조선문학』, 1992. 7)의 결말도 이와 같다.

소설에 나타난 인물형의 한 반복이며, 앞에서 언급한 「오직 우리식대로 창작하자」에서 제기된 경고를 충실히 재현하고 있는 인물이다.[14]

이런 점에서 이 작품은 최근에 발표된 작품임에도 불구하고 조국 통일 주제 소설의 공식적 이데올로기의 핵심을 충실히 재현하고 있는 전통적인 작품이다.

## 5. 낡은 것과 새 것의 혼재

지금까지 북한문학의 한 하위 범주인 '조국 통일 주제 문학'이 1990년대 이후 어떠한 변모 양상을 보이고 있는가를 두 편의 소설분석을 통해 점검해보았다. 이를 통해 북한의 소설은 조선노동당의 공식적 이데올로기를 대중에게 전달하는 사회적 역할을 하고 있으며, 대중을 당과 국가에 견인·결속시키는 중요한 '이데올로기적 국가 장치'임을 알 수 있었다. 또한 국가의 공식적 이데올로기 규제 아래에 변화하는 현실을 문학작품이 재현하려 할 경우, 어떤 모습을 가지게 되는가도 살펴보았다. 현실이 옛 것과 새로운 것의 혼재와 갈등으로 복잡한 것처럼 이 범주의 북한 작품들도 의외로 복잡한 국면을 가지고 있음을 점검할 수 있다.

---

14) 북한의 식량난 이후 '퍼주기' 논란이 사회 내부에 일어날 정도로 오늘날 한국은 북한에 물질적 공여를 계속하고 있다. 이런 시대적 상황에서 염두에 둔다면, 이 소설에 내재한 또 다른 시대적 의미도 읽을 수 있지 않을까 한다. 김숙희가 자기 다리뼈를 선물한 것은 물질적 차원 내에서 되갚을 수 없는 숭고한 희생 행위이다. 『증여론』에서 마르셀 모스가 규명한 것처럼, 인간사회는 선물 증여를 매개로 더 높은 도덕적 정신적 지위를 획득하기 위해 투쟁한다. 마르셀 모스 저, 이상률 역, 『증여론』, 한길사, 2002 참고.

# 북한식 사랑법을 찾아서
## ― 2000년대 북한 단편소설을 중심으로

오태호

## 1. 북한 소설 속 사랑을 찾아서

인간의 사랑은 개인적 관계이든 사회적 관계이든 혹은 종교적 관계이든 사랑이라는 명명을 내릴 수 있다는 것 하나만으로도 고귀하고 소중하다. 그 속에서도 남녀간의 감정 교류로서의 사랑은 그 종국적 관계의 성패를 떠나 두 사람이 어우러져 새로운 의미의 공간을 빚어낸다는 점에서 의미심장하다. 그러므로 남녀간의 사랑은 아름답다. 하지만 아름다운 사랑은 추상이 아닌 현실이기 때문에 '낯선 두려움'(프로이트)을 동반하기 마련이다. 따라서 구체적 삶의 현실에서 맺어진 관계의 확장을 통해 아름다운 사랑은 시련 속에서도 자신의 빛을 뿜어낼 수 있는 것이다.

북한에서 청춘 남녀의 사랑은 동지애적 관계와 올곧은 신념에의 확인이 감정 교류에 우선한다. 북한 사회가 항일무장투쟁 이래로 고난과 시련에 맞서 조국과 민족을 보위해야 한다는 당위성을 전면에 내세우며, 신념으로 굳게 뭉쳐진 구호식의 사회이기 때문이다. 그러므로 북한 사회의 현실 반영태로서의 소설에서 자유주의적 감성이나 본능에 충실한 남녀 관계는 찾아보기가 어렵다.

작품에서 정서를 돋군다고 하면서 흔히 사랑선을 넣군하는데 사랑선을 넣는 그자체가 나쁜 것은 아니다. 사랑관계를 잘만 형상하면 우리 시대의 애정륜리에 대한 옳은 인식을 줄수 있고 작품을 정성적으로 색깔있게 만들 수 있다. 문제는 그것을 도식적인 틀에 맞추어 어색하고 싱겁게 보여주는데 있다. 작품에서는 대체로 처녀총각이 서로 사랑하다가 오해가 생겼거나 뜻이 맞지 않거나 이러저러한 리유로 사이가 버그러졌다가 다시 결합되는 식으로만 그리고 있다. 사랑하는 남녀사이에 첫 인연이 맺어지는 계기도 어떤 필연적인데서만 찾으려고 하는데 그럴 필요는 없다. 처녀와 총각사이에는 첫 인연이 아주 우연적인 계기에서 맺어질수도 있고 일단 사랑관계를 맺은 남녀가 마지막에 리상의 불일치로 결렬될수도 있다.[1](이하 밑줄은 인용자)

인용문에서 보이듯 김정일이 『주체문학론』에서 제기한 소설 속 도식적 사랑선의 문제는 『주체문학론』 이후의 작품에서도 크게 개선되지는 않은 것으로 보인다. 왜냐하면 '마지막에 리상의 불일치로 결렬되'는 관계가 거의 전무하고, 한쪽이 문제가 있다면 다른 한쪽이 그 문제에 대한 오해나 비판을 통해 문제점을 극복하게 하는 것이 대체적인 북한 연애소설의 전형적 형상화 방식이기 때문이다.

북한 소설에서 대부분의 남녀 간의 사랑은 서로에 대한 이성적(理性的)인 판단이 그 성패를 가늠한다. 그러므로 업무에 대한 성실성과 동료들에 대한 신뢰와 애정이 북한식 사랑법의 핵심 요소가 된다. 감정

---

1) 김정일, 『주체문학론』, 1992, 조선로동당출판사, p.243.

에의 충실성이나 본능적 이끌림은 부차적인 요소로 작용하며, 타자의 욕망을 욕망하는 욕망의 삼각형(지라르) 역시 배제된다. 오로지 맞대면한 상대방에 의해 자리가 배치되며 그 상대에 의해 사랑이 의미화되기 마련인 것이다.

이제 「첫 개발자들의 이야기」와 「겨울의 시내물」을 중심으로 구세대의 사랑법을 개괄해보고, 「사랑의 샘줄기」와 「시작점에서」를 중심으로 신세대의 사랑법을 고찰해봄으로써 주체문예이론을 기반으로 한 북한소설 속 사회주의의 현실적 사랑이 지나치게 작위적인 도식을 이끌어내고 있는 것은 아닌지를 확인해보고자 한다.

## 2. 현재와 미래의 전범으로서의 구세대의 동지적 애정

「첫 개발자들의 이야기」[2]는 병으로 앓아 누운 탄광 신문주필(액자 속 '나')로부터 탄광의 연혁을 서술하는 사업을 인계 받게 된 액자 바깥의 '나'가, 그의 구술을 받아 탄광 초창기 무렵 탄광노동자로서 첫 노력영웅이 된 〈주먹〉(김주형)과 제대군인 여병사의 '값진 사랑'에 대한 회고담을 기록한 액자형 소설이다. 대부분의 북한 단편소설이 그렇듯 인민을 교양하려는 계몽주의적 의도가 작품 면면에 묻어나는 이 작품은 청춘 남녀의 사랑이라는 외피를 둘러싸고 있으면서도, '전 세대의 고귀한 사랑과 희생을 오늘에 되살리자'는 계승적 주제의식을 앞세운 작품이다.

뿌리없이 자란 나무 없고 과거가 없는 오늘이 있을수 없듯이 탄광의 번영

---

2) 맹경심, 『청년문학』, 2002. 9.

과 더불어 생을 바쳐 온 우리 전 세대의 산 력사를 나와 같은 탄전의 새 주
인들은 깊이 알아야 할 것이다. 나는 그리하여 그의 이야기전부를 가공이나
보탬이 없이 그대로 옮기기로 마음 먹었다.(p.40)

　인용문은 새로이 연혁 기술을 맡게 된 신세대 '나'의 다짐이다. 전
(前)세대의 헌신적 노력을 신세대가 깊이 자각해야 한다는 것은, 그만
큼 '과거'가 비판적 성찰의 대상으로 간주되는 것이 아니라 현재의 전
범임과 동시에 추앙과 경외의 대상으로 인식되어어 함을 역설하는 북
한 사회 특유의 세계 인식을 보여준다는 점에서 한계를 지닌다.
　'청년탄광'에서 성실하면서도 자존심이 강하여 공경과 신뢰의 애칭
인 〈주먹〉으로 불리는 김주형을 비롯한 탄광 청년노동자들 앞에 어느
날 제대군복을 입은 처녀(정련희)가 별과 같은 이미지로 사람들의 이목
을 끌며 나타나게 된다. 영화를 볼 때 처녀에게 무례한 행동을 했던 〈주
먹〉은 자신들의 조직책임자(갱 사로청위원장)로 처녀가 온 것에 놀라면
서도 남몰래 연정을 품게 된다. 그러던 중 시인 지망생이자 친한 친구
인 '나'(신문주필)를 폭행한 사건으로 초급단체 회의에 가해자로 불려온
〈주먹〉은, 그 사건이 신성한 자신의 사랑과 탄부를 '나'가 모욕했기 때
문에 어쩔 수 없이 벌어진 사건이었음을 설명한다. 그후 〈주먹〉은 훌륭
한 군복을 입은 처녀의 모습과 반딧불보다 초라한 자신의 존재감을 대
비시키면서 연정의 대상을 향해 심리적 갈등을 일으키고 있음을 '나'
에게 피력한다. 그러던 중 어머니의 병간호 때문에 통근하게 된 연희
가 짐을 가지고 집으로 가려고 하자, 〈주먹〉은 탄부가 싫어서 떠나냐며
호통을 치지만 오해였음이 밝혀진다. 그리고, 화차에서 떨어진 탄덩이
를 주어올리는 성실성을 보이며, 탄을 캐는 것에 열과 성을 기울이는
고지식한 〈주먹〉의 모습을 보면서 련희도 공경과 연정을 품게 된다. 결
국 평양에서 열리는 청년선구자회의에 〈주먹〉이 추천되어 련희와 함께

다녀온 뒤 둘의 사랑은 결실을 맺어 결혼에까지 이르게 된다. 탄광이 낳은 첫 노력영웅인 〈주먹〉은 노력영웅이 된 이후에도 신문주필인 '나'에게는 평범한 탄부로 성실하게 자신의 직분에 충실한 사람으로 보이지만, 그의 아이가 "우리 아버지의 친아들은 대형굴착기"라고 할 정도로 일밖에 모르는 일벌레의 모습을 보인다. 불의의 굴착기 사고로 생을 마감하게 되는 순간까지 〈주먹〉은 2,450만 톤이라는 엄청난 탄량을 굴착기로 퍼낸 일꾼으로 기록되며 탄광의 첫 노력영웅으로 사람들의 가슴에 남게 된다.

이렇듯 〈주먹〉이라는 탄광노동자와 제대군인 여병사가 탄광을 개척하며 보여준 숭고한 사랑을 형상화한 「첫 개발자들의 이야기」는 신념과 성실성에서 모범을 보여주는 양심적·긍정적 인물을 통해 헌신적 탄광노동과 동지적 연애라는 양날개 속에서도 균형 감각을 잃지 않는 사회주의적 인간형의 전형적 모습을 보여준다. 즉 외골수적 성실성의 남성과 당찬 여성의 맺어짐이라는 이상적 남녀 관계를 형상화하고 있는 것이다.

> 력사란 지나간 세월을 더듬어 가는 편력이 아니다. <u>현재와 미래가 비추어 보아야 할 거울</u>이기도 하다. 아, 그 거울 앞에서 우리의 오늘뿐아니라 먼먼 래일도 락관하며 내다볼 수 있는 <u>자랑찬 어제</u>를 가지고 있는 우리 세대는 얼마나 행복한가.(p.49)

그러나 인용문에서 보이는 연혁 집필자의 마지막 진술, 즉 과거가 현재를 비춰보는 반성의 거울로 존재하는 것이 아니라 '자랑찬 어제'로서의 찬양의 대상으로 존재한다는 점은 북한문학이 지닌 과거 지향성과 더불어 도식적·계몽주의적 결말의 한계를 증명하는 부분이다. 이 작품은 과거 이야기에 대한 비판적 성찰은 생략한 채, '어제'를 '오늘과 내일의 전범'으로 삼으려는 북한의 통시적 사관을 전면에 내세우고 있다는 점에서 한계를 지니는 것이다.

## 3. 신체적 불구를 극복하게 한 전쟁시기 여성의 헌신적 사랑

「겨울의 시내물」[3]은 이제는 70의 고령이 된 리학성이, '한국전쟁'에서의 부상으로 팔을 절단하고 폐 절제수술을 받은 부상자였던 자신과 담당간호원 옥심이의 사랑을 회감하며, 생활에 대한 사랑과 의지를 다지고, 조국에 필요한 존재가 되었음을 감사하는 형식으로 그려진 애정소설이다.

중환자 학성은 전상자 병원에서 수술을 받은 후 주위와 담을 쌓고 지내면서, 기계공학도로서의 자신의 꿈과 희망이 좌절되었다는 절망감에 사로잡혀 지내게 된다. 그러던 어느 날 비행기의 공습에 미처 학성이 피하지 못한 것을 알게 된 간호원 옥심이가 병실로 들어가 학성을 '비겁쟁이'라고 몰아붙이며 자신의 어깨를 밟고 창문 밖으로 대피하도록 이끈다. 이후 여성의 도움을 받아 공습을 피했던 자신의 모습을 한탄하며, '불구자의 굴욕적인 처지를 강제적으로 감수'하게 된 학성은 더욱 심한 모멸감 속에서 자포자기에 빠져들게 된다. 그러한 학성에게 '날씬한 몸매에 아름다운 용모와 고운 목청까지 겸비'할 정도로 완벽한 여성상으로 그려진 옥심은 "조국은 중사동지에게 보람있게 살 것을 바"란다며 독려를 아끼지 않는다. 하지만 신체적 불구에 대한 자기 혐오감은 결혼도 못할 것이라는 자책감 속에 "동무 같으면 나 같은 사람한테 시집오겠"냐며 자신의 절망감을 토로하게 만든다. 이를 지켜보던

---

3) 윤경찬, 『조선문학』, 2002. 10.

옥심은 심리적으로 유약해진 학성에게 "난 동무한테 시집 안 가요. 그건 동무가 비겁하기 때문이에요. 우리 녀자들은 비겁한 남자를 제일 싫어한"(p.61)다며 불굴의 용기와 정신적 건강의 중요성을 전하고 좌절에 빠져 비겁해진 학성을 자극한다.

　이후 옥심이가 재활의지를 독려하기 위해 무전수였던 학성에게 폭격으로 부서진, 병원에 하나밖에 없는 라디오를 고쳐보라고 권유하게 되고, 학성은 수리 중 안 풀리는 부분이 있자 '애인 만나러 간다는 핑계'를 대고 읍내 도서관에 가서 한무더기의 책을 빌려오게 된다. 한 손으로 어렵사리 책을 들고 오던 학성의 모습을 발견한 옥심은 학성이 '괴짜'라며 그가 들고 온 책을 빼앗아들고 병원으로 향한다. 그후 옥심이가 자신의 라디오 수리와 왼손 글씨연습을 도와주게 되면서 학성은 옥심에게 연정을 품게 된다. 그러던 중 손가락만한 부속 하나가 없어서 수리가 안 되는 것을 알게 된 옥심이가 부속품을 구해오고, 그것으로 학성은 라디오 수리를 마치게 된다. 전쟁이 끝나고 학성이 대학으로 떠날 때, 학성은 자신의 심정을 옥심에게 털어놓고 싶지만 반향을 얻지 못할 것이 두려워 머뭇거리던 중, 자신을 배웅 나온 옥심에게 '벼랑 위에 핀 산국화꽃'을 꺾어주며, 마치 신라 향가 「헌화가」에서 수로부인에게 꽃을 바친 노인처럼 자신의 마음을 전하고자 한다. 결국 옥심이가 밑에서 받쳐주는 가운데 위험을 무릅쓴 학성이 '삶의 용기를 찾아준 은인'을 향한 선물로 꽃을 꺾어 꽃다발을 건네준 뒤, 그 둘은 아쉬움을 뒤로 한 채 헤어지게 된다.

　이후 김책공대에 입학한 학성은 옥심에게 편지를 보내지만, 제대하여 고향으로 갔다는 소식만 전해 듣게 되고, 학업에 열중하려고 하지만 점점 힘들어지는 공부 탓에 심신의 피로를 풀기 위해 고향으로 내려가게 된다. 그곳에서 자신의 고향집을 고쳐 새집을 짓고 있는 옥심이를 만나게 되고, "나약해진 사람을 용감한 사람으로 만들기 위해, 스러져 가는 인생에 재생의 불길을 지펴주기 위해"(p.67) 일생을 바치기로 결심한 옥심이가 곧 있으면 의사가 된다는 말을 전해들으며, 나약한 자신의 모습을 부끄럽게 여긴 학성은 이튿날이 되어 다시 대학으로 돌아가게 된다. 그리고 김책공대 기계공학 교수가 되어 70 고령이 될 때까지 수많은 후진을 양성한 지식인이 된다.

돌이켜 보면 내 한생은 난관이 앞을 막아 설 때마다 생활에 대한 사랑과 의지로 그것을 이겨 온 한생이였습니다. 그 사랑의 힘이 나를 죽음에서 이기게 해주었고 조국에 필요한 사람으로 되게 하였습니다. 동무들도 앞으로 탐구의 먼 길을 걸어가느라면 어려운 일들이 많겠지만 생활을 뜨겁게 사랑할줄 아는 사람은 결코 주저앉지 않을것입니다. 이건 내 한생을 관통해 온 좌우명일뿐아니라 우리 조국의 현대사가 남긴 진리입니다. 사랑으로 뭉쳐진 세상은 더 강해지고 그리고 더 아름다와 지는 법이지요.(p.68)

작품 말미의 인용문에서 학성이 피력하는 '생활에 대한 사랑과 의지'와 '조국에 필요한 사람'이라는 두 구절은 이학성의 70 평생을 압축하는 말이 된다. 특히 비겁쟁이에서 괴짜로, 다시 김책공대 교수로 인생을 달리해온 70고령의 이학성은 불구적 시련을 극복한 숨은 영웅의 전형으로 작품 속에 형상화되었다고 볼 수 있다. 결국 이 작품은 의지적으로 유약한 신체적 불구의 남성과 헌신적이고 강인한 당찬 여성의 맺어짐을 통해 고난과 시련을 극복해온 개인의 과거사를 낭만적으로 조감하는 연정 소설이라고 할 수 있다.

그러나 이 작품은 옥심이 학성을 반려자로 받아들이게 되는 부분이 지나치게 헌신적으로 그려지고 있어서 개연성이 현저히 떨어진다는 점, 그리고 학성을 위해 그토록 헌신적이던 옥심이가 어떻게 되었는지에 대해 작품 말미에 전혀 언급이 드러나지 않는다는 점, 또한 학성이

'생활에 대한 사랑과 의지'로 한생의 난관을 극복해왔다고 하지만 그 구체적인 생활이 전혀 드러나지 않는다는 점 등에서 작품의 서사적 응집력에 대한 문제의식을 갖도록 만든다는 점에서 한계를 여실히 드러낸다.

## 4. 난관 극복에의 신념을 통한 사랑의 확인

「사랑의 샘줄기」[4]는 양어장건설문제를 둘러싸고 연인 사이인 향봉리관리위원장 정철진과 샘골 작업반장 진주옥의 대립과 갈등, 사랑의 회복 등을 다루고 있어서 사회주의 현실 속에서 청춘 남녀의 사랑이 어떻게 심리적 동요를 극복하고 실현될 수 있는지를 보여주는 연정소설이다.

전철진은 양어장터가 될만한 샘이 없기 때문에 농경지를 천 평 정도 돌려써서 양어장 건설을 실천에 옮기려던 차에, 땅에 대한 사랑이 부족하다는 진주옥의 비판을 리당 비서로부터 듣게 된다. 주옥은 농민들의 기름진 옥토를 쓰는 것보다는 양어장 자리가 될 만한 곳을 찾아보자는 주장을 펼치지만, 철진은 시간이 없다며 주옥의 이야기를 무시한 채 면박을 주고 자신의 생각대로 일을 강행하려고 마음을 먹는다. 3년 전 제대군인인 주옥이 고향에서 농사를 잘 짓기 위해 대학에 입학하려고 했을 때, 철진은 책을 빌려주기도 하고 농사일을 거들어주기도 하면서 주옥과의 연정을 키워왔다. 그리하여 마을 사람들은 누구나 이 둘의 관계를 믿어 의심치 않았고 둘은 주옥의 대학졸업 후 결혼을 하기로 약조한 사이였다. 하지만, 양어장건설문제로 고민하다 저녁 늦게

---

4) 김자경, 『청년문학』, 2002. 12.

집으로 돌아온 철진은 집으로 찾아와 양어장건설설계도를 봐달라는 주옥의 부탁을 매몰차게 거절하고, 결국 주옥은 눈물을 흘리며 집으로 돌아가게 된다.

이젠 좀 성격도 고쳐라. 그렇게 막대기 같아선 못 살아. 처녀라는 게 버들가지처럼 나긋나긋 휘여들 줄도 알아야지 마른 나뭇가지 같아서야 부러질 일밖에 더 있겠니? (p.38)

인용문은 주옥의 오빠인 주성이, 주옥이가 철진과 끊임없이 부딪치자 주옥의 비판적 문제제기가 지닌 타당성 여부와는 상관없이 여동생을 다그치는 대목이다. 이 부분에서 북한 사회의 보수적·남성중심적·전근대적 여성관이 드러나는데, 여성은 부드러워야 한다는 고정관념이 그것이다. 이러한 관점은 가계와 혈통을 중시하는 가부장제적 전통이 잔존해 있는 북한 사회의 한 단면을 보여준다고 할 수 있다.

계속되는 주성과 주옥의 대화를 귀동냥으로 듣던 철진은 리당비서로부터 주옥이 샘을 찾았다는 말을 듣고 〈가수천 양어장 설계도〉를 보게 된다. 그리고 주옥이 며칠밤을 새우며 가수천에서 땅을 파헤쳐 큰 샘을 찾게 되었고, 지질조사와 물량측정, 수질검사까지 받았으며, 설계도면을 완성하느라고 까치봉에 오르다가 다리를 다쳤다는 소식을 듣게 된다. 결국 주옥이 찾아낸 샘터 앞에서 철진은 비옥한 농토를 돌려써서 양어장을 만들고자 했던 자신의 계획이 오히려 자신의 명예와 이기심에서 비롯된 잘못된 행위였음을 깨닫게 된다.

'아, 진정 나에겐 이 땅에 대한 사랑이 부족하였다. 나는 오늘에야 경제적인 타산과 실리를 중시하는 것이 곧 이 땅에 대한 사랑의 표시이고 인민성의 발현임을 깨달았구나. 그런데 그 귀중한 철리를 깨우쳐 준 주옥이를 나

는 어떻게 대해주었던가.'

　가슴속엔 뼈저린 아픔이 조수처럼 밀려들었다. 주옥을 몰리해하고 모욕했던 자기자신에 대한 혐오감에서 오는 아픔이었다. 고향땅에 대한 사랑이 샘줄기처럼 넘쳐 흐르는 그 마음을, 진정으로 사랑하는 사람만이 들 수 있는 아픈 매로 자기를 깨우쳐준 보석처럼 소중한 그 마음을 철진은 몰랐었다. (p.40)

　인용문은 철진이 상급자로서의 판단만을 믿고, 인민과 땅에 대한 사랑이 부족하여 경제적 타산과 실리를 놓쳤던 자신의 잘못을 반성하면서, 그것을 깨우쳐준 주옥에 대한 사랑의 마음을 확인하는 부분이다. 하지만 만약에 주옥이 헌신적인 노력에도 불구하고 샘터를 찾지 못했다면, 경제적 실리와 타산을 중시했던 사람은 오히려 철진일 수도 있다는 점에서 이 작품의 작위적 구도가 문제적이라는 비판을 면하기는 어려워 보인다.

　물론 소설 구성 자체가 현실적 개연성보다는 작위적 수준에 머무르고 있긴 하지만, 심리적 동요와 갈등을 거듭하는 철진과 주옥의 모습이 주변 인물들과 조화롭게 형상화되고 있다는 점에서 깔끔한 북한식 단편의 맛을 보여주는 소설이라고 할 수 있다. 결국 이 작품은 몰이해적 · 이기적 남성과 강인하고 당찬 여성의 맺어짐을 통해 '오해선'을 극복하는 사랑이야기를 다룬 소설이라고 볼 수 있다.

## 5. '불량청년'의 자기 각성

　「시작점에서」[5]는 '불량청년'이었던 철진이 노동의 신성함을 깨달으며 각성된 노동자로 거듭나는 내용을 〈길〉, 〈생활의 흐름〉, 〈래일은 더 아름답다〉 등의 소제목으로 구성한 1인칭 고백체 소설이다.

〈길〉은 반년 전에 같은 '불량청년'이었던 '영석'과 남포에서 헤어진 '나(철진)'가 '청년영웅도로' 400리 길을 비를 맞으며 걸어 '대각언제 건설장'에 자리한 청남대대로 찾아오는 것에서부터 시작된다. 반년 전 '청년영웅도로' 앞에서 함께 의식의 각성을 하며, 밤새도록 이야기를 나누고 숱한 약속을 했던 친구 영석이 '불량청년' 시절의 과거를 아량으로 받아줄 사람이 없을 것이라며 '좁고 어두운 뒤골목길'을 향해 떠나자 철진은 결별을 선언한다. 그 후, '청년영웅도로' 입구에서 마음의 동요를 딛고 모욕이나 아픔을 당해도 그곳에서 맞아야 한다며 철진 혼자서 언제건설장으로 향했던 것이다. 대대장이 열심히 일해보자며 반겨주고, 내일에 대한 희망을 품으며 노동의 희열을 새롭게 느끼게 된 철진은 400리 물길의 시작점인 대각언제건설장에서 생활의 참맛을 느끼게 된다.

동무와 내가 어떤 사람들이었나? 우린 2년동안이나 순수 소비자로 사회의 근심거리로 살았었지. 과연 우리들한테 깨끗한 것을 좋아하고 아름다운 것을 즐거워했으며 다정다감하던 그때가 없었단 말인가? 물론 있었지.

우리는 노래를 부를줄 알았고 아름다움을 지향했으며 또 사랑도 했었지. 그러나 그 모든 것은 뒤전에 물러나고 사람들은 우리를 가리켜 쓰지 못할 인간, 불량청년이라고 말했지만 지각이 무딘 탓에 그런 수치를 당하고도 얼굴 한번 숙이지 않았었지. 세상을 놀래우고 경탄을 자아낸 청년영웅도로가 시대의 창조물로 일떠서지 않았다면 우리는 진창속에 묻힌 발을 뽑지 못했을지도 모르네. 사실이 그렇지 않나. 우리의 눈이 새롭게 떠지고 불현듯 귀가 열린 것은 청년영웅도로를 지나면서가 아니었나.(p.21)

---

5) 홍남수, 『청년문학』, 2003. 1.

인용문은 북한 소설에서는 보기 드물게 철진이 '순수 소비자'이자 '사회의 근심거리'였으며, 주위로부터 '쓰지 못할 인간, 불량청년'이라는 평가를 들으며 살아온 자신의 삶을 회상하는 부분이다. 북한 사회가 노동을 신성한 의무로 여기는 '통제된 공간'이라는 점을 감안한다면 비록 의식의 각성을 통해 새로운 인간형으로 철진이 거듭나기는 하지만, 북한에서 두 젊은이가 2년 동안 '순수 소비자'로서 '자유주의'적 행태를 일삼을 수 있었다는 사실은 북한 소설에서의 일탈적 변화의 조짐을 읽어낼 수 있게 한다.

〈생활의 흐름〉에서는 새벽에 일어난 철진이 예전에 공장에 있을 때 작업반장을 하던 한정식을 만나며, 지난 추억을 곱씹게 된다. 한정식의 누이동생인 보옥이 책방에 다닐 때, 보옥의 책방에 다니며 철진이 보옥이와 2년 넘게 교제를 하면서 결혼 약속을 했지만, 그녀의 오빠인 한정식에게 '홀어머니손에서 자란 자식'이라는 비난을 듣는 등 가족들의 반대에 부딪히게 된다. 결국 철진은, '어디론가 도망치고 싶은 생각뿐'이라며 일탈적 행동을 결심하기도 하는 보옥이와 '사랑하기 때문에' 헤어지게 되고, 직장에서도 나와버렸던 것이다.

언제건설장의 생기를 영석에게 전해주고 싶었던 철진은 작년 마가을에 영석이를 데리러 남포로 찾아갔지만 영석이 용단을 못 내리자 닷새 만에 혼자 건설장으로 돌아오게 된다. 소대장인 한정식이 말도 없이 자리를 비웠던 철진에게 규율생활이 싫으냐며 따지고 들면서 '아버지 없이 자란 사람'이라는 말을 하자 한정식과의 대립은 평행성을 달리게 된다. 대대장에게 다른 소대로 보내달라고 요청도 해보지만, 대대장이 "여긴 동무를 오라고 손을 내민 사람도 또 가겠다는 동무를 붙잡을 사람도 없소. 동무가 스스로 찾아왔던 걸음이니 동무결심대로 하"(24쪽)라는 말을 하자 자신의 '마음속에 응고된 아픔'을 그가 외면한다는 생각 속에 실망과 고독감을 느끼게 된다. 또한 한정식이 대대장과의 대화에서 '자유주의'를 하면서 보옥이에게 불행을 준 철진을 비난하는 말을 하자, 철진은 2년전 겨울 수백 리 길을 걸어 자신을 찾아왔던 보옥을 만나지 않고 그냥 보냈던 일을 떠올리게 된다.

〈래일은 더 아름답다〉에서는 기록영화를 찍으려고 촬영가들이 온다는 소식이 전해지고 대대가 현장으로 일하러 나가는 장면에서 철진이 기수로 뽑혔다는 이야기를 듣게 된다. 하지만 고민 끝에 자신은 대대의 기수로 나설 수 없다고 대대장에게 말하자, 대대장은 기수로 나서게 된 것이 '철진의 열매'일 뿐만 아니라 더욱 새로운 모습을 보여줄 기회라고 말하며 원래대로 진행하라고 말한다. 며칠 뒤 체육대회날 마지막 주자로 나선 철진과 대대장은 서로 발을 맞추고 달려 우승을 하게 되고, 철진은 성실한 사람들의 따뜻한 마음을 되새기며 더욱 새로운 마음을 다지게 된다. 그러던 어느 날 2차가물막이기초공사를 마무리하던 중 대대장이 자동차 사고로 사망하게 된다. 대대장의 사망 후 1년이 지나, 대대장의 무덤이 안치된 야산으로 올라간 철진은 그곳에서 보옥을 만나게 되고 다시금 둘의 애정을 확인하게 된다.

"철진동무, 왜 말이 없나요. 제 눈물이 아직 적나요? 제 마음속에는 아직 눈물이 가득 고여 있어요. 하지만 전 울지 않아요. 눈물로 헤여졌던 우리가 또 울면서 만나야 하겠나요."/[…중략…] 그날 밤 난 보옥이를 통해 내가 모르고 있던 승남대대장에 대한 이야기를 듣게 되었네. 남 모르게 보옥이를 두 번이나 찾아갔던 일이며 (보옥이는 나를 아예 잊어버리려고 했었네.) 내 입당보증을 해주려고 려단정치부와 도당에까지 걸음을 한 일이며……/우리 시대 인간들은 얼마나 아름다운가. 오늘의 이 시대와 모든 인간들을 아름답고 깨끗하게 키워준 어머니당에 나는 무엇을 더 바치며 어떻게 일해야 하는가?……(p.29)

작품의 마지막 부분인 인용문은 북한 소설이 일반적으로 '고난과 시련, 미성숙→의식의 각성, 모범→어머니당을 향한 충성'의 도정을 거치며 결국 도식적·긍정적·화해적 결말에 어떻게 도달하게 되는지를 극명하게 보여준다. 결국 이 작품은 좌충우돌하다가 의식의 각성을 보이는 남성과 가녀린 심성의 소유자로서 비주체적·수동적인 모습을 보이는 여성과의 맺어짐을 통해 청년의 의식적 각성이라는 주제를 그려낸 소설이라고 볼 수 있다. 그러나 작품 내내 곳곳에서 눈물만 흘리는 모습으로 그려진 보옥이가, 인용문에서 보이듯 자신을 버리고 떠났던 철진에게 2년 여만에 눈물을 흘리며 안기려는 모습으로 형상화되어 있다는 점은 소설뿐만 아니라 북한 사회에서의 여성이 얼마만큼 전근대적·보수적·여성억압적·남성우월주의적 시선 속에 놓여져 있는지를 보여준다는 점에서 문제적이다.

그리고 부분적으로 이 작품이 북한 사회의 현실적 단면을 적실하게 보여주고 있음에도 불구하고, 작품의 개연성을 현저히 떨어뜨리는 여러 가지 문제점을 내포한다는 점에서 과연 『청년문학』에 실릴 수 있는 작품인지를 의심케 한다. 몇 가지 예를 들어, 처음에 철진이 찾아간 곳은 청남대대였는데 나중에는 승남대대로 이름이 바뀌는 점, 뜬금없이 대대 속보에 철진의 이름이 크게 났다고 하는 점, 의미적 연관성을 내포하지 못한 작위적 소제목들, 결말 부분에 입당 보증을 위해 대대장이 려단정치부와 도당을 찾아간 근거가 타당하지 않은 점, 보옥이와 철진이 헤어지지 않도록 하기 위해 대대장이 보옥이를 두 번씩이나 찾아갔다는 점 등은 이 작품이 서사적 개연성과 내포적 필연성에서 미숙함을 드러내고 있음을 보여준다.

## 6. 사랑을 선택하는 다양한 기준을 찾아서

북한 소설에서 드러나는 이성간의 교제는 철저히 일대일의 관계로 형상화된다. 현실적으로 인간의 감정적 교류가 일대일의 쌍방향 관계에서만 비롯될 수는 없다는 점에서 북한 소설 속 연애 관계는 현실을 외면하는 편향을 보인다고 할 수 있다. 특히 윤리적·사회적·도덕적 규범과 관습에 얽매인 남녀 관계는 사회적 신념의 충실성에 기반한 동지적 애정만을 유일무이한 답안처럼 제시하고 있다는 점에서 문제적이다.

남녀 간의 사랑을 다룬 북한 연애 소설에서 남성들은, 「첫 개발자들의 이야기」에서 〈주먹〉이 보여주는 외골수적 기질, 「겨울의 시내물」에서 학성이 보여주는 심리적 유약성, 「사랑의 샘줄기」에서 철진이 보여주는 권위주의적 남성상, 「시작점에서」에서 철진이 보여주는 타자에 대한 반발심 등에서 확인할 수 있듯 개성적 인물형을 획득하고 있지만, 여성들은 「첫 개발자들의 이야기」에서 강인하고 당찬 여성의 전형으로 등장하는 련희, 「겨울의 시내물」에서 현명하고 헌신적이며 거의 이상적으로 완벽한 여성성을 보여주는 옥심, 「사랑의 샘줄기」에서 신념을 꺾지 않으며 성실한 자세로 일관하는 주옥, 「시작점에서」에서 한없이 여린 심성을 드러내며 눈물 많은 비주체적 여성상을 보여주는 보옥 등에서 보이듯 천편일률적이고 고정화된 성격을 드러낸다는 점에서 문제적이라고 볼 수 있다.

즉 북한 소설 속 여성상을 종합해보면, 집단의 목표와 성취 동기가 뚜렷한 과제를 앞에 둔 여성은 당차고 강인하게 불굴의 신념과 개척 정신을 소유한 주체적 모습으로 그려지기도 하지만, 남성 앞에서나 가족 앞에서는 한없이 여리고 부드러우며 가녀린 여성으로서 남성에 의해 끌려가는 수동적 여성상을 보여주기도 한다. 결국 '강한 부드러움'

이라는 모성의 양면성을 극단적으로 양분화한 모습으로 여성들이 형
상화된다는 것은 여성의 다기다양한 현실적 모습을 왜곡하는 방편이
될 수도 있다는 점에서 문제점을 드러낸다.

　남녀 간의 사랑은 그 관계의 수만큼이나 다채로울 수 있지만, 신념과
동지적 애정을 앞세운다면 여성은 '강하거나, 부드럽거나'의 양자택일
식 귀결을 낳을 수밖에 없을지도 모른다. 사회주의의 제도적 평등과
주체 사회주의의 가부장제적 권위가 빚어낸 모순이 북한 소설 속 여성
을 박제화하고 있다면, 그 모순의 지점에서 새로운 방향을 의미화하는
것이 앞으로의 북한 소설의 과제가 될 것이다. 사랑을 선택하는 기준
은 사회체제와는 상관없이 다양하게 존재하는 것이고, 존재할 수밖에
없는 것이기 때문이다.

# 과학환상소설과 미래적 상상력
— 「붉은 섬광」과 「박사의 희망」을 중심으로

백지연

## 1. 과학환상소설의 의미와 범주

북한문학에서 과학환상소설의 등장은 김정일 체제 이후 북한 사회의 정책적 변화와 깊은 관련이 있다. 김정일 체제 이후의 북한 사회는 '온 사회의 인텔리화'를 내세우며 전사회의 부문 중에서도 특히 과학기술의 영역에서 뛰어난 인재를 양성할 필요가 있음을 역설해왔다. 문학예술의 부문에서도 이러한 사회체제의 변화가 반영되어 과학기술을 소재로 한 작품에 대한 관심이 증폭되었다. 소설의 주인공으로 과학자들을 설정하면서 이들을 미래 사회의 주역이자 새 시대의 전형적 인물로 부각시키는 것은 최근 북한 소설에서 자주 나타나는 경향이라고 할 수 있다. 북한문학에서 과학기술을 소재로 다룬 작품들의 주인공은 대체로 당과 수령에 대한 충성심이 강하고 창조적인 지혜와 열정을 지닌 소유자들로서 긍정적 사고관을 보여준다.[1] 이들은 대의명분을 위해 과학기술을 사용하는 긍정적이고 낙천적인 인물형들로서 대중들에게 감화를 줄 수 있는 올바른 도덕과 윤리를 표방한다.

인민 대중의 사회적 관심을 과학 기술의 영역으로 돌려야 한다는 목적의식 아래 그동안 많은 과학소재소설이 창작되어왔다. 그 중에서도 미래사회에 대한 상상력을 발휘한 과학환상소설은 새롭고 참신한 문예장르 중의 하나로 주목을 받아왔다. 이미 김정일은 자신의 시대를 열어갈 새로운 문예 장르로서 과학환상소설을 예시하면서 미래의 인재 육성이라는 방침 아래 과학소설이 필요함을 강조한 바 있다.[2] 기존의 주체문학이 지닌 도식성을 극복하고 인민 대중과 연계하는 새로운 주제를 필요로 하는 상황에서 과학환상소설이 훌륭한 길잡이가 될 수 있다는 판단을 내린 것이다.

과학소설(Science Fiction)과 환상소설(Fantasy)의 의미를 합한 과학환상소설은 과학기술문명이 눈부시게 발전한 미래 세계에서 일어나는 사건을 환상적인 스토리로 구성한 것을 의미한다. 일반적으로 '초자연적 가공세계에서 일어난 사건이나 현실에 있을 수 없는 사건을 소재로 한 문학작품'을 '환상소설'이라고 한다면 북한에서의 과학환상소설은 어디까지나 과학지식을 소재로 한 것에 한정되어 있다는 점에서 특징적이다. 비현실적이고 때로는 신화적이며 초자연적인 상상력을 포괄하는 본격적인 환상문학은 북한문학에서 관심의 대상이 아니다.

과학환상소설의 목적은 과학기술이 개인이나 지배층 집단의 특정한 이익을 위해 사용되기 쉬운 미래문명사회를 경계하는 동시에 합리적이고 효율적인 과학기술의 필요성을 역설하는 데 있다. 결국 북한에서의 과학환상소설은 엄밀한 의미에서 '과학소설'에 가까운 것이며 공포스러운 내용이나 신화적인 이야기, 동화적인 상상력은 내용상 포함되

---

1) 김종회, 「해방 후 북한문학의 전개와 실증적 연구 방향」, 『북한문학의 이해』, 청동거울, 1999, pp.36~39.
2) 김정일, 『주체문학론』, 조선로동당출판사, 1992, p.247.

지 않는다. 과학적 상상력을 소설적으로 구축하기 위해서 이야기의 환상성이 부수적으로 필요한 셈이다. 아직 입증되지 않은 미래사회적 과학 이론을 상상한다는 의미에서만 환상적인 내용의 설정이 인정받을 수 있는 것이다.

실제 우리문학의 사례와 비교한다면 북한의 소설들 역시 과학적인 합리성과 논리성의 세계를 통해 문명사회의 미래에 대한 상상력을 보여준다는 점에서 유사한 면모를 보여준다고 할 수 있다. 우리의 과학소설의 예로는 문윤성의 「완전사회」, 복거일의 「파란 달 아래」, 이성수의 「스핑크스의 저주」, 노성래의 「바이너리 코드」등을 거론할 수 있는데 이 작품들은 과학적인 상상력을 통해 문명사회의 일면을 성찰할 수 있는 진지한 주제의식을 표출하고 있다. 북한의 과학환상소설들 역시 미래사회의 발전된 면모가 한편으로는 인간의 주체적인 삶을 훼손할 가능성에 대해 비판적인 예측을 하고 있다.

북한문학에서 과학환상소설의 대표 작가로 손꼽히는 황정상은 『과학환상문학창작』[3]이라는 저서에서 인간의 윤리적 결단을 중심에 둔 과학환상소설의 중요성을 역설하였다. 그는 올바른 인간, 고귀하고 숭고한 과학자의 품성을 창작적인 측면에서 강조하면서 북한문학이 지향하는 '주체의 인간학'이 과학환상소설이라는 장르에서도 중요한 요소가 되고 있음을 밝힌다. 황정상의 소설인 『푸른 이삭』(금성청년출판사, 1988)은 서해 바다 속에서 항암 성분을 갖는 벼를 개발하는 청년과학자들의 이야기를 다루고 있는데 이 소설 속에서도 정열적이며 도덕적으로 올바른 '숨은 영웅'들이 공동사회의 이로운 목표를 위해 자신의 개인적 이득을 배제하는 면모를 보여준다. 이 소설에서 공공사회를 향한 희생적인 연구의 자세와 개인적 이득을 위해 비리를 일삼는 이기적

---

3) 황정상, 『과학환상문학창작』, 문학예술종합출판사, 1993.

자세는 선과 악의 이분법적 세계로 뚜렷하게 구분된다.

결국 과학환상소설은 현재의 북한사회가 필요로 하는 과학기술혁신과 그것을 대중적인 관심사로 확장시키려는 노력에서 산출된 장르라고 할 수 있다. 작가들은 조국의 과학기술 발전에 발 벗고 나선 과학자, 기술자들을 잘 형상화함으로써 작품을 읽는 대중독자에게 일정한 교훈적 메시지를 전달해야 한다는 책임감을 표출한다. 인민대중이 주체적인 과학기술을 최단 기간 내에 세계적 수준에 끌어올려 강성대국 건설에서 절실한 과학기술 문제를 풀어내기 위하여 이바지하여야 한다는 북한당국의 정치적 과제가 문학에서도 그대로 강조되고 있는 셈이다. 당의 문예정책은 대중들이 과학기술 발전에 깊은 관심을 지닐 수 있게 하며 동시에 과학자, 기술자들을 사회적으로 부각시킬 수 있도록 하기 위해 소설에서 과학자, 기술자들의 생활을 특색있게, 깊이 있게, 아름답게 그려내야 함을 끊임없이 강조한다.[4] 이 글에서 구체적인 고찰 대상으로 삼은 과학환상소설인 「붉은 섬광」(『조선문학』 2002. 9)과 「박사의 희망」(『청년문학』, 2002. 8) 역시 북한문학이 강조하고 있는 이러한 정치적 과제를 적극적으로 수용한 작품들이다. 이 작품들의 사례를 통하여 최근 북한문학에서 부각되고 있는 과학환상소설의 특징과 그것이 지닌 의미 및 한계를 고찰해볼 수 있을 것이다.


## 2. 미제국주의에 대한 비판—리금철의 「붉은 섬광」

리금철의 「붉은 섬광」(『조선문학』, 2002. 9)은 미제국주의를 날카롭게 비판하는 정치적 시각을 깔고 있는 과학환상소설이다. 소설의 이야기

---

4) 북조선작가동맹, 『조선문학』, 평양, 문예출판사, 2000. 3, p.5.

는 남태평양 아열대수역에 위치한 작은 섬나라인 아씨르의 수도에서 한밤중에 발생한 항구화재사건으로부터 시작된다. 미국의 전략물자를 훼손하려는 세력의 소행으로 보이는 화재사건을 조사하기 위하여 자치주 경찰청의 상급검사인 아브람즈 헬렌이 현장에 나타난다. 헬렌은 화재사건을 조사하는 과정에서 바다 밑에서 발견된 이상한 은백색의 휴대용발사체 잔해에 주목한다. 그녀는 또한 사고 당시 근처에 정박해 있던 '펜긴'호에 남극대륙 그라함랜드 연구기지 연구사인 조선민주주의인민공화국의 과학자 김학성을 포함한 세 명의 조선과학자들이 탑승하고 있음을 예사롭지 않게 여긴다. 이들이 남극대륙의 드레이카 해협에서 탑승했음을 밝혀낸 헬렌은 치밀한 자료조사와 추리과정을 통해 미군이 아씨르섬에 합법적으로 주둔하기 위해 일부러 화재사건을 일으켰다는 사실을 알아낸다. 연유통을 일부러 폭발시키려는 미군의 음모는 김학성을 포함한 조선과학자들이 "대기 속의 분자화합물을 인공적으로 조절하여 공기로 소화현상을 일으킬 수 있"는 물질을 사용하여 적극적으로 진화하는 바람에 실패로 돌아갔던 것이었다.

이 소설에서 스토리의 흥미로움은 헬렌이 주어진 정황을 가지고 화재 사건의 진상을 밝혀가는 추리 기법을 사용한 데서 나온다. 처음에 아씨르 섬의 화재 사건은 섬에 주둔한 미해병대의 전략물자인 연유통을 공격하려는 사람들의 음모처럼 보인다. 김학성을 비롯한 조선의 과학자들은 미군의 연유통 폭발사건과 모종의 관련이 있는 듯한 용의자로 등장하지만 이는 헬렌의 치밀한 증거 해석으로 인해 곧 실마리를 드러내게 된다. 자신의 공로를 자랑하지 않고 숨어 있으려는 김학성의 품성은 헬렌의 추리과정을 통해 차례로 밝혀지면서 더욱 고귀한 인성으로 돋보이는 효과를 갖는다. 더불어 이 소설에서 보여주는 미래적 상상력은 북한의 과학기술이 얼마나 선진적으로 발달할 것인가에 대한 낙관적인 전망으로 연결된다. 눈부신 과학기술을 선한 의도에서 사용할 줄 아는 정의로운 국가에 대한 믿음이야말로 북한의 과학환상소설에서 중요한 내용인 것이다.

「붉은 섬광」에서 특징적인 측면은 제국주의적 속성을 드러내는 미국에 반대하여 정의로운 기술실현을 주창하는 북한을 대안적 미래 세계로 설정하고 있다는 점이다. 이 소설의 서사가 보여주는 대립적 구도는 북한문예정책에서 강조해온 전형적인 갈등론을 반영한다. 문학예술에서 갈등은 계급투쟁의 반영이므로 계급투쟁의 성격에 의해 갈등의 성격과 특징이 규정된다.[5] 착취계급과 피착취계급, 지배계급과 피지배계급 사이의 모순과 대립, 투쟁을 반영한 적대적 갈등을 기조로 구성된다는 문예장르의 구성적 원칙은 과학환상소설이라는 장르에서도 충실히 구현되고 있는 것이다. 미제국주의자들은 전형적인 착취계급이자 부당한 지배계급으로 그리고 이에 저항하는 아씨르 섬의 평화적 주민과 이를 보호하는 조선의 과학자들은 이에 맞서는 피지배계급으로 설정된다. 과학기술을 사용하는 윤리적, 도덕적 측면에서도 이 두 나라의 특징은 선명하게 대비된다. 평화로운 아씨르 섬에 억지로 군대를 주둔시키고 자신들의 집단적 이익을 추구하는 미국의 횡포에 비한다면 오직 정의로운 의도만으로 이들의 음모를 저지하는 북한의 모습은 매우 긍정적인 것으로 묘사된다.

선과 악이 분명하게 대립된 세계에서 「붉은 섬광」은 과학기술이 지닌 본래적인 측면이 윤리적인 의식에 기초하고 있음을 독자에게 주지시키고자 한다. "트렁크에서 줄어든 질량과 콤퓨터로 계산된 발사체의 초기질량"이 일치하는 과정을 밝혀내는 헬렌의 조사과정 역시 과학적 추리의 과정이 긍정적으로 묘사된 부분이다. 무엇보다도 "남극의 그라함랜드연구기지에서 대기분자의 연구사업"을 진척시킬 수 있으며 더

---

5) 박태상, 『북한문학의 동향』, 깊은샘, 2002, p.303.

붙어 "남극의 상공에 소실된 오존층까지도 수복하려고 달라붙은 조선의 과학기술"은 이 작품에서 가장 공들여 강조되는 내용이다.

소설에서 '과학기술'은 그것을 구현하는 정의롭고 선량한 주인공의 성격형성으로 인해 더욱 빛나게 된다. 북한문학이 1980년대 이후 줄곧 강조해왔던 '숨은 영웅'의 성격은 이 소설의 '김학성'이라는 인물에게서 전형적으로 드러난다. 김학성은 실력있는 과학자이면서 동시에 인민을 구하기 위해 과학기술을 모범적으로 사용할 수 있는 완벽한 인간형으로 구현되어 있다. 아씨르 경찰 앞에서 김학성은 자신과 동료들의 선행을 계속 숨기지만 결국 영리한 검사 헬렌에 의해 정체를 드러내게 된다. 김학성은 자신과 동료들의 행적이 밝혀진 후에도 끝까지 그 공로를 밝히기를 원치 않으며 그 공로를 도리어 조국에 대한 애정으로 돌린다.

학성은 헬렌에게 기록부를 돌려주고 먼 북쪽하늘에로 눈길을 주었다. 그의 얼굴은 자부심이 안아 오는 희열로 붉게 충혈져 있었다.

"나는 그 연구품을 공개하고 싶지 않았습니다. 조국에도 아직 보이지 못한 것이니까요. 그러나 우리 조국은 이곳 아씨르항구의 화재상황에 대한 나의 보고를 듣고는 지체없이 그것을 사용하도록 지시를 준것입니다. 바로 이곳 아씨르인민들의 생명재산을 위해서 말입니다."

인용문에서 보듯이 김학성은 눈부신 과학기술과 뛰어난 인재들을 보유하면서도 그것을 결코 사사로운 이익을 위해 사용하지 않는 '우리 조국'에 대하여 깊은 신뢰를 표출한다. 김학성의 이러한 면모는 최근의 북한소설에서 자주 보이는 '숨은 영웅' 즉 일상 속에서 자신의 맡은 책무를 묵묵히 수행하는 긍정적 인물형을 고스란히 실현한다. 이미 이전의 북한소설이 강조해온, 수령과 조국에 충실하면서도 명예와 보수를 바라지 않으며 묵묵히 일하는 숨은 영웅의 캐릭터는 과학환상소설장르에서도 주인공의 중요한 성격적 특성으로 요구된다. 자신을 사로잡는 세속의 명예나 부로부터 초연한 채 꿋꿋한 지조를 보여주는 숨은 영웅의 모습은 세계평화라는 대의명분을 위해 노력을 아끼지 않는 북한정부의 모습을 이상화시킨 것에 다름아니다.

숨은 영웅의 숭고한 캐릭터는 주변 인물들을 감화시키기에 충분한 특성을 지니고 있는데 소설 속에서도 이들에게 감동하는 인물들이 자주 등장한다. 흥미로운 것은 대체로 숨은 영웅과 그를 존경하는 인물이 남성과 여성, 연인의 관계로 설정되고 있다는 점이다. 남성 주인공들이 성실하고 책임감 있는 인재이며 그의 헌신적이고 희생적인 봉사행위에 여성 주인공들이 강렬한 존경과 사랑을 느끼는 것이 자주 등장하는 스토리라고 할 수 있다.

「붉은 섬광」에서도 처녀검사 헬렌은 숨은 영웅인 김학성의 고귀한 윤리적 품성에 매료된다. 그녀가 느끼는 감정은 "지금껏 감수해 보지 못한 그 어떤 숭엄한 세계에로 격상시켜 주며 높뛰는 심장의 거세찬 박동"으로 이어진다. 그녀는 자신이 추리해낸 김학성과 동료들의 영웅적 행위의 세세한 부분을 당사자들의 의사에 따라 당분간 미공개의 것으로 묻어두기로 하면서 "전 선생의 그 연구품이 다시 만들어져 세상에 공개될 때 이 문서를 다시 작성하렵니다. 그러나 저의 가슴 속에는 우리 아씨르의 은인들이 영원히 남아 있을거예요"라고 말한다. "그 사람들은 그걸 바라지 않더군요. 그들의 가슴속에는 오직 자기 조국만이……"라고 되뇌이는 헬렌의 모습은 김학성이라는 인물에 감성적으로도 매료되는 한 여성의 모습을 보여준다. 그녀는 김학성의 순수한 인격적 열정과 조국애에 감명을 받고 그에 대한 사모의 감정을 존경심과 숭배로 전환시키고 있는 것이다.

김학성의 소신있고 겸허한 인품은 일찍이 북한 문예정책에서 강조되어왔던 윤리적 인물형을 그대로 반영한다. "개인주의는 언제나 곧 이기주의로서 버려야 할 것이었거니와 사심을 버리고 공공심을 가져야한다는 명령"이 중요하게 작용하는 북한의 소설에서 윤리적 감응의 능력은 "인간이 되기 위한 조건"인 것이다. 서로를 감동시키는 인민들의 모습은 김학성과 헬렌 뿐만 아니라 다른 작품들에서도 종종 나타나는 부분이다.

김학성과 헬렌의 인물적 형상화를 보아서 짐작할 수 있듯이 과학환상소설에서 중요하게 다루어지는 주제는 과학기술을 올바르게 사용할수 있는 '주체적 인간'의 품성이다. 앞에서도 지적했지만 과학환상소설에서 환상성의 역할은 비현실적인 공상으로 독자를 인도하는데 목적을 두지 않는다. 과학환상소설은 문명비판적인 성격을 지닌 다분히현실 실현적인 범위를 소재의 영역으로 한정한다. 미래 사회에 이용될과학기술의 수준을 상상하고 가늠하는 것, 특히 그 기술의 목적이 정당한 대의명분에 사용되어야 한다는 주제적 강박의식은 이 장르의 작품들에서 공통적으로 발견할 수 있는 것이다. 가령 「붉은 섬광」에서 공기 중의 연소 물질을 소화시킬 수 있는 또다른 새로운 물질의 발견이라든지 남극대륙에서 새로운 과학적 탐험을 벌이는 과학자들의 이야기는 그것을 주도하는 북한의 긍정적 이미지로 수렴된다.

「붉은 섬광」에서 살펴보았듯이 북한문학에서 과학환상소설의 기능은 북한사회가 당면한 경제적 위기의식이라든가 정치적 고립상황의문제를 낙관적인 문학적 상상력으로 돌파하는 데 있다고 할 수 있다. 과학소설이 보여주는 환상적 요소는 북한사회의 폐쇄적 구조가 가져온 경제적, 정치적 위기 의식의 문제를 긍정적으로 해소하면서 대중에게 낙관적인 미래와 희망을 선사하고자 한다. 그리하여 가상미래의 공간에서도 북한은 훌륭한 과학기술을 보유한 최첨단적 문명국가로 암시된다. 미제국주의의 음모조차도 간단하게 폐기시킬 수 있는 뛰어난

과학기술을 보유한 나라에 대한 장밋빛 판타지는 북한의 과학환상소설의 중요한 특징이 되는 셈이다.


## 3. 사이보그와 윤리적 인간형—리철만의 「박사의 희망」

리금철의 「붉은 섬광」이 북한 과학환상소설의 전형적인 특징을 보여주는 작품이라면 리철만의 「박사의 희망」(『청년문학』, 2002. 8)은 사이보그와 인간이 공존하는 미래사회를 다소 음울하게 형상화했다는 점에서 좀더 환상성을 강화한 작품이라고 할 수 있다. 이미 90년대에 발표된 과학환상소설인 박종렬의 중편 『별은 돌아오리라』(1993)는 로봇 전문가인 노학자 한세웅이 새로운 에네르기 자원원소인 114번 원소 탐사에 몰두하는 이야기로서 사이보그 소재의 형상화를 보여주었다. 『별은 돌아오리라』에는 북한의 적인 제국주의에 대한 비판이 등장하며 그들의 핵위협에 맞서서 북한 역시 방어적인 대책을 세워야 한다는 정치적 논리가 강경하게 등장한다. 「박사의 희망」은 이 작품에 비한다면 사이보그의 문제를 좀더 원칙적이고 윤리적인 차원에서 고찰하고 있는 작품이다.

소설은 세계로보트축전이 열리는 오스트리아 수도 원시에 있는 '늦잠기 구락부'에 대한 소개로 시작된다. 구락부의 창시자이며 회장인 존 슈믹쯔는 '오늘 못다하면 래일 하자!'라는 구호를 내세우고 모임을 끌어가고 있다. 그러나 겉으로 보기에 평화로워 보이는 '늦잠기 구락부'는 최첨단설비로 무장된 지하궁전을 꾸며놓고 비상한 두뇌를 가진 인재들을 유인하여 그들의 지식을 강탈한 후 그것을 세계특허급 기술자료들로 포장해서 불법매매하는 곳이었다. 슈믹쯔는 세계로보트축전의 우주컵 수상예상자인 김대혁 박사를 납치하여 그의 두뇌에 저장된 최첨단과학기술들을 강탈하려는 음모를 꾸민다. 한편 중앙프로그램 개발쎈터의 연구사인 한송미의 도움을 얻어 '희망'이라는 로보트개발에 전심전력을 기울이던 김대혁은 자신의 연구품으로 오히려 슈믹쯔를 공격하고 그가 지닌 악의 정체를 전세계에 폭로한다. 김대혁을 사랑하는 한송미는 평소에 의문시되었던 그의 행동이 정의를 위한 것임을 깨닫고 더욱 가슴이 설렌다.

「박사의 희망」이 보여주는 미래의 문명사회에 대한 상상력은 물질적 욕망이 인간의 존재근거까지도 파괴할 위험이 있음을 경고한다. 이 작품에서도 갈등의 구조와 그 해소과정은 매우 분명하게 드러난다. 악의 세계는 존 슈믹쯔 박사로 대변되는 황금만능주의의 세계이며, 선의 세계는 공공의 이익을 위해 과학기술을 올바르게 사용하려는 김대혁이 표상하는 세계이다. 슈믹쯔가 철저히 이익을 추구하는 자본주의 사회체제의 한 특성을 상징한다면 김대혁은 기술과 이득을 모든 사람들에게 나누어주고 실행하는 이상적인 사회주의 체제의 특성을 상징한다.

"아, 김대혁박사! 난 당신의 재능에 탄복했소. 우리 서로 현대지성인답게 점잖게 이야기해봅시다. 당신과 내가 손을 잡기만 하면 우린 그 어떤 희망이든 다 성취할 수 있소. 이 행성우에서 최대의 재벌로, 황금의 제왕이 되는 것, 이것이 나의 희망이요, 당신도 마다하지는 않을텐데, 어떻소? 리성적으로 판단하시오. 나의 희망을 따르던가 아니면 죽든가. 길은 오직 둘뿐이요."

위의 인용문에서 보는 것처럼 슈믹쯔는 황금만능주의로 김대혁을 이끌려고 최후까지 노력하지만 그것은 헛된 망상으로 끝난다. 그가 보여주는 이기적이고 잔혹한 품성은 김대혁이 끝까지 경계하는 자본주의적 속성이다. 결국 소설은 자본주의 경쟁 체제가 아닌 사회주의 체제의 긍정적인 승리가 예견되는 것으로 갈등을 해소시킨다.

악의 세력인 슈믹쯔에 대립된 인물인 김대혁이 표상하는 긍정적인 청년과학자의 모습은 「붉은 섬광」에서도 보인 김학성의 완벽하고 정의로운 모습을 연상시킨다. 그는 대의에 복무하며 자신의 올바른 생각을 결코 타인에게 자랑하지 않는다. 소설의 말미에서도 그는 대중 앞에서 다음과 같이 고백한다.

"나는 조선 청년의 과학자입니다. 아침해 빛나는 내 나라엔 요람가에서 착한 사람 되라 자장가를 불러 준 어머님이 계시며 어서 자라 과학으로 나라를 떠받들고 빛내이라 꿈을 키워 주고 걸음걸음 이끌어 준 잊지 못할 모교인 금성1 고등중학교와 룡남산마루에 높이 솟아 있는 김일성 종합대학이 있습니다. 개인의 치부나 명예, 그 어떤 나라와 민족을 지배하기 위해서가 아니라 과학과 그 발전을 명실공히 인류의 복지증진에 이바지하게 하는 것, 그를 위한 과학돌격대! 이것이 나의 소박한 희망이었습니다."

김대혁이 대의명분을 중시하는 희생적인 인물이라는 사실은 한송미를 설득하는 장면에서도 나타난다. 로봇들의 정의 프로그람을 주입하는 한송미는 조국애를 강조하는 김대혁의 명분에 감동받는다. 그녀는 '나는 결국 그의 컴퓨터에 련결된 하나의 자료가지에 불과했단 말인가?'라고 갈등해보기도 하지만 김대혁의 조국애와 과학적 열정에 곧 사로잡히게 된다.

"동무도 알겠지만 오늘의 과학은 치렬한 경쟁을 동반하고 있소. 이 속도경쟁에서 거부기가 자연 그대로의 실체를 개조하지 않는 이상 영원히 토끼를 따라잡지 못하는 시대란 말이요. 조국은 지금 세계과학의 제일선에서 달릴 수 있는 거대한 가속도를 요구하고 있소. 합치면 가속도는 더 증가될것이요. 〈누구의것인가가 아니라 우리의것이다.〉 나는 같은 청년과학자로서 나의 이 언어가 동무와 통하리라고 믿소……"

라는 김대혁의 호소는 한송미의 마음을 움직이기에 충분하다. 그가 내세우는 공공의 선을 향한 희생의 마음은 고귀하고 숭고한 감정이다. 한송미는 김대혁과 함께 '조국의 과학의 한 분야가 경쟁주로에서 속도를 내는 것'을 지지하기 위하여 자신의 귀중한 연구시간을 바치는 것에 동의하게 된다.

소설에서 '우리의것'으로 표상되는 공공선, 공공이익은 북한소설이 상정하는 윤리적, 도덕적 책임을 그대로 드러낸다. 때로 이 앞에서 청년들의 사랑은 단순한 애정 문제가 아니라 정의로운 사회를 향한 공동책임으로 이어지는 숭고한 것이 된다. 이 소설에 등장하는 대혁과 송미의 로맨스는 요즘 북한 소설에서 자주 화제가 되는 '애정 모티프의 대담한 등장'[6]과 연관있다. 청년노동계급의 열정이 새로운 사회주의 건설의 원동력으로 간주되는 사회적 분위기 속에서 연인들의 로맨스는 낭만적인 열정으로 인해 더욱 강한 힘을 지니는 사회적 책임감으로 귀결된다. 물론 과학기술을 소재로 삼은 대다수의 북한소설에서 연인들의 애정문제가 이러한 방식으로 종종 연결되는 것은 일종의 상투성이라고 비판할 수 있다.

「붉은 섬광」과 함께 「박사의 희망」이 보여주는 미래 문명세계는 다소 모호한 빛깔을 띠고 있다. '조국'에 대한 뜨거운 애정과 '김일성 종합대학'에 대한 찬양적 발언이 거듭 강조되긴 하지만 미래 사회가 어떤 정치체제를 갖춘 사회가 될지에 대해서는 선명한 투시도를 보여주지 않는다. 단지 이들 작품에서 미래의 문명세계는 인간의 자율적인 가치판단과 윤리의식이 더욱 중요하게 요구되는 것으로 그려진다. 공공의 선과 이익을 위해 자신의 개인적 이득은 포기할 수 있는 희생적이고 헌신적인 인간적 품성이 원칙적인 차원에서 강조될 따름인 것이다. 작

---

6) 박태상, 『북한문학의 현상』, 깊은샘, 1999, p.246.

가들은 현재의 북한 정치체제에서 중심이 되고 있는 '수령'이 미래 사회에서도 핵심적인 정치 권력으로 작동할 것인가에 대해서 모호한 암시를 던지고 있다. 「박사의 희망」에서도 자본주의 체제 사회는 완전히 소멸한 것이 아니라 '존 슈믹쯔'라는 인물에서 보듯이 개별적인 사례로 남아 있다. 미래 사회에서 북한 정치 체제가 어떠한 방식으로 존재하면서 자본주의 체제의 이기적이고 비윤리적인 특성을 방어할 것인지에 대해서는 과학환상소설에서도 모호한 예측사항으로만 남겨져 있는 것이다.

## 4. 주체의 인간학이 꿈꾸는 미래

2000년 이후에 발표된 북한의 작품들은 당위적 명제와 사회주의적 현실 문제 사이에서 길항해 왔다. 최근의 북한 소설들은 당위와 현실, 과거와 현재, 이념과 욕망 사이에서 다양한 스펙트럼을 조성하며 주체소설의 미세한 균열의 징후를 보여왔다.[7] 과학환상소설이라는 명칭의 등장은 이러한 측면에서 북한의 문학이 당면한 현실적인 위기감과 가능성의 모색을 입증하는 것이기도 하다.

북한문학에서 과학환상소설은 과학기술분야에서 열정적으로 활동하는 사람들의 모습을 긍정적으로 형상화하여 독자들에게 감동과 영향을 주어야 한다는 뚜렷한 목적의식을 표방한다. 출간된 과학환상소설 단행본이 대부분 어린이 및 청소년을 대상으로 다루고 있다는 점도 이러한 측면에서 이해될 수 있다.[8]

---

7) 고인환, 「소재와 구성을 통해 본 최근의 북한소설」, 『문학수첩』, 2003, 봄, p.376.
8) 『새별운석탐사대』(금성청년출판사 편, 금성청년출판사, 1979), 『남색 하늘의 나라』(조천종, 금성청년출판사, 1985), 『번개잡이 비행선』(김저외 편저, 금성청년출판사, 1988) 등은 어린이 문학의 한 장르로 과학환상소설이 중요한 비중을 차지하고 있음을 보여준다.

북한의 과학환상소설에서는 무엇보다도 주인공의 헌신적이고 희생적인 성격이 강조된다. '인민경제의 주체화, 현대화, 과학화'를 새로운 시대과제로 제시한 북한사회에서 과학기술은 사회주의 체제 속에서 자립적 생존을 위한 중요한 자원이 된다. 사회주의 경제의 발전과 자립화를 이룩하기 위해서는 헌신적인 과학기술자들이 많이 양성되어야 하며 문학작품에서도 그러한 모범적인 인물들이 주인공으로 훌륭하게 형상화되어야 하는 것이다.

실제 작품 속에서 드러난 청년 과학자들은 뛰어난 실력을 갖춘 과학적 인재인 동시에 국가와 공공의 집단을 위한 희생적인 태도를 갖춘 훌륭한 인격자로 이상화되고 있다. 미래 사회에서도 이들이 지닌 고결하고 깨끗한 윤리적인 품성은 주변 사람들을 감동시키는 것으로 그려진다. 이들이 표방하는 선의 개념은 사회주의 체제의 우월성을 암암리에 강조한다. 작가들은 현재의 수령중심사회가 미래에 어떤 형태로 존재할 것인가에 대해 구체적인 밑그림을 제시하지 않지만 자본주의 체제의 모순성을 극복하는 대안사회로서 사회주의 체제가 여전히 우월할 것이라는 믿음을 미약하게나마 표출한다.

소재와 주제의 참신성을 개발한다는 점에서 과학환상소설은 북한문학의 지형도 속에서 새로운 가능성의 장르로 평가받고 있다. 물론 북한의 소설작품들이 처음부터 갖고 있는 도식적인 한계, 즉 선과 악의 구도로 형상화된 인물형은 과학환상소설 장르에서도 예외없이 드러난다. 남성과 여성의 사랑 이야기가 공공의 선을 통해 더욱 굳건히 다져지는 감정으로 묘사되고 있는 것 역시 상투적인 설정으로 지적할 수 있다. 그것은 주체의 인간학이라는 강박적 개념에서 자유로울 수 없으면서 한편으로는 그것을 벗어나는 새로운 미래적 상상력을 끌어들여야 하는 과학환상소설의 이중적 부담을 보여주는 것이기도 하다. 결국 과학환상소설은 다양한 문학적 주제와 형식을 수용하면서 일상 속에서 좀더 현실적인 인물들을 그려내려는 북한문학의 고민과 시도를 보여주는 미완의 장르로서 존재의미를 지닌다고 할 수 있다.

# '종자'와 '씨앗'의 변증법
## ― 최근 북한 이농문학의 동향

노희준

## 1. 당과 인민과 수령의 삼단논법

파시즘 지도자와 스탈린주의 지도자의 차이에 대한 명쾌한 지적이 있다. 파시즘의 지도자는 대중연설을 마친 뒤 대중들의 박수를 받으면 자기 자신을 그 박수의 수신인으로 내세운다. 반면 스탈린주의 지도자는 스스로 일어서서 박수를 치기 시작한다. 스탈린주의가 파시즘보다 더 민주주의적이라는 의미는 아니다. 다만 여기에는 미묘한 심리학적 역학이 있다. 전자가 자신을 역사의 대표자로 생각한다면, 후자는 '실제로는 존재하지 않는 대표자'의 충복 혹은 도구로서 자신의 존재를 가정한다. 지도자는 그 권력을 대변하는 육화된 존재일 뿐, '권력 그 자체'는 결코 아닌 것이다. 모든 인민(지도자를 포함한)은 상징적인 '당 자체'에 박수를 보낸다. 그럼에도 불구하고 당의 대표자가 지도자임은 말할 것도 없다. 스탈린주의 지도자는 자기 자신의 손을 빌어 인민에게 갈채를 보내고 당을 통해 그 찬사를 고스란히 되돌려 받는다. 말하자면 여기에는 삼단논법의 순환논증이 작용하고 있는 셈이다.

이른바 우리식 사회주의를 지속하고 있는 북한의 정치·예술에 관한 각종 문면에서도 이러한 삼단논법의 순환논증은 쉽게 찾아진다. 주체 사실주의의 주요개념인 '종자론'과 '전형성'의 경우를 보아도 그렇다. '종자'는 '작품의 핵으로서 작가가 말하려는 기본문제가 있고 형상의 요소들이 뿌리내릴 바탕이 있는 생활의 사상적 알맹이'[1]로서, 좋은 종 자란 '고상한 사상성을 구현할 가능성과 지향성'[2]을 가지고 있어야 한 다. 종자를 골라잡는 데서 가장 중요한 문제는 '생활 속에서 위대한 수 령님의 교시와 그 구현인 당 정책의 요구에 맞는 종자를 골라잡는 것'[3] 이다. 이 명제를 거꾸로 뒤집어보면, 결국 수령님의 교시와 당 정책에 맞지 않는 일상생활의 묘사는 종자가 아니라는 얘기가 된다.

'전형성'의 경우에도 사정은 같다. 전형적 인물(A)은 당과 노동계급 의 사상(B)을 구현하는 자이다. 동시에 전형적 인물(A)은 생활반영의 진실성과 인식 교양적 기능(C)을 두루 갖추고 있어야 한다. 여기서 전 형적 인물은 당(이상)과 생활(현실)을 매개하는 특수자로서, A는 B이고 동시에 C이므로 A는 곧 C이다. 즉, 생활반영의 진실성과 인식 교양적 기능은 곧 당과 노동계급의 사상 구현과 동의어다. 이러한 논리는 '그 러나 아직 사회에 광범히 보급되지 않고 흔히 눈에 띠우지는 않는 전 형적인 것'[4]이라는 표현을 분석하면 보다 명료해진다. 결국 전형적 인 물이란 아직 생활 속에서는 존재하지 않는 잠재태적인 당의 사상을 구 현하기 위한 인물로 현상태적인(다시 말해서 당과 멀리 떨어진) 북한사회 의 현실과 끊임없이 투쟁하는 자이다. 더 이상 논의를 진행시키지 않

1) 『북한의 문예이론(주체사상에 기초한 문예이론)』, 사회과학원 문학연구소, 북한문예연구자료선, 인동, 1989, p.207.
2) 위의 책, p.211.
3) 위의 책, p.215.
4) 위의 책, pp.229~230.

더라도 북한의 '주체주의적 사실주의'란 특수자를 통한 개별자와 보편자의 발견이라는 사회주의적 사실주의와의 보편형식과 상당한 거리가 있는 것임을 알 수 있다.

이러한 북한 문예예술의 논리는 북한 소설에 나타난 현실의 제시가 북한 사회를 그대로 반영하는 것이 아님을 알게 해준다. 그것은 말 그대로 아직 현상화되지 않는 가능태적인 현실이요, 당의 사상과 정책이 한 인물 속에 육화된 이상화된 형태로서의 현실이다. 그렇다면 우리는 북한 소설에 있어 겉으로 드러난 문면의 의미만으로는 북한사회가 처한 현실을 있는 그대로 볼 수 없다는 결론을 얻게 된다.


## 2. 당 정책과 농촌소설의 시기구분

북한문학사가 당의 정책변화를 기준으로 대략 5단계로 구분된다(각주)는 것은 주지의 사실이다. 농민소설은 이러한 시기구분의 추이를 따르면서 북한의 계획경제정책에 따라 미세하면서도 도드라지는 몇 번의 굴절을 겪는다. 북한의 사회주의 경제계획은 인민경제 복구기(1946~1949/1954~1956), 5개년 계획 기간(1957~1960), 1차 7개년 계획 및 7개년 계획의 3년 연장기(1961~1970), 기술개조와 인민경제의 현대화 시기(1971~현재)에서 6개년 계획(1971~1976), 제 2차 7개년 계획(1978~1984) 및 3차 7개년 계획(1987~1993)의 순서로 진행된다고 한다.[5] 여기서 큰 기점은 ①1945년부터 1976년까지 ②1977년 이후부터 1986년까지 ③1986년 이후 특히 1990년대로 잡을 수 있다. 첫번째 전환기는 2차 7개년 계획 이전과 이후로서 대략 이 시기를 기점으로 북

---

5) 연하청, 「사회주의 경제계획」, 『북한 개론』, 을유문화사, 1990, pp.143~144.(『북한문학의 현상』, 박태상, 깊은샘, 1999, pp.323~324에서 재인용)

한경제발전의 상승곡선이 하강곡선과 맞물리게 된다고 볼 수 있다. 농업의 경우 전 세계적인 한랭전선의 확산, 가뭄 및 홍수의 빈번한 발생으로 농촌이 뚜렷한 위기에 봉착한 것 역시 1970년대다. 73년 김일성의 '주체농법'의 시행은 이러한 극간의 사정을 잘 반영하는 것으로서 이 시기 이전, 특히 북한의 토지개혁 시기 소설의 일반적 경향과 '식량증산'이 지상목표가 된 이 시기 이후 소설의 변화양상을 짚어보는 것이 첫번째 논점이다. 두 번째 전환기는 대략 1980년대 후반부터 현재까지인데 이는 북한경제발전의 하강곡선이 뚜렷해진 시기로서 냉전체제의 종식과 세계공산권의 붕괴로 인해 세계경제체제 내에서 북한경제의 고립이 가시화되고, 냉해현상 및 우박피해 등의 기상이변, 주체농법의 사실상의 실패, 관료주의 병폐 등 여러 가지 요인으로 북한의 농촌이 외부적·내부적으로 벼랑 끝으로 몰리는 시점이다. 따라서 농촌을 다룬 문학작품을 통해 이러한 북한의 총체적 위기의 단면을 짚어보는 것이 두 번째 논점이 된다.

첫번째 논점과 관련해서는 북한의 토지개혁을 다루고 있는 유명한 작품인 이기영의 『땅』과 제 2차 경제개발계획 시기의 북한농촌현실을 사실주의적으로 반영하고 있는 천세봉의 『석개울의 새봄』을 비교해 보고, 한윤의 『씨앗』에 나타난 문제제기를 간략하게 검토해 보는 것이 좋겠다. 우선 이 작품들은 전후복구기와 경제건설기에 있어 북한농촌소설의 화두가 어떻게 이행했는가를 잘 보여줄 뿐만 아니라, 특히 『석개울의 새봄』은 사회주의 리얼리즘 시기와 주체문학시기에 걸쳐 창작되어 두 시기의 비평관점이 어떻게 다른가를 특징적으로 드러내는 과도기적인 작품인 때문이다.

두 번째 논점과 관련해서는 워낙 작품의 수가 방대한 관계로 『청년문학』에 발표된 작품 중 무작위로 추출한 몇몇 단편소설을 중심으로 농촌에 대한 북한문예정책의 최근양상과 북한농촌이 위기에 빠진 몇

몇 원인을 대략적으로 짚어보겠다. 물론 이는 북한현실에 대한 정치적·사회적·경제적인 상황에 대한 심화된 연구가 아닌 몇몇 소설작품을 통한 문학적 추론의 형식에 불과한 것임을 미리 밝혀둔다.

### 3. '땅'과 '씨앗'의 이데올로기—이기영 『땅』, 천세봉 『석개 울의 새봄』, 한윤의 『씨앗』 비교

『땅』은 해방 후 북한의 토지개혁을 중심 테마로 삼고 있는 작품으로 1948년부터 집필된 이기영의 첫 장편소설이다. 김일성으로부터 '지난날 우리 나라 농촌에서 가장 반동적이고 악독한 계급은 지주계급이었습니다. 지주가 얼마나 우리 농민들을 가혹하게 압박하고 착취하였는가는 소설 '땅'만 읽어보아도 잘 알 수 있습니다[6]라는 평가를 들을 만큼 새 조국 건설시기의 '혁명적 낭만성'을 훌륭하게 형상화하고 있는 작품이다.

『개간편』과 『수확편』의 두 편으로 된 이 장편소설은 혁명의 '창조적 인물'인 머슴 출신 곽 바위와 토지개혁을 방해하려고 온갖 반동적인 행위를 일삼는 지주 출신 고병상을 등장시켜, 인민정권의 승리와 봉건세력의 멸망을 보여주고 있어서 해방 후 북한 소설의 기본적인 구도인 주동인물과 반동인물의 첨예한 갈등과 주동인물의 승리라는 테마에서 크게 벗어나지 않는다. 그러나 이 소설에서 주목할만한 인물은 오히려 면당 위원장 강균이다. 그는 소부르죠아 출신의 당 간부로서 곽바위를 당의 정책과 이념으로 영도하는 일종의 나침반 같은 존재이다. 물론 곽바위는 진펄을 앞장서서 개간하고, 두레를 조직하고 애국미를 솔선

---

6) 『김일성 저작집』 16권, p.161.

헌납하는 등 능동적인 행동을 보일 뿐 아니라, 때로는 강균의 사상과 이념에 의문을 제기하는 주체적인 인물형으로 제시된다. 농민을 올바른 혁명에의 길로 이끌기 위해서는 인텔리의 지도가 필요하지만, 혁명 그 자체는 소 부르죠아가 아닌 프롤레타리아 자신의 힘으로 개척해야 한다는 작가의 사상이 분명하게 내보이는 대목이다. 토지개혁이라는 역사적 사건을 통해 당과 인텔리와 농민의 변증법적 관계를 정립하려는 의도가 어렵지 않게 확인된다. 여기서 '땅'이 계급적 관계의 정초와 그 결실이라는 메타포로 기능하고 있음은 물론이다.

천세봉의 『석개울의 새봄』은 『땅』의 연속선상에 놓이면서도 사뭇 다른 문제제기를 하고 있다. 1955년부터 8년여에 걸쳐 창작되었다는 사실만 놓고 보아도 이 작품이 지닌 넓이와 깊이가 짐작된다. 더구나 작가의 사실주의적인 창작에 대해 시기의 추이에 따라 당의 태도가 달라지고 있다는 점도 흥미롭다.

우선 중심인물인 김창혁과 미제국주의의 대리인인 강덕기가 등장하여 주된 갈등을 빚고 있다는 점에서는 『땅』과 기본적인 설정이 같다. 하지만 이 작품은 반혁명세력이라는 '외부적 요인'뿐만이 아니라 중농들의 복잡한 세력갈등, 협동조합 건설의 실질적인 문제 등 '내부적 요인'을 전면에 드러내놓고 있다는 점에서 계급갈등보다는 농촌문제 그 자체에 좀 더 주목하고 있는 듯한 인상을 준다. 더구나 3부에서는 김창혁을 무능력한 관리위원장으로 묘사하는 등 당의 지도가 한 명의 창조적인 농군을 종속적인 관료로 전락시키는 모습을 형상화하고 있어서 의미심장하다. 1부가 『조선문학개관』과 『조선문학사』에서 극찬받은 것과 대조적으로 2부, 3부가 언급조차 되지 않고 있는 것은 이러한 '사실주의적 반영'이 67년 이후의 '우리식 사회주의' 혹은 '주체 사실주의'라는 당의 노선과 문예정책에 얼마나 배치되는 것인가를 잘 보여준다.

이러한 문제제기는 한윤의 『씨앗』에서도 잘 드러난다. 이 작품은 『석개울의 새봄』이 '사회주의적 사실주의'와 '우리식 사실주의'의 과도기에 걸쳐 있는 것과는 달리 일관되게 '우리식 사회주의적 사실주의' 방식에 따라 기술된 작품으로 북한의 제 2차 7개년 경제계획 시기를 배경으로 하고 있다. 일단은 '토지혁명'에서 '종자혁명'으로 주요 테마가 이행했고, 도시처녀와 농촌총각의 사랑이라는 '로맨스 모티브'가 작품의 상당부분을 차지하고 있는 점이 눈에 띈다. 이러한 점은 80년대 북한사회의 변화를 짐작하게 하는데, 우선은 과학적 지식에 기반한 품종개량이 식량난에 처한 북한농촌의 주요 쟁점으로 부각되었다는 것과, 낭만적 사랑이 민중을 교화하기 위한 이데올로기적 수단으로 더욱 폭넓게 문학의 전면에 등장하고 있음을 보여준다. 10년여에 걸친 투쟁 끝에 새로운 육종을 개발하고 위대한 사랑에도 결실을 맺게 된다는 신화적인 줄거리를 제하고 나면 이 소설은 북한이 처한 현재의 상황을 사실적으로 반영하고 있다고 할 수 있는데, 북한의 식량위기와 관련하여 이른바 1976년 이후의 '주체농법'이 가진 한계와 그 실패를 다루고 있다는 점, 북한농촌의 위기가 단순히 사회주의의 몰락에 따른 '외부의 적'에 의해서가 아니라 관료주의나 무사안일주의 등의 '내부의 적'에 의해 심화되고 있다는 점, 소설에 등장하고 있는 것과는 달리 도시와 농촌간 격차나 도시청년들의 농촌기피현상이 만연해있다는 점 등을 짐작케 한다.

그렇다면 이러한 농촌문제에 대한 최근 북한문예학의 대응방법이 궁금해지지 않을 수 없다.

## 4. '씨앗'과 '종자'의 문학사회학―최근의 이농소설을 중심 으로

일반적으로 이농소설이라 하면 도시로의 인구집중과 그로 인해 야기 되는 농촌문제를 폭넓게 다룬 소설을 뜻할 것이다. 그러나 북한 이농 소설은 도시에 살고 있었거나, 기술직·사무직에 종사하던 사람이 농 촌으로 이주하여 겪는 이야기를 다루고 있는 경우가 많다. 이는 토지 에 뿌리를 둔 자가 땅과의 투쟁을 통해서 혁명과업을 완수한다는 내용 의 전통적인 농촌소설의 문법과는 거리가 있는 것이다. 꼭 이농소설이 아니라 하더라고 90년대 농촌소설에서 토착농민을 주인공으로 내세우 는 경우는 흔하지 않다. 중심인물의 성격도 변화하여 인텔리 계층의 농촌체험이 자주 등장한다. 전형적 인물이 반동인물과 갈등을 겪고 그 과정에서 승리하는 구조보다는 아직 진정한 혁명가로 거듭나지 못한 중심인물이 영웅적인 주변인물에 의해 교화, 혹은 감화되는 내용의 서 사가 빈번하다. 이전의 농촌소설과는 확실히 다른 양상이지만 한편으 로는 전후 복구기 및 사회주의 건설기의 '숨은 영웅' 찾기 전통을 잇고 있는 것으로도 판단된다.

우선 주목되는 것은 개인주의적인 인물형과 이타주의적인 인물형을 대립시켜 '우리의식'을 부각시키는 경향이다. 한 명의 '영웅'이 아닌 '나'를 망각한 '우리'가 하나의 사회주의적 전체를 구성할 수 있음이 강조된다.

김창림의 「옆집 사람」[7]은 '기계화반'의 인정받는 선반공이었던 진석 이 자신보다 뒤늦게 농장으로 이주한 '옆집사람(강호식 아바이)'와 겪는 갈등을 다룬 작품이다. 분배의 기준이 되는 두 집 사이의 울타리를 허

---

7) 『청년문학』, 2002. 11.

락 없이 뽑아버렸다는 이유로 강아바이를 좋지 못한 눈초리로 보게 된 진석은 강아바이의 성실한 생활과 풋풋한 인정에 끌려 점차 처음의 선입관을 버리게 되지만 작업하고 있는 동료일꾼들을 버려 두고 '위의 손을 빌려' 일을 처리하려 했다는 이유로 강아바이에게 꾸중을 듣자 강아바이의 출신성분을 트집잡아 신랄한 공격을 하게 된다. 그러나 강아바이가 자신이 농촌출신임에도 불구하고 자식들은 모두 농촌을 외면하게 된 현실에 통탄하여 농촌에 자원한 훌륭한 사람임을 알게 되자 곧 오해를 풀고 '한평생 낫을 억세게 틀어 잡고 쌀로서 장군님을 받들' 의지를 다진다.

리승섭의 「삶의 위치」[8]는 공간적 배경은 다르지만 인물갈등의 구도 및 '우리의식'의 강조가 '옆집사람'과 유사하다. 발전소 건설현장의 취사원으로 돌격대 생활을 시작한 조학실은 자신이 배치받은 장소에 실망하여 어떻게든 현장 영웅이 되기 위해 노력한다. 남자인데도 현장경비나 서고 있는 오광삼이나 취사원 생활에 만족하는 친구 허정금은 그에게는 이해가 되지 않는 인물이다. 오광삼의 '돌격대원은…… '나'를 생각해선 안되오'라는 충고나 '누구든 식당일을 해야 하지 않니'라는 최정금의 발언도 학실의 영웅에 대한 야망을 바꾸어놓지는 못한다. 그러나 소설의 말미 언제가 홍수에 무너질 위기에 처하자 정금은 자신의 목숨을 바쳐 언제를 지키고, 학실은 그를 통해 '집단속에서 생활'하는 삶의 의미와 '영웅의 딸'이 되는 진정한 방법을 배우게 된다는 줄거리이다.

두 소설 모두 개인의 명예와 이익을 추구하는 중심인물이 '우리'를 우선시하는 주변인물과의 갈등 및 이해를 통해 '당'과 '장군님'의 뜻을 받드는 영웅으로 고양된다는 서사구조를 따르고 있다. '인민'과 '전형'

---

8) 『청년문학』. 2002. 12.

과 '당(수령)'이라는 동일시와 그에 따른 삼단논법이 공통적으로 작용하고 있음은 물론이다.

「삶의 위치」에도 드러나는 점이지만 여성이 자신의 성적인 한계를 딛고 한 명의 떳떳한 일군으로 성장하는 모습을 다룬 작품들도 다수다. 맹경심의 「탄광처녀」가 대표적인데 지배인의 딸로 곱게 자란 딸 은경이가 남자인 명찬과 학서아바이와 어깨를 겨누는 한 명의 어엿한 뽐프수리공으로 성장하는 과정을 그리고 있다. 한 마디로 연약한 여성도 얼마든지 건설현장에 나설 수 있다는 호소의 목소리가 느껴지는 작품이다.

강혜옥 「고향에 온 처녀」[9]는 불도젤 운전수 범국의 시선으로 교대 운전수로 나선 나이 어린 처녀 김채향의 영웅적 행위를 묘사하고 있는 작품이다. 범국은 차칸에서 음악이나 듣는 연약한 처녀 채향이 남자들도 힘들다는 불도젤을 운전할 수 있으리라 믿지 않는다. 그러나 점차 채향의 굳은 의지와 사나이다움을 발견하게 되고, 채향이 아픈 몸으로 밤새 벌을 뒤져 동천벌로 가는 지름길을 찾아낸 일을 계기로 고향땅과 장군님을 모시는 새로운 감격을 뜨겁게 경험하게 된다는 내용이다. 기본구도는 앞의 것들과 같지만 상부의 지시에 무조건적으로 따르지 않는 한 인물의 '창조적 노력'이 강조되고 있다는 점과 80년대 이후로 자주 등장하기 시작한 '로맨스 모티프'가 양념처럼 섞여 있다는 점이 눈에 띈다.

김자경의 「사랑의 샘줄기」[10] 역시 건설 현장의 '영웅 모티브'와 남녀 간의 '로맨스 모티브'를 적절하게 결합시키고 있다. 향봉리관리위원장 정철진은 양어장 건설문제를 놓고 자신의 연인인 샘골 작업반장 진주옥과 의견대립을 겪게 된다. 철진은 상부의 지시대로 양어장 건설을

---

9) 『청년문학』, 2002. 10.
10) 『청년문학』, 2002. 12.

신속히 진행하려고 하지만, 주옥은 가수천을 탐색하면 농토도 침해하지 않으면서 좋은 양어장도 얻을 수 있다는 반론을 제기한다. 철진은 주옥의 이의제기를 명령불복종 및 자신에 대한 반발로 생각해 무시한다. 그러나 가열찬 노력으로 주옥이 가수천 양어장을 설계하는데 성공하자 철진은 '나 자신의 명예심'과 상부에 대한 '나의 체면'을 깊이 반성하게 됨으로써 건설현장의 물줄기만이 아니라 '사랑의 물줄기'까지 되찾게 된다는 이야기이다. 자신의 이익과 명예에 집착하는 무사안일주의형의 관료와 집단의 발전과 이익을 중요시하는 창조적 일군의 대립을 낭만적 사랑으로 화해시키는 있는 셈이다. 정치적 삶과 개인적 사랑이 '물줄기'라는 메타포로 유비되고 있다는 점이 관심을 끈다.

'집단'과 '남녀평등', '사랑' 등을 통한 '우리의식'의 강조와 함께 눈여겨보아야 할 것은 '인텔리 의식'의 교화이다. 위에 제시된 단편 중 이 문제를 염두에 두지 않은 작품은 사실상 없다. 모든 작품에 도시, 혹은 인텔리를 대변하는 인물이 반드시 등장하고 있다. 선반공 시절을 그리워하는 '진석', 영웅을 꿈꾸는 '학실', 지배인의 딸 '은경', 이러한 구체적인 인물 외에도 '꽃병' '온실 속의 화초' '고운 손' '연약한' 등등의 어휘들은 모두 노동과 멀어진 도시의 삶을 상징하는 것이다. '미제국주의' '원수' '이리 승냥이' 등의 '외부의 적'을 묘사하는 전통적인 낱말들과는 사뭇 다른 어감이다.

지인철의 「막내딸」[11]은 '집안의 응석받이, 사랑동이로 금이야 옥이야 고이만 자란 막내딸' 연희를 농촌활동에 내보낸 아버지가 예상과는 달리 청년 분조장으로 성장한 딸을 만나는 이야기이다. '그야말로 풋병아리같이 애리애리한 평양처녀'들이 새땅 찾기 전투에 참여해 등판 농사의 수확까지 성공시킨다는 내용이다.

---

11) 『청년문학』, 2002. 11.

도시처녀들의 농촌체험을 미화한 「막내딸」과는 반대로 도시의 삶을 동경하는 농촌총각의 성장을 다룬 변영건의 「씨앗의 소원」[12]도 있다. 미술대학시험에 떨어져 농장원으로 주저앉게 된 '나'는 화가에 대한 이상과 농부로서의 현실 사이에서 괴로워하는 꿈 많은 청년이다. 제대군인 출신의 분조장은 그러한 '나'를 좋게 보지 않는다. 그는 나의 농부로서의 태도를 '아무것도 없으니 감출 것도 없는'것으로 비판하는 한편, 내가 그린 그림마저 '꽃을 깔고 앉아 풀대를 그리는격'이라 하여 혹평한다. 나는 이 모든 것을 '나의 희망과 포부와 재능을 심을 토양'이 없기 때문이라고 단정하고, '이 어린 씨앗은 도대체 어느 대지에 뿌려져야 할 것인가?'를 한탄한다. 자연 나는 예술보다 쌀이 더 중요하다고 생각하는 농군들과 갈등을 빚고, 한양봉 아바이로부터 '네놈은 실농군이 되기전에는 화가가 못돼. 설사 됐다 해도 농사군들을 깔보는 그런 놈이 될게다'라는 아픈 소리까지 듣게 된다. 이러한 일들을 전환점으로 나는 자신의 부르죠아적인 근성을 깊이 반성하고 한알의 씨앗을 살리는 전투에 적극참여하여, 분조장의 눈물어린 지원을 받게 될 뿐만 아니라 생활과의 접촉을 통해 인간적 성장과 예술적 성장을 겸비한 예술가로 입문하게 된다. 여기서 흥미로운 것은 '땅'과 '씨앗'의 메타포가 동시에 등장하여 후자의 중요성이 강조되는 쪽으로 결론이 나고 있다는 점이다.

이는 최근 북한농촌소설의 일반적인 경향이기도 한 것으로, 북한문예학의 주된 관심이 식량문제를 해결해줄 '씨앗'의 지킴과 함께 북한농촌문제의 '내부적 요인'을 극복할 '인간종자' 육성에 놓여 있음을 분명히 보여주는 대목이다.

이전 시대의 '땅' 메타포가 사회주의 국가의 보편적 이상이 북한사

---

12) 『청년문학』, 2002. 8.

회에 구현되고 토착화되는 과정을 문제삼는 것이었다면, '씨앗 모티브'는 고립된 일국적 사회주의의 총체적 난관을 극복하기 위한 북한 문예학의 독특한 유비 체계로 형성되었음을 볼 수 있다. 80년대 이후 자주 등장하는 '씨앗'의 개발은 '품종 개량'만을 지시하는 것이 아니라, 이 시대가 요구하는 사회주의적 인간형의 '품성 개량'을 뜻하기도 하는 것이다. '종자'는 '생활의 씨앗'이자 '전형적 인물'이다. 그것은 다시 '종자론'의 '종자', '모든 낡은 것에 투쟁하는 새것'에 겹쳐진다. '생활의 정치성'과 '정치성과 예술성'의 결합이라는 주체문예이론의 공식은 바로 이 '정치적 인물'에 의해서 그 정당성을 부여받는 것이다. 그런데 이 정치적 인물은 '현실태'가 아닌 '잠재태', 다시 말해 인민대중의 현실적 반영이라기보다는 이상적 인간형의 육화에 가깝다. 최근 북한 농촌소설의 긍정적 인물이 거의 대부분 주변인물로 등장하는 것은 이러한 저간의 사정을 반영하는 것으로 여겨진다.

비단 2000년대에 한정된 이야기는 아니지만, 최근의 북한 소설을 거꾸로 읽어야 할 필요성이 여기에서 생긴다. '우리'와 '인텔리 의식'이 자주 등장하는 것은 북한농촌이 개인주의와 무사안일주의, 그리고 학벌 및 지역의식의 병폐에 시달리고 있다는 증거이다. 물론 '여성'과 '사랑'이 주요한 테마로 떠오르는 것은 '남녀평등'과 '자유연애'의 보편화가 진행되고 있는 추세를 반영하는 것으로도 볼 수 있을 것이다. 반면 '성 문제'가 하위갈등이나 화해의 모티브로 제시되는 데 그치고 있다는 사실은 그것이 인민대중을 교화하기 위한 무의식적 기제나 이데올로기적 수단으로 활용되고 있다는 심증을 굳히게 한다.

이러한 문예정책이 분명히 보여주는 것은 북한이 점차 심화되어가는 식량부족과 도시·농촌 간의 불평등 발전의 심화를 해결하기 위해 점차 '내부적 요인'에 눈을 돌리고 있다는 사실이다. 그러나 70년대 중반 이후 북한의 자구책이었던 농장 대규모 경영이나 '주체농법'이 사실상

실패했다는 점을 염두에 둘 때, 북한이 자체적으로 농촌문제를 해결할 가능성은 거의 없어 보인다. 북한 체제의 효율성은 둘째 치더라도, 동구권의 몰락 이후 점차 거세지고 있는 자본주의 세계―체제(World-system)의 '외부적 요인' 또한 간과하기는 어려울 듯하다.

제4부

# 『주체문학론』 이후 북한 시의 주제론적 특성

# 『주체문학론』 이후 북한 시의 행방
## — 선군혁명정신과 반제 반미 사상의 시적 형상화를 중심으로

이성천

## 1. 90년대와 북한의 정치

남한의 정치사에서 90년대는 분명 획기적 연대기에 해당한다. 그것은 이 시기가 억압적인 군사 정권의 오랜 속박에서 벗어나, 차츰 권력 구조의 정당성을 회복하고 있다는 점에서 그러하다. 90년대 남한 사회에서 출범한 두 개의 정부 즉 '문민 정부'와 '국민의 정부'는 이런 맥락에서 그들의 정치·경제·사회 문화적 공과(功過)와는 별개로 각별한 정치사적 의미를 부여받을 수 있다. 그들의 정부 명칭에서 환기되듯, 이 두 정부는 분단 이후 남한 정치사에 군사 정권 청산이라는 획기적 전환점을 마련한 것으로 여겨지는 것이다.

90년대 들어 남한 사회가 정권 구조의 혁신적 변화를 모색하고 있는 반면, 이 시기 북한의 권력 구도에는 여전히 별다른 변화가 없어 보인다. 1994년 7월 김일성 사망 이후, 한때 일부 북한 연구가들 사이에서는 북한의 권력 개편이 조심스럽게 예견되기도 했으나, 현재까지도 근본적인 변화의 조짐은 발견되지 않고 있다. 오히려 북한은 김일성 사후 3년 동안을 유훈통치기간(1994~1997)으로 정하는 등, 당과 수령을 정점으로 한 기존의 사회주의 통치 체제를 지속적으로 강화하고 있는 실정이다. 90년대 북한의 권력 체계에서 유일한 변화가 감지된다면, 그것은 김일성 사후 국가 주석의 빈자리를 김정일 대행 체제로 메우고 있다는 사실뿐이다. 그러나 국가 권력의 세습이라는 측면에서 김정일 체제란 곧 김일성 시대의 연장을 의미한다. 실제로 북한은 김일성 사망 직후부터 '김정일이 곧 김일성이다'라는 공식 구호가 사회 전반에 내면화되어 있다. 또한 본격적인 김정일 시대로 돌입한 이후에도 '김일성 민족'이라는 인식이 북한의 인민 대중들 사이에 깊숙이 각인되어 있다. 이러한 사실들은 김일성 사망 이후에도 그의 영향력이 북한 사회에 지속적으로 작용하고 있음을 단적으로 입증하는 것인데, 이로 인하여 우리는 남한의 경우와 달리 북한이 김정일 체제로 진입한 90년대 이후에도 기존의 권력구도에서 탈피하지 못했다고 잠정적으로 평가할 수 있다.

90년대 북한의 권력 구조가 근본적인 차원에서 변화하지 않았다는 사실은, 어떤 면에서 당 정책 노선의 기본 방향이 일관되게 유지되고 있음을 의미한다. 즉 당, 수령, 주체사상을 기반으로 시대별 현안에 부응하는 정책이 이 시기에도 꾸준하게 제시되고 있는 것이다. 붉은기 사상, 고난의 행군, 강성대국과 선군 정치 등, 90년대 북한의 주요 정책 이념들은 이 과정에서 견인된 것들이다. 가령, 붉은기 사상과 고난의 행군은 1995년 대홍수 사건을 전후로 극심한 식량난과 경제적 어려움에 직면한 북한이 "수령이 높이 치켜들었던 붉은 기" 혁명 정신과 김일성의 항일 유격대 활동에서 기원한 '고난의 행군' 정신을 사상적으로 강화함으로써 현실의 위기를 극복하려는 의도에서 정책적으로 제시된 것이다. 또한 "군대를 혁명의 기둥으로 튼튼히 세우고 그 위력으로 경제건설의 눈부신 비약을 일으키는 것"을 목표로 한 사회주의 강성 대국론과 선군 정치 사상도 이러한 북한의 정책 결정 과정과 무관하지 않다. 이 정책들은 모두 당, 수령, 주체 사상에 기반을 두면서도 각 시대의 심각한 현실적 문제들을 직접적으로 제기하고 있다는 측면에서 90년대 '북한식' 정책 노선의 한 전형을 보여준다 하겠다.

90년대 북한의 주요 정책들은 체제 종속적인 북한 문예의 성격상 이 시기 문예이론과 창작방법론에 적극적으로 수용된다. 이 시기의 북한 문학은 붉은기 사상, 고난의 행군, 강성대국과 선군 정치 등 각각의 정치적 과제에 민감하게 반응하며 이를 주제로 한 작품들이 주를 이루고 있는 것이다. 특히 90년대 후반부터는 '선군 정치'가 북한의 핵심 정치 이념으로 제기되는 까닭에 선군 정치의 시대 정신을 형상화하는 작품들이 속출하고 있다. 아울러 북한 문학의 오랜 주제인 반제 반미 사상의 문학적 표출도 이 시기 들어 한층 강화되어 나타나고 있음을 알 수 있다. 이는 90년대 후반부에서 현재에 이르기까지 북한 문학에 뚜렷하게 나타나는 주목할만한 현상이다. 따라서 김정일의 『주체문학론』이 간행된 90년대 북한 문학의 성격과 동향을 궁극적으로 파악하고자 하는 이 글에서는 선군혁명과 반제 반미 사상의 문학적 구현 양상에 대하여 집중적으로 살펴보기로 한다.

## 2. 선군 정치 시대의 시

선군 정치는 단적으로 말해서 군대를 중시하고 이를 통해 선대의 혁명위업을 완성해 나가자는 통치 이데올로기를 의미한다. 북한은 1998년 5월 선군 정치를 공식적으로 표명[1]하는데 2003년 현재까지도 이에 입각한 통치 방식을 선택하고 있다. 북한이 이처럼 선군 정치를 적극적으로 표방하는 이유는 무엇보다도 경제 위기와 체제 모순의 한계를 '혁명적인 군인 정신'으로 극복하고자 하는 데 있다. 1998년 이후 북한은 식량난과 경제 위기에서 어느 정도 벗어나고 있기는 하나 국가 차원에서 근본적인 문제를 해결할 수는 없었다. 이에 따라 체제 붕괴의 국가적 위기를 사상 강화로 돌파하게 되는데, 이것이 바로 인민 군대를 전위로 삼아 혁명적 동지 의식을 강조한 '선군 정치'로 제시되는 것이다. 현재 북한에서 '선군 정치는 만능의 정치 방식'[2]으로 인식된다.

> 고립과 압살 봉쇄의 쇠사슬을
> 우리 과연 무엇으로 끊었더냐
> 그처럼 어려운 〈고난의 행군〉을
> 무엇으로 이겨 냈더냐
> 그러면 말해 주리 선군혁명의 총대가
> 장군님 틀어 쥐신 백두산 총대가
>
> 그 총대에 받들려
> 내 조국은 강성대국으로 일떠서나니
> 제국주의 무리가 악을 쓰며 발악해도
> 총대로 승리하는 김정일 조선으로
> 새 세기에 더욱 빛을 뿌리나니

---

1) 북한에서 군대의 위상을 강조한 글은 1997년 〈혁명적 군인 정신을 따라 배울데 대하여〉에서 가장 먼저 발견된다. 김정일의 이 글은 혁명적 군인 정신을 북한의 당원과 인민들이 따라 배워야 할 투쟁 정신이며 '오늘의 난관을 뚫고 승리적으로 전진하기 위한 사상 정신적 양식'으로 밝히고 있다. 그러나 현단계 김정일의 핵심 정책이념으로 제시된 선군 정치의 공식화는 98년 이후로 보는 것이 적절하다.
2) 〈로동신문〉, 2003. 1. 3, 사설 6면.

아, 장군님 높이 모셔

세상에 존엄 높은 백두산 총대여

김일성민족의 넋으로 추켜 든

무적필승의 총대가 우리에게 있어

혁명의 최후승리는 밝아 오리라!

— 리동수, 「백두산 총대」 부분


　북한의 문예정책이 당의 정책에 복속된다는 점을 감안하면 선군 정치가 공표 된 이후 적지 않은 북한 문학 작품들이 선군 정치 이념을 표방하고 있음을 추측하기란 그리 어려운 일이 아니다. 정치적 이념과 미학적 실천을 동일시하는 북한 문학의 특성상 현 체제 북한의 지도 이념으로 자리잡은 선군 정치를 형상화하는 문학 작품은 이미 어느 정도 예견된 것이다. 현재 북한에서 선군 정치, 선군 혁명 사상을 "문학으로 뒷받침하는 것이 바로 선군 혁명 문학이다."[3] 선군 혁명 문학은 '총대'를 중시하는 선군 정치의 시대 정신이 반영된 것으로서, "선군 영장이신 우리 당과 인민의 위대한 령도자 김정일 동지에 대한 절대적인 숭배심을 간직하고 그이의 사상과 령도에 충실할 때", 또한 "위대한 장군님과 영원한 혁명동지로 될 때" "빛나는 성과를 담보할 수 있다."[4] 인용시는 이러한 선군 혁명 문학, 즉 '총대' 문학의 모범적 사례에 해당한다.

　인용시에서 우선적으로 주목해야 할 점은 '총대' 라는 시어의 빈번한 사용이다. 이 시에서 총대는 작품 전체를 이끌어가는 핵심 단어이자 동시에 각각의 연을 연결하는 매개어로 기능한다. 이에 따라 위의 시는 총대의 시어를 중심으로 재구될 수 있는데 이를 내용 순으로 살

---

3) 노귀남, 「선군 혁명의 문학적 형상」, 『문학과 창작』, 2001. 7.
4) 「조국해방전쟁승리 50돐을 맞는 올해를 선군혁명문학의 성과로 빛내이자」, 『조선문학』, 2003. 1, p.6.

펴보면, ① 제국주의자들의 '고립과 압살 봉쇄의 쇠사슬을' 끊은 것은 '선군 혁명의 총대'이고, ② '장군님 틀어쥐신 백두산 총대'이며, ③ '세상에서 존엄 높은 백두산 총대'이다. 그리고 ④ '그 총대에 받들려' '혁명의 최후 승리는 밝아'온다로 정리된다. 여기서 총대는 북한 혁명 역사상 최악의 시련기로 꼽히는 90년대 중·후반의 '고난의 행군' 기간을 비롯하여 현실의 모든 문제를 해결하는 '무적 필승'의 대상으로 인식되고 있다. 또한 이 시에서 그것은 북한 인민대중들에게 혁명의 '찬연한' 승리를 보장하는 '최후의' 수단이기도 하다. 이런 이유로 시적 화자는 '총대'의 중요성을 전 10연으로 구성된 이 시에서 반복적으로 강조하고 북한의 인민대중들에게 '혁명의 수뇌부'를 총대 정신으로 지켜 나가자고 격앙된 어조로 주장한다. 그렇다면 이 시의 화자가 그토록 신뢰하고 소중하게 받아들이는 총대란 무엇인가. 아울러 혁명의 최후 승리를 장담할 수 있는 근거로서의 총대 정신이란 무엇인가.

위의 시에서 '총대'란 작품 전반에 산재되어 있는 '군복', '총', '권총' 등의 시어들이 환기하는 의미와 마찬가지로 궁극적으로 군대를 지칭한다. 즉 총대란 김일성·김정일 부자의 '사상과 령도'에 따르는 인민 군대를 말하며, 총대 정신이란 군대를 중시하고 이를 바탕으로 혁명적 동지의식을 발휘해 현 북한의 체제를 결사옹위하자는 굳은 결의에 다름 아니다. 결과적으로 이 시는 총대를 '총동원'하여 현재 북한에서 군대의 중요성을 새삼 확인하고 북한 인민대중들로 하여금 혁명적 군인 정신을 계승하기를 당부하고 있다. 이 점에서 이 시는 전형적인 '총대문학' 혹은 '선군혁명문학'이라고 할 수 있다.

군대를 우대하고 총대를 위주로 혁명의 과업을 완수해 나가려는 시적 주제 의식은 선군 혁명문학론의 두드러진 특징이다. 이런 의미에서 선군혁명문학은『주체문학론』이후 북한 시에 나타난 새로운 유형이라

할 것이다. 그러나 위의 시에서 살펴보았듯이 김일성·김정일 부자에 대한 우상화 작업을 함께 수행하고 있다는 점에서, 한편으로 선군혁명 문학은 이제까지 북한 문학의 왜곡된 '전통'이라 할 수 있는 '수령 형상 문학'의 연장선에 놓여 있다고 할 수 있다. 이러한 사실은 이제까지 발표된 작품들의 면면을 통해서도 다양하게 확인된다. 가령, 「군복 입은 사랑이 나에게 있어」 「초소여 나를 맞아다오」 「총이여 너와 나」 「병사의 인사」 등은 그 좋은 예에 해당한다. 이들 작품은 제목에서 암시되듯 '총대 문학'과의 연관성을 분명하게 드러내면서도, 동시에 당과 김일성 부자에 대한 맹목적인 충성심을 빼놓지 않고 기록하고 있다.

쌓이고 쌓인 그리움이
화산처럼 분출하는 땅
한없이 열렬한 그 뜨거움이
병사의 총창우에 담겨져 있어
더 밝아지고
더 억세여 지고
더 무거워 진 나의 조국

기쁘게 받으십시오
총대로 안아 올린 아름다운 이 강산
총대로 가꾼 조국의 아름다운 모습

아버지가 집을 떠나 먼길을 갈 때
맏자식에게 집을 맡기듯이
병사의 어깨우에 맡긴 민의 집
백두산 총대우에 맡긴 사회주의 집

이 집을 지킨 자랑으로 하여

병사는 긍지로 가슴 부푼게 아닙니까

— 박해출, 「병사의 인사」 부분


위의 시는 외국 방문을 마치고 돌아온 김정일을 맞는 한 병사의 감회를 적어놓은 작품이다. 총 8연으로 구성된 이 시에서 특히 주목을 요구하는 대목은 위의 인용 부분이다. 병사의 '쌓이고 쌓인 그리움'을 뒤로 하고 김정일은 작년 연말 러시아와 중국을 방문하고 돌아온다. 인용시는 이런 김정일의 정치 일정을 '아버지가 집을 떠나 먼 길을 가'는 것에 비유하고 있다. 이 시의 화자가 김정일을 아버지에 비유하고 있다는 사실은 북한이 '김일성 민족'을 자처하고 있음을 염두 해둘 때, '수령형상'이라는 북한 문학의 특수한 성격을 고려할 때 그다지 특이할만한 현상은 아니다. 그런데 여기서 한가지 흥미로운 점은 이 시에서 시적 화자로 등장하는 '병사'의 가계적 신분이 '맏자식'으로 상정되고 있다는 것이다. 이 점은 최근 북한에서 군대가 차지하는 위상을 분명하게 보여주는 중요한 단서로 작용한다. 선군 정치 시대의 김정일 체제에서 구심적 역할을 해나가야 할 대상이 군대임을 이 시는 새삼스럽게 확인시켜주고 있는 것이다. "맏자식에게 집을 맡기듯이/병사의 어깨 우에 맡긴 인민의 집/백두산 총대 우에 맡긴 사회주의 집". 이 집은 다름 아닌 '선군 혁명 문학'이라는 명패를 단 90년대 이후 북한 문학의 현 주소이다.


## 3. 반제 반미 사상의 시적 표출 양상

김정일의 『주체문학론』 간행 이후 90년대 북한 문학에 나타나는 또 하나의 주목할 만한 특징은 '미제'에 대한 적개심이 강하게 환기된다는 것이다. 사실 미국에 대한 북한의 적대적 태도는 그리 새로운 것은 아니다. 한국 전쟁 당시, 혹은 그 이전부터 북한은 미국을 남북한 '공공의 적'으로 규정하고 '미제 타도'를 주장해왔다. 북한의 입장에서 미제국주의야말로 분단을 야기한 실질적 장본인이며 사회주의 국가 건설에 있어 가장 큰 장애물로 인식되는 것이다. 이에 따라 북한 당국은 이미 오래 전부터 사회 내부적으로 인민들의 반미 사상을 고취시켜왔다. 지금까지 북한에서 '미제타도'는 '북조선 민주주의 인민 공화국'의 역사와 그 맥을 같이한다고 해도 무방할 정도이다. 그렇다면 북한의 인민 대중들 사이에 이처럼 '미제'에 대한 '전통적' 경계심이 충분히 형성되어 있음에도 불구하고 90년대의 북한 문학이 반제 반미사상을 새삼 강조하는 까닭은 무엇인가.

이러한 원인으로는 북한 당국의 전통적 적대감 외에도 이라크 전쟁 이후의 국제적 분위기 및 핵문제와 관련된 미국의 강경대응 방침 등 최근의 상황에서 그 원인을 찾을 수 있다. 현재 북한은 미국이 주도하는 국제 사회에서 핵무기와 같은 대량 살상 무기 보유국으로 지목되어 비난여론에 직면하고 있다. 이로 인해 북한은 국제적으로 고립 상황에 처해 있으며, 국가적 위기감은 점차 고조되고 있다. 북한은 이 모든 사태를 여전히 미국을 비롯한 제국주의자들의 봉쇄책동 탓으로 돌리고 있다. 이러한 현실에서 북한이 실질적으로 할 수 있는 일은 자주국방의 대외적 선전과 함께, 대내적으로는 반미사상을 재차 강화하는 것이다. 얼마 전까지 북한이 조심스럽게 핵 보유설을 흘리고 있었던 것도, 최근 미국을 '겨냥'한 혁명 구호들이 한층 강도를 높여 가는 것도 이러한 사정과 무관하지 않다. 이는 90년대 이후 북한의 급박한 현실을 집약적으로 반영하고 있는 것이다.

90년대 북한 문학에 강도 높게 투사된 반제·반미의 주제의식은 다음의 시편들을 통해서 단적으로 확인할 수 있다.


① 오, 허나 무등산기슭에/연분홍 진달래를 피우기에는/여기에 슴배인 피 너무도 짙고/유보도가에 청춘들을 부르기엔/너무도 차거운 살풍이/이 땅우에 휘몰아 치거니// 보라 오늘도/나어린 두 소녀를/장갑차로 깔아 죽인/아메리카 식인종들이/뻐젓이 활개치며/광주의 더운 피 식지 않은/이 땅을 우롱하고 있다

— 리광선, 「5월이 부르는 노래」 부분


② 초불이 탄다/방울 방울 가슴 찢는 피눈물인듯/방울 방울 초물이 녹아 곡성을 터친다/신효순 심미선 꽃나이 열네살/그 혼을 불러 몸부림친다// 바다가 기슭이 있다면/초불의 바다는 그것을 모른다/어찌 더 참고 견디랴/어찌 더 이상 죽음으로 모욕을 참고 넘어서랴// 내 조국의 남녘아/네가 말해다오/살인자가 무죄로 되는 세상이/우리가 탯줄 묻은 이 땅이란 말이냐// 미국은 하늘도 아니다/미국은 하느님도 아니다/두 눈도 감겨 주지 못한 열네 살 꽃망울들/그 순진한 가슴을/장갑차의 무한궤도로 짓뭉갠/미국은 이 세상 악마이다// 악마는 죽어야 한다/원통하게 가버린 민족의 혼을 부르는/저 초불의 바다가 하늘이다/이 준엄한 심판의 하늘 앞에서/미국놈들아/십자가에 못 박히라/아, 저 초불의 바다가 력사의 십자가다!

— 홍현양, 「초불의 바다」 부분


9연 50행의 장시 형태로 구성된 위의 ①시는 80년 5월 남한에서 발생한 광주항쟁을 중심소재로 다루고 있다. 80년대 이후 북한 시에는 남한의 반정권 투쟁을 찬양하고 고무하는 작품들이 자주 등장한다. 특히 『조선문학』을 비롯한 북한 문예지의 매년 5월호에는 '5월 광주'의 역사적 사건을 형상화 한 작품들이 집중적으로 소개되고 있다. 추측하

건대, 남한의 정권과 관련된 비극적 사건들은 상대적으로 북한 체제의 우월성을 입증하는 좋은 단서로 활용될 수 있는 것이다. 이번 『조선문학』 5월호에 게재된 이 시도 「5월이 부르는 노래」라는 제목에서 엿볼 수 있듯이, 광주항쟁을 소재로 하는 북한 '5월 시'의 연장선상에 있다고 할 수 있다. 그러나 「5월이 부르는 노래」는 기존 북한 시의 유형과 약간 다른 면모를 보여준다. 이제까지 광주항쟁을 매개로 한 북한 시가 전반적으로 남한 사회의 구조적 모순을 드러내는데 치중하고 있었다면, 이 시의 경우 반제·반미 사상의 주제의식을 중점적으로 표출하고 있는 것이다. 이러한 사실은 시의 5연에서 '미군 장갑차 사건'과 연계하여 미국을 '아메리카 식인종'이라는 원색적인 비유로 묘사하는 대목에서도 단적으로 확인된다. 이는 종전 북한 '5월 시'의 경향과 변별되는 가장 특징적인 점이다.

불과 일년 전 남한에서 발생한 '미군 장갑차 사건'은 ②의 시에서 보다 구체적으로 다루어진다. 인용한 시 「초불의 바다」는 이 사건의 여중생(신효순, 심미선) 희생자를 추모한 남한의 '촛불 시위'를 소재로 해서 쓴 작품이다. 이 시에서 시인은 '천만개'의 '초불'을 천만개의 '분노한 심장'과 '민족의 혼을 부르는 불'로 형상화한다. 두 여중생의 죽음을 애도하는 남한의 촛불 행진에 시인은 정서적으로 동참하고 있는 것이다. 그러나 시 ①의 경우와 마찬가지로 이 시의 주제가 궁극적으로 지향하는 바는 반미 사상의 고양이다. 이 시에서 시인은 남한에서 진행된 '촛불 행진'에 민족적, 역사적 의미를 부여하면서도, 한편으로 이 사건이 미제국주의자들에 의해 자행되었다는 점을 놓치지 않고 있다. 그리하여 이 시에서 미국을 '살인자', '악마', '미국놈' 등의 과격하고 극단적인 시어로 표출한다. 이는 90년대 후반 북한 시의 '시눈'이 어디를 향하고 있는지 분명하게 보여준다 하겠다.

# 자연의 발견과 서정의 재인식
## ― 최근 북한 시의 자연풍경 묘사에 대하여

이선이

1.

북한 시에서 자연은 주로 수령예찬과 애국애족의 성취를 충동하는
시적 소재나 배경으로 인식되어 왔다. 특히 항일혁명문학 전통의 수립
후 자연은 곧 수령이자 혁명의 혁혁한 역사를 환기하는 객관적 상관물
이라 하겠다. 따라서 북한 시에서 빈번하게 예찬의 대상이 되는 백두
산, 묘향산, 칠보산 등은 감정을 의탁하는 순수한 대상이라기보다는
항일혁명의 유적지라는 역사적 상징공간으로 전형화되어 왔다. 이러
한 사실은 김일성 가족의 신성화 작업이 활발하게 이루어지면서 이들
과 연관된 곳이 북한문학에서 자연예찬의 대상이 되었다는 사실과 깊
은 연관성을 갖는다. 이처럼 오랫동안 북한 시에서 자연은 그 자체로
인간의 정서를 자유롭게 촉발하는 대상이 되지 못하고 혁명성 고취를
위한 공간적 배경 이상의 의미를 띠지는 못하였다. 자연이 혁명성 고
취를 위한 전형적 상징이 된 또 다른 이유는, 북한 시의 주된 흐름이

제4부 ●『주제문학론』이후 북한 시의 주제론적 특성

서정시적 전통에 놓인다기보다는 사실주의적 서사시의 전통에 놓인다는 점에서 찾을 수 있다. 북한문학의 미학적 전통이 그러하듯이, 북한시는 1947년 고상한 사실주의로 출발할 당시에서부터 강한 서사성을 띠면서 도구적 문학이 보여주는 지배적인 이념성을 형상화하는데 주력해 왔다.[1] 그렇다면 이러한 역사적 전개과정 속에서 시정신의 요체라 할 수 있는 서정성은 어떻게 규정되어 왔을까?

① 서정이란 주어진 대상에서 환기된 느낌과 생각, 회포 등 주관에서 생기는 감정심리적 반응에 대한 일반적 총칭이다. 정서란 기쁨과 슬픔, 즐거움과 괴로움, 사랑과 증오, 희망과 실망, 안정과 불안, 원한과 투지 등 주어진 대상에서 환기된 서정의 구체적 표현이다.[2]

② 시에서의 정서는 그 자체에 목적이 있는 것이 아니다. 그것이 사상을 내포한 사상의 표현으로서의 정서일 때만이 가치를 가지는 것이다. 이성에 의하여 지도되지 않는 정서, 시인의 열정과 사상적 반응의 표현으로 되지 않는 정서는 진정한 의미에서 시적 정서가 아니다.[3]

인용한 글은 서정에 대한 북한 시의 인식을 살필 수 있는 좋은 예가 된다. ①에서 알 수 있듯이, 시문학에서 주관적 정서란 대상에서 환기되는 감정의 개인적 표현이라는 점에서는 남한과 인식차를 보이지 않는다. 그러나 이러한 정서란 ②에서 주장하듯이, 반드시 사상을 내포

---

1) 이러한 측면은 시가의 장르구분에서도 살필 수 있다. 북한시는 송시, 정론시, 풍자시, 서사시, 서정서사시, 담시, 동요, 동시, 가사 등으로 구분된다. 여기에서 송시와 정론시는 내용과 소재에 따른 분류이며 동요와 동시는 향유대상에 따른 분류이고 가사는 음악과의 결합을 의미하지만 이들 모두는 당정책을 시에 반영하기 위해 우선 서사적인 이야기성을 지향하고 있다(김대행, 『북한의 시가문학』, 문학과비평사, 1990, 참조).
2) 조성관, 「시문학의 서정성에 대한 생각」, 『사실주의 서정시 강좌』, 이웃, 1992, p.263.
3) 조성관, 「시문학의 서정성에 대한 생각」, 『사실주의 서정시 강좌』, 이웃, 1992, p.273.

해야 한다는 점에서 사상예술성의 고양이라는 목적에 부합해야 하는 차이점을 보인다. 정서에 대한 이러한 인식은 서정성에 대한 남북의 인식에도 적지 않은 차이를 보이는 결과를 낳는다. 북한 시에서 서정성은 일반적으로 우리가 인식하고 있는 정서적인 감흥이나, 내면성 혹은 낭만성을 의미한다기보다는 공산주의 혁명에 이바지하는 '당성, 투쟁성, 격렬성'을 의미한다.[4] 따라서 최근 북한 시의 주제가 되고 있는 자연풍경 묘사에서도 이는 불변의 전제로 자리하고 있다. 북한 시에서 자연이 갖는 전형화된 의미는 현재까지도 지속되고 있음에도 불구하고, 『주체문학론』 이후 북한 시에서 활발하게 창작되고 있는 풍경시나 산수시를 살펴보면 당의 공식적인 목소리가 아닌 개인적인 정서의 표출이 점점 강화되고 있음을 확인할 수 있다. 이들 시편에는 무엇보다 이전의 북한 시에 비해 자연풍경 묘사에서 순수한 주관적 정서의 드러냄이 두드러진다. 물론 이러한 변화는 구십년대 이후 문학에 대한 공식적인 당의 입장을 요약적으로 천명한 『주체문학론』에서 이미 예고된 바 있다.

정론성이 강한 정치적 성격을 띠는 시와 교훈적인 의의를 가지는 시도 내놓아야 하며 조국의 아름다운 자연을 노래하는 풍경시도 내놓아야 한다. 시에서 인간생활을 떠나 순수자연을 찬미하는 것은 백해무익하지만 아름다운 자연을 통하여 거기에 비낀 인간세계를 깊이 있게 드러내는 것은 좋은 것이다. 그림에 풍경화가 있듯이 시에서도 풍경시가 있어야 한다.[5]

구십년대 이후 북한문학의 향방을 제시하고 있는 『주체문학론』은 인용문에서처럼 인간세계를 깊이 있게 드러내는 풍경시의 창작을 적극

---

4) 성기조, 『주체사상을 위한 혁명적 무기의 역할』, 신원문화사, 1989, p.19.
5) 김정일, 『주체문학론』, 조선노동당출판사, 1992, pp.232~233.

적으로 권장하고 있다. 풍경시에 대한 천착은 현실사회주의 몰락으로 인해 위기의식이 고조된 북한사회에서 국토애를 통해 자주시대를 확립하려는 의식고취를 위한 것으로 볼 수 있다. '우리식 사회주의'라는 기치 아래 강조되고 있는 자주성 고취는 조국애의 고취로 이어지면서 조국의 아름다운 자연을 예찬하는 풍경시와 산수시의 창작을 고무해 왔다. 그러나 이들 풍경시와 산수시에는 순수자연에 대한 찬미와 동경 및 여기에서 촉발되는 흥취가 살아 숨쉬고 있어 자연=조국이나 자연=수령의 등식을 벗어나고 있다. 즉 살아있는 자연을 발견함으로써 북한 시는 서정성에 대한 새로운 인식을 보여주고 있다고 하겠다. 그렇다면 이러한 자연풍경을 묘사하는 시들의 특징과 그 경향을 구체적인 작품분석을 통해 살펴보자.

## 2.

구십년대 후반에 접어들면서 북한 시에는 풍경시, 풍경시초, 산수시, 산수련시 등으로 명명되는 자연풍경을 묘사하는 시편의 창작이 눈에 띄게 많아졌다. 대부분의 이들 시편이 순수한 자연인식을 드러내기 보다는 당이 요구하는 당성, 노동계급성, 인민성의 고취로 귀결되는 교조적인 내용을 담고 있지만, 그러나 시의 많은 부분이 자연의 기운생동하는 면모를 개인적인 정서로 표출하고 있어 북한 시문학의 전체적인 맥락에서는 낯설고 이질적인 느낌을 지울 수가 없다. 특히 자연이 불러일으키는 정서적 감흥을 시적인 언어미학으로 담아내려는 노력이 돋보이고 있어 북한 시의 새로운 면모를 엿볼 수 있다고 하겠다.

① 바위우에 층층 꽃은 웃고

꽃속에 겹겹이 바위돌 솟았으니

꽃과 바위 천층이요

꽃과 바위 만겹이라오


오르는 길우에도 울긋불긋

금잔디 그우에도 울긋불긋

봄바람에 나붓기는 저 꽃수건도

울긋불긋 연분홍 진달래일세

—김정철, 「약산의 진달래」 부분, 『조선문학』, 1994. 1.

②오를적엔 조약대

천길로 아슬하더니

올라서니 또 천길

만불상 봉이봉이

하늘끝에 닿았구나


구름타고 올라볼가

바람타고 날아볼가

외칠보 황홀경에 취해

아 터지는 탄성에

내 가슴 열리네

—정동찬, 「조약대 정각에 올라」 부분, 『조선문학』, 1999. 6.


①은 소월의 시 「진달래꽃」으로 유명한 약산의 자연풍경을 기행시로 표현하고 있다. 풍경시로 분류되어 있는 이 시는 아름다운 경치에 대한 예찬이 국토에 대한 사랑으로 귀결되면서 뜨거운 조국애를 담아내고 있다. 이 시는 기본적으로 전통시가가 보여준 바 있는 3·4조의

민요적인 운율을 계승하고 있어 시(詩)와 노래(歌)를 분리해서 인식하지 않는 북한 시의 전통에 충실하다. '바위'와 '꽃', '오르는길 위'와 '금잔디 위' 등의 병치는 대구를 이루며 역동적이고 율동감 있는 서정성을 주조해 낸다. 이러한 특징은 ②의 경우에도 그대로 드러난다. 대구법과 영탄적 어조가 시적 운율을 보여주는 이 시는, 산수련시로 분류되며 여러 시인들이 공동창작한 연작시 「내 나라의 명산-칠보산」 11편에 수록된 작품 중 한 편이다. 김일성 항일혁명 유적지가 있어 주목받는 칠보산의 빼어난 절경을 노래한 이 시는, 자연풍경에 대한 감탄을 탄력있는 문체에 담아내고 있다. '올라서니', '올라볼가', '날아볼가' 등의 상승이미지를 보이는 용언이 중심을 이루며 칠보산의 아름다운 경치를 마치 선경(仙境)인 양 그리고 있다. 이처럼 ①과 ②는 호방한 기상이 흐르는 가운데 북한의 풍경과 산수에서 느껴지는 자연미의 일단을 표현해 내고 있다.

우선 이들 시편을 통해 알 수 있는 점은 자연풍경의 묘사에 있어서 남한시와 북한 시가 갖는 인식의 차이이다. 남한의 시에서 자연은 완전함, 변함없음, 의연함 등을 상징하며 인간의 변화성, 불완전성, 의식의 나약성 등을 반성하는 내면적 거울로서 인식되어 왔다. 남한시에는 단순히 자연의 생명력을 예찬하는 경우에도 그 인식의 근저에는 초월적, 신비적인 세계에 대한 경외감이 자리하고 있다. 이와 견주어 볼 때, 북한 시에서 자연풍경 묘사는 기운생동하는 생명력을 예찬하더라도 그 자체가 인간적인 존재의식과의 내적 상관성을 갖지는 못한다. 이러한 특징은 최근 북한 시에서 드러나는 자연풍경 묘사가 국토예찬을 통해 애국심과 민족적 자부심을 고취함으로써 구십년대 이후 강조하고 있는 자주국가 건설에 부합하려는 당의 공식적인 목소리로 귀결된다는 사실과 무관하지 않은 것으로 판단된다. 이러한 맥락은 북한 시에서 자연풍경 묘사가 대부분 산을 소재로 한다는 점과도 내밀한 연관성을 갖는다. 이들 시편에는 백두산, 묘향산, 칠보산 등이 주된 소재가 되고 있는데 이들은 모두 민족의 성산이자 항일유적지로 알려진 곳이다. 이들 산을 예찬하면서 북한 시는 당의 위대성을 찬양하고 뜨거운 국토애와 의연한 자주성을 보여주려는 창작의 의도를 드러낸다. 그러므로 이들 시편들은 천편일률적으로 국토의 아름다운 절경이 곧 인민의 위대함이자 조국의 위대함이라는 도식으로 귀결되는 경향을 보인다.

그러나 이러한 당의 공식적인 목소리를 배제하고 이들 시를 읽어 보면, 여기에는 자연미에 대한 주관적인 감상과 자연과의 혼연일체감이 자리하고 있다고 하겠다. 따라서 이들 시편에서 자연은 서정적 주체의 순수한 정서적 일체감을 촉발하는 시적 매개라 할 수 있다. 여기에서 주목할 수 있는 점은 자연에 대한 순수한 인식이 곧 상투화되지 않는 자연의 발견으로 이어지면서 인간정서에 대한 다양하고도 심도 있는 이해를 가능하게 한다는 점이다. 무엇보다 북한 시가 혁명의 도구라는 기존의 인식에서 벗어나고 있음을 최근의 경향은 뚜렷이 보여주고 있다고 하겠다. 이러한 경향이 엿보이는 예로, 묘향산을 노래한 김형준의 「명산의 근본」 연작 6편(『조선문학』, 1998. 8), 김은숙의 「모란봉 꽃시초」 외 7편(『조선문학』, 2000. 8), 칠보산기행시편인 주광남의 「명장과 명산」 연작 6편(『조선문학』, 2000. 9), 최영화의 「칠보산 산수시초」 연작 5편(『조선문학』, 2001. 2), 김형준의 「금강산시초」 연작 8편(『조선문학』, 2001. 9), 칠보산기행시편인 리일섭의 「제일강산아」 연작 3편(『조선문학』, 2001. 9), 김정철의 「아름다운 신천리」 연작 5편(『조선문학』, 2002. 3), 묘향산풍경을 단시로 표현한 권령선의 「묘향산단시묶음」 3편(『조선문학』, 2002. 7), 백두산을 노래한 윤경남의 「류다른 바람소리」 외 2편(『조선문학』, 2003. 2) 등을 꼽을 수 있다. 이러한 경향은 근자에 이르러 더욱 활발한 창작열을 보인다는 점에서 북한 시의 변화를 주도하는 중요한 흐름으로 볼 수 있을 것이다.

한편, 풍경시나 산수시를 표방하지 않는 경우에도 최근 북한 시에는 자연에 의해 촉발된 주관적인 정서를 표현하는 경향이 두드러지고 있어 주목을 요한다. 이들 시편은 시의 서정적 진실이라는 측면에서 볼 때, 장대한 자연광경을 묘사하는 시보다 훨씬 강한 울림을 주는 것이 사실이다. 특히 자연풍경 묘사가 꽃 한송이, 나무 한그루의 자연물로 응축되거나 고향에 대한 사랑으로 이어질 때, 시의 진정성은 배가된다.

①파란 잔디우에 노란 민들레꽃/저도 몰래 마음 이끌려/가던 걸음 멈추고 마주 앉았네/꽃도 아이적에 보던 그 모습/나도 아이적에 보던 그 마음//꽃줄기 조심히 꺾어 들고/솜털열매 가볍게 붙어 보는 것은/상기 못 버린 아이적마음/고향의 언덕에서 동무들과 함께/그날에 날린 그 꽃씨앗 어디쯤 날아 갔나……//하얀 솜털 우산 쓰고 동— 동—/언덕 넘어 개울 넘어 멀리 앞산기슭까지/아무리 멀리 멀리 날아 갔어도/고향땅 그 어디에 내려 앉았지/못 떠나 뿌리 내린 고향민들레

— 김석주, 「민들레(1)」 부분, 『조선문학』, 2002. 7.

②방목지에 찾아 온 염소떼의 울음소리에/나뭇잎에 맺힌 이슬들이/늦잠 자는 젖빛안개의 잔등을/툭— 툭…… 두드립니다//젖빛안개는 기지개를 켜며/빙그룩 돌아 눕습니다/그 어리광을 살살 달래여 주던 해님이/어린애마냥 안개를 듬뿍 안아 받쳐 줍니다//어머니이깔들은 팔을 펴 빛안개를 깨워 보내며/우리에게 넓은 가슴 열어 줍니다/통통 살이 오른 싱싱한 초원은/아낌없이 쑤—욱 자리를 내여 줍니다//말없이 맞아 준 고요한 산천에/흰 구름 같은 염소떼가 흐릅니다/마을에서 몰아 온 기쁨과 웃음이/다박다박 흰꽃처럼 피여 납니다

— 강옥녀, 「꽃구름 피는 산천」 부분, 『조선문학』, 2002. 8.

③봄은/얼음 풀린 강물우에 내리는/착한 물오리입니까/보습날에 뒤번져진/떡가루같이 손맛 좋은 흙입니다//봄은/앞내가 뾰족지붕아래서/소리치는 발전기동음입니까/물의 덕이 온 마을에 골고루 나눠지는/불빛 밝은 집집의 창문입니다

— 박상민, 「첫봄」 부분, 『조선문학』, 2001. 7.

①은 잔디 위에 핀 민들레꽃을 통해 유년의 기억을 회감하는 서정적 주체가 고향에 대한 그리움을 살뜰히 그려내고 있다. 이 시에는 당의 공식적인 입장이 전혀 드러나지 않는다. 민들레로 인해 촉발된 서정적 주체의 고향에 대한 그리움의 정서만이 극히 개인적 정서로 표출되고 있을 뿐이다. 이러한 예는 주관적 정서의 자유로운 표출을 배제해온 북한 시문학의 기본적인 인식변화를 보여준다. 이러한 인식의 변화는 비록 당의 공식적인 목소리가 드러나는 경우에도 그 질과 양적인 면에서 점증하고 있는 추세이다. ②의 예는 국토에 대한 예찬이 주관적인 정서를 통해 높은 정서적 미감을 획득하고 있는 경우라 할 수 있다. 아름다운 산천을 늦잠, 기지개, 어리광, 젖빛안개 등의 모성적인 시어 속에서 한없는 정감과 따사로움으로 표현하고 있는 이 시는, 최근 북한 시가 서정성의 강화일로에 있음을 잘 보여주고 있다. 물론 여기에서도 당의 공식적인 목소리가 가미되지만 내면화된 정서의 유기적인 조응으로 시의 전반적인 정서는 서정적 촉기를 함유하며 높은 형상성을 보여주고 있다. 이러한 변화는 순수한 자연풍경에 대한 관심의 고조가 종내는 인간 정서의 순수한 발현으로 이어질 수 있음을 보여주는 예라 할 수 있다. 이와 같은 맥락에서 ③은 생동하는 봄의 정취를 물오리, 흙, 발전기동음, 창문 등으로 변주하며 풍경 속에서 자연의 생기를 포착해 낸다. 이는 비유의 참신함이 돋보이는 시로서 최근 북한 시가 당의 공식적인 목소리를 담아내면서도 시의 미학적인 성취에 상당한 공

을 들이고 있음을 예증하고 있다. 이들 시편들은 모두 자연=고향=조국으로 이어지는 공식에서 크게 벗어나지는 않지만 그럼에도 불구하고 인간의 진솔한 정서를 자연풍경 묘사를 통해 순정하게 표출하고 있는 예라 할 것이다. 이러한 순수한 자연의 발견은 시의 미학적인 조형성과 결부되면서 서정의 재인식으로 이어지고 있다. 이러한 예로는 김창규의 「모판의 파란 잎새」(『조선문학』, 1995. 3), 리동후의 「여울아 내 사랑아」(『조선문학』, 2002. 5), 계영남의 「내 고향의 새들아」(『청년문학』, 2002. 12), 최충웅의 「버들개지야 너 좀 보렴」(『청년문학』, 2003. 3), 최순남의 「봄의 물방울」(『조선문학』, 2002. 3) 등을 꼽을 수 있다. 이들 시편은 자연풍경을 묘사하더라도 꽃 한송이, 나무 한그루, 여울 하나, 한마리 새라는 응축된 시선을 통해 내면화된 자연미를 추구한다는 점이 특징적이라 할 것이다. 이들 서정시편들은 비록 풍경시나 산수시라고 명명하고 있지는 않지만 최근 북한 시에서 자연에 대한 미적 인식의 변화를 잘 보여준다고 하겠다.

## 3.

구십년대 이후 급격한 변화를 보인 현실사회주의의 몰락과 이들 국가의 개방화 정책은 폐쇄적인 북한사회에도 일정한 변화를 가져오리라는 남한 내의 기대는 사뭇 큰 것이었다. 그러나 북한은 북한체제의 입법자요 국가로까지 인식되어 온 김일성 사후에도 남한의 기대와는 달리 민족자주성을 강조하며 자주시대라는 기치 아래 내적 통합을 공고히 하여 왔다. 오늘의 북한 시 또한 자주시대의 도구적 기능을 적극적으로 내용화하며 여전히 당의 공식적인 입장을 형상화하는 데 주력하고 있다. 이러한 현실은 사실주의 미학에 입각한 북한 시가 강한 서사성과 사상성을 기반으로 하고 있으며, 정서의 내밀한 드러냄인 서정에 대한 인식이 여전히 답보상태에 머무르고 있음을 의미하는 대목이기도 하다.

그러나 최근 북한 시에서 높은 창작열을 보이고 있는 산수시나 풍경시에는 순수한 자연예찬, 주관적인 정서의 표출이 눈에 띄게 많아지고 있다. 이는 교조적인 북한 시의 전통에서 볼 때 눈여겨 볼만한 변화임에 틀림없다. 특히 이러한 자연풍경에 대한 관심은 풍경시나 산수시로 분류되지 않는 일반적인 서정시에서도 점점 강화되고 있다. 최근 북한시가 도구적 기능을 벗어나 개인적 정서를 자연풍경에 대한 묘사를 통해 수용하고 있음은 분명해 보인다. 이들 시편은 사회는 있지만 개인은 없는 북한사회가 자연을 매개로 개인을 발견하는 지점으로 나가게 될 가능성을 보여준다는 점에서 그 의미를 찾을 수 있다. 순수한 자연의 발견과 서정의 재인식은 남북한의 동질성을 확보하는 정서적 주춧돌이 된다는 점에서 자연친화적 정서의 공유라는 남북한 시사(詩史)의 한 만남을 예감하게 한다.

# '노동'을 소재로 한 최근의 북한 시

강정구

## 1. 『주체문학론』 이후의 문예동향

욕망의 기록이 문학일진대, 그러한 문학에도 시대적인 경향을 주도하는 한 인간이 엄연하게 존재한다는 사실이 북한 시 앞에 선 필자의 당혹감이다. 침대에 맞춰 손님의 다리를 늘였다 줄였다 하는 신화의 주인공격인 김정일이 북한시의 이론과 창작의 전면에 부상해 있다는 점에서, 북한 시의 동향을 살피기 위해서는 그의 문예관을 중시할 필요가 있다. 김정일의 『주체문학론』은 1967년에 당의 공식문예이론으로 채택된 주체문예이론의 1990년대적인 변신이다. 이 변신의 요체는 "사회주의적 사실주의는 유물변증법적 세계관에 기초하고 있지만 주체사실주의는 사람중심의 세계관, 주체의 세계관에 기초하고 있다."[1] 라고 하는 부분에서 가장 잘 드러난다. 북한사회의 철학관과 문예관의

---

1) 김정일, 『주체문학론』, 조선로동당출판사, 1992, p.95.

무게중심이 사회주의적 사실주의에서 주체사실주의로 이동한 데에는, 동구사회주의의 몰락에 따른 당의 이념적·시대적 위기감이 숨어 있는 것으로 생각된다.

이러한 주체사실주의를 표방하는 『주체문학론』에서 표나게 강조하는 것 중의 하나가 주체사회주의를 잘 구현하는 '인간전형'이다.

주인공의 내면세계를 깊이 있게 그려야 세상에서 가장 아름답고 고상한 주체형의 인간전형인 충신의 성격적 특성을 옳게 밝힐 수 있고 인간적 풍모를 선명하고 풍만하게 보여줄 수 있다.[2]

우리 시대의 영웅을 형상화하는데서 그들이 처음부터 영웅적 기질을 타고난 기상천외한 인물이 아니라 평범한 출신의 근로자이며 직장과 가정에서 날마다 사람들과 함께 일하며 살고 있는 보통인간이라는 것을 잘 보여주어야 한다.[3]

북한 시가 관심을 갖는 대상은 주체사회주의 건설을 위해서 열심히 일하는 근로자이면서, 당에 무한하게 충성하는 자이다. 따라서 그의 내면세계에 대한 묘사는 '충신'이라는 '침대' 안에서만 유효하다. 시적 화자(혹은 서정적 주인공) 역시 '충신'으로 묘사될 때에만 문예적, 사상적 가치를 획득하기 때문이다. 따라서 충신에서 미달된 자는 연장의 방법으로, 그리고 충신 이외의 것은 절단의 방법으로 인간전형을 만드는 기이한 제련술이 북한 시에서 살펴지는 것은 전혀 이상한 일이 아니다.

이러한 문예정책은 『주체문학론』 이후부터 최근까지 북한문예의 일관된 흐름이다. 다만 포스트김일성시대 이후의 김정일시대에는 '선군

---

2) 위의 책, p.165.
3) 위의 책, p.170.

혁명문학'이라는 용어로 그 표현을 달리하고 있을 뿐이다.

가장 위대한 선군정치시대를 반영한 우리 문학은 선군혁명문학이다. 우리가 말하는 선군혁명문학은 주체사실주의문학의 새로운 발전이다.

〔…중략…〕

오늘 우리 문학은 주체사상에 선군정치를 더하여 주체혁명의 새로운 한 시대를 펼치고 인류앞에 자주적운명개척의 새로운 전략을 마련하신 위대한 김정일동지의 선군혁명사상과 리념을 반영하여 20세기 새형의 문학으로 뚜렷이 부각되었다.[4]

위대한 령도자 김정일동지의 고전적로작 『주체문학론』은 문학창작과 건설에서 나서는 모든 문제들을 새로운 해명을 주는 독창성과 시대성으로 더욱 빛나고 있다.[5]

선군혁명문학이란 김일성 사후부터 최근까지의 북한문예이론을 공식적으로 부르는 명칭인 듯하다. 그것은 '주체사실주의문학의 새로운 발전'으로 형용되고 있는데, 여기에서 '새로운 발전'이란 '김정일동지의 선군혁명사상과 리념을 반영'한 것이다. 즉 주체사실주의의 연속성상에서 새로운 시대의 변화를 나름대로 수용하는 것이다.

『주체문학론』이후의 이러한 문예동향은 2000년대 이후의 북한 시가 쓰여지는 배경이 된다. 북한 시는 주체사실주의가 요구하는 '사회정치적생명체문제'와 '수령형상창조문제'에 여전히 몰두하면서 거기에서 발생되는 주제의 도식성 문제에 봉착해 있고, 또 그러한 문제를

---

4) 최길상, 「새 세기와 선군혁명문학」, 『조선문학』, 2001. 1, p.5.
5) 최길상, 「비범한 예지, 탁월한 예술적천품의 정화―위대한 령도자 김정일동지의 고전적로작 『주체문학론』 발표 10돐을 맞으며」, 『조선문학』, 2002. 1, p.6.

극복하려는 나름의 다양한 시도를 제출하고 있다. 하지만 이러한 다양한 시도 역시 당정책에의 종속이라는 분명한 한계를 지니고 있음은 물론이다. 이 글에서는 『조선문학』지 2001~2002년 사이에 노동을 소재로 한 시작품들을 선정한 뒤, 이러한 문제와 시도를 살펴보기로 한다.

## 2. 생산격려와 강성대국건설을 다룬 시편들

북한 시에서 가장 쉽게 발견되는 소재는 노동이다. 노동은 분야별로는 농업, 임업, 광업 등이 주로 눈에 띄는데, 여기에서 저개발국가인 북한의 이미지를 쉽게 느낄 수 있다. 그들의 노동은 고부가가치이자 노동집약적인 선진국형이 아니라 주로 1차 산업적이다. 또한 노동을 소재로 한 시에서는 북한사회에서 가장 시급히 요구되는 식량의 문제, 에너지의 문제를 엿볼 수 있다. 가뭄과 기근, 에너지의 부족이 반복되는 북한사회의 당면한 난제는 문예에서도 중대한 문제로 부각된다. 이러한 당면과제의 극복 앞에서 북한 시에는 크게 두 가지의 주제가 상정된다. 생산격려와 강성대국의 건설이 그것이다.

이 두 가지의 주제를 다룰 때에는 거의 주체사실주의가 요구하는 사회정치적생명체문제와 수령형상창조문제가 개입된다.

아, 내 오늘
함흥 100리벌에 이어
벼물결 일렁거리는
눈뿌리 아득한 광포대지우에서
온 세상에 소리쳐 말하고 싶구나

지난 날 흐릿한 광포호수에서
갈게나 건지던 내가 바로
장군님의 배심과 담력으로
이 땅을 들어 올린 사나이라고
고난의 그 감탕 속에서
행복의 알찬 열매를 엉글린 사나이라고

　　　　　　　　　　　　　　— 최광조, 「땅을 들어 올렸다」 부분


왔구나
토지정리한 농장벌에 찾아 온 봄이여
새해농사 지으려 벌에 들어서는
장군님 보내주신 새 뜨락또르의
발동소리도 봄노래에 젖었구나


돌개바람을 일구며
차량마다 화학비료 싣고 달여 오는
기관차의 무쇠발굽도
봄바람을 안았구나


아, 봄이여
어사벌에 찾아 오는 새 세기의 봄이여
봉건의 마지막유물로 남아 있던
그 논 그 지경 그 두렁을 밀어 내고


장군님 펼쳐 주신 규격포전 그 어디나
기계화의 보습날을 대이는

기쁨의 봄

강성부흥의 새 씨앗을 뿌리는

행복의 봄

― 오필천, 「어사벌의 봄」 부분[6)

위의 두 시에서는 모두 수령형상창조문제와 사회정치적생명체문제
를 '충신' 혹은 '숨은 영웅'의 형상화라는 관점에서 접근하고 있다. 앞
의 시는 광포호수를 논으로 개간한 사나이가 제 감격을 노래하고 있
다. 그가 호수를 개간할 수 있었던 마음의 원동력은 장군님의 배심과
담력이다. 그의 배심과 담력을 배우고 익혀서 자신의 것으로 만들었을
때 놀라운 개간의 역사가 나타난다. 이렇듯 앞의 시에서는 사나이의
의지를 수령의 의지의 모방물로 그리면서 수령형상창조문제를 자연스
럽게 표현하고 있고, 나아가 그의 형상대로 사는 것이 그 사회의 충신
이자 숨은 영웅이 되는 것임을 암시한다. 물론 이러한 형상화 내용의
목표는 노동의 격려, 생산의 격려이다.

뒤의 시에서도 마찬가지이다. 오필천의 시 「어사벌의 봄」에서는 장
군님의 역할이 더 많이 드러난다. 새 뜨락또르를 보내준 자, 규격포전
을 펼쳐 주신 자가 장군님이다. 장군님은 기계화의 선구요, 농지정리
의 화신으로 형상화된다. 그 가운데에서 시적 화자는 '기쁨의 봄/강성
부흥의 새 씨앗을 뿌리는/행복의 봄'을 맞이하고 있다. 그는 수령의 뜻
에 따라서 자신의 사회적 역할―농사일(노동)―을 충실히 수행하는
충신으로서 강성대국을 건설하는 일꾼인 것이다.

이렇듯 북한 시는 '수령'과 '충신'이라는 일정한 성격을 거의 획일적
으로 묘사한다는 점에서 도식성에 빠져 있다. 북한 시단에서도 이러한

---

6) 『조선문학』, 2001. 5. p.7.

도식성의 문제는 교훈을 위해서 쾌락을 희생시킨다는 점에서 심각한데, 그것을 극복하기 위한 노력을 나름대로 하고 있는 듯하다. 북한사회에서 그러한 노력은 '생활적인 시', '진실'한 작품으로 나타난다. "당정책적인 대가 바로 서고 작가의 사상적의도가 좋은 경우에도 형상이 진실하지 못한 작품은 대중의 사랑을 받을수 없다"[7]라고 한 김정일의 말은 그러한 경향을 단적으로 보여준다.

## 3. 노동을 통한 사랑의 형상화

도식성의 문제로 제기되는 생활적인 시에 대한 요구는 『주체문학론』에서 그 근거가 분명히 찾아진다. "생활을 진실하게 반영하는가 못하는가 하는 문제는 작가의 생활체험이 얼마나 깊은가 하는 데 따라 많이 좌우된다."[8]라는 구절이 그것이다. 당의 문예정책과 지침을 충실하게 수용하면서도 그것을 생활에서 실감나게 묘사해야만 도식성이 극복되고 미적 감동과 쾌락이 생기는 것이다. 따라서 시인에게는 개성이 요구된다. 김정일은 "시에서는 서정적 주인공의 모습이 뚜렷하여야 하며 다른 사람이 대신할 수 없는 독특한 정서세계가 펼쳐져야 한다."[9]고 주장한다.

그런데 당의 정책과 시인의 개성은 자칫 충돌하기 쉬운 두 요소이다. 하나가 규범이라면, 다른 하나는 욕망이기 때문이다. 이 부분을 그럴듯하게 통합시키는 시편을 찾는 것은 북한 시를 읽는 재미난 일임이 분명하다. 규범의 바닥을 파헤치고 욕망의 언어를 크게 소리내는 어느

---

7) 리동성, 「생활적인 시에 대한 소감」, 『조선문학』, 2001. 9, p.53.
8) 김정일, 앞의 책, p.196.
9) 위의 책, p.105.

복두장이의 이야기는 아닐지라도, 북한 시는 나름대로 도식적인 규범을 횡단하는 욕망을 묘사하는 경우가 종종 있다. 연시(聯詩)「전야의 사랑가」[10]가 그러한 경우이다.

「전야의 사랑가」는 총각과 분이가 노동을 통해서 사랑을 성취한다는 주제를 11편의 연시(「첫 머리에」「싹」「싹에서 돋은 줄기」「새벽에」「비구름만 봐도」「사랑풍경」「전야의 사랑은」「돌아가지요」「이삭은 왜 고개 숙이나」「이삭에게 주는 사랑가」「나를 청해 다오」)에서 보여준다. 이 가운데에 「첫 머리에」와 「나를 청해 다오」는 시인의 프롤로그와 에필로그로써 시인의 목소리로, 「돌아가지요」까지의 전반부는 분이의 목소리로, 후반부는 총각의 목소리로 주로 서술된다. 분이의 목소리에는 주로 사랑(욕망)에 대한 자연스러운 감정이, 총각의 목소리에는 노동(정책)에 대한 가열한 의지가 배어 있다.

전반부에서는 분이가 화자가 되어 총각을 향한 사랑의 감정이 깊어지는 것을 묘사한다. 「싹」에서는 제대하자마자 벌로 달려온 총각의 한마디에 그에게 정이 든 분이의 마음이 노래되고, 「싹에서 돋은 줄기」에서 분이는 "그런데 그런데 야속도 해라/십리밖 돌피는 잘도 보면서/한 발작 앞 요내 가슴 둘치며 크는/꽃줄기는 어째서 못 보는가요"라고 하면서 총각을 향한 사랑이 싹 트는 자신의 감정을 홀로 속삭인다. 「비구름만 봐도」에서 양떼를 몰다 실개천을 만나 건너지 못하는 분이를 총각이 도와주고, 「사랑풍경」에서는 서로 솜외투를 덮어주며, 이어 「전야의 사랑은」에서는 분이와 총각이 함께 노동을 하면서 서로 사랑이 깊어지고 있음을 보여준다. 여기까지는 젊은 남녀 사이에서 있을 법한 사랑의 감정을 감칠 맛나게 묘사하고 있는데, 이 부분을 두고 "순수한 생활세태를 노래한 자연주의작품 같다고"[11] 비판한 사람이 있을 정도

10) 『조선문학』, 2001. 1, pp.15~20.
11) 리동성, 앞의 평론, p.55.

로 자연스러운 감정을 비교적 수수하게 묘사하고 있다.

그런데 총각의 목소리가 중심을 이루는 후반부에서는 노동에 대한 당정책의 의지가 강하게 암시되면서도 개인간의 사랑이 교묘하게 드러난다. 「이삭은 왜 고개 숙이나」에서 총각은 "아! 한포기에도 바친 사랑을/굳이 헤아린다면/일생을 련인에게 다한/그 열렬함과 맞먹을가요"라고 하면서 이삭(노동, 당정책)에 대한 강렬한 애착을 드러낸다. 이어 「이삭에게 주는 사랑가」에서는 노동의 의미를 최우선시하면서 동시에 이성간의 사랑을 성취한다.

이삭아
땀을 달라면 깡그리 땀을 줄테다
살점을 달라면 살을 떼줄테다
갓 서른 오르도록 입밖에도 못내 본
사랑! 그 사랑이 필요하다면 사랑을 줄테다
지어 목숨을 내라면 목숨까지도 바칠테다

〔…중략…〕

나의 사랑은 이삭, 이삭은 내 사랑
배우자선택에 무슨 소개자가 필요하랴
이삭을 온몸으로, 온 일생으로 사랑하는 처녀
그런 처녀 내 사람으로 만들테다!

이 부분에서는 정책(노동의 격려)이라는 규범의 영토를 욕망(사랑의 감정)이 횡단한다. 총각은 이삭에 대한 애착을 바탕으로 분이의 사랑을 발견한다. 여기에서 발견이란 정책에 대한 충실한 일꾼이자 분이의 사랑을 받아주는 애인이 되는 접지점의 발견이다.

이 발견은 일종의 희극적인 발견 혹은 인지(cognitio)와 흡사하다. 노동에 대한 총각의 의지가 사랑의 유일한 장애였는데, 결말에 와서 총각이 사랑과 노동을 하나로 인지하면서 "주인공과 여주인공이 서로 결합되게끔 줄거리가 구성"[12]되었기 때문이다.

그런데 이러한 희극적인 기법은 서정시가 가지고 있는 비극성을 다분히 경시한다는 문제점이 있다. 그것은 북한문예의 형식주의, 북한사회 나름의 합리주의를 그대로 노출시킨다는 점에서 문학이 가져야할 "인간의 자유로운 정신"[13] 혹은 니체식의 디오니소스적인 것, 실존적인 것을 경시하는 약점이 있다. 그것은 마르쿠제가 말하는 "자기 증명적인 가설-끊임없이 독점적으로 되풀이됨으로써 최면적인 정의 또는 명령이 되는 가설"[14]인 일차원적인 사유(one-dimensional thought)에서 시작된 것에 불과하다.


## 4. 맺음말

최근의 북한 시가 『주체문학론』의 강력한 영향권 안에서 창작되고 비평되는 현실을 감안할 때, 북한 시에 대한 접근방법 역시 연역적으로 이루어진다. 비평의 압력이 창작을 압도할 때, 시는 합리주의, 형식주의에 빠지기 쉽다. 북한 시는 이러한 함정을 파놓고 자기 자신이 빠지는 놀이를 하고 있는 셈이다. 더군다나 문제가 되는 것은 당분간 이러한 함정파기놀이에서 빠져나올 가능성이 거의 전무하다는 데에 그

---

12) N. Frye, 『비평의 해부』, 한길사, 1982, p.229.
13) 강영계, 『니체, 해체의 모험』, 고려원, 1995, p.23.
14) H. Marcuse, 『일차원적인 인간』, 한마음사, 1986, p.34.

심각성이 있다. 이런 점에서 "문학 속에서 발생하는 모든 문제의 해결책이 언제나 김씨 부자의 교시와 사랑에 맞닿아 있다"[15]라는 김종회 교수의 우려에 전적으로 동감을 표한다.

지금까지 살펴본 노동을 소재로 한 북한 시에서도 저간의 사정은 마찬가지이다. 수령형상창조문제와 사회정치적생명체문제가 주체사실주의의 양대 과제로 설정된 이상, 노동을 소재로 한 북한 시의 경우에는 생산격려와 강성대국건설의 소재뿐만 아니라 사랑의 소재에서도 그러한 과제들을 충실히 수행할 것이 분명하다. 하지만 우리가 북한 시를 읽는다는 것은 합리주의, 형식주의에서 읽을 수 있는 북한사회의 정치적, 경제적, 문화적 경직성을 유추하고 미세한 사회의 변화를 포착한다는 점에서, 그리고 작품 속에 암시된 개인의 욕망을 살펴본다는 점에서 여전히 유효한 작업임에는 틀림이 없다. 아직까지는 북한사회를 살아가는 개인의 내면을 만나기에는 문학만큼 세밀한 것은 없기 때문이다.

---

15) 김종회, 「오늘의 북한문학, 어떻게 볼 것인가」, 김종회 편, 『북한문학의 이해2』, 청동거울, 2002, p.21.

# 북한문학 속의 '어머니'
— 2002년 『조선문학』에 실린 시들을 중심으로

김수이


## 1. '어머니'의 두 가지 차원

북한문학 속에 형상화된 '어머니'의 모습과 상징은 비교적 단순하다. 북한문학에서 '어머니'는 크게 두 가지 차원으로 나타난다. 하나는 육체적 생명을 준 생물학적 어머니이며, 다른 하나는 삶의 터전인 '조국'과 사회·정치적 생명을 준 '당'이라는 이데올로기적 어머니이다. 북한문학 속에서 '어머니'의 상징은 이 중 후자에 집중되어 있다. 혈육의 어머니를 시적 대상으로 삼을 때도 그 어머니의 형상에는 반드시 북한의 정치 체제가 지향하는 이데올로기의 영상이 투영되어 있다.

혈육의 어머니보다 조국과 당이라는 관념의 어머니를 우선시하는 시각은 '생명'과 '주체'에 대한 북한 체제의 독특한 시각에 기인한다. 북한에서는 생명을 두 차원으로 구분한다. 첫째는 부모부터 받은 육체적 생명이고, 둘째는 당과 수령으로부터 받은 사회·정치적 생명이다. 말할 것도 없이 북한 체제가 중시하는 생명은 당과 수령에게 받은 사회·

정치적 생명이다. 개개의 인민이 진정한 혁명적 주체로 거듭나는 것은 이 사회·정치적 생명의 획득과 동일한 선상에 있다. 인민은 당과 수령 아래 하나로 결속된 조직에 망라됨으로써 '혁명적 인간'으로 고양되고, 사회·정치적 생명을 얻게 된다.[1]

인민대중이 혁명의 자주적 주체로 되기 위해서는 당과 수령의 영도밑에 하나의 사상, 하나의 조직으로 결속되어야 합니다. 조직사상적으로 결속함으로써 영생하는 자주적인 생명력을 지닌 하나의 사회정치적 생명체를 이루게 됩니다. 개별적인 사람들의 육체적 생명은 끝이 있지만 사회정치적 생명체로 결속된 인민대중의 생명은 영원합니다.[2]

'사회·정치적 생명관'은 인간의 육체적 생명은 유한하나, "사회정치적 생명체로 결속된 인민대중의 생명은 영원하"다는 종교적·신비주의적 차원으로까지 나아간다. 당과 수령에 대한 절대적 충성을 통해 인민은 영원한 생명을 얻으며, 그러한 인민들로 결속된 조직은 "영생하는 자주적인 생명력을 지닌 하나의 사회정치적 생명체"가 되는 것이다.

사회·정치적 생명의 모태인 '당'과 '수령'을 묘사함에 있어 북한은 전통적인 가부장제의 체계를 효과적으로 차용한다. 당을 온화하고 자애로운 어머니로, 수령을 위대하고 전능한 아버지로 지칭하면서 인민대중을 아들과 딸의 위치에 놓는 것이다. 가부장제의 가족 이데올로기

---

1) '사회·정치적 생명관'의 이론적 제기는 황장엽이 『인간중심 철학 초고』(미간본)에서 했다. 황장엽은 개인과 집단의 창조적 활동을 평가하는 원칙과 방법에서 자연 개조, 인간 개조, 사회 개조의 3대 창조사업의 균형적 발전 개념을 도입한다. 황장엽은, 사회적 의식을 가지고 자주적·창조적으로 생활할 수 있는 인간의 생명력은 단순한 육체적 생명이 아니고 사회적 생명력에 있다고 보았다.

2) 김정일, 「주체사상교양에서 제기되는 몇가지 문제에 대하여: 조선노동당 중앙위원회 책임간부들과 한 담화문(1986년 07월 15일)」, 『김정일 주체혁명위업의 완성을 위하여』 5권, 평양: 조선로동당출판사, 1988.

를 흡수한 북한의 지배 전략은 당과 수령과 인민을 가족적인 질서로 묶음으로써 보다 공고한 권력의 체제를 만든다. 가족의 이름으로 불리는 '어머니 당'과 '아버지 수령'은 가족의 표상을 얻음과 동시에 가족의 표상을 훨씬 초월한다. 당과 수령은 인민의 어머니이고 아버지이자, 더불어 영원한 사회·정치적 생명의 어머니이며 아버지이다. 한마디로 말해, 당과 수령은 혈육의 어머니·아버지와 비교할 수 없는, 본질적이고 절대적인 어머니·아버지이다.[3]

북한문학 속에 나타난 '어머니'는 이 같은 정치적 맥락을 충실히 반영하고 표출한다. 이 글에서는 2002년에 『조선문학』에 발표된 시들 가운데 '어머니'를 소재나 상징으로 활용한 시들을 분석하기로 한다. 여기에서 2002년은 특별한 필연성보다는 하나의 표본의 자격으로 선택되었다. 북한문학 속에 나타난 '어머니' 상이 비교적 단순하고 일관되기에, 논의의 범위를 어느 시기로 하든 그 결과에는 차이가 없을 것으로 판단된다.

## 2. 이데올로기로 착색된 혈육의 어머니

북한문학에서는 혈육의 어머니를 가족 내부의 차원에서 그리는 경우가 거의 없다. 조국이나 당과 결부되지 않은 가족 관계는 무의미할 뿐 아니라, 성립될 수도 없는 까닭이다. 혈육의 어머니를 시적 대상으로

---

3) 북한문학에서 '수령'이 반드시 '아버지'와 동일시되는 것은 아니다. '수령'도 '당'과 마찬가지로 '어머니'로 지칭되기도 한다. 이때 아버지와 어머니의 성별의 차이는 아무런 의미를 갖지 못한다. '수령'이 '어머니'로 비유될 때도, '아버지'로 비유될 때와 같이 수령의 절대적인 지위를 강조하는 데 목적이 있기 때문이다. 다음의 시를 예로 들 수 있다. "아, 선군!/우리 장군님의 위대한 선군이 없었다면/나는 지금 어데서 무엇을 할것인가//붉은기 없는 하늘밑에서/어머니를 잃은 아이와 같이/찬바람 부는 거리를 방랑하며/청춘을 길가에 휴지장처럼 굴리고 있으리". 류명호, 「선군찬가」, 『조선문학』, 2002. 4.

노래할 때도 이러한 특징은 그대로 드러난다. 약간의 차이가 있다면, 혈육의 어머니를 노래할 때는 조국이나 당의 어머니를 형상화할 때보다는 서정적이고 향토적인 분위기를 함유한다는 점이다.

무엇처럼 소중하다 해야 할가
내 어머니 그 연한 젖가슴에
이 아들의 이발자리 평생을 품고 사시는 곳
태를 묻고 태여나 그 어느 날엔가는⋯⋯
뼈를 묻고 가리라는 내 고향아

〔⋯중략⋯〕

아 나는 고향을 못 떠나리라
조국을 년년이 쌀로 받들
내 운명의 길을 정한 곳⋯
평생토록 여기 살며 다하는 사랑으로
고향이여 그대는 아름다워지라
조국이여 그대는 부유해 지라
　　　　　— 한광춘, 「나는 고향을 못 떠나리라」 부분, 『조선문학』, 2002. 3.

**수령님**덕분으로
땅의 주인이 된 우리 집 대문으로
인심 좋은 맏며느리처럼
가을은 웃으며 성큼 들어 섰고
엄마약손같이 살뜰히 아물쿠며
살찐 오곡 듬뿍이 안겨 주었다더라

그 가을은

천리마휘장을 가슴에 달고

벌을 달리던 아버지의 뜨락또르

적재함우에 실려 있었고

해종일 낫을 놓을줄 모르던

어머니의 땀 젖은 얼굴에 머물러 있었다

— 박상민, 「가을이여」 부분, 『조선문학』, 2002. 11.

위의 두 시는 황금빛 곡식이 무르익은 가을의 농촌을 전경화하고 있다. 첫번째 시는 고향의 풍성한 수확이 고향과 조국의 발전에 기여하는 뿌듯함을 노래하고 있고, 두 번째 시는 그러한 축복이 **수령님**덕분'임을 높이 예찬하고 있다. 그러나 이 두 편의 시에 등장하는 '어머니'는 조국 발전의 소망과 수령 예찬의 주제의식을 예각화하는 보조 장치의 역할을 하는 데 머문다. 첫 번째 시에서 "내 어머니 연한 젖가슴"은 풍요로운 가을과 고향의 이미지를 환기하기 위해 활용되며, 두 번째 시에서 "해종일 낫을 놓을줄 모르던/어머니의 땀 젖은 얼굴"은 "**수령님**덕분"에 의한 풍성한 가을이 머무르는 장소로 변주된다.

단적으로 말해, 북한문학에서 혈육의 어머니는 조국과 당과 수령의 매개를 통하지 않고는 독자적인 의미를 갖지 못한다. 낳고 길러준 어머니의 지극한 모성애나 어머니에 대한 자식의 본능적인 애정은 그 자체로 유용한 시적 소재가 되지 못하는 것이다. 다음의 시는 어머니에 대한 그리움을 간절한 어조로 노래하고 있다. 하지만 마지막 부분에서 그 그리움은 '분렬의 세월'이라는 분단 조국의 역사에 대한 통한을 표현하기 위한 것임이 드러난다.

꿈속에서도 불러 보는 어머니
모질게 보낸 하루하루가
해 저무는 동구길에서 수심에 잠겨
하염없이 눈물 짓는
어머니머리우에 얹히여 백발이 되었으리

뜨락에 심은 감나무가지에서
익은 감알이 소리없이 떨어 질 때
상처로 우묵한 어머니가슴속에도
모질게 돌이 날아 떨어 진 세월
그 얼마나 가슴 찢었더냐 분렬의 세월이여

─ 려영삼, 「나는 가고프다」 부분, 『조선문학』, 2002. 8.

　　이처럼 북한에서 혈연보다 선행하는 본질적인 관계는 조국/당/수령
과 인민의 관계이다. 그 관계를 부모─자식의 관계로 표현하는 것은
인간의 관계 가운데 부모-자식보다 더 근원적이고 절실한 관계는 없는
까닭이다. 북한 체제는 가부장제의 가족 관계를 모델로 하여 사회·정
치적 생명을 매개로 한 조국/당/수령과 인민의 관계를 절대화한다. 가
족보다 더 근원적인 가족 관계, 피보다 진한 이데올로기가 작동되는
현장인 것이다.


## 3. 영원하고 절대적인 어머니─조국과 당

　　『조선문학』에 실린 류만의 시평론은 육체적 생명과 사회·정치적 생
명의 선행 관계를 구체적인 작품 분석을 통해 잘 보여준다.

시 '나에게는 목숨이 둘이었던가'에 대해서도 같은것을 말할수 있다.

〔…중략…〕

시인은 비전향장기수의 체험세계를 통하여 정치적생명의 귀중함, 육체적생명은 잃을수 있어도 정치적생명은 버릴수 없다는것, 육체적생명은 어머니가 주지만 영생하는 정치적생명은 '위대한 태양'이 준다는 데 대하여 죽음과 묵숨의 대결이라는 심각한 극한점에 선 인간의 운명문제를 내세우고 그것을 생활적체험을 안받침한 지꽃은 사색의 추구로 형상화해 나갔다.

〔…중략…〕 이런 심각한 체험세계를 가진 서정적주인공의 '두 모습'이 하나의 모습속에 통일됨으로써 '나에게는 목숨이 둘이었던가' 하는 시인의물음이 결국은 사람에게는 육체적생명과 정치적생명이라는 '두 목숨'이 있으며 어머니가 준 육체적생명은 비록 꺼질수 있어도 **위대한** 태양이 빛'어 준 정치적생명은 영원하다는 심오한 진리를 형상적으로 처명하였다.[4]

류만은 「나에게는 목숨이 둘이었던가」라는 시를 분석하면서, 이 시의 장점이 "사람에게는 육체적생명과 정치적생명이라는 '두 목숨'이 있으며 어머니가 준 육체적생명은 비록 꺼질 수 있어도 **위대한** 태양이 빛'어 준 정치적생명은 영원하다는 심오한 진리를 형상적으로 천명"한 것이라고 평가한다. 류만의 이러한 평가는 이 시에서 추출한 귀납적인 결론이 아니다. 류만의 요지는 김정일의 교시[5]를 그대로 수용한 것으로, 작품 분석을 위한 것이라기보다는 시인들에게 창작의 정신과 방법을 주문하는 것을 목적으로 한다. 해석비평이 아닌 지도비평의 입장에 있는 것이다. 그 핵심을 요약하면 이렇다. 육체적 생명과 사회·정치적 생명의 두 생명을 지닌 시인은 두 생명을 긍정하면서도 사

---

4) 류만, 「시인은 누구나 시를 쓰고 있다. 그러나……(2) ─ 1990년대 젊은 시인들의 자취를 더듬어~」 (『조선문학』, 2002. 9), pp. 58~59.
5) 이에 대해서는 각주 2) 참조.

회·정치적 생명을 절대 우위에 놓는 시세계를 형상화해야 한다. 김정일의 교시를 계승한 이 같은 창작 지침은 실제로 북한 시인들의 시에 그대로 용해되어 있다. 반 세기만에 이루어진 비전향 장기수의 생환을 시화한 다음의 시를 보자.

이제나저제나
그대들을 손 꼽아 기다려 온
어머니조국이
기쁨의 물목을 터쳤다
수십년 차디찬 철창속에서
얼고 언 가슴들이
순간에 다 녹으라고
조국은 장기수들 새삶의 보금자리에
이 세상 해빛을 다 모았고

〔…중략…〕

조국이여 어머니시여
끌어안으라
그대의 장한 아들들을
한 장 종이와 운명을 바꿀수도 있었건만
결코 그 길을 택하지 않은 택할수도 없는
달리는 살수 없는 그대의 아들들을

어머니와 그 아들
아들과 어머니

그 어머니 그 아들을

보살펴 이끌어 주는

위대한 어버이 **김정일**동지

오 두팔 벌려 아들들을 포용한

조국의 하늘가에

태양이 빛난다 눈 부시다

— 황영, 「조국은 두팔 벌려 그대들을 맞이한다」 부분, 『조선문학』, 2002. 4.

"수십년 차디찬 철창" 생활에도 전향하지 않고 돌아온 장기수를 맞이하는 조국은 자식을 사랑하는 '어머니'의 모습을 그대로 닮아 있다. '어머니조국'의 형상은 "사랑하는 아이들을 품 안고 있기에 조국은 그 어떤 천지풍파에도 쓰러지지 않는다. 사랑하는 아이들의 성장과 더불이 더 가까이 마주 오는 아름다운 미래를 내다보기에 어머니조국은 그리도 강한 것이다."[6]와 같은 진술이 보여주듯, 강인함과 자애로움을 특징으로 한다. 감격과 기쁨의 어조로 일관된 이 시는 '어머니조국'과 비전향 장기수 '아들들'의 재회를 송찬(頌讚)하면서, "그 어머니 그 아들을/보살펴 이끌어 주는/위대한 어버이 **김정일**동지"의 덕을 칭송하는 것을 잊지 않는다. 이 시는 비전향 장기수들의 귀환이 그들의 혈육을 향한 귀환이 아니라, '어머니조국'과 "위대한 어버이 **김정일**동지"를 향한 귀환이라는 것을 분명히 이야기하고 있는 것이다.

많은 경우, '어머니조국'에 대한 북한 시인들의 충성심은 목숨을 바쳐도 아까울 것이 없다는 열렬한 투지로 표출된다. 다음의 시는 이러한 양상을 보여주는 전형적인 예에 해당한다.

목숨 바쳐 아까울것 없는 이 땅

---

6) 김일수, 「선군혁명시가문학에 흐르는 미래사랑의 세계」, 『조선문학』, 2002. 8, p. 21.

나의 조국

**위대한** 어머니시여

그대 너무도 거룩하고 솟은 자태 아름다워

그대의 노래 못 지을가 두려운 마음 안고

나지막한 기슭에서 앞선 그대들을 생각합니다

　　　　　　　— 정동찬, 「나의 노래」 부분, 『조선문학』, 2002. 9.


　사실 조국을 '어머니'에 비유하는 것은 북한문학만의 고유한 특징은
아니다. 조국을 '어머니'의 은유와 '대지'의 환유로 노래하는 것은 세
계 문학 전반의 공통된 사항이라고 할 수 있다. 그러나 북한문학은 '어
머니 조국'을 혈연의 어머니보다 우선시·절대시한다는 점에서 결정적
인 차이를 보여준다. 더 큰 차이는 북한문학이 '당'을 사회·정치적 생
명을 부여하는 '위대한 어머니'로 격상하는 데서 나타난다.


　　짐승세상에서 인간세상으로 오고 보니

　　이제는 참인간이 돼야겠다는 생각

　　그 참인간은 조선로동당원

　　나도 당원이 될수 있을가

　　위대한 어머니의

　　아들이 될수 있을가


　　〔…중략…〕


　　나에게 새삶을 안겨 주고

　　운명도 미래도 끝까지 책임지는

　　위대한 어머니를 향해

힘과 정열을 다 바치고

필요하다면 목숨도 서슴없이

바칠 각오 됐다며는

그때에 비로소 나는 청원하리라

나를 조선로동당에 받아 달라고

— (의거자) 김종운, 「청원」 부분, 『조선문학』, 2002. 10.


당이여 어머니시여

그대를 받드는 길에

한점 티라도 있다면

그대를 따르는 준엄한 그 길에

잠시라도 쉬여 가려 한다면

채찍을 들어 다오

사정없이 매질해 다오

— 장은하, 「입당청원서」 부분, 『조선문학』, 2002. 11.


'당'이라는 '위대한 어머니'는 육체적 생명만을 갖고 있던 '짐승'과
도 같은 '나'에게 사회·정치적 생명을 하사함으로써 비로소 '참인간'
이 되게 한다. 위대한 어머니 '당'은 인민의 존재 조건을 변화시키는
능력을 지닌 일종의 절대자의 위치에 있는 것이다. 입당을 청원하는
위의 두 편의 시는 당원이 되는 길이 '참인간'이 되는 길이라는 신념을
바탕으로, 위대한 어머니인 '당'에 대한 시인의 뜨거운 충성을 증명하
기 위해 분투하고 있다. 당원이 되는 것이 '참인간'으로 태어나는 길이
라는 신념은 '당'이 곧 진정하고 본질적인 어머니라는 확신을 반영하
고 있다.

## 4. 북한문학 속의 '어머니'

북한문학에 나타난 '어머니'의 이미지와 상징은 이데올로기의 색채로 철저히 물들어 있다. 북한문학 속의 '어머니'를 살펴보면서, 남한문학에서와 같은 '어머니'의 이상적인 모습이나 인간적인 이미지를 기대하는 것은 곤란하다. 북한문학에서 '어머니'는 여타의 시적 대상이 그러한 것처럼 독립적이고 고유한 의미망을 확보하지 못하는 까닭이다. 단적으로 말해, 북한문학에서 '어머니'는 북한이 지향하는 이데올로기, 조국과 당과 수령에 대한 충성심과 별개의 영역에서 시에 출현하지 못한다.

'어머니'를 부를 때조차 조국과 당과 수령의 이름으로 불러야 하는 체제! 이 체제에 대한 투철한 복종의 정신으로 창작되는 북한문학은 혈연의 어머니 대신 이데올로기의 어머니를 '영원한 어머니'로 명명한다. 그 체제의 밖에 있는 남한문학의 시각에서 볼 때, 이는 혈연이라는 인간의 근본마저 부정하거나 약화시키는 비인간적인 처사라고 하지 않을 수 없다. '어머니'의 이미지와 상징은 북한문학과 남한문학이 구분되는 또 하나의 결정적인 지점인 것이다.

# 신천 학살의 시적 형상화와 반제 투쟁
— 최근의 북한 시를 중심으로

고봉준

## 1. 들어가며

북한문학에서 '신천 학살'은 아우슈비츠와 같은 상징적 의미를 지닌다. 피카소의 〈조선에서의 학살〉(1951)로도 유명한 신천 학살은 1950년 10월 17일부터 12월 7일까지 황해도 신천군 일대에서 자행된 민간인 집단 학살 사건이다. 기존의 연구에 의하면 학살된 인원은 35,383명으로 추정되고 있는데, 이는 당시 신천 군민의 25%에 해당하는 숫자이다.[1] 전쟁의 비극성은 이처럼 처참한 학살의 기억과 흔적으로 남아 있다. 신천 학살은 같은 해 7월 경남 거창의 '노근리 학살'과 더불어 한국 전쟁기에 자행된 대표적 민간인 학살 사건이다. 그러나 노근리 학살이 냉전의 체제 속에서 은폐되어 오다가 최근에서야 비로소 공론화되기 시작한 데 반해, 신천 학살은 일찍부터 북한문학 속에서 지속

---

[1] 학살의 인원은 북한 당국의 주장과 신천 출신의 월남자들, 그리고 학계의 연구 결과 사이에 상당한 편차가 존재한다. 그러나 현재까지 알려진 연구에 따르면 그 숫자는 대략 3만 5천 여 명으로 알려져 있다.

적으로 형상화되어 왔다.

현재 신천 학살의 중요한 쟁점은 학살의 주체가 누군인가를 밝히는 문제이다. 북한이 신천 학살에 대해 일찍부터 관심을 가져온 이유도 학살의 주체가 미국이라고 단정하기 때문이다. 그러나 신천 학살이 시작된 10월 17일에는 미군이 신천까지 진주하지 않았었기에 학살의 책임이 미국에게 있다는 주장은 설득력이 떨어진다. 그러나 학살이 50여일 동안 진행되었으며, 이 기간 동안 미군이 주둔하고 있었기 때문에 미군이 학살의 책임으로부터 완전하게 자유롭다고는 볼 수 없다. 월남자들의 증언과 북한 당국, 그리고 미국의 공식적 입장 사이에는 수많은 희생자가 있었다는 것 외에는 공통된 사실이 아무 것도 없다. 당시 우익적 입장을 지니고 있었던 대부분의 월남자들은 이 사건을 "무고한 양민을 학살하는 노동당과 인민군에 대항한 우익 지하조직과 신천 군민의 저항이며 반공투쟁"이라고 주장한다. 그들의 증언에 따르면, 신천 학살은 인천상륙작전이 성공함에 따라 전세가 불리해진 인민군들이 지주와 성직자를 포함한 우익들을 처형하기 시작했고, 이에 반대하는 청년들이 10월 13일 반공 봉기를 일으킴으로써 시작되었다. 이는 학살의 주체가 곧 북한임을 의미한다. 그러나 북한의 공식적 입장에 따르면 신천 학살은 한국 전쟁 당시 신천 지역에 진주한 미군 24사단 19연대의 1개 중대(중대장 해리슨)가 저지른 제국주의적 학살 사건이다. "신천땅은 미제침략자들에 대한 우리 인민들의 피맺힌 원한이 스며있는 곳이며 신천박물관은 20세기의 식인종인 승냥이 미제를 만천하에 고발하는 력사적인 단죄장입니다."[2] 이러한 입장의 차이는 전후부터 현재에 이르기까지 달라지지 않고 있다.

한편 최근의 연구들은 이 사건이 미군의 소행이 아니라 좌·우 대립

---

2) 김정일, 『신천땅의 피의 교훈을 잊지 말아야 한다』, 조선로동당출판사, 1999, p.3.

의 결과물이라고 주장한다. 2001년에 발표된 『손님』에서 황석영은 좌·우의 대립을 맑스주의와 기독교라는 두 가지 상징을 통해 보여주었는데,[3] 이러한 분석은 당시 평안도와 황해도를 포함한 한반도의 서북 지역이 조선에서 기독교가 처음으로 뿌리내린 곳이며, 개신교도들의 대부분이 중농 이상의 사회경제적 지위를 갖고 있었다는 점에서 상당한 설득력을 지니고 있다. 해방 이후 한반도의 북쪽에서는 개신교 연합단체인 〈이북5도연합노회〉(1945)와 〈북조선기독교연맹〉(1946)이 거의 동시에 결성되었다. 전자가 노동당에 적대적이었던 데 반해, 후자는 노동당에 상당히 우호적인 자세를 취했다. 신천 학살이 벌어졌던 함경도와 황해도는 당시 〈북조선기독연맹〉의 주요 거점이었으며, 특히 황해도에서는 두 단체의 갈등으로 인해 충돌이 발생하기도 했다. 1950년 7월 17일 황해도에서는 개신교의 청년회를 중심으로 〈구국동지회〉가 결성되었는데, 이후 신천 학살은 이들에 의해 자행되게 된다. 북한의 시기 구분에 따르면 1950년 10월은 '일시적 후퇴 시기'이다. 당시 한반도의 전역을 장악했던 북한은 1950년 9월 미군이 인천 상륙에 성공함으로써 전세의 불리함에 직면하게 되고, 인천 상륙과 서울 수복에 고무된 미군과 국군은 맹렬한 속도로 북진했다. 이 과정에서 북한 당국은 감옥에 걸혀 있던 사상범과 그의 가족들에 대한 처형 명령을 하달했다. 이 명령은 곧 엄청난 수의 민간인 학살로 이어졌으며, 학살의 위기를 모면한 구국동지회의 대부분은 구월산에서 게릴라전을 펼치면서 북한 정권에 저항했다. 그러다가 이들은 인민군의 퇴각하고 미군이 진주하자 적색분자를 색출한다는 명목 하에 인민군의 가족과 노동당에 동조했던 일체의 세력들을 무참히 학살했는데, 그것이 바로 신천 학살이었다.

---

3) 조동환(趙東煥)의 『항공(抗共)의 불꽃』(보문각, 1957)에는 신천 학살의 구체적 배경과 전개과정이 자세히 기록되어 있다.

## 2. '신천 학살'의 이중적 의미

'신천'의 각별한 의미는 신천 박물관이라는 공간에서도 확인된다. 신천 박물관은 3개의 건물에 총 19개의 전시실을 갖추고 있다. 이 건물은 1947년 당시 신천군 인민위원회의 건물로 지어졌는데, 1950년 10월 인민군이 퇴각한 기간 동안은 미군 사령부로 쓰이기도 했다. 1953년 정전 후 학살의 현장을 박물관으로 만들라는 김일성의 교시에 따라, 1958년 인민위원회 건물이었던 이 곳에 박물관이 건립되었다. 이 곳은 누적 관람객 수 1500만 명이라는 숫자가 말해주듯이 '반미 의식의 거점'이자 '계급 교양의 장소'이다. 북한 당국은 신천 학살을 미군에 의해 저질러진 만행이라고 선전하는 한편, 학교나 직장 단위의 관람 조직을 해마다 견학시킨다. 물론 이 견학의 목적이나 효과는 학살의 잔혹성을 최대한으로 부각시킴으로써 미국에 대한 복수심을 고양시키기 위한 것이다. 특히 신천 박물관의 근처에 위치한 〈400 어머니 묘〉와 〈102 어린이 묘〉는 제국주의의 반인간적인 면모를 강조하기 위한 휴머니즘적 기념물이라고 할 수 있다. 북한의 시에서 형상화되는 '신천'이란 이처럼 제국주의의 반휴머니즘적 만행을 고발하는 내용과 그러한 난관을 극복하고 '주체사상'을 바탕으로 '조국통일'과 '반제국주의' 투쟁으로 나아가는 내용이 주조를 이루고 있다.

① 우리는 미제에 대하여 자그마한 환상도 가져서는 안 됩니다. 지난 조국 해방전쟁의 일시적 후퇴 시기에 적지 않은 사람들이 미제에 대한 환상을 가졌다가 놈들에게 무참히 희생되었습니다. 우리는 신천 땅의 피의 교훈을 잊지 말아야 합니다……미제를 때려눕히고 조국을 통일하자면 어느 때든지 한번은 놈들과 판가리 싸움을 하여야 합니다. 미제와의 판가리 싸움에서 승리하자면 반미교양과 당원들과 근로자들의 계급의식을 높여야 합니다.

우리는 미제침략자들을 끝없이 미워하며 원쑤들을 반대하여 끝까지 투쟁할 견결한 혁명정신을 키워야 합니다.[4]

② 그런데 사람들이 계급적원쑤들에 대한 비타협적인 투쟁정신을 가지지 못하다 보니 적들과 맞서 싸우지도 못하고 무맥하게 죽었습니다…… 위대한 수령님께서는 황해남도 사람들이 적들과 피를 흘리며 싸워 보지도 못하였으며 풀뿌리를 먹으면서 고생도 해 보지 못하고 편안히 살다 보니 그렇게 많이 죽었다고 하시였습니다. 황해남도는 벌방지대이기 때문에 이곳 사람들은 산간지대 사람들처럼 크게 고생을 하지 않았습니다. 고생을 해 보지 못한 사람들은 난관을 극복해 나가는 의지와 생활력도 약하고 자기의 계급적 본분을 끝까지 지켜 나가는 투쟁정신도 부족합니다. 이것은 지난날 착취와 억압을 받아 보지 못하고 당의 품속에서 행복하게 자라난 새 세대들과 근로자들 속에서 계급교양을 더 잘하여야 한다는 것을 말해줍니다.[5]

북한문학의 근본적 특징은 작품의 형상화에 있어서 수령의 교시가 결정적인 역할을 한다는 점이다. 이는 신천 학살의 경우에도 예외가 아니다. 그러므로 수령의 교시에서 '신천'이 어떻게 의미화되고 있는가를 살피는 것이 무엇보다 중요하다. 두 편의 인용은 '신천'을 반제·반미 투쟁의 기본 동력으로 설정하고 있다는 점에서는 동일하다. 그러나 자세히 살펴보면 두 인용 사이에는 약간의 차이가 있음을 알 수 있다. 전자에서 '미제에 대한 환상'의 경계는 우선 '현대수정주의자들'에 대한 사상 투쟁의 형태를 띠지만, 그것은 궁극적으로 '판가리 싸움'이라는 폭력적 반제 투쟁에 대한 중요성을 의미하는 방향을 향해 있다. 이는

---

4) 김정일, 『신천땅의 피의 교훈을 잊지 말아야 한다』, 조선로동당출판사, 1999, pp.5~7.
5) 김정일, 「신천박물관을 통한 계급교양 사업을 강화할 데 대하여」, 『김정일 선집 14』, 조선로동당출판사, 2000, p.448.

**294** 제4부 ●『주체문학론』 이후 북한 시의 주제론적 특성

'신천'의 사건이 제국주의자들의 만행이며, 따라서 잔혹한 비극을 반복하지 않으면서도 자신들의 복수를 수행하는 유일한 방법은 반제국주의의 강력한 '혁명정신'으로 끝까지 투쟁하는 것임을 환기시킨다.

반면 두 번째 인용에서 '신천'은 불철저한 계급교양이 얼마나 비참한 결과를 낳는가에 대한 한 가지 사례로 다뤄지고 있다. 철저한 계급교양이란 결국 비타협적 계급투쟁의 정신을 의미하는데, 여기에서 신천은 일방적인 제국주의의 희생물이 아니라 비타협적 투쟁정신의 결여가 낳은 필연적 결과이다. 그러므로 이 인용의 기본적인 방향은 반제국주의 투쟁의 중요성을 일깨우는 것이지만, 여기에서 투쟁의 의지는 바깥이 아니라 북한 사회 내부를 향하고 있다. "고생을 해 보지 못한 사람들은 난관을 극복해 나가는 의지와 생활력도 약하고 자기의 계급적 본분을 끝까지 지켜나가는 투쟁정신도 부족합니다"에서 나타나듯이 김정일은 학살에 대한 복수보다는 비극의 반복을 막기 위한 사상투쟁과 계급교양의 필요성을 역설하고 있다. 신천 박물관이 중요한 학습의 장소인 까닭도 아래의 인용에서 단적으로 확인된다.

지난날 신천땅에서 무고한 인민들을 미제국주의자들이 직접 죽인 것도 있지만 청산된 착취계급잔여분자들과 반동분자들이 〈치안대〉를 조직하고 복수적으로 많은 사람들을 학살하였습니다. 그때 신천군에는 악질적인 반동분자들이 적지 않았습니다. 우리는 신천땅에서 무고한 인민들이 계급적원쑤들에 의해서 무리죽음을 당한데 대하여 잊지 말고 계급적원쑤들에 대한 증오심을 끝없이 높여야 합니다. 지금 일부 사람들이 신천박물관을 반미교양장소로만 생각하고 있는데 그렇게 외곬으로만 생각해서는 안됩니다. 신천땅에서 미제침략자들이 계급적원쑤들, 주구들을 앞장에 내세워 학살만행을 감행한것만큼 신천박물관은 반미교양장소일뿐아니라 계급적원쑤들에 대한 증오심과 투쟁정신을 높여 주는 중요한 계급교양장소로 되어야 합니다.[6]

신천 박물관은 단순히 비극적 현장을 재현하기 위해 만들어진 공간은 아니다. 그것은 대외적으로 학살의 비참함과 제국주의의 잔혹함을 선전하는 공간이지만, 대내적으로는 계급 교양의 중요성과 필요성을 알리는 학습의 장소이다. 위의 인용문은 이 두 가지 기능 중에서 후자가 더욱 중요하다는 것을 보여주고 있다. 이 글에서 김정일은 신천 학살이 미국보다는 '치안대'에 의해, 나아가 북한 사회 내부에 잔존하고 있던 '착취계급'의 '잔여분자'들과 '반동분자'들이 저지른 만행임을 분명하게 직시하고 있다. 치안대란 "한국전쟁 당시 미군과 남한군이 삼팔선 이북으로 진격하면서 이북의 마을과 도시에 만들어놓은 치안 조직으로, 미군과 국방군 그리고 과거 월남하였다가 다시 고향으로 돌아간 사람들을 중심으로 하고 그 주변에 해방 이후 계속하여 그 마을에 살고 있었던 사람들을 묶어 만든 것"이다.[7] 이들은 한국전쟁 기간에 주로 토지개혁이나 인민위원회에 가담했던 세력들을 색출하고 처형하는 방식으로 전쟁에 가담했는데, 그들이 바로 신천 학살의 직접적 주체였다. 그러므로 김정일은 신천 박물관이 '반미'의 교양에 국한되지 않고 '계급적 원쑤', 즉 북한 사회에 존재하는 적대계급에 대한 사상적·이념적 투쟁의 장소가 되어야 함을 역설하고 있다.

그러나 북한 시에서 신천 학살이 북한 사회 내부에 존재하는 적대계급과의 사상 투쟁으로 형상화되는 경우는 거의 없는 듯하다. 물론 이러한 경향은 일차적으로 '시'라는 장르의 문제에서 기인하는 문제라고 생각된다. 그러나 다른 한편으로 사상·이념 투쟁이 북한 사회 내부에서 계급간의 갈등을 촉발한다면 그것은 북한 사회 내부에 여전히 계급 모순이 존재한다는 사실을 시인하는 결과를 초래할 수도 있다. 그러므로 김정일이 교시에서 강조하고 있는 계급적 원쑤들에 대한 증오와 투

6) 같은 글. p.450.
7) 김재용, 「북한의 분단문학」, 『분단구조와 북한문학』, 소명, 2000. p.264.

쟁은 결국 반미에 대한 또 다른 표현에 지나지 않는다. 북한 시에서 신천 학살이 반미·반제라는 고정된 형식으로 표출되는 이유도 바로 여기에 있다.

## 3. 신천 학살의 시적 형상화와 반제 투쟁

북한의 시문학에서 신천 학살을 소재로 한 작품들이 특정한 역사적 시기에 집중되어 창작된 것은 아니다. 그것은 휴전과 더불어, 다시 말해 전후복구시기부터 현재에 이르기까지 지속적으로 생산되어 왔다. 그리고 그러한 작품의 대부분은 학살에 대한 분노와 복수의 다짐, 반미·반제국주의 투쟁에 대한 의지의 표출, 그리고 수령에 대한 충성의 맹세 등을 주요 내용으로 삼고 있다. 신천 학살에 대한 이러한 문학적 반응은 냉전 체제가 해체된 오늘에 이르기까지 변하지 않고 있다.

천대를 두고 잊을 수 있으랴/미제야수들이 이 땅에서 저지른 만행을/만대를 두고 지울 수 있으랴/식인종들이 이 땅에 남긴 죄악의 기록을……//자기에게 땅을 준 조국을 사랑했다고/자기가 나서 자란 향토를 사랑했다고/얼마나 원쑤들은 잔인하고 가혹하게/우리의 부모형제들을 살육했던가//아, 지금도 귀가에 역력히 들려오누나/마지막으로 쓰러지면서도/조국의 번영과 안녕을 빌며/—이 원쑤를 갚아달라!/소리 높이 웨치던 그들의 목소리가//가장 잔혹하게 학살의 선풍이 지나간/여기 신천땅에 행복한 생활이 꽃필수록/더욱 가슴에 맺혀지는 원한이여/분노여!/천년을 간들 풀릴 수 있으랴/만년을 간들 풀릴 수 있으랴!//원쑤놈들은 이 땅을 잿더미로 뒤덮고/이 나라 인민들을 지구상에서 쓸어버리려날뛰였지만/주권을 자기들의 손으로 틀어쥔/우리 인민을 영원히 굴복시킬수는/없다//원쑤가 아직도 이 세상에 남아 있는한/보복은 아직도 앞에 있다/다하지 못한 보복을 맹세하며 싸우는 사람들에게/신천은 오늘도 소리높여 웨친다/지구상에서 원쑤가 영원히 멸망할 때까지/싸워서 이기라!/미제원쑤들에게 죽음을 주라!

— 오영재, 「미제원쑤들에게 죽음을 주라!」 전문

인용시는 북한의 계관시인 오영재가 1997년에 발표한 작품이다. 신천 학살 자료집인 『신천의 원한을 잊지 말자』의 첫 머리에 실려있는 이 시는 발표 지면의 성격 때문에 지나치게 선동적인 느낌이 없지 않지만, 반제 투쟁으로서의 신천이라는 테마는 신천 학살을 다루는 북한문학의 전형적인 모습이다. 시인은 이 작품에서 "우리는 미제에 대하여 자그마한 환상도 가져서는 안 됩니다"라는 수령의 교시에 따라 미국으로 대표되는 제국주의의 야수성을 최대한 부각시키고 있다. '석인종'이라는 시어가 가리키듯이 북한의 시각에서 미국의 역사란 곧 침략과 정복의 역사이다. "아메리카대륙의 발견으로부터 시작된 미국식인종들의 역사는 침략과 략탈, 피비린 학살의 범죄로 엮어진 저주로운 침략의 역사이다."[8] 이러한 시각에 따르면 제국주의의 미국은 '신천'이라는 공간에서만이 아니라 그 탄생과 성립에서부터 절대적 폭력을 바탕으로 하고 있다. 그러므로 신천 학살은 우발적이라기보다는 필연적으로 발생할 수밖에 없는 사건이다.

상기 원한의 선혈이 짙게 어려있는 땅/내 신천의 바람부는 언덕에 서있노니/가슴에 끓어 솟는 분노와 증오만이던가/신천이여 네가 준 것은……//몸은 비록 묶이웠어도/결박하지 못한 그 충정—/성에불린 방공호 세멘트벽에/—조선로동당 만세!/정히 써갈제//저녁노을 피같이 타는 언덕/누군가 운

---

8) 임권순, 『신천의 원한을 잊지 말자』, 금성청년출판사, 1997, p.2.

을 땐『김일성장군의 노래』/숨결이 다 하도록 이어부를제/그들의 간절한 눈에 비낀 것은 무엇이었더냐//아직은 어머니란 말이 귀에 설고/다심한 정을 다 기울이지 못하고 간 녀인들/아기를 업고 돌아오던 두렁길에/그들이 준 마지막 말은······//분여받은 살뜰한 땅 기름진 흙/여름에 풀거름만 착실히 썩혔어도/쌀 몇가마니는 더 나라에 바쳤을 아쉬움을/흙갈이 드바쁜 저 벌에 남기고 갔다//전기줄을 채 늘이지 못한 아쉬움을/고성기 노래하는 저 언덕에 묻었고/채 파지 못한 굴포에 어렸던 꿈은/천리 아득한 수로에 넘치는가//베푸신 사랑 받아안은 은덕/이제는 더 받을 수 없는 가슴속 안타까움/영원한 메아리로/고향땅에 두고갔으니//신천이여/네가 진정 주는 것은/어찌 분노와 증오만이랴//한생의 일을 오늘에 다 하듯/그렇게 하루를 벅차게/내 주먹을 쥐고 뛰며 살리/피보다 많은 더운 땀방울/오늘에 아쉬움없이 쏟으며 살리/다 살지 못한 그들의 몫까지 ―/다짐하며 내리는 언덕길에/한껏 울어 예는 종다리/어디선가 들려오는 봄시위소리/아, 불어오는 들바람도/그대들의 넋을 안고있구나

― 손승태, 「신천이여, 네가 준 것은······」 전문

인용시 역시 학살에 대한 분노에서 시작되어 수령에 대한 충성의 맹세로 이어지는 전형적인 모습을 보여주고 있다. 그러나 이 시는 오영재의 시와는 달리 반제국주의 투쟁을 김일성과 로동당에 대한 찬양으로 연결시키고 있다. 이 작품의 강조점은 신천의 비극성이나 반제 투쟁에 대한 결연한 의지라기보다는 수령에 대한 충성의 맹세에 놓여 있다. 1연에서 학살의 현장에 서 있는 화자의 감정은 단순한 분노와 증오, 바로 그것이다. 그러나 2연에서 분노는 '조선로동당 만세'와 '김일성 장군의 노래'라는 표현이 보여주듯이 당과 수령에 대한 충성으로 이어진다. 신천 학살을 소재로 한 북한 시에서 '조선로동당 만세'라는 표현이 빈번하게 등장하는 이유는 학살 당시 신천군 내무서 창고에서 이

문구가 발견되었기 때문이다. 북한의 자료에 따르면 당시 학살된 사람들은 죽는 순간까지 '김일성 장군의 노래'를 불렀다고 한다. 그래서 화자는 신천 박물관에 전시되어 있는 자료들을 바탕으로 학살된 인민들이 당과 수령에 대한 충성심을 현재의 자신에게 전해주고 있다고 믿는다. "신천이여/네가 진정 주는 것은/어찌 분노와 증오만이랴"라는 구절을 통해 화자가 말하고 싶어하는 것은 결국 당과 수령에 대한 충성이다. 이 충성의 마음을 바탕으로 화자는 한평생을 하루처럼 열심히 노력하며 살 것을 다짐한다.

나는 신천의 아들/태여나 채 열발자국도 걷지 못하고/저기 화약창고에서 젖먹이 나이를 멈춘/그 아이들의 발걸음 이으며/복수자의 첫 걸음마를 떼였거니//어머니의 살뜰한 정 익히기전에/나는 400어머니들의/그 피의 절규를 먼저 새겼고/다정한 형제들의 얼굴과 이름을 익히기 전에/잠들지 못하는 102어린이들의/그 얼굴과 이름들을 먼저 새겼다//원암리 밤나무골―/원쑤들이 지른 휘발류 불길속에서/까맣게 타 숨이 진 102어린이들의/그 피울음소리 아프게 간직한/원한 서린 이 땅에 고고성을 터친/나는 복수자//봄하늘에 우짖는 종다리노래보다 먼저/석당천 원한의 물결소리 귀전에 익혔고/고향산천의 아름다움 다 알기전에/박물관 진렬대에 붉게 타는/피 젖은 공화국기발을 먼저 알았다/아, 3만 5천의 피 흘린 령혼들이/천백배 피값을 받아내라 내세운/나는 이 땅의 복수자/총 잡은 신천의 아들//나이 한 살에 10년을 성숙하며/미제 원쑤에 대한 분노와 증오가/나의 피로 되고/나의 숨결로 되어/이 가슴엔 서리발 총창이 울거니//무자비하라 판가리격전에서/철전지원쑤 미제의 검은 피로 강물을 이룬대도/이 땅의 원한을 다 풀 길 없는/아 나는 영원한 복수자/신천의 총 잡은 아들!

― 진창우, 「나는 신천의 아들」 전문, 『통일문학』 2003. 2.

죽고 싶어 죽은 사람/여기엔 없다/살고 싶지 않아/목숨 버린 사람도 신천
엔 없다//도끼 한자루 쥐어 보지 못한채/너무도 값없이 생죽음을 당한/그
통분함을 참을 길 없는 가슴에/피로 새겨 지는 진리여//―싸우면 살고/굴
복하면 죽는다―//오, 이 하나의 진리를 깨우치자고/그렇듯 많은 목숨이 필
요했더냐/이 열두글자를 피로 새기자고/강물처럼 흐른 피 산과 들을 적셨느
냐//잊지 말라고/오, 잊지 말라고/신천의 피는 오늘도 붉다/기억하라 이 진
리를 망각하면/차례질건 오직 죽음뿐!/끓는 피여 솟구쳐 불길이 되라/번뜩
이는 증오여 칼날이 되라/그 불길 그 장검으로/새기라 저 하늘 가득/피의
진리를 복수의 피로 새기라//―싸우면 살고/굴복하면 죽는다―

― 김충기, 「복수의 피로 새기라」 전문, 『통일문학』 2003. 2.

사랑이란 말보다/복수라는 말/매일같이 외우며 자란/나는 신천의 딸//흘
러가는 꽃구름조차/피발선 눈길로 바라보았고/내 부르는 노래마저/할아버
지 할머니에 대한 그리움에 타끓던/나는 신천의 딸이다//미제의 피비린 만
행에 숨져/태여나 첫 자욱도 못떼본 아기들의/그 발걸음 대신 찍으며 내 자
랐고/고운 춤가락 익히기전에/복수의 주먹을 수류탄처럼 다잡아쥐며 자란/
나는 신천의 딸//할아버지 이름은/박물관진렬장의 도장에서 찾고/할머니의
손길은/피묻은 가락지에서 느끼며/내 작은 손가락에/102, 400의 셈세기부
터 하면서 자랐거니//내 고향 사람들의 피값을 받아내기전에는/피맺힌 원
쑤를 천백배 갚기전에는/어머니로 될 수 없는/늙을수도 없는/아, 나는 신천
의 딸이다!

― 김연화, 「나는 신천의 딸이다」 전문, 『청년문학』 1998. 9.

세 편의 인용시는 '복수'와 '투쟁'의 정당성을 호소한다는 점에서 동
일한 어조를 보여주고 있다. 또한 '복수', '미제', '학살', '피' 등의 상
투적 시어들과 '400어머니들', '102어린이들', '원암리', '석당천' 등

학살 관련 자료집에 등장하는 지명과 기념비들을 반복적으로 사용한다는 점에서도 거의 동일한 내용을 담고 있다. 이는 북한 시의 생산 방식을 단적으로 보여주는 예라고 할 수 있다. 인용시 모두는 수령의 교시 내용과 역사적 사실들, 그리고 제국주의에 대한 복수의 감정으로 이루어져 있다. 그러나 그 어디에서도 수령의 교시에 등장하는 사상 투쟁의 중요성이 부각되는 경우는 없다. 이는 앞서 지적한 것처럼 시라는 장르의 특성 때문인 듯하다.

인용시들에서 주목할 만한 사실은 신천 학살과 반제 투쟁을 매개로 세대와 세대의 연관성이 형성되고 있다는 점이다. '아들'이나 '딸', '할아버지', '할머니' 등의 가족적 호칭이 이를 잘 보여준다. 진창우의 「나는 신천의 아들」에서 화자는 스스로를 "나는 이 땅의 복수자"라고 명명하고 있는데, 이는 3만 5천의 피학살자들이 화자에게 피의 댓가를 받아달라고 주문하기 때문이다. '나이 한 살에 10년을 성숙'한 화자는 자신이 '분노'와 '증오'를 통해 성장했으며, 나아가 '철천지 원쑤' '미제'와의 '판가리싸움'에 임하고 있다. 이처럼 신천 학살을 통해 반제·반미 투쟁의 중요성을 고양시키는 이러한 시적 경향은 북핵 문제를 둘러싸고 한반도 주변의 정세가 급격하게 변하고 있는 최근에 더욱 분명하게 드러난다. 김연화의 「나는 신천의 딸이다」에 등장하는 여성 화자 역시 자신을 "복수의 주먹을 수류탄처럼 다잡아 쥐며" 성장한 복수자로 명명하고 있다. 진창우의 시와는 달리 이 시에서 화자는 '할머니'와 '딸'로 이어지는 여성적 계보의 비극성을 통해 신천 학살에 접근하고 있다. 특히 "태여나 첫 자욱도 못떼본 아기들"이라는 구절을 통해 화자는 제국주의적 만행이 모성 본능마저도 잔인하게 짓밟아버린 반인류적 행위임을 고발하고 있다. 모성 본능의 상실은 "피맺힌 원쑤를 천백배 갚기전에는/어머니로 될 수 없는/늙을 수도 없는/아, 나는 신천의 딸이다"라는 구절에서 최고조에 이르고 있다.

한편 김충기의 「복수의 피로 새기라」는 제국주의에 대한 투쟁이 최후의 순간까지 지속되어야 한다는 김정일의 교시를 "싸우면 살고 굴복하면 죽는다"라는 표현으로 변주하고 있다. "도끼 한 자루 쥐여 보지 못한 채"라는 구절 역시 학살 당시 사람들이 비타협적인 저항 정신을 갖지 못하고 있어서 싸워보지도 못하고 죽임을 당했다고 지적한 김정일의 교시를 반복한 것이다. 이 시는 시적 긴장이나 완성도의 면에서는 앞의 시들보다 뛰어나다. 그러나 "잊지 말라고/오, 잊지 말라고"라는 죽은 자들의 목소리가 화자의 감정을 지배하고 있다는 점에서는 앞의 시들과 달라 보이지 않는다.

이 외에도 신천 학살을 다룬 최근의 작품으로는 홍광섭의 「신천의 바람」(『청년문학』, 2003. 8)과 김연화의 「신천의 흙이여」(『조선문학』, 1998. 12), 리영백의 「나는 고무신 임자를 찾는다」(『조선문학』, 2002. 6), 김재필의 「복수의 언약」(『청년문학』, 2002. 10), 김옥남의 「신천소녀의 꽃빈침」(『청년문학』, 2003. 3), 홍철진의 「움직이는 땅」(『조선문학』, 1998. 6) 등을 들 수 있다. 류만은 『조선문학』 2002년 9월호에서 홍철진의 「움직이는 땅」을 "지금까지 신천의 원한과 복수를 피 타게 절규하는 각양한 체험세계의 개방은 있었지만 시초 「움직이는 땅」에서와 같이 심각한 체험세계를 사색으로 심화하면서 거기에서 신천의 의미를 새롭게 부각하고 정서적으로 승화시켜 아직까지 풀지 못한 우리 인민의 원한과 복수의 크기와 강렬함, 불 같은 맹세를 심각하고 열렬하게, 의미 깊게 노래한" 작품으로 평가했다. 그리고 평론가 김철민은 『조선문학』 2002년 10월호에서 리영백의 「나는 고무신 임자를 찾는다」에 대해 다음과 같이 평가했다. "서정적 주인공의 가슴에서 사품치는 철천지원쑤 미제에 대한 증오와 복수의 감정은 그 고무신의 임자를 바로 자기 자신, 우리 인민 모두에게서 찾게 하였다. 타다 남은 고무신이 하는 말을 감득하고 그 말을 자기 목소리로 토해 내는 이런 체험이 바로 깊은 정서적

체험이고 진실한 느낌이다."

한편 홍광섭의 「신천의 바람」은 학살 당시 희생된 부모와 아이의 목소리를 전면화시키고 있다는 점에서 주목된다. 물론 이 작품 역시 학살에 대한 '복수'의 감정이 지배적이지만, 계절에 따른 바람의 이동을 통해 그것을 표현한다는 점에서 매우 서정적인 작품이라고 할 수 있다. 김연화의 「신천의 흙이여」는 비극의 장소인 신천에서 '고향'의 이미지를 읽어낸 작품이다. 이 작품 역시 '복수'의 감정으로부터 자유롭지는 못하지만, 작품의 기본 골격은 신천에서 성장한 화자의 유년이라는 점에서 새로운 느낌을 준다.